W0325479

KNAUR

JUSTINE PUST

WO DER *Regen* UNS BERÜHRT

ROMAN

KNAUR

Besuche uns im Internet:
www.droemer-knaur.de

Hat dir dieses Buch gefallen? Lesetipps und vieles mehr rund um unsere romantischen Lieblingsbücher findest du auf Instagram: @knaurromance

FSC
www.fsc.org
MIX
Papier | Fördert gute Waldnutzung
FSC® C014496

Originalausgabe November 2024

Ein Imprint der Verlagsgruppe
Droemer Knaur GmbH & Co. KG, München

Dieses Werk wurde vermittelt durch die
Literarische Agentur Thomas Schlück GmbH, 30161 Hannover.
Redaktion: Catherine Beck
Zitat in Kapitel 12 aus: Sebastian Fitzek, *Der Augenjäger,* Knaur 2011
Covergestaltung: KRISTIN PANG
Coverabbildung: VerisStudio / Shutterstock.com, Supa Chan / Shutterstock.com
Abbildung im Innenteil: surachet khamsuk / Shutterstock.com,
nereia / Shutterstock.com
Satz und Layout: Adobe InDesign im Verlag
Druck und Bindung: GGP Media GmbH, Pößneck
ISBN 978-3-426-53038-2

2 4 5 3 1

Bei manchen Menschen lösen bestimmte Themen ungewollte Reaktionen aus. Deshalb findet ihr am Ende des Buches eine Liste mit sensiblen Inhalten.

Dieses Buch ist für dich.
Für alle, die jemanden in einem Sturm verloren haben.
Oder sich selbst.

Und für Annika, damit du nicht vergisst, dass irgendwo
hinter den Wolken noch immer die Sonne ist.

Playlist

Bausa x LEA – 1000 Mal
Andreas Bourani – Hey
Joris – Herz über Kopf
Sophia – Wenn es sich gut anfühlt
SIMONA – Tränen
Elif – Ein letztes Mal
Elif – Freunde
Maxim – Meine Soldaten
Wilhelmine – Eins sein
Berq – Einmal verliebt
Provinz feat. Nina Chuba – Zorn & Liebe
LEA x Dhurata Dora – Chaos
Madeline Juno – Gewissenlos
Lotte – Angst
Christoph Sakwerda – Herztausch
Soffie – Bevor du gehst
SDP feat. Adel Tawil – Ich will nur dass du weißt
Juju feat. Henning May – Vermissen

Bonus:
Taylor Swift – I Can Do It With a Broken Heart

Teil 1

Und wenn der Regen erst fällt, wird die Trauer zu unserer Welt.

Elias

Kapitel 1

DIEZ

Wenn die Uhren aufhören zu ticken und die Welt plötzlich still wird, fühlt es sich an, als würde man auf einer Schwelle stehen, in der die Realität mit der Traumwelt verschwimmt. Wobei … wer entscheidet überhaupt, was real ist?

»Du machst schon wieder dieses Gesicht«, bemerkt Danielle und legt seufzend ihr Buch aus der Hand, während sie mich betrachtet. Im hellen Sonnenschein muss sie die Augen zusammenkneifen, die dadurch von winzigen Fältchen eingerahmt werden. Sie wirkt anders als sonst, aber ich komme nicht darauf, was es ist.

»Welches Gesicht?«

»Na, genau dieses«, entgegnet sie und deutet auf mich. »Als würdest du zu viel nachdenken.«

Tue ich das?

Ich kann es nicht mal richtig beantworten, denn im warmen Licht der Sonne, die auf uns herabscheint, sollte doch eigentlich alles leicht und einfach sein. Wir sitzen auf einer Veranda, auf dem Tisch neben uns Gläser mit Limonade, und Danielles Sommerkleid weht sachte in einem Wind, den ich kaum spüren kann. Und irgendwie ist es genau das, was mich innehalten lässt.

»Wo sind wir eigentlich?«

Danielle dreht sich etwas zur Seite und lehnt sich mit geschlossenen Augen in ihrem Stuhl zurück. »Ist das wichtig?«

»Ja?«

»Bei all den Fragen, die du mir stellen könntest, soll es ausgerechnet diese sein?«

Und dann verstehe ich.

Das alles hier, diese Sonne, diese Veranda, Danielle. Das ist alles nicht echt. Nicht wahr. Nichts als Schall und Rauch und vielleicht noch weniger als das.

»Das hier ist ein Traum.«

»Hundert Punkte für Sherlock Holmes.«

»Aber …«

»Diez …«, unterbricht mich meine Schwester. »Können wir diesen Moment nicht einfach genießen?«

Es ist die Art, wie sie mich ansieht.

Nein, es sind ihre Augen.

Sie sind anders.

Nicht was die Farbe oder ihre Form betrifft. Es ist der Ausdruck in ihnen, der anders ist als beim letzten Mal, als ich in sie geblickt habe.

»Aber du bist nicht wirklich hier«, murmle ich, mehr zu mir selbst als zu ihr. Mehr zu den Tiefen meines Verstands als zu den Gefühlen, die mein Herz zum Zerbersten bringen wollen. Mehr zu den Zweifeln als zu der leisen Hoffnung.

»Wer entscheidet das?«

»Ob du real bist oder nicht?«

»Ich bin real, vielleicht nicht für dich, aber für mich selbst«, hält sie dagegen. »Und ich bin hier, ist das nicht alles, was zählt?«

Aber ich schaffe es nicht mehr, ihr zu antworten. Das rhythmische Piepen verschluckt jedes meiner Worte, scheint alles zu übertönen, sodass ich nichts anderes mehr hören kann. Und dann wache ich auf.

Kapitel 2

Jetzt

ADA

Wenn die Welt laut genug ist, kann ich die Schreie meiner Seele nicht mehr hören. Der Beat, der den Nachtclub zum Beben bringt, soll meinen Herzschlag ersetzen. Und Diez? Er soll dasselbe mit meinen Gefühlen tun.

Ich presse mich an ihn. Spüre, wie der Druck in meinem Inneren nachlässt, als er mich an sich zieht. Ich küsse ihn, ertränke all die Gedanken, die ich nicht denken, und all die Gefühle, die ich nicht fühlen will, in unserem Kuss. Bis Diez nach Luft schnappt und mich ansieht. Er legt eine Hand an mein Gesicht, streicht mit dem Daumen über meine Wange, verharrt an meinen Lippen, als wüsste er nicht, ob diese Berührung zu viel ist.

»Lass uns gehen.«

Ich bitte nicht darum.

Ich warte nicht auf eine Antwort.

Ich erwarte nur, dass er mir folgt. Dass er meine Hand nicht loslässt, während wir das Meer aus tanzenden Körpern verlassen und in die kalte Nachtluft treten.

Ein paar Tropfen aus den dunklen Wolken über uns vertreiben die Hitze auf meiner Haut, bevor ich mich mit Diez in das erstbeste Taxi setze.

»Kennst du dieses Gefühl, als seist du kurz davor zu fallen?«

Jetzt prasselt das Wasser gegen die Fensterscheibe des Wagens. Die Tropfen schimmern abwechselnd blau, lila und golden, während wir durch die nächtlichen Straßen Frankfurts fahren.

»Was meinst du?«

Ich lehne mich zurück und betrachte ihn von der Seite.

Diez' fragender Blick trifft meinen. Grinsend beiße ich mir auf die Unterlippe. »Dieses Wissen, dass es nur noch einen Drink braucht, nur noch einen Schluck, um dich abstürzen zu lassen, aber du noch klar genug bist, um das zu erkennen und drauf zu scheißen.«

Im Rückspiegel kann ich sehen, wie die Augenbrauen des Taxifahrers nach oben wandern. Und auch meine heutige Eroberung scheint nicht so ganz zu wissen, was er mit dieser Information anfangen soll. »Ich habe keine Ahnung, was du mir sagen willst, Ada.«

Lachend ziehe ich ihn zu mir, drücke meine Lippen wieder auf seine. »Ich will dich, Diez«, raune ich ihm ins Ohr, leise genug, damit nur er es hören kann, und laut genug, damit es in meinem eigenen Kopf ankommt. »Ich will dich, weil ich nichts anderes mehr fühlen will.«

Alles, was ich brauche, ist die Stille in meinem Kopf, die er mir geben kann. Auch wenn ich weiß, dass das Danach uns beide verletzt.

»Aber …«

»Kein Aber, ich will fallen. Und heute Nacht falle ich mit dir«, unterbreche ich ihn. Er sieht mich aus dunklen Augen an. Aber ich kann die Hitze spüren. Die Funken zwischen uns haben längst etwas entzündet, das nicht einmal der Regen löschen kann.

Der Wagen hält vor meiner Haustür. Diez zahlt, während ich schon ausgestiegen bin.

Innerhalb von Sekunden bin ich vollkommen durchnässt. Unaufhaltsam klatschen die großen Tropfen auf die Erde, auf mich, auf einfach alles. Und auf Diez, als er endlich neben mir steht und mich mit sich in den Schutz des Wohnblocks ziehen will. Aber das lasse ich nicht zu.

Stattdessen schlinge ich die Arme um seinen Hals, küsse ihn erneut. Meine Lippen umspielen seine, bis er mich einlässt. Unsere Zungen vernichten den letzten Rest an Zweifeln, die letzten aufkeimenden Gedanken und das letzte bisschen Kontrolle, das wir uns bis eben bewahrt hatten.

Sein Keuchen an meinem Ohr geht im Rauschen des Gewitters

fast unter. Mein Körper pulsiert, glüht, wehrt sich gegen die Kälte mit einer Hitze, die aus meinem Inneren strömt. Dann stoße ich ihn lachend von mir.

Denn all das ist ein bisschen zu gut, ein bisschen zu nah. Fühlt sich nach einem *Mehr* an, das ich nicht will.

Perplex sieht er mich an, stimmt aber in mein Lachen ein, als ihm klar wird, dass ich genug davon habe, im Schauer herumzuknutschen. Mit einer Hand krame ich den Schlüssel aus meiner Handtasche hervor und stoße mit der Schulter die Haustür auf.

Diez bleibt dicht hinter mir.

Die nasse Kleidung lässt mich zittern, aber ich genieße die kurze Pause. Genieße es, Diez' Blick auf meinem Körper zu spüren. Sein Verlangen, das mindestens so stark ist wie mein eigenes. Ich weiß nicht, was er zu vergessen versucht – zumindest rede ich mir das ein –, aber es macht auch keinen Unterschied.

An meiner Wohnungstür drehe ich mich zu ihm um. »Meinst du, du kannst leise sein, damit wir niemanden wecken?«

Diez kommt näher. Ich kann den Geruch seines Parfums wahrnehmen, die Mischung aus Sandelholz und Bernstein. Er will sich an mich drücken, aber ich weiche aus, indem ich die Tür hinter mir aufstoße.

Die Wohnung liegt dunkel und still vor uns. Nur der Regen ist zu hören, als wollte er uns ein ganz eigenes Lied widmen.

Ich knipse das Flurlicht an und schlüpfe aus meinen hohen Schuhen. Diez steht nur da, wartet darauf, dass ich die nächste Runde unseres Spiels einläute. Und verdammt, ich bin gut darin.

Mit einem verführerischen Lächeln streife ich mir die Lederjacke von den Schultern. Mein helles Kleid klebt wie eine zweite Haut an meinem Körper und lässt überdeutlich erkennen, dass ich nur ein schwarzes Höschen darunter trage.

»Fuck«, entfährt es Diez.

Ohne den Blick von ihm zu nehmen, löse ich die Träger und ziehe das Kleid nach unten. Leider macht es mir die Feuchtigkeit nicht allzu leicht. Aber ich ignoriere meine kurze Unbeholfenheit.

»Wie wäre es, wenn du deinen Worten endlich Taten folgen lässt?«, hauche ich heiser.

Diez' Nasenflügel beben, als er mich betrachtet. Ich kann sehen, wie er mit sich ringt, wie er versucht, sich an dem letzten Halt vor dem freien Fall festzuklammern, als habe er Angst vor dem, was dann kommen könnte. »Bist du sicher, dass …«

»Ich stehe halb nackt vor dir, wie viele Einladungen brauchst du noch? Weniger denken, mehr …«

Aber dieses Mal ist er es, der mich zum Schweigen bringt, indem er meine Worte mit einem Kuss erstickt. Der mich nimmt, wie ich gerade genommen werden will. Hart. Kompromisslos. Entlang einer Grenze, von der ich bis eben nicht wusste, ob ich sie wirklich überschreiten sollte. Aber ich will es.

Ich will alles, außer den Gefühlen in mir.

Ich will ihn, um zu vergessen, welcher Orkan in meinem Inneren tobt.

Er drückt mich gegen die Wand, raubt mir den Atem mit seinen Küssen und seinen Berührungen, als sich seine Hände unter den Bund meines Höschens schieben. Wassertropfen perlen von den Spitzen meiner Haare und hinterlassen blassviolette Punkte auf seinem weißen Shirt.

Seinen Körper an meinen gepresst, fährt seine eine Hand über meinen Hals. Meine Kehle.

Die schwarzen Linien seiner Tätowierung auf dem Unterarm wirken wie Schatten, die von seiner Haut auf meine wandern. Mich infizieren.

Alles in mir bereitet sich auf den Donner vor.

Auf den Ausbruch, der jede Faser meines Körpers unter seinem zum Erzittern bringen wird. Diez' Kuss und sein Keuchen erobern meine Seele und bringen meinen Herzschlag aus dem Takt. Seine Finger streichen weiter über meinen Hals, verharren kurz auf meiner Kehle und gleiten weiter zu meinen Brüsten.

Ich stöhne, kralle meine Finger in seinen Rücken.

Er zuckt zurück.

Seine Lippen glänzen von dem Angriff auf meinen Mund, von unserem Kampf darum, wer von uns die Kontrolle behalten und wer sie verlieren darf.

»Ich dachte, wir wollten leise sein?«

Herausfordernd hebe ich das Kinn. »Nein, nur du.«

Sein heiseres Lachen lässt das Prickeln in mir noch stärker werden. Ich ergreife seine Hand und ziehe ihn hinter mir her in mein Zimmer. Dann starre ich ihn an.

In seinen dunklen Augen kann ich seine Gedanken nicht lesen, dafür jedoch nehme ich die Signale seines Körpers überdeutlich wahr. Binnen eines Herzschlags gehen wir wieder aufeinander zu. Ich zerre an seinem Shirt, an dem Bund seiner Jeans. Will endlich seinen Körper auf meinem spüren.

Diez packt mich und wirft mich überraschend heftig auf mein Bett, was mir ein nicht ganz so erotisches Quietschen entlockt. Dann streift er die Boxershorts von seinem Körper, während ich mich meines Höschens entledige.

Mir bleibt gerade noch Zeit, nach den Kondomen in meiner Nachttischschublade zu tasten, als Diez wieder neben mir ist.

Seine Finger gleiten erneut über meinen Körper, zwischen meine Beine und tauchen tief in mich ein. Ich drücke ihm mein Becken entgegen, unterdrücke ein Seufzen. Mein Körper schmilzt unter den Bewegungen seiner Finger.

Ich kann nicht mehr warten.

Diez raunt etwas, das ich nicht verstehen kann. Seine Worte sind gedämpft. Seine Härte drängt sich mir entgegen, bringt mich noch mehr dazu, ihn zu wollen.

Mit immer gröberen, ungehaltenen Berührungen reizt er mich, als wüsste er genau, wie kurz ich davorstehe zu explodieren. Ich wiege mich vor und zurück, flehe ihn mit meinem Körper an, mir endlich mehr zu geben. Das Verlangen pulsiert durch meine Adern, raubt mir jede Klarheit und legt den Fokus einzig und allein auf das Empfinden.

Dann endlich schiebt sich Diez auf mich. Ich stöhne, als er hart in mich stößt. Es ist mir egal, wer mich hört. Verdammt, von mir aus kann die ganze verdammte Welt mitbekommen, dass ich gevögelt werde, solange ich endlich komme.

Endlich vergessen kann.

Endlich den Dopamin-Push kriege, den mir sonst nichts verschaffen kann.

In meinem Bauch verdichten sich die Empfindungen, als würde er kurz vor dem Urknall stehen. Mit jeder seiner Bewegungen treibt Diez mich weiter. Meine Hände krallen sich in seinen Hintern, während ich die Beine nach oben nehme, um ihn noch tiefer in mir zu spüren.

Ich keuche heftig. Jede Zelle in meinem Körper scheint zu explodieren und gleichzeitig den gefährlichen Wunsch nach mehr herauszuschreien.

Ich kann spüren, wie Diez in mir zuckt.

Dann liegen wir Stirn an Stirn da.

»Fuck«, entfährt es ihm wieder, doch dieses Mal mit einem Lächeln auf den Lippen. Er haucht mir einen Kuss auf die Stirn und zieht mich in seine Arme. Wie ein Versprechen, mich heute Nacht nicht mehr loszulassen und all die Zweifel zu ersticken, nur durch seine Anwesenheit. Durch seine Nähe.

Und genau das will ich nicht.

Etwas gröber, als ich es beabsichtige, winde ich mich aus seiner Umarmung und erhebe mich. Mit zittrigen Schritten torkle ich ins Badezimmer.

Es fällt mir schwer, mein Spiegelbild anzusehen, während Hormone und Alkohol Besitz von meinem Körper ergriffen haben. Die innere Leere, nach der ich mich so gesehnt habe, ist nicht da.

Dafür aber die Stille.

Stille, die ich gerade noch gerufen habe, die nun aber unendlich laut erscheint und etwas ganz anderes zum Vorschein bringt: Angst.

Verdammt.

»Das war eine schlechte Idee«, raune ich meinem Spiegelbild zu, ohne mir in die Augen zu schauen. Schlechte Entscheidungen sind mein Ding. Jedes Mal. Und doch fühlt es sich heute Nacht anders an. Schlimmer.

Nachdem ich mich frisch gemacht und einen Bademantel übergeworfen habe, begebe ich mich zurück in mein Zimmer. Diez liegt noch immer in meinem Bett und sieht mich an. Meine Fingernägel haben Spuren auf seinem Körper hinterlassen. Rote Striemen, als hätte ich ihn gezeichnet. In seinem Blick liegt zu viel Wärme. Viel mehr, als ich gerade ertragen kann.

Viel mehr, als ich gerade verdiene.

Und gleichzeitig sehnt sich ein Teil von mir genau danach, auch wenn ich es nie zugeben würde. Danach, in seinen Armen einzuschlafen und auszublenden, was das bedeuten würde. Was es *mir* bedeuten würde.

Aber das kann ich nicht zulassen. Also räuspere ich mich. »Danke.«

»Du sagst nach dem Sex einfach Danke?«, fragt Diez perplex.

»Na ja, ich dachte, mit einem Danke würde die Verabschiedung netter wirken«, gebe ich zurück, was dafür sorgt, dass er sich aufrichtet.

»Du willst, dass ich gehe?«

»Ja.«

Er fährt zusammen, als hätte ich ihn geschlagen. Nicht im Spiel, sondern mit der Absicht, ihn zu verletzen. Vielleicht wollte ich das auch, so ganz kann ich das gerade nicht sagen.

»Okay, ich …« Er stutzt, fährt sich durch die Haare, bevor er erneut ansetzt. »Sehen wir uns wieder?«

»Schon möglich. Wir leben in der gleichen Stadt.«

Der nächste Schlag.

Mein Verteidigungsmodus ist an, ohne dass Diez die Chance hat zu verstehen, was ihn ausgelöst hat. Aber es ist besser so. Besser für ihn. Für uns.

Shit, ich sollte nicht mal an ein Uns denken.

»Ada, komm schon«, brummt er und greift gleichzeitig schon nach seiner Jeans.

»Bin ich ja gerade, und jetzt will ich schlafen.«

Er schluckt.

Ich verschränke die Arme vor der Brust. Meine Mauer ist zu hoch für ihn und eine einzige Nacht. Ich habe bekommen, was ich wollte, und nun will ich mit mir und meinem schlechten Gewissen allein sein.

»Wie du willst«, murmelt er und schiebt sich an mir vorbei.

Ich kann hören, wie er die Tür hinter sich zuknallt.

Verdenken kann ich es ihm nicht.

Manchmal kann ich mich selbst auch nicht leiden.

Kapitel 3

6 Monate zuvor

ADA

Nicht alle können verstehen, warum man in die Dunkelheit flieht. Wieso man sich in den Nächten sicherer fühlt als im Schein der Sonne. Aber ich glaube, in der Dunkelheit ist die eigene Seele sicherer als im Spotlicht aller anderen. Geschützter vor den Verurteilungen, den falschen Erwartungen, vielleicht auch sicherer vor sich selbst. Denn wenn Teile der Wahrheit in der Nacht verschwinden und vom Morgentau davongewischt werden, kann man sich selbst noch einreden, dass man sich nicht verändert hat.

Dass all die schlimmen Dinge im Leben einem nichts von der eigenen Seele geraubt haben.

Ich unterdrücke ein Husten.

Eigentlich rauche ich nicht.

Aber heute ist es mir im Club zu laut. Dabei wollte ich eigentlich genau das. Etwas, das mich übertönt und die Sorgen in den Hintergrund treten lässt. Trotzdem stehe ich jetzt draußen und rauche eine Zigarette, die mir nicht schmeckt, während ich auf mein Handy blicke.

Martha
Willa und ich wollen einen Leseabend machen, bist du dabei?

Ich habe nicht geantwortet.

Das tue ich oft nicht, denn wie soll ich meinen besten Freundinnen erklären, dass ihre Nähe mir zu guttut, mich zu sehr in einen warmen Kokon aus Liebe einhüllt, den ich gerade nicht ertragen kann? Trotzdem starre ich die Nachricht immer wieder an, während meine Finger über der Tastatur schweben und es nur Sekunden brauchen würde, um ihr zu antworten. Nur Sekunden, um ihnen zu sagen, wie es mir wirklich geht.

»Du bist Ada, oder?«

Verdutzt blicke ich auf und mache mich schon darauf gefasst, einem der Kerle aus den letzten Wochen eine saftige Abfuhr zu erteilen, doch mir bleibt für einen Moment die Luft weg.

Dunkelbraune Augen blicken mich. »Und du bist …?«

Dabei weiß ich, wer er ist.

Die letzte Partynacht, zu der ich Willa und Martha überredet habe, endete in einem emotionalen Ausbruch, von dem ich mich immer noch erholen muss. Und der Typ in der Lederjacke, der jetzt vor mir steht, ist derselbe, der in dieser Nacht neben Willa stand. Ich erinnere mich an ihn.

Vielleicht ein bisschen zu gut.

»Tut mir leid«, meint er lächelnd und fährt sich durch die nahezu schwarzen Haare. »Ich bin Diez.«

»Cooler Name«, kommt es aus meinem Mund, noch ehe ich es verhindern kann. »Ist das ein spanischer Name?«

Er lacht, als würde er diese Frage öfter hören. »Kommt drauf an, wen man fragt.«

»Ich habe doch gerade dich gefragt?«

»Mein Vater würde sagen, es ist eine Kurzform von Dietrich, meine Mutter würde sagen, es war die einfachste Art, einen Namen zu finden, mit dem auch meine Großeltern zufrieden sind.«

Grinsend nicke ich und trete die Zigarette aus, die ich ohnehin nicht wirklich geraucht habe. »Deine Mutter ist mir sympathisch. Und was bedeutet Diez? Auf Spanisch, meine ich.«

»So viel wie zehn oder der Zehnte?«

»Fragst du mich das gerade, oder antwortest du mir?«, will ich neckend wissen.

»Keine Ahnung, irgendwie ist es mir unangenehm, so lange über meinen Namen zu sprechen«, gibt er zu. »Willst du nach Hause?«

Ich werfe einen Blick über die Schulter und schüttle den Kopf, noch ehe ich mir selbst diese Frage wirklich beantworten kann. Dann deute ich auf den Motorradhelm in seiner Hand. »Und du?«

Diez folgt meinen Blick. »Ich wollte noch etwas durch die Stadt fahren«, sagt er und legt den Kopf schief, während er mich betrachtet. Fast schon wartend.

Mein Herz macht einen seltsamen Extraschlag, während sich in meinem Körper Wärme ausbreitet, dicht gefolgt von einem Prickeln, das von meinen Ohrläppchen bis in die Fingerspitzen reicht.

»Hast du noch Platz auf deinem Bike?«

Die Frage ist schneller ausgesprochen, als ich es verhindern kann, denn eigentlich stehe ich nicht besonders auf Motorräder. Oder auf Biker. Shit, selbst Lederjacken mag ich an mir selbst lieber als an Männern. Aber Diez sieht mich an auf eine Art, die ich seit Monaten nicht mehr erlebt habe.

Manchmal trifft man Menschen und spürt eine Verbindung, ohne dass man sagen kann, woher sie kommt. Es ist nicht mehr als eine lose Ahnung, gepaart mit einer Anziehung, die man weder versteht noch der man sich entziehen kann. Aber sie ist da, unaufhaltsam.

»Ich habe keinen zweiten Helm«, antwortet er.

»Und du lebst nicht gern gefährlich?«

»Warum habe ich das Gefühl, du bist ein schlechter Einfluss?«

Das bin ich vielleicht wirklich.

Weil ich es so satthabe, das Richtige zu tun.

Weil die richtigen Entscheidungen nicht dafür sorgen, dass einem das Universum, Karma oder ein Gott ein besseres Leben geben.

Weil richtig und falsch am Ende auch nur Wörter sind, deren Bedeutung wir am Ende selbst bestimmen.

Vielleicht bin ich ein schlechter Einfluss. Shit, vielleicht bin ich sogar ein schlechter Mensch. Aber jetzt gerade, mit Diez in dieser Oktobernacht, fühlt sich das richtiger an als die ganzen letzten Monate.

Ich mache einen Schritt auf ihn zu, nahe genug, damit ich das Leder riechen kann, aber nicht so nahe, dass wir uns berühren. »Kommt drauf an, wen man fragt«, murmle ich und hebe das Kinn.

Heute Nacht werde ich Diez' falsche Entscheidung sein.

Kapitel 4

Jetzt

DIEZ

Frankfurt wacht gerade erst auf. Die Sonne kämpft sich zwischen den grauen Gebäuden hindurch und lässt die Tausenden von Fenstern schimmern, während ich weiterlaufe, ohne zu wissen, wo ich eigentlich hinwill. Der Kaffee in meiner Hand ist längst kalt geworden, aber meine Gedanken wollen sich immer noch nicht beruhigen.

Ada hat sich ziemlich klar ausgedrückt. Nur habe ich trotzdem nicht damit gerechnet, dass sie mich sofort wieder vor die Tür setzt. Und ich weiß nicht, was ich davon halten soll.

Irgendwie war ich davon ausgegangen, dass wir durch die letzten Monate eine Art Verbindung zueinander aufgebaut hätten. Aber vielleicht war das reines Wunschdenken.

Das Klingeln meines Handys reißt mich aus meinen Gedanken. Es gibt nur eine Person, die mich um diese Uhrzeit anrufen würde. »Guten Morgen.«

Am anderen Ende der Leitung höre ich Elias' Stimme. »Hey, Mann.«

»Was gibt's?«

»Ich wollte eigentlich zu dir, aber du bist …«

»Bin gerade erst auf dem Weg nach Hause«, schneide ich ihm das Wort ab und haste über die Straße, weil die Ampel bereits rot ist. Den ganzen Weg bis zu mir werde ich nicht laufen, also muss ich mir langsam eine Haltestelle suchen.

»Um 6 Uhr morgens?«

»Ja, ich …« *Wurde gerade nach einem Nicht-One-Night-Stand vor die Tür gesetzt.*

Nur kann ich genau das Elias nicht sagen, immerhin komme ich aus der Wohnung, in der auch seine Freundin lebt. Verdammt, wann hat mein Leben eigentlich angefangen, so schrecklich kompliziert und verworren zu sein?

»Alles okay?«

»Sicher, ich nehm die nächste Bahn«, erkläre ich, ehe ich die Stufen zum Bahnsteig hinunterlaufe.

»Bro, ich kann auch …«

»Ich bin in ein paar Minuten da, du kannst warten, wenn du willst.«

Nachdem ich in die Bahn gesprungen bin, checke ich mein Handy. Es sind keine weiteren Nachrichten eingegangen, und auch wenn ich weiß, dass Ada wahrscheinlich schläft, regt sich Enttäuschung in mir.

Sie war es, die mich in den Club bestellt hat.

Sie hat mich geküsst.

Und es war ihre Idee, zu ihr zu fahren, um … na ja, eben das zu tun, was wir da getan haben.

Also was habe ich angestellt, das ihr offenbar so sehr missfallen hat, dass sie mich einfach rauswirft? Oder habe ich irgendwo zwischen Knutschen und Alkohol akzeptiert, dass sie mich für diese Nacht nur benutzt?

Wäre ja nicht zum ersten Mal so, flüstert eine heimtückische Stimme in meinem Kopf. Nur dass wir es sonst gar nicht erst in ihre Wohnung geschafft haben. Und sie mich bisher nicht rauswerfen musste.

Mein Kopf schmerzt zu sehr, um diesen Gedanken wirklich zu Ende zu führen. Und der Anblick meines besten Freundes vor meiner Haustür macht meine Lage nicht wesentlich besser.

»Du siehst scheiße aus«, begrüßt er mich.

Ich fummle den Schlüssel aus meiner Lederjacke. »Ungefähr so fühl ich mich auch.«

»Ich wusste gar nicht, dass du gestern noch wegwolltest«, meint Elias, als ich ihm die Tür aufhalte. Die Reifen seines Rollstuhls quietschen, als er sich vor dem Fahrstuhl umdreht und mich skeptisch anschaut.

Um Zeit zu schinden, drücke ich erst mal den Knopf. »War eher eine spontane Aktion.«

Elias kennt mich allerdings zu lange, um das einfach so hinzunehmen. »Und möchtest du mir dazu noch etwas sagen?«

»Nein, eigentlich wäre es mir lieber, wenn du es nicht weiter erwähnst«, brumme ich in mich hinein. Zum Glück ertönt das leise Ping, das uns verkündet, dass wir in meiner Etage angekommen sind. Schnell mache ich ein paar Schritte vor, um das Chaos aus Sportschuhen in meinem Flur zur Seite zu schieben, damit Elias genügend Platz hat.

»Dir ist schon klar, dass ich jetzt erst recht wissen will, was passiert ist, oder?«, murmelt er.

Da mir der billige To-go-Kaffee nicht ausgereicht hat, um meine Gedanken zu ordnen, begebe ich mich in die Küche. Elias folgt mir. Ich kann seinen Blick in meinem Nacken deutlich spüren. »Verrat du mir lieber, was du um 6 Uhr morgens von mir willst.«

»Eigentlich wollte ich dich abholen«, sagt er und legt seine Hände auf meinem Küchentisch ab.

»Und wozu?«

»Zum Training.«

Verwirrt drehe ich mich zu ihm um. »Was?«

Zu meinem Glück ist er nicht wütend, sondern eher belustigt. »Alter, wir haben das seit Wochen geplant.«

Irgendwo in meinem Hinterkopf regt sich die Erinnerung daran, dass wir uns vorgenommen haben, wieder öfter Sport zu treiben. »Shit, ich hab's vergessen.«

»Ist mir aufgefallen«, sagt Elias lachend und deutet auf den Kaffee, der gerade durchläuft. »Bekomm ich auch einen?«

»Sicher, aber ich habe keine Milch da.«

»Passt schon.«

Ich fülle unsere Tassen und setze mich zu ihm, ehe ich den Kopf in eine Hand stütze. Mit einem Nicken deutet er auf meine Motorradkleidung, die mitten im Wohnzimmer verteilt liegt.

»Ich find's gut, dass du wieder mehr fährst.«

Mit einer Hand wische ich mir über das Gesicht. »Ist ohne dich nicht dasselbe.«

Elias sieht mich ernst an.

Er weiß, dass es lange gedauert hat, bis ich den Unfall verkraften konnte. Was absurd ist, denn ich bin ohne einen Kratzer davongekommen. Doch das Bild meines besten Freunds, der blutend auf der Straße lag und es fast nicht überlebt hätte, hat sich tief in mein Unterbewusstsein gegraben.

»Gut, dass wir jetzt anfangen, wieder mehr Sport miteinander zu machen«, sagt Elias und zuckt mit den Schultern. »Wie wäre es, wenn wir heute auch wirklich damit anfangen?«

»Bro, ich glaube nicht, dass ich in der Lage bin, jetzt Sport zu machen.«

Elias' schallendes Lachen fühlt sich an wie eine Ohrfeige, und ich muss mich daran erinnern, dass er ja nicht wissen kann, wie stark mein Ego heute Nacht beschädigt wurde. Schon wieder.

»Glaube ich auch nicht, aber wir sollten was essen«, entgegnet er. Lässig lehnt er sich zurück, während seine dunklen Augen mich mustern.

»Damit du mich weiter ausfragen kannst?«

»Ganz genau.«

»Kann ich mich vorher noch umziehen?«

Grinsend nickt er. »Sicher. Von dem Geruch nach Sex und Alkohol wird mir sonst noch ganz schwindelig.«

Sex, Alkohol und Herzschmerz, denke ich.

Aber ich sage nichts.

ADA

Es gibt diesen Augenblick, kurz bevor man wach wird, in dem man begreift, dass man schläft. Träumt. Und in dem man sich verzweifelt davon abzuhalten versucht, wirklich wach zu werden, weil man weiß, dass die Welt außerhalb des eigenen Kopfs viel zu dunkel ist, auch wenn der morgen versucht, einen mit dem Sonnenlicht zu locken.

»Shit.«

»Sie hat sich noch nicht mal darüber beschwert, dass wir das TikTok noch nicht gepostet haben.«

»Ist sie wach?«

»So würde ich ihren Zustand nicht beschreiben.«

»Ich kann euch hören«, stöhne ich und richte mich auf. Was ich ziemlich schnell bereue, weil mein Kopf dröhnt, als habe jemand ihn mit einem Hammer bearbeitet. Und obwohl ich dachte, mein Leben sei ohnehin schon die Hölle, wird alles noch schlimmer, als ich die Augen öffne.

Willa sieht mich mit diesem Blick an, der mir das Gefühl gibt, sie sei meine Mutter, die ich gerade bitterlich enttäuscht habe.

»Hier«, höre ich Martha und nehme die schmale Hand wahr, die sich in mein Gesichtsfeld schiebt und mir eine Aspirintablette und ein Glas Wasser reicht. Dicht gefolgt von einem großen Glas ihrer Anti-Kater-Spezialmischung. Meine Lebensrettung.

»Danke.«

Ich spüle die Tablette hinunter, wage es aber noch immer nicht, meine Augen weiter als nötig zu öffnen. Nach jedem Gewitter erscheint mir die Welt danach zu hell. Und es ist egal, ob das Gewitter den Himmel beherrscht oder meinen Kopf.

»Wie geht's dir?«, vernehme ich Willa.

»Verkatert.«

Dass meine Freundinnen besorgte Blicke austauschen, muss ich nicht sehen, ich kann es förmlich fühlen. Manchmal kommt es mir so vor, als würden wir drei so oft aufeinanderhängen, dass wir schon eine telepathische Verbindung haben. Nur dass es cooler klingt, als es ist.

Dieses Mal ist es Martha, die als Erstes etwas sagt. »Kannst du dich an gestern noch erinnern?«

Die Frage irritiert mich fast so sehr wie die Tatsache, dass es unnatürlich hell in meinem Zimmer ist, obwohl die Vorhänge noch geschlossen sind. »Ja.«

»Gut, immerhin etwas.«

»Was soll das denn heißen?«, grummle ich und schiebe die Bettdecke von meinen Füßen. Die Luft im Zimmer ist stickig, was dafür sorgt, dass mir noch etwas übler wird.

Vielleicht auch, weil der Gedanke an Diez mich so sehr verkrampfen lässt, dass sich sämtliche meiner inneren Organe zusammenziehen.

»Du meinst, mal davon abgesehen, dass deine kleine Orgie uns geweckt hat?«, fragt Martha lächelnd. Aber es ist kein freundliches Lächeln, sondern eines, bei dem ich mich frage, ob sie mich liebt oder mich gern aus dem Fenster stoßen würde.

»Seit wann betreiben wir in dieser WG Sex-Shaming?«, gebe ich pampig zurück und will mich an ihr vorbeischieben, was allerdings nichts wird, weil mich ein Schwindelgefühl überkommt.

Willa springt an meine Seite, sodass ich ihren Arm ergreifen und mich auf sie stützen kann. »Das tun wir nicht«, antwortet sie schnell. »Wir machen uns nur Sorgen. Es war das dritte Mal in dieser Woche, dass du völlig betrunken nach Hause gekommen bist. Und nicht allein warst.«

Da sich der Schwindel endlich wieder gelegt hat, kann ich mich von ihr lösen. »Ich wusste gar nicht, dass wir jetzt über alle Aktivitäten außerhalb der WG Buch führen?«

»Ada, komm schon. Was sollte das gestern?«, meint Martha in ruhigem Ton.

Aber ich kenne sie zu gut. Offenbar habe ich gestern einmal zu oft eine Grenze überschritten, und auch wenn ich die Fassade meiner Coolness aufrechtzuerhalten versuche, tut es mir eigentlich leid. »Ich feiere nur etwas, dazu sind Feiertage doch da, oder?«

Willa und Martha sehen einander an. Es ist Erstere, die sich räuspert und den Kopf schief legt. »Also eigentlich sind unsere Vorlesungen bereits gestartet. Pfingsten ist fast eine Woche her.«

Damit hat sie mich eiskalt erwischt. »Oh.«

»Ja, oh«, ahmt Martha mich nach. »Und 66,66 Prozent dieser WG nehmen ihr Studium ziemlich ernst.«

»Autsch. Möchtest du noch etwas an mir kritisieren, während ich darauf warte, dass die Tablette wirkt?«

»Hör auf, um dich zu schlagen«, sagt Martha betont langsam. »Wir sind's, nicht deine Eltern.«

»Du meinst meine Mutter«, zische ich zurück.

Damit habe nun ich *sie* eiskalt erwischt. Ich kann sehen, wie ihre ernste Miene bröckelt und darunter sichtbar wird, dass sie Mitleid hat. Ich hasse Mitleid.

»Tut mir leid, ich wollte nicht ...«

»Hast du aber«, schnaube ich und marschiere aus meinem Zimmer in Richtung Bad. Ganz so einfach lassen meine Freundinnen mich allerdings nicht vom Haken.

»Wir verstehen, dass Trauer ein Prozess ist, Ada«, versucht Willa es noch einmal. »Und wir verstehen auch, dass jeder anders damit umgeht. Niemand hier verurteilt dich, aber wir brauchen unseren Schlaf und etwas mehr ...«

»Ruhe«, ergänzt Martha.

»Schon verstanden, kommt nicht wieder vor«, sage ich in der Hoffnung, dem Konflikt aus dem Weg zu gehen und gleichzeitig eine neue Regel für mich aufzustellen. Es war tatsächlich nicht meine beste Idee, ausgerechnet Diez anzurufen. Schon wieder. Und ihn mit nach Hause zu nehmen. Schon wieder. Verdammt, ich steh nicht mal auf Bikerboys, und trotzdem ...

»Und vielleicht sollten wir auch darüber reden, was da gestern passiert ist.«

Dieser Satz lässt mich innehalten, noch ehe ich die Badezimmertür aufgestoßen habe. »Was meinst du?«

Willa sucht offenbar noch nach den richtigen Worten, um es mir möglichst schonend beizubringen. Martha zuckt mit den Schultern. »Du warst ein Arschloch.«

»Bitte was?«

»Als du den armen Kerl rausgeschmissen hast, warst du ziemlich unsensibel«, erklärt Willa in versöhnlichem Ton. Offenbar haben sie beschlossen, Good Cop – Bad Cop zu spielen, und ich bin diejenige, die hier verhört wird. Scheiße, in den Thrillern mag ich das, aber gerade geht es mir auf die Nerven.

»Shit, konntet ihr denn alles hören?«, platzt es aus mir heraus.

»Ja«, entgegnen meine Freundinnen wie aus einem Mund. Und in mir regt sich so etwas Ähnliches wie Scham. »Tut mir leid, dass ich eure Nacht versaut habe. Kommt nicht wieder vor.«

Damit lasse ich die beiden stehen und betrete endlich das Badezimmer. Mein Spiegelbild ignoriere ich dabei. Das Letzte, was ich gebrauchen kann, ist zu wissen, dass ich genauso beschissen aussehe, wie ich mich fühle.

Unwirsch kratze ich über meine Arme und damit auch über die kleine Tätowierung der Ente, die durch das Weinglas schaut. Die Ente war meine Idee. So wie es offenbar zu meiner Funktion in dieser WG geworden ist, die schlechten Ideen zu haben, die sich nie wieder abwaschen lassen.

Nur liebe ich diese Ente. Nicht dafür, wie sie aussieht, sondern für das, wofür sie steht: dass ich mich für immer an diese WG erinnern werde, auf die eine oder andere Art.

Selbst dann, wenn meine Freundinnen mal wieder (zu Recht) wütend auf mich sind. Oder wenn mein Gehirn nicht mehr all die Erinnerungen abrufen kann, die ich so sorgfältig gesammelt habe.

Mit all den losen Gedanken im Kopf versuche ich, irgendwie damit klarzukommen, dass ich nun aufgewacht bin und der Traum vorbei ist. Hallo, Realität, hallo, Nachwirkungen von beschissenen Entscheidungen. Als wollte mein Körper mir auch gleich noch zeigen, dass er sich zusammen mit meinen Freundinnen gegen mich verschworen hat, sehe ich das frische Blut in meinem Slip und stöhne auf. Auch das noch.

Wie sehr kann mir die Welt eigentlich noch den Mittelfinger zeigen?

Als ich wieder aus dem Bad komme, werde ich abgefangen.

»Soll ich uns was zu essen machen?«, will Martha wissen, was aus ihrem Mund einer Entschuldigung gleichkommt.

»Ja, ich brauche was Fettiges. Mit viel Salz. Und Schokolade.«

»Aber als Erstes brauchst du eine Dusche«, kommentiert Willa.

Verdutzt blicke ich an mir hinunter. »So schlimm?«

»Um ehrlich zu sein, noch schlimmer. Ich kann den Alkohol aus jeder deiner Poren riechen.«

Genervt verdrehe ich die Augen. »Okay, gebt mir ein paar Minuten.«

»Wir warten in der Küche auf dich.«

Das tun sie, wie jedes Mal. Weil unsere Freundschaft irgendwie noch funktioniert, obwohl in meinem Leben gar nichts mehr funktioniert. Obwohl ich gar nicht mehr will, dass etwas in meinem Leben funktioniert.

Kapitel 5

6 Monate zuvor

DIEZ

Kaum etwas zeigt das Gefühl von Einsamkeit so gut wie ein leerer Krankenhausflur. Ich sitze vor dem Zimmer und warte darauf, dass meine Eltern sich verabschieden. Zumindest für heute, denn endgültig Abschied nehmen kann noch niemand von uns.

Ich reibe mir über die Arme. Obwohl es eigentlich warm ist, stellen sich mir die Härchen im Nacken auf.

Schließlich tritt mein Vater aus der Tür.

Jemand, der ihn nicht kennt, würde nicht bemerken, dass seine Augen gerötet sind. Oder die Flusen der Taschentücher auf seinem Sakko. »Deine Mutter braucht noch einen Moment.«

»Soll ich euch einen Kaffee holen?«, will ich wissen.

Er nickt, ohne wirklich zu antworten und ohne mich anzusehen. Manchmal frage ich mich, ob er mir nicht mehr in die Augen schauen kann, weil sie ihn zu sehr an die von Danielle erinnern oder weil er sich wünschte, dass nicht sie leblos in einem Krankenhausbett läge, sondern ich. Verdammt, es ist das zweite Mal in meinem Leben, dass ich mir wünschte, hier zu sein und in einem Bett zu liegen. Erst bei Elias nach dem Motorradunfall und jetzt ...

Nur kann man einen Unfall nicht mit dem vergleichen, was Danielle passiert ist.

Resigniert stehe ich auf und schlurfe in Richtung Kaffeeautomat. Die Einsamkeit wird von Hektik abgelöst, von Stimmen, die sich beschweren, und vom Weinen der Menschen, die nicht wissen, was sie sonst tun können. Zielsicher steuere ich den Automaten an. Ich kenne den Weg inzwischen im Schlaf.

Fast fühlt es sich an, als sei ich in einer Zeitschleife gefangen. Der immer gleiche Ablauf, die immer gleiche Nachricht:

Deine Schwester wird vielleicht nicht wieder aufwachen.

Meine Gedanken werden abrupt unterbrochen, als ich gegen etwas stolpere und laut fluche. Brennende Hitze breitet sich auf meiner Brust aus. Ich brauche einen Moment, um zu begreifen, dass ich mit heißem Kaffee überschüttet wurde.

»Fuck.«

Blaue Augen starren mich an.

Eine junge Frau schiebt sich eine Strähne ihres pastelllila Haares hinters Ohr. »Was machst du denn hier?«

Ada.

Von allen Menschen auf der Welt habe ich mit ihr hier am wenigsten gerechnet. Das letzte Mal, dass wir uns getroffen haben, war im *Roxy,* und da haben wir kaum mehr als ein paar Worte gewechselt. Überhaupt bin ich eher der ruhige Typ, wenn mein bester Freund Elias mich mitnimmt und ich so irgendwie zu einem Teil des Freundeskreises von ihm und seiner Freundin Willa werde.

Grollend blicke ich auf den gigantischen Kaffeefleck auf meinem hellgrauen Hoodie. »Wie wäre es mit einer Entschuldigung?«

Ihr Blick wird etwas weicher, und sie beginnt in ihrer Handtasche nach Taschentüchern zu wühlen, die sie mir reicht. »Du bist in mich reingerannt«, meint sie, und die langen schwarz lackierten Nägel glänzen im künstlichen Licht. »Also, was machst du hier?«

»Das Gleiche könnte ich dich fragen«, brumme ich in mich hinein, während ich versuche, irgendwie den Fleck wegzutupfen. Meine Erfolgschancen sind zwar nicht sonderlich hoch, aber immerhin halte ich so meine Hände beschäftigt.

Verdammt, ausgerechnet sie. Ausgerechnet hier.

Ihre lila Haare durchbrechen das klinische Weiß des Krankenhauses.

Ada nimmt mich ein Stück zur Seite, damit noch andere Menschen an den Kaffeeautomaten kommen. »Ich besuche meinen Vater«, gibt sie zu. Ihr Blick flattert, als sie mich ansieht, als würde sie versuchen, die Mauer, hinter der sie sich versteckt hat, nicht einbrechen zu lassen.

»Und ich meine Schwester.«

»Ich wusste nicht, dass du eine Schwester hast.«

»Die Frage ist, ob ich noch immer eine habe.«

Ihre Augenbrauen wölben sich nach oben. »Was?«

»Vergiss es«, erwidere ich schnell, weil mir klar ist, dass ich ansonsten erklären müsste, was los ist. Und wie soll ich etwas erklären, das ich selbst noch immer nicht verstehe? »Hatte dein Vater einen Unfall oder so was?«

»Nein, nur Pech mit den Genen.«

Nun bin ich es, der verwirrt ist. Aber Ada winkt ab, als sei es nicht weiter wichtig. Nein, das stimmt nicht, als wollte sie das Thema möglichst schnell wieder vergessen. Und da ich mir nur zu gut vorstellen kann, wie sie sich fühlt, bohre ich auch nicht weiter nach.

»Eigentlich wollte ich nur schnell einen Kaffee für meine Eltern holen.«

»Im Kiosk um die Ecke ist er besser«, behauptet sie und wirft den leeren Plastikbecher in den Mülleimer neben uns.

»Und warum warst du dann nicht dort?«

Darauf geht Ada nicht ein, sondern bedeutet mir mit einer Handbewegung, ihr zu folgen. »Komm, wir besorgen uns einen anständigen Kaffee. Ich schulde dir was für das Desaster mit deinem Pulli.«

Eigentlich sollte ich Nein sagen, aber die Aussicht, dem Horror des Krankenhauses wenigstens kurz zu entkommen, ist zu verlockend. Genauso wie die Gesellschaft. Also nicke ich nur und folge Ada hinaus.

Das Wetter kann sich noch nicht so richtig entscheiden, ob es den Herbst zulassen will.

Schweigend laufen wir nebeneinanderher. Die Sonne blendet mich, während ich die Hände in die Hosentaschen schiebe und darüber nachdenke, wie ich die Stille zwischen uns füllen soll. Ich muss feststellen, dass ich besser meine Jacke geholt hätte, denn in den einfachen Hoodie kriecht die Kälte ebenso erbarmungslos hinein wie die Zweifel in meinen Kopf. Ada hingegen scheint das Schweigen nichts auszumachen. Sie steuert zielsicher den kleinen Kiosk an. Jede ihrer Bewegungen wirkt so sicher, so selbstbewusst, dass ich mir wünschte, etwas davon würde auch auf mich abstrahlen.

Erst nachdem Ada mir den frischen Kaffee gereicht hat, meint sie: »Huntington.«

Irritiert ziehe ich die Augenbrauen hoch. »Was?«

»Mein Dad.«

Mein Mund klappt auf. »Oh.«

»Es ist die dritte Lungenentzündung in diesem Jahr.«

»Das tut mir leid«, antworte ich, weil man mir beigebracht hat, dass man diesen Satz in solchen Momenten eben sagt. Selbst dann, wenn er nichts bringt und lediglich dafür sorgt, dass die Wunden nur noch stärker bluten.

Ada nippt an ihrem Kaffee, während wir uns langsam wieder in Richtung Krankenhaus bewegen. »Muss es nicht. Was ist mit deiner Schwester?«

Ich schlucke.

Danielle und ich sind nur ein Jahr auseinander, aber sie ist trotzdem meine kleine Schwester. Ich wollte sie immer beschützen und konnte es doch nie, weil sie viel öfter mich beschützt hat.

»Du musst es mir nicht sagen, ist schon okay.«

Nur liegt mein Schweigen nicht daran, dass ich es ihr nicht sagen will. »Ich habe irgendwie Angst davor, es laut auszusprechen«, gestehe ich so leise, dass ich erst nicht glaube, dass sie mich verstanden hat.

Ada bleibt stehen. Ihre blauen Augen durchdringen mich mit einer Klarheit, die sich anfühlt, als könnte sie direkt in mein Innerstes sehen. In all die Gedanken und Gefühle, die ich sorgfältig in einem der hintersten Winkel meines Kopfs versteckt habe. »Weil es dann real wird?«

Ich halte ihrem Blick kaum stand, kann aber dennoch nichts anderes tun, als ihn zu erwidern. »Damit kennst du dich wohl aus.«

»Besser, als mir lieb ist«, entgegnet sie.

Dann bricht der Blickkontakt zwischen uns ab, und ich erlaube mir, erleichtert aufzuatmen. Ich betrachte sie von der Seite, während wir weiterlaufen. »Danke.«

»Wofür?«, will sie mit einem kleinen Grinsen wissen. »Dafür, dass ich dich mit Kaffee verbrüht und dich dadurch vor der Plörre bewahrt habe?«

»Dass du mich nicht drängst, darüber zu reden.«

Sie wirft den Kopf in den Nacken und lacht auf. »Ich glaube, Reden wird überbewertet.«

»Tatsächlich? Und was sollte man sonst tun?«

Sie richtet den Blick wieder auf mich, der jetzt anders ist als zuvor. Herausfordernder. »Gib mir dein Handy.«

Keine Frage. Keine Bitte. Eine Aufforderung.

Für den Bruchteil einer Sekunde zögere ich, weil es sich anfühlt, als würde ich mich auf etwas einlassen, von dem ich nicht weiß, ob es mir gefallen wird. Doch je länger sie mich ansieht, desto deutlicher wird mir bewusst, dass ich mich schon entschieden habe. Ich fummle das Handy aus meiner Jeanstasche, entsperre es und reiche es ihr.

Ada tippt ihre Nummer ein und gibt es mir zurück. »Schreib mir, wenn du wieder mal nicht über die Scheiße in deinem Leben reden willst.«

Ich schlucke. »Mach ich.«

Lächelnd dreht sie mir den Rücken zu. »Bis dann, Diez.«

Und dann geht sie.

Wie der Sonnenschein, wenn die Wolken am Himmel wieder dichter werden.

Kapitel 6

Jetzt

ADA

Folgen | Nachricht | ▼

Die Buch-WG, drei Girls aus Frankfurt
und der Dackel Herr Fitzek.

Ich blicke auf unseren TikTok-Kanal, obwohl ich weiß, dass ich nur Zeit schinde. Es freut mich zwar, dass unser WG-Dackel Herr Fitzek auch mit dem aktuellen Video, in dem er sehr zu Willas Empörung auf *Trusting Was the Hardest Part* herumkaut, viral gegangen ist, aber gerade kann mich der Sog der App nur kurzzeitig aufheitern. Schnell beantworte ich ein paar der Kommentare, die sich unter dem Video gesammelt haben, dann lasse ich das Smartphone in meine Handtasche fallen.

Die echte Welt wartet nicht länger.

Jedes Mal, wenn ich vor der Wohnungstür meiner Mutter stehe, muss ich mich daran erinnern, dass der Ort hinter dem Holz nicht mehr mein Zuhause ist. Nur noch ein fragiles Abbild, wie eine Erinnerung, die immer rissiger wird und die man nicht mehr lange festhalten kann.

Und jedes Mal wieder ist es, als würde mein Herz erneut brechen und die Reste meiner Kindheit unter seinen Scherben begraben.

Noch einmal atme ich tief ein und aus, dann setze ich mein falsches Lächeln auf und öffne die Tür. »Ich war einkaufen«, rufe ich hinein und balanciere die zwei schweren Tüten durch den schmalen Flur.

Meine Mutter hebt den Kopf. »Das musst du doch nicht«, sagt sie sofort, steht aber nicht vom Sofa auf, als ich in die Küche gehe.

»Na ja, jemand muss es tun, und ich bin mir gerade nicht sicher, ob du das Sofa verlassen hast, seit ich gestern bei dir war«, erkläre ich und stemme die Hände in die Hüften, während ich sie eingehend betrachte.

In den letzten Wochen ist sie schmaler geworden. Manchmal kommt es mir vor, als würde sie versuchen zu verschwinden.

Müde steht sie auf und schlingt den fleckigen Bademantel enger um sich. »Ich war duschen«, sagt sie, weil sie weiß, dass ich verstehe, wie schwer schon dieser alltägliche Akt für sie gewesen sein muss.

»Das ist ein Anfang. Dann würde ich sagen, du ziehst dir etwas an, und dann gehen wir eine Runde spazieren«, schlage ich vor und räume die Fertiggerichte in den Kühlschrank. Es wäre wahrscheinlich besser, wenn ich Martha bitten würde, etwas zu kochen, aber es ist schon schwer genug, meine Fassade vor einem Menschen aufrechtzuerhalten.

Mama kommt näher und greift nach meiner Schulter. »Ada, ich bin deine Mutter. Ich sollte mich um dich kümmern.«

»Also ich finde, dass ich selbst entscheiden kann, ob ich mich um dich kümmern will oder nicht«, gebe ich trocken zurück.

»Ich komme zurecht.«

»Nein, das tust du nicht, und das ist auch in Ordnung.«

Ihre blauen Augen verdunkeln sich. »Du weißt, was ich meine.«

»Und du weißt, dass ich stur bin. Also zieh dir was an.«

Sie überlegt einen Moment, ob sie die Kraft hat, sich mit mir zu streiten, doch dann nickt sie. Ich warte, bis ich höre, wie die Tür des Schlafzimmers hinter ihr zufällt, dann fluche ich leise.

Papas Bild blickt mich in der Küche an.

Es zeigt uns bei meiner Einschulung. Lächelnd, glücklich.

Tränen brennen in meinen Augen.

Früher habe ich nicht verstanden, warum wir von allen wichtigen Dingen in unserem Leben Fotos machen. Aber inzwischen weiß ich, dass Erinnerungen in unserem Kopf nicht für immer gespeichert sind. Einen Moment halte ich inne.

So viele Fotos, die eine Familie zeigen, die nicht mehr vollständig ist.

Und das Chaos, das dieser Verlust hinterlassen hat, obwohl wir alle darauf vorbereitet waren.

Der Müll stapelt sich inzwischen nicht mehr nur in der Küche, sondern auch auf dem Balkon. Die Teller, die ich gestern abgespült habe, stehen noch immer auf der Spüle. Aber am schlimmsten sind die Kisten.

Kisten und Tüten voller Dinge, die jetzt niemand mehr in dieser Wohnung braucht. Weil mein Vater nicht mehr hier ist.

Ich habe versucht, zumindest einen Teil in den Keller zu räumen, aber meine Mama hat so sehr geweint, dass ich mich jetzt kaum noch traue, auch nur irgendwas zu verschieben. Selbst der Morgenmantel meines Vaters liegt noch auf seinem Sessel, als würde sie glauben, dass er ihn jeden Moment brauchen könnte.

»Jetzt nicht«, sage ich mir und wische mir über die Augen. Es nützt niemandem etwas, wenn ich jetzt zusammenbreche. Am wenigsten meiner Mutter.

»Nimmst du mich so mit?«, fragt diese und deutet auf ihre Jogginghose und das Oversize-Shirt, in dem sie noch kleiner wirkt. Die Haare hat sie zu einem unordentlichen Knoten hochgebunden, aus dem die grauen Strähnen abstehen.

»Du siehst gut aus.«

»Das schlechte Lügen hast du von mir«, murmelt sie ausweichend.

»Nur eine Runde um den Block, du wirst sehen, etwas Bewegung wird dir guttun«, sage ich so sanft ich kann, denn eigentlich würde ich gern schreien.

Sie sagt nichts, lässt aber zu, dass ich ihren Arm nehme und sie mit mir ziehe.

»Wie läuft die Uni?«, will sie wissen, als ich ihr die Sonnenbrille reiche, damit sie keine Kopfschmerzen bekommt. Der Sommer ist endlich da, doch keine von uns scheint die Wärme zu genießen. Meine Schritte auf dem rissigen Asphalt lenken meinen Blick weg von den grünen Bäumen und hin zu dem Grau, das mich so viel besser zu verstehen scheint.

Erst als meine Mutter sanft meinen Arm drückt, wird mir bewusst, dass ich ihr noch nicht geantwortet habe. »Ist ganz okay«, gebe ich ausweichend zurück.

»Deine Begeisterung ist ansteckend.«

»Ich weiß einfach nicht, ob es das Richtige ist, zu studieren«, gebe ich zu. Das Studium und ich haben eine Hassliebe, bei der ich noch nicht weiß, wie sie enden wird.

Verdutzt sieht meine Mutter mich von der Seite an, während wir über den Bürgersteig laufen. Zwischen den Wohnblöcken sind kastenförmige Rasenabschnitte, in denen Bäume stehen, die aussehen, als würden sie dem nächsten Sturm nicht mehr standhalten. Aber immerhin die Gänseblümchen bahnen sich ihren Weg und durchbrechen das Grün mit ihren Schattierungen von Rosa bis hin zu kräftigem Lila, das die sonst so weißen Blüten umrandet, als wollten die Blumen ihre Schönheit selbst unterstreichen. Meiner Mutter scheinen die Gänseblümchen nicht aufzufallen. »Aber du mochtest das doch immer?«

Was ich mag, sind gute Geschichten.

Spannung und Nervenkitzel und einen Thrill, der mir das Gefühl gibt, lebendig zu sein. Was ich mag, sind Bücher. Worte, die es schaffen, mich für ein paar Stunden aus meinem eigentlichen Leben zu reißen, um ein ganz anderes zu erleben. Und ich mag es nicht nur, sondern mehr noch: Ich brauche es. Allerdings ist mein Studium das Gegenteil eines spannenden Thrillers. Es ist eher einschläfernd.

Schulterzuckend schiebe ich mir die Sonnenbrille höher auf die Nase. »Ich mag es, ich frage mich nur, ob ich wirklich irgendwann in einem Verlag arbeiten will oder ob es nicht sinnvoller wäre, mir mein Hobby nicht durch den Beruf zu versauen.«

»Ich denke nicht, dass du dir etwas versauen kannst, das du so sehr liebst wie das Lesen.«

Schluckend zwinge ich mich, wieder zu lächeln. »Stimmt, und irgendwer muss ja den nächsten Fitzek finden.«

»Ich bin sicher, dass du es sein wirst«, sagt sie aufmunternd, und ihre Mundwinkel zucken sogar ganz kurz nach oben. Das ist mehr, als ich in den letzten Tagen geschafft habe.

»Na immerhin eine von uns beiden.«

»Dein Vater war auch sicher.«

»Ich weiß, Onkel Rupert erzählt jedes Mal davon, dass Pa gewettet hat, dass ich den nächsten Starautor oder die nächste große Starautorin finde«, murmle ich, ohne zu wissen, ob mich die Erinnerung freut oder unter Druck setzt.

»Ich bin sicher, ausnahmsweise wird er diese Wette gewinnen.«

Den Rest des Wegs laufen wir schweigend, aber ich rede mir ein, dass die frische Luft allein dafür sorgt, dass ihr fahles Gesicht mehr Farbe bekommt.

Wieder in der Wohnung, lässt sie sich schwerfällig aufs Sofa sinken. »Am Montag muss ich wieder arbeiten«, höre ich sie sagen.

»Es wird dir guttun, wieder unter Menschen zu sein«, antwortete ich und lächle aufmunternd. »Und das Sofa kann auch eine kleine Auszeit von dir gebrauchen.«

Sie sieht mich mit einem Blick an, der mir wohl sagen soll, dass meine schlechten Witze unpassend sind. Aber diesen Coping-Mechanismus habe ich von Papa gelernt. Und da sie auch das weiß, lässt sie es unkommentiert.

»Ich weiß nicht, ob es wirklich hilft, Jeanshosen zu falten und Menschen davon zu überzeugen, dass sie noch einen Pullover brauchen«, murmelt sie eher zu sich selbst.

»Na, na, jetzt sei mal nicht so. Wir brauchen alle eine stilsichere Beratung, wenn wir Frustshoppen gehen.«

Ihre Mundwinkel heben sich leicht, nur um gleich darauf zu versteinern. Sie schluckt. »Ada, wir sollten noch über etwas anderes reden.«

Schlagartig verkrampfe ich mich. »Muss das heute sein? Ich muss gleich los.«

Meine Mutter sieht mich mit großen Augen an. »Es ist doch Wochenende.«

»Ja, du weißt doch, wie das ist. Die Lerngruppen sind oft um diese Zeit«, lüge ich. Das Letzte, was ich will, ist, über den Nachlass meines Vaters zu reden. Um ehrlich zu sein, ist es mir scheißegal, was mit seinem Geld passiert oder mit dem Wagen, den er in den letzten Jahren nicht mal mehr fahren konnte.

Mir fehlt die Kraft dafür.

Und für Mama muss ich gerade die Starke sein.

Selbst wenn das bedeutet, dass ich jetzt gehen muss, ehe sie etwas sagt, das dafür sorgt, dass ich mich auf unserem Sofa zusammenrolle.

»Okay, dann …«

»Wir sehen uns in ein paar Tagen, Mama«, sage ich zum Abschied und drücke ihr einen Kuss auf die Stirn.

Jede von uns hat ihre eigene Art, vor der Realität davonzulaufen.

DIEZ

Stolpernd betrete ich meine Wohnung, stoße mir den Zeh an dem kleinen Hocker und fluche leise. Immerhin habe ich mein Handy nicht in der Hand, sonst hätte ich es vor Wut wahrscheinlich schon an die Wand geworfen. Der Effekt würde verpuffen, wenn ich das Gleiche mit meinen Kopfhörern mache. »Ich hab doch schon gesagt, dass …«

Die Stimme meines Vaters donnert in meinen Ohren. »Diez, ich kann hier nicht alles übernehmen.«

Er sagt das, als würde die gesamte Last der Welt auf seinen Schultern liegen, und ich werde wütend, weil ich ein schlechtes Gewissen bekomme, obwohl ich genau weiß, dass nicht ich es bin, der sich hier wie ein Arsch verhält. »Ich räume ihr Zimmer aus«, verspreche ich und werde noch zorniger, weil er mich zwingt, es auszusprechen. »Es ist nur gerade viel los.«

»An der Uni oder auf Partys?«, spottet mein Vater.

Ich kneife mir mit Mittel- und Zeigefinger in die Nasenwurzel. »Könntest du bitte aufhören, so zu tun, als würde ich mir keine Mühe geben?«

Mein Vater lacht auf. Nur ist es kein wirkliches Lachen, sondern nur sein Hohn, der zu einem Wummern an meinem Ohr wird. »Bei dem Notenschnitt frage ich mich, ob du überhaupt weißt, was es bedeutet, sich Mühe zu geben.«

»Danke, du weißt wirklich, was dein Sohn hören muss.«

Wir schweigen, während ich den Kopf gegen die Wand lehne und den Drang unterdrücken muss, ihn dagegenzuschlagen.

»Je eher es erledigt ist, desto besser«, höre ich ihn sagen. Weniger grollend, aber auch nicht wie die Stimme eines Vaters, der trauert.

»Erledigen …«, wiederhole ich. »Geht es dir wirklich nur noch darum, sie aus unserem Leben zu schaffen?«

Darauf geht er allerdings nicht ein. »Kommst du nächstes Wochenende, um das Zimmer auszuräumen?«

Alles in mir schreit Nein, aber ich weiß, dass ich mich davor nicht drücken kann. Wenn ich es nicht tue, wird er das machen, und ich kann den Gedanken nicht ertragen, dass er alles, was meiner Schwester gehört hat, einfach wegwirft. »Von mir aus.«

»Und bring was für die Katze mit.«

Verdutzt halte ich inne. »Was soll das denn jetzt wieder heißen?«

Mein Vater räuspert sich. Es ist nur ein kurzer Augenblick, aber ich bilde mir ein, dass er zumindest diesen braucht, um mit sich zu ringen. »Es war ihre Katze.«

»Und?«

»Und ich will sie nicht mehr in meinem Haus haben«, knurrt er, und der kurze Moment, in dem ich so etwas wie Mitleid mit ihm empfunden habe, verfliegt wieder. Der Zorn nicht.

»Ist das dein verfluchter Ernst?«

»Bring sie einfach woandershin.«

»Du kannst doch nicht einfach Danielles Katze rauswerfen«, rufe ich und kann selbst kaum glauben, dass ich es sagen muss.

»Das hätte sie sich eher überlegen müssen, ich war von Anfang an dagegen, dass sie ein Haustier bekommt.«

In mir brennt die letzte Sicherung durch. »Dir ist aber schon klar, dass du sie nicht mehr bestrafen kannst, oder? Sie hat sich …«

Aber mein Vater hat schon aufgelegt.

»… umgebracht«, beende ich den Satz und schlucke schwer, weil es sich anfühlt, als würde mich die gesamte Trauer gleich wieder zerquetschen wollen.

Kapitel 7

Jetzt

ADA

Ich liebe meine Freundinnen, aber manchmal bringen sie mich zur Verzweiflung. Und gerade hat es sich Willa zur Aufgabe gemacht, auch den letzten Rest meiner Geduld auszureizen.

Während ich dabei bin, den Content für unseren Kanal zu planen, hat sie es sich in den Kopf gesetzt, mich davon abzuhalten. Statt eines neuen Buchs drückt sie mir einen Flyer in die Hand.

»Sieh es dir doch wenigstens mal an«, beharrt sie und ignoriert meine kindischen Grimassen.

»Ich weiß, wie Selbsthilfegruppen funktionieren. Dafür brauche ich kein Papier«, gebe ich zurück und schiebe den Flyer über den Küchentisch zurück in ihre Richtung.

»Nur weil die Onlinegruppe der Huntington-Stiftung nichts für dich war, heißt das nicht, dass …«

»Können wir es nicht einfach dabei belassen?«

»Und wenn ich dich darum bitte, es mir zuliebe zu versuchen?«

»Wenn ich dich darum bitte, mir zuliebe ein TikTok zu drehen, sagst du auch ständig Nein«, wehre ich ab, auch wenn ich weiß, dass es nicht der beste Konter ist.

»Erstens stimmt das nicht«, erwidert Willa. »Immerhin habe ich diese Challenge mit dir gedreht. Und zweitens kannst du ein paar TikToks nicht damit gleichsetzen.«

Verdammt, sie hat mich durchschaut.

Allerdings fällt mir dazu auch nichts Besseres ein, als mit den Augen zu rollen. »Ich bin nicht der Typ für eine Trauergruppe.«

»Und woher weißt du das?«, hält sie dagegen.

Ich stemme die Hände in die Hüften. »Na ja, zum einen bin ich nicht du.«

Mit einem grimmigen Blick will ich mich an ihr vorbeischieben, aber ganz so einfach lässt sie mich nicht gehen. »Darum geht es doch gar nicht.«

»Ach nein?«

»Nein.«

»Aber du leitest die Gruppe«, sage ich mit Nachdruck.

»Manchmal, aber darum geht es auch nicht. Ich glaube, es kann dir wirklich helfen, Ada.«

Ihr Ton ist weicher geworden, als würde sie versuchen, mich in Watte zu packen, damit ich schneller auf das eingehe, was sie von mir will.

Es ist fast vier Monate her, dass mein Vater gestorben ist. Offenbar ist meine Schonfrist vorbei.

Ich reiße die Kühlschranktür auf und nehme mir eine Flasche Limo. »Sehe ich aus, als würde ich Hilfe brauchen?«

»Ja«, kommt es synchron von Willa und Martha, die an ihren Stammplätzen in der Küche sitzen. Martha blickt nicht einmal von ihrem Buch auf, während sie Herrn Fitzek streichelt. Der kleine Dackel lässt sich nicht anmerken, ob ihn der Ausgang unseres Streits juckt. Er dreht sich einfach auf den Rücken.

Grollend werfe ich die Hände in die Luft. »Schön, dass ihr euch so einig seid.«

»Du verdrängst einfach alles«, beharrt Willa und sieht mich mit ihren großen grünen Augen an, als würde sie erwarten, dass ich ihr jeden Moment weinend in die Arme falle.

»Oder mir ist klar, dass ich ohnehin nichts ändern kann. Mein Vater ist tot. Das ist scheiße, aber ich lebe, und ich werde mir davon nicht mein eigenes Leben versauen lassen«, zische ich und nehme einen Schluck von meiner Limo.

»Ada …«

»Komm mir nicht mit diesem pädagogischen Mist.«

Willa schüttelt den Kopf. »Nur weil du die Trauer gar nicht erst zulässt, heißt das nicht, dass sie einfach verschwindet. Du schiebst es nur auf.«

»Ich muss nicht trauern«, schnaube ich wütend. »Ich habe die gesamten letzten Jahre um meinen Vater getrauert. Jedes Mal, wenn er wieder etwas nicht konnte. Jedes Mal, wenn er nicht wusste, ob er es allein zur Toilette schafft. Jedes gottverdammte Mal, als er nicht mehr wusste, wer ich bin. Ich habe für mein ganzes Leben genug getrauert.«

Irgendwo zwischen meinen Worten kamen die Tränen dazu. Hinterhältige kleine Verräter, die in den Winkeln meiner Augen drücken, als würden sie nur darauf warten, sich zu zeigen und meine Fassade niederzureißen.

Am liebsten würde ich brüllen, schreien und um mich schlagen – aber was aus meiner Kehle kommt, erinnert mehr an ein Wimmern.

Willa macht einen Schritt auf mich zu. »Ada …«

»Nein, nicht umarmen. Sonst heule ich noch«, schnaube ich und weiche zurück, als würde ihre Berührung alles nur noch schlimmer machen.

»Es ist völlig okay zu heulen.«

»Ich will es aber nicht, Willa. Hörst du mir nicht zu?«, zische ich.

»Wahrscheinlich höre ich dir besser zu als du dir selbst«, sagt sie leise.

Und das Schlimmste ist, dass ich weiß, dass sie zum Teil recht hat. Der Grund, warum ich sauer auf sie bin, ist, dass sie mich besser durchschaut als die meisten anderen.

Martha klopft auf den Stuhl neben sich, und ich lasse mich darauf sinken, auch wenn ich lieber weglaufen würde. »Was soll ich denn da? In einem Stuhlkreis sitzen und mir anhören, was anderen Menschen das Leben verpfuscht hat?«

Willa zuckt mit den Schultern. »Es könnte dir helfen, und ich verlange ja gar nicht, dass du jedes Mal hingehst. Ich bitte dich nur darum, es mal zu versuchen. Was hast du zu verlieren?«

»Außer meiner wertvollen Lebenszeit?«

Sie rollt mit den Augen. »Die Sitzungen sind immer am Montag um 19 Uhr.« Dann schnappt sie sich ihre Umhängetasche und geht einfach.

»Schön, aber ich werde nicht da sein«, rufe ich ihr hinterher, während sich die Wohnungstür schließt.

Martha sieht mich schweigend an, während unser kleiner WG-Dackel auf meinen Schoß springt. »Guckt mich nicht so an«, sage ich an die zwei gewandt, doch meine Freundin legt mir eine Hand auf die Schulter. »Du kannst mein Auto nehmen, wenn du hinfährst.«

DIEZ

»Diez!«

Ich drehe mich um und entdecke Elias im Flur des Gemeindezentrums. Er trägt noch immer seine Sportkleidung, und die lachenden Kinder hinter ihm verraten mir, dass er wohl gerade eine seiner Sportgruppen geleitet hat. Offenbar bin ich nun zu einem Teil eines Wettstreits geworden, bei dem die Kids versuchen, schneller als ihr Lehrer über den Flur zu rasen. Ich springe zur Seite, ehe die kleine Gruppe mit quietschenden Reifen am Empfang abbremst.

Elias dreht den Rollstuhl seitlich, ehe er zum Stehen kommt, und blickt mich an. »Wie war es?«, will er wissen, während er seinen Schülerinnen zum Abschied winkt.

Mit einer Mischung aus Scham und Schuld fahre ich mir durch die Haare. »Ganz okay, denke ich. Willa macht einen guten Job.«

Elias nickt einem seiner Schützlinge zu, ehe sein Blick sich wieder auf mich richtet. »Dann konntest du endlich drüber sprechen?«

Die Frage habe ich kommen sehen. »Äh, na ja, also …«

»Diez?«

»Ich bin einfach noch nicht so weit, Mann«, sage ich schnell. Es ist das eine, anderen Menschen dabei zuzuhören, wie sie ihre Geschichten teilen, aber etwas ganz anderes, die eigenen zu erzählen. Besonders wenn so viele Fragen offen sind, auf die ich vielleicht nie mehr eine Antwort bekomme.

Elias erkennt nur durch meinen Blick, was in mir los ist. Ich lasse mich auf einen der Stühle an der Wand sinken und kann seine starke Hand auf meiner Schulter spüren. »Das ist okay.«

Okay.

Ich habe langsam vergessen, was dieses Wort eigentlich bedeuten soll. Wann ist auf dieser Welt jemals etwas okay? Ständig gibt es nur neue Dinge, die einem den Boden unter den Füßen wegreißen, bis man nicht mehr weiß, wie man es schaffen soll, nicht in eines der Tausenden Löcher zu fallen.

»Könnten wir uns darauf einigen, dass du mich einfach nicht wieder danach fragst, sondern wartest, bis ich damit zu dir komme?«, murmle ich, weil ich Mühe habe, nicht einfach hier, inmitten von fremden Menschen, einen Weinanfall zu bekommen.

»Wenn du das willst.«

»Ich habe einfach keine Lust darauf, dass es nur noch dieses eine Thema in meinem Leben gibt«, schnaube ich, nehme aber dankend ein Taschentuch von ihm an.

Elias zuckt mit den Schultern. »Wir können auch über etwas anderes reden.«

»Du wirst mich nach meinem Studium fragen, oder?«

»Hast du deinen Eltern endlich gesagt, dass du es abgebrochen hast?«, fragt er geradeheraus, und der Stein in meinem Magen wird noch viel größer.

»Nein.«

»Verstehe.«

»Tatsächlich, oder sagst du das nur, damit ich nicht die Flucht ergreife?«, gebe ich grimmig zurück.

»Ein bisschen von beidem vielleicht«, gibt er zu. »Willst du in eine Bar?«

Schnell schüttle ich den Kopf. »Nein, ich bin mit dem Bike da.«

»Und ich mit dem Auto, und ich weiß, es ist ein schräges Konzept, aber man muss nichts trinken.«

»Heute nicht, Elias«, winke ich ab, denn der bloße Gedanke, jetzt unter Menschen zu gehen, ist mir schon zu viel. Meine sozialen Batterien scheinen sich nicht mehr wirklich aufladen zu lassen. Als sei ich ein iPhone, das seine besten Tage hinter sich hat und konstant nur noch auf 50 Prozent läuft. Tendenz sinkend.

»Und was ist mit morgen?«

»Du wirst mich löchern, bis ich dir etwas sage, oder?«

»Bro, dir geht's beschissen, und alles, was ich will, ist, für dich da zu sein«, entgegnet er – und auch wenn ich es nicht sagen kann, hilft mir dieses Wissen schon.

»Ich weiß. Danke, Mann.«

»Also, wie sieht es morgen aus?«, hakt er nach, und ich schaffe es, irgendwie wieder aufzustehen.

Gerade bin ich mir nicht sicher, ob ich es gut finde, dass er nicht lockerlässt, oder genervt davon bin. Vielleicht beides. Aber eines weiß ich: Allein zu sein, ertrage ich gerade nicht.

Also nicke ich langsam. »Ich bin dabei.«

Elias grinst, auf diese Art, die irgendwie nur er kann. Als wüsste er längst, dass er mich überzeugt hatte, noch ehe ich es wusste. »Gut, ich hol dich nach meiner Vorlesung ab.«

Irgendwann, denke ich, muss es besser werden.

Kapitel 8

6 Monate zuvor

ADA

Von Frauen wird immer mehr erwartet.

Egal, wie viele Gruben das Leben ihnen gräbt, sie müssen sich mit einem Lächeln aus jeder einzelnen wieder herauskämpfen. Nicht meckern. Nie weinen. Immer schön lächeln, damit das bloße Überleben nicht zu schwer aussieht oder, gottbewahre, anstrengend für andere werden könnte.

Und ich verstehe nicht, wie meine Mutter das schafft.

Dieses ständige Pendeln, zwischen der Arbeit, dem Krankenhaus und dem Haushalt, der seit Jahren nur in ihrer Hand liegt. Immer für andere da.

»Wird es dir wirklich nicht zu viel, wenn du einkaufen gehst?«, fragt sie mich, und das schlechte Gewissen trieft aus ihrer Stimme.

Sie will keine Last sein.

Sondern die Person, die anderen die Last abnimmt.

Ich bewundere sie dafür.

Aber es macht mir auch Angst zu sehen, dass der Maßstab so weit oben ist. Und niemand scheint es zu bemerken, weil sich die gesamte Menschheit schon daran gewöhnt hat, dass die Frauen eben den Alltag retten.

Und ich kann es nicht.

Selbst wenn ich es versuche. Ich bin nicht so gut wie sie. Nicht so stark.

»Kein Problem, Ma. Schreib mir einfach, was du brauchst, und ich bring es nachher vorbei …«

Wir verabschieden uns.

Und ich kann mich nicht länger davon ablenken, wo ich mich befinde. Ich hätte nie gedacht, dass ein Krankenhaus mal so etwas wie mein zweites Zuhause werden könnte. Inzwischen sind mir die Gänge so vertraut, dass ich manchmal nachts aufwache und vergesse, dass ich nicht zwei Flure weitermuss, um ein Badezimmer zu finden.

Und ich habe auch nicht erwartet, dass ich irgendwie mit all den fremden Menschen auf den Gängen und in den Zimmern mitfühle. Keiner von uns hat es sich ausgesucht, hier zu sein. Niemand von uns war schon bereit, sich mit der eigenen Sterblichkeit oder der eines geliebten Menschen auseinanderzusetzen.

Die Hände tief in den Taschen meines Hoodie-Kleids, biege ich in die Cafeteria ein – und stocke kurz. An einem der Tische sitzt jemand, den ich ebenfalls nicht erwartet und auf den ich vielleicht irgendwie gehofft hatte. Diez.

Ich sehe nur seinen Hinterkopf, aber ich erkenne seinen Pulli und die ausgelatschten Turnschuhe. Mit einem halben Lächeln laufe ich auf ihn zu. »Du schon wieder«, sage ich zur Begrüßung und setze mich neben ihn.

Das Lächeln gefriert auf meinen Lippen, als seine braunen Augen meine finden. Tränen laufen über seine Wange und verfangen sich in den dunklen Stoppeln seines Dreitagebarts. »Und du«, bringt er mit belegter Stimme hervor.

»Scheiße, tut mir leid. Ich wollte nicht …«

»Schon okay, ich denke, wenn es einen Ort gibt, an dem man weinen darf, ist es dieser«, unterbricht er mich und wischt sich über das Gesicht.

»Ist alles okay?«, frage ich automatisch. »Streich das, es ist offensichtlich nichts in Ordnung.«

Diez schüttelt den Kopf. »Das trifft es ziemlich gut.«

Unsicher blicke ich an ihm vorbei, zu den anderen Menschen, in deren Leben auch nicht mehr alles okay ist.

»Willst du drüber reden?«

Er stöhnt leise, scheint sich aber so weit beruhigt zu haben, denn es kullern keine neuen Tränen aus seinen Augen, die unverwandt auf mich gerichtet sind. »Nein. Und du?«

»Nein.«

Wir schweigen einen Moment, oder besser: Ich warte. Warte darauf, ob er nicht doch noch etwas sagen will. Etwas, das mir verrät, ob ich irgendwas tun kann. Ich bilde mir nicht ein, etwas von seinem Schmerz nehmen zu können, dafür kenne ich meinen eigenen zu sehr. Aber manchmal hilft es, wenn vermeintlich Fremde einem die Nähe geben, die man von anderen gerade nicht ertragen würde.

»Ich wünschte, ich könnte einfach nur für ein paar Minuten vergessen, dass das jetzt die Realität ist, in der ich leben muss«, murmelt er so leise, dass ich ihn gerade so verstehen kann.

»Den Gedanken kenne ich zu gut.«

Sein Blick bohrt sich in meinen, als würde er versuchen, nur in meinen Augen zu lesen. »Tatsächlich?«

Nickend beuge ich mich etwas nach vorn und lege meine Hände auf dem Tisch ab, als würde ich ihm zeigen wollen, dass ich ebenso unbewaffnet bin wie er. »Ich suche nach etwas, das dafür sorgt, dass ich nicht ständige Flashbacks habe. Nicht ständig alles neu erlebe. Nicht ständig die gleichen Gespräche führe, einfach wieder etwas freier bin.«

Diez gibt ein Geräusch von sich, irgendwo zwischen Lachen und Schluchzen. »Scheiße, solche Dinge kommen nie in Büchern oder Filmen vor.«

»Nein, da gibt es nach dem dramatischen Ereignis einen Cut, und das Ganze dazwischen wird einfach übersprungen«, erkläre ich vorsichtig.

»Nur wir können es nicht überspringen.«

Er legt eine Hand ebenfalls auf den Tisch. Nicht so nah an meine, dass wir uns berühren, aber nahe genug, dass ich darüber nachdenke, wie es sich anfühlen könnte. »Zumindest nicht ganz«, stimme ich zu.

»Was tust du, wenn du versuchst, nicht an die Realität zu denken?«, fragt er und greift nach dem Kaffee, der mit Sicherheit schon kalt ist.

Ich zucke mit den Schultern. »Kommt drauf an. Lesen, Partys … Sex.«

Diez verschluckt sich, was mich zum Grinsen bringt. »Das werde ich mir merken.«

Da ist etwas.

Kein rauschendes Knistern, keine Schar von Schmetterlingen, aber ein *Etwas*. Leise und vielleicht sogar unbedeutend, wie ein Band, das zwischen uns flattert, sich aber noch nicht entschieden hat, ob es sich zwischen uns spannen lassen will. Das erste Mal war nur eines von vielen, austauschbar. Schön, aber nicht vergleichbar. Nicht bedeutsam. Ich hatte nicht geplant, ihn wiederzusehen. Und nun sitze ich hier und bin froh darüber, auch wenn ich es nicht sein sollte.

Weil ich weiß, dass ich mir Gefühle wie diese nicht leisten kann. Nicht leisten darf. Nicht bei jemandem wie ihm, der ohnehin schon so viel verloren hat. Ich sollte ihm sein Herz lassen, denn mein eigenes ist zu fragil für einen Tausch. Und trotzdem frage ich:

»Brauchst du jetzt etwas Ablenkung?«

Diez' Augenbrauen ziehen sich zusammen. »Ähm, ich bin mir gerade nicht sicher, in welche Richtung dieses Gespräch geht.«

Ich lache auf und muss feststellen, dass mein Lachen auch seine Mundwinkel anhebt. »Nicht das, was du denkst, aber ich wollte ins Kino.«

Die Verwirrung in seinem Gesicht zeichnet eine Falte über seiner Nasenwurzel. »Allein?«

Ich stehe auf und reiche ihm eine Hand. »Wenn du mitkommst, bin ich ja nicht mehr allein, oder?«

Er zögert, scheint darüber nachzudenken, ob er meine Hand wirklich nehmen kann. Und ich frage mich, ob er das lose Band zwischen uns auch fühlen kann, ob er sich auch fragt, was das zu bedeuten hat – und ob es seine Neugier genauso weckt wie meine.

Dann umschließen seine Finger meine.

Das Band ist gespannt.

DIEZ

Das war die schlechteste Idee, die ich haben konnte.

Mit angezogenen Beinen sitze ich auf meinem Kinositz und vergrabe das Gesicht an Adas Schulter. »Ich kann nicht hinsehen.«

Ihr Lachen dringt durch die grollende Musik des Films zu mir hindurch. »Es sind doch nur Geister?«

Sie sagt das, als sei es nicht weiter schlimm.

Dabei kann ich mir kaum etwas Schlimmeres vorstellen. Hätte ich gewusst, worauf ich mich einlasse, wäre ich nicht mitgegangen. Obwohl das nicht ganz stimmt, wahrscheinlich hätte ich alles getan, nur um sie lachen zu hören und für ein paar Augenblicke alles andere zu vergessen.

Blinzelnd sehe ich sie an. »Ein Killer wäre mir lieber«, gestehe ich leise. Der Geruch ihres Shampoos kitzelt in meiner Nase.

»Wie kann es sein, dass du Angst vor Geistern hast?«, will sie wissen, ohne ihren Blick vom Film zu lösen.

Es sind kaum andere Leute hier. Unsere Reihe ist nahezu leer, und die wenigen Paare um uns herum sind mehr mit sich selbst als mit dem Film beschäftigt.

Ada blickt mich an und wartet.

»Weil es sein kann, dass es sie tatsächlich gibt.«

Ihre schmalen Brauen rutschen zusammen. »Bei Killern hast du sogar die Gewissheit, dass es sie gibt.«

»Ja, aber die bluten. Was blutet, kann man töten. Geister nicht.«

Kopfschüttelnd wendet sie den Blick wieder der Leinwand zu und dippt ihr Popcorn in den kleinen Behälter mit Käsesoße. »Ja, weil sie schon tot *sind*.«

»Offensichtlich nicht tot genug«, nuschle ich, unsicher, was mich mehr verstört. Der Film oder Adas Essensvorlieben.

»Die Szene ist vorbei, du kannst wieder hinsehen.«

»Bist du sicher?«

Ada lacht auf. »Ganz sicher.«

Da die gruselige Szene überstanden ist und die Familie in dem Geisterhaus gerade darüber diskutiert, ob sie ausziehen oder sich töten lassen will, richte ich mich wieder auf und schaffe es irgendwie, halbwegs lässig mit den Schultern zu zucken. »Hast du denn vor gar nichts Angst?«

»Wenn ich Angst habe, ignoriere ich sie so lange, bis sie weggeht«, erklärt sie knapp.

»Interessante Taktik.«

Mit schief gelegtem Kopf sieht sie mich an. »Sie nennt sich: Verdrängung.«

Halb grinsend nicke ich. »Klingt vielseitig einsetzbar.«

»Ich geb dir gern Nachhilfe darin.«

»Und wie würde meine erste Stunde aussehen?«

»Mit etwas Glück findest du das noch heraus.«

Wir lächeln einander an. Im wechselnden Licht schimmern ihre Haare abwechselnd bläulich bis rot, und ich frage mich, ob sie all diese Farben ebenfalls ausprobiert hat, ehe sie sich für den Fliederton entschieden hat. Aber ich komme nicht dazu, zu fragen, denn sie reicht mir den Dip. »Willst du auch mal?«

»Auf gar keinen Fall.«

Empört reißt sie den Mund auf. »Warum nicht?«

»Das ist gegen jede Regel, Popcorn und Käse sind zwei Dinge, die sich nicht vermischen sollten«, sage ich betont ernst.

Davon zeigt sich Ada allerdings gänzlich unbeeindruckt. Sie tunkt etwas Popcorn in die gelbe Soße und hält mir das Stück auffordernd hin. »Du bist ein Feigling. Wie wäre es, wenn du dich mal weniger an Regeln hältst und mehr ausprobierst?«

Ich verenge die Augen, weil sie es schon wieder schafft, dass ich mich ihr plötzlich beweisen will. Erst der Horrorfilm, und nun das. Und obwohl ich mich darüber ärgere, öffne ich den Mund.

Adas Finger berühren meine Lippen.

Es ist nur flüchtig, so kurz, dass es eigentlich keine Bedeutung haben sollte, aber ich kann spüren, wie etwas in mir zuckt.

»Und?«

Ich kaue, schmecke den Käse und die Süße des karamellisierten Popcorns und verziehe das Gesicht. »Das ist ekelhaft.«

Ada lacht schallend, was dafür sorgt, dass die anderen sich zu uns umdrehen. »Du hast wirklich keinen Geschmack, Diez«, meint sie und wendet sich wieder dem Film zu.

Aber für mich ist es zu spät, ich habe nur noch Augen für sie, und nicht einmal die Geister können mich davon abhalten, sie verstohlen anzusehen.

Nachdem die Familie endlich begriffen hat, was die Geister wollen, und der Abspann läuft, stehen wir auf und schieben uns aus dem kleinen Kino.

»Verdammt, es regnet schon wieder«, brumme ich, als wir unter der Markise stehen und die platschenden Tropfen Sprenkel auf meinen Schuhen hinterlassen.

Ada schlingt fröstelnd die Arme um ihren Körper, doch das Lächeln in ihrem Gesicht passt nicht zu der Kälte um uns herum. »Was hast du gegen den Regen?«

»Nichts, solange ich einen Schirm dabeihabe oder nicht auf dem Bike sitze.«

»Ich boykottiere Schirme.«

Perplex lache ich auf. »Wie kann man bitte Schirme boykottieren?«

»Na, indem man sie nicht benutzt, Schlaumeier«, sagt sie gelassen und schiebt sich eine der bunten Haarsträhnen hinters Ohr.

»Aber warum sollte man so etwas Nützliches nicht, na ja, nutzen?«

Herausfordernd hebt sie das Kinn. »Wenn der Himmel will, dass ich nass werde, werde ich eben nass.«

»Das ist deine Begründung?«

»Ich mag Regen. Er erinnert mich daran, dass es Momente gibt, in denen selbst der Himmel weint. Und wenn ich im Regen stehe, fühlt es sich an, als sei ich mit meinen Tränen nicht allein.«

Mit einem Schritt gibt sie die schützende Deckung auf. Den Kopf zum Himmel gestreckt, steht sie da und lässt zu, dass die Tropfen ihr Gesicht treffen. Tausende kleine Wasserperlen, die ihre Haare verdunkeln und von dem Stoff ihrer Kleidung aufgesaugt werden. Doch ihr Lächeln wird mit jedem Herzschlag breiter.

»Das ist …«, hauche ich, ohne zu wissen, was ich eigentlich sagen will.

Ada sieht mich wieder an. Ihre Mascara hat die Tränen dunkel gefärbt, die zu ihrem Lächeln hinablaufen. »Albern?«

Schluckend sehe ich auf ihre Lippen. »… wunderschön.«

»Willst du es versuchen?«, fragt sie mit blitzenden blauen Augen, die selbst in der Dunkelheit der Wolken noch zu leuchten scheinen.

»Ist das dein Ernst?«

Ada nimmt meine Hand und zieht mich in das Nass.

Ohne dass ich es verhindern könnte oder auch nur darüber nachdenke, lege ich die Hände um ihre Hüften, während sie die Arme um meinen Hals legt.

Und so stehen wir da.

Bis der Regen auch die ungeweinten Tränen fortgespült hat.

Kapitel 9

Jetzt

DIEZ

... niemand sagt einem, wie hart es sein kann, einfach aufzustehen. Jeden Tag, die Bettdecke aufschlagen, die Beine zur Seite schwingen und die Füße auf den Boden stellen. Aufstehen und weitermachen.
Aber ich kann nicht.
Ich liege bloß da, schaffe es nicht. Meine Gedanken sind laut, aber sie brauchen auch Kraft. Energie, die mir fehlt, um aufzustehen. Nur habe ich keine Wahl. Es ist ein neuer Tag. Also muss ich all die Dinge tun, die auch den letzten Rest aus mir heraussaugen.
Denn was ist die Option?

Danielle

Willkommen in deinem neuen Zuhause, Mrs King«, murmle ich und öffne die Luke der Katzentransportbox. Allerdings bewegt sich die Katze keinen Millimeter, was ich ihr nicht verdenken kann nach dem ganzen Stress, Streit und dem fliegenden Geschirr, das sie mitbekommen hat, als sie ihrem eigentlichen Zuhause entrissen wurde.

»Schon okay«, sage ich und mache ein paar Schritte von der Box weg. »Ich wäre an deiner Stelle auch nicht begeistert.«

Ich kann sehen, wie ein rot getigerter Schwanz sich bewegt, doch noch hat sie offenbar keine Lust, aus ihrem Versteck zu kommen.

Resigniert fahre ich mir durch die Haare.

Viel schlechter hätte es eigentlich gar nicht laufen können. Mein Vater ist völlig durchgedreht, während meine Mutter kaum etwas anderes tun konnte als weinen.

Ich dachte immer, erwachsen zu werden würde bedeuten, mit all diesen Dingen zurechtzukommen. Doch eigentlich bedeutet es nur, dass ich mein inneres Kind selbst schützen muss. Sogar in den Momenten, in denen es um meine eigene Familie geht.

Stöhnend reibe ich mir über das Gesicht und zwinge mich dazu, mich mit etwas anderem zu beschäftigen. Mein neues Haustier wird sicher nicht aus der Box kommen, wenn ich es anstarre wie ein Raubtier, das nur darauf wartet, irgendwas Bösartiges zu tun.

Kurz denke ich darüber nach, ob ich Elias anrufen sollte, entscheide mich aber dagegen. Mit Katzen kennt er sich wahrscheinlich auch nicht aus. Und mit Pech würde er mir nur Fragen stellen, die mich zwingen, darüber zu reden, wie abgefuckt meine gesamte Familie ist. Oder besser: das, was von ihr übrig ist.

Willa hat mal gesagt, man sucht sich seine erste Familie nicht aus, aber seine zweite schon – und ich frage mich, ob es für mich mal eine zweite geben kann. Kann ich je wieder so eine Verbundenheit fühlen wie zu Danielle? Und will ich das überhaupt?

Damit ich zumindest das Gefühl habe, irgendetwas Nützliches zu tun, nehme ich mir meinen Laptop und setze mich in die Küche. Mein Studium läuft offiziell noch, aber allein bei dem Gedanken, wieder in einen Hörsaal zu gehen, wird mir schlecht. Doch den letzten Schritt, um meine Entscheidung offiziell zu machen, wage ich noch immer nicht zu gehen. Denn was ist danach?

Zum Glück gibt es für alles Mögliche Onlinetests.

Nachdem der erste mir rät, es mal mit einem Lehramtsstudium zu versuchen, und danach meine Perspektiven eher in der Pflege einordnet, klappe ich den Laptop wieder zu. Wie schaffen es andere Menschen nur, einen Plan für ihr Leben zu haben? Woher soll ich jetzt wissen, was ich den Rest meines Lebens tun will? Und wozu sollte ich mir überhaupt noch Mühe geben, wenn alles in der unendlichen Irrelevanz verschwimmt?

Es gibt nicht viele Dinge, die ich wirklich mag. Musik, klar. Aber ich habe kein künstlerisches Talent. Mein Motorrad, sicher. Aber wie soll man damit eine Zukunft aufbauen? Bisher sind meine Fähigkeiten darauf beschränkt, Möbel aufzubauen, an Motoren rumzuschrauben und viel zu lange auf irgendwelchen Apps rumzuhängen, um mich abzulenken.

Ich nehme mein Handy und öffne TikTok, nur damit Adas Gesicht mich direkt von der Startseite aus anstrahlt. »Die Neuerscheinungen für den nächsten Monat sind …«, sagt sie und tut so, als würde sie ein Luftschlagzeug spielen, während der Trommelwirbel-Sound erklingt. Schnell wische ich weiter. Das Letzte, was ich brauche, ist die Erinnerung daran, dass ich sie vermisse.

Aus der Transportbox kommt ein vorsichtiges Miauen.

Vielleicht hat sie Hunger, denke ich und stehe auf, um das Katzenfutter in der Küche bereitzustellen. Der kleine Trinkbrunnen unter dem Tisch plätschert bereits fröhlich vor sich hin.

»Ich hab dir was zu essen gemacht«, erkläre ich ruhig, als könnte die Katze mich ernsthaft verstehen. »Danielle hat immer gesagt, du bist wählerisch, aber es war noch etwas von ihrem Futter für dich da, also hoffe ich, du magst es.«

Keine Reaktion.

Was habe ich auch erwartet?

Erschöpft lasse ich mich auf mein Sofa sinken.

Und plötzlich bricht die Welt über mir zusammen.

Die Tränen laufen mir so unvermittelt übers Gesicht, dass ich keine Chance habe, sie zurückzuhalten. Es ist zu viel. Das alles.

Es ist Danielles Katze, nicht meine. Meine Schwester sollte sich um sie kümmern, nicht ich. Meine Schwester sollte noch hier sein. Am Leben.

Ich kann fühlen, wie aus Tränen der Verzweiflung Tränen der Wut werden. Wut darüber, dass sie mich mit alldem allein gelassen hat. Mit unseren Eltern, mit dem Druck, mit einer gottverdammten

Katze – obwohl ich der Letzte bin, der in der Lage ist, sich um ein anderes Wesen als sich selbst zu kümmern.

»Fuck.«

Mit einer Hand wische ich mir übers Gesicht, reibe mir über die Augen, als könnte ich dadurch den ewigen Strom endlich stoppen. Aber es hilft nichts.

Ich kann nur dasitzen und warten, dass es von allein aufhört.

»Miau?«

Die Katze streckt ihren roten Kopf aus der Box.

»Ach, wenn ich anfange zu heulen, traust du dich, näher zu kommen?«, schnaube ich schärfer, als es meine Absicht war. Doch die Katze interessiert das nicht. Vorsichtig setzt sie eine Pfote vor die andere, schnuppert an dem Sofa und springt hinauf. »Miau.«

Mit verschleiertem Blick sehe ich sie an. »Du vermisst sie auch, oder?«

Aber die Katze sagt nichts mehr, sondern rollt sich am anderen Ende des Sofas zusammen.

Kapitel 10

Jetzt

ADA

Manchmal meinen Menschen es gut und versuchen, einen zu den Dingen zu zwingen, die besser für einen wären. Doch dabei vergessen sie, dass man selbst nicht immer das Beste für sich will. Das Letzte, was ich für mich will, ist etwas Gutes. Denn wie könnte ich so etwas verdienen, wo es so viel besseren Menschen als mir auch versagt bleibt?

»Ich fass es nicht, dass du mich dazu überredet hast«, stöhne ich und lehne mich gegen die Wand in Willas Büro.

Von den Plakaten strahlen mich Fremde an, die offenbar jedes Problem gelöst bekommen, und es kommt mir vor, als würden sie auf mich herabsehen, weil ich nicht einmal versuche, es ihnen gleichzutun. Leider hilft es nicht gerade, mich wieder Willa zuzuwenden.

Meine Freundin sieht mich mit diesem typischen Blick an, der mir wohl sagen soll, dass sie sehr gut weiß, wie genervt ich bin, was sie aber nicht davon abhalten wird, mich weiterhin zu nerven.

»Entspann dich, es ist nur eine Selbsthilfegruppe«, sagt sie und wischt sich eine der blonden Strähnen aus dem Gesicht. Dann schnappt sie sich die Broschüren und geht an mir vorbei, als stilles Zeichen, dass ich ihr folgen soll.

Im Gemeindezentrum ist noch immer einiges los. Im Eingangsbereich vor der Rezeption stehen Menschen allen Alters und Geschlechts, die sich den Weg in die unterschiedlichen Räume und zu den unterschiedlichen Gruppen weisen lassen. Ich laufe Willa hinterher und halte mit ihr an.

»Yasemin? Darf ich vorstellen, das ist Ada. Sie ist heute bei der Trauergruppe dabei«, erklärt sie einer dunkelhaarigen Frau, die ihre Hand zur Begrüßung hebt.

»Hey«, grüße ich knapp.

Yasemin lächelt auf die gleiche Art wie Willa. Irgendwie aufmunternd, als würde sie erwarten, dass ein paar hochgezogene Mundwinkel dabei helfen, mit dem Bullshit des Lebens zurechtzukommen. »Die Stühle sind schon aufgebaut, ihr könnt rein, wenn ihr wollt«, meint sie und deutet auf die geöffnete Tür schräg hinter ihr.

»Danke«, sagt Willa. Sie dreht sich halb zu mir um, und es kommt mir vor, als würde sie kontrollieren wollen, dass ich nicht doch noch in der letzten Minute abhaue. »Bist du so weit?«

»Da du mir keine andere Wahl lässt.«

Willa verdreht die Augen. »Eigentlich hattest du sehr wohl eine Wahl.«

»Ach wirklich, dann geh ich jetzt …«, brumme ich und will mich schon umdrehen, als sie eine Hand auf meine Schulter legt.

»Ada …«

Stöhnend betrete ich mit ihr den Raum, auch wenn der Stuhlkreis bereits ausreicht, damit ich mir noch verlorener vorkomme. »Schon gut, ich setze mich ja schon hin«, nuschle ich.

Meine Freundin ist damit beschäftigt, die Broschüren zu verteilen, ehe sie auch mir eine in die Hand drückt.

»Mit der Trauer leben«, steht in blauer Schrift auf weißem Grund. Am liebsten hätte ich das Papier direkt zerknüllt und weggeworfen.

Als ob irgendwas von alldem hier wirklich helfen könnte.

Mir bleibt allerdings keine Zeit, meinen Gedanken nachzuhängen, denn die ersten anderen Menschen kommen rein und setzen sich zu uns in den Kreis.

Ich bin mir nicht sicher, was ich erwartet habe, aber es überrascht mich, dass zwar alle unterschiedlich aussehen, aber dennoch den gleichen Gesichtsausdruck haben. Ich sehe tiefe Augenringe, mürrisch verzogene Lippen und Falten auf der Stirn. Mir gegenüber sitzt eine Frau im Alter meiner Mutter. Sie hält ein zerknülltes

Taschentuch in den Händen und weicht konsequent allen Blicken aus.

Irgendwo in mir regt sich ein Gefühl, das ich fast so sehr verabscheue wie das ständige Weinen. Mitleid.

Ich will sie nicht bemitleiden. Ich will niemanden bemitleiden, und ich will auch ganz sicher nicht selbst diejenige sein, die bemitleidet wird. Das ganze Konzept des Mitleids ist mir zuwider.

Und trotzdem.

Wenn ich die fremde Frau ansehe, entdecke ich so vieles, das ich tagtäglich bei meiner Mutter erkenne, und mein Herz scheint erneut in sich zusammenzufallen.

»Hallo zusammen«, beginnt Willa und bedeutet der letzten Person, die Tür hinter sich zu schließen. Geduldig wartet sie ab, bis der junge Mann ebenfalls sitzt. »Mein Name ist Willa, und ich leite heute diese Gruppe. Für alle, die mich noch nicht kennen, ich studiere Soziale Arbeit im Master. Das heißt, gerade schreibe ich an meiner Masterarbeit. Das Thema Trauer begleitet mich schon ein Leben lang, und ich hoffe, dass wir hier einen Ort schaffen können, an dem ihr offen über eure Gefühle sprechen könnt.«

Mit ihrem Sozialarbeiterinnen-Lächeln blickt sie in die Runde. Es sind längst nicht alle Plätze besetzt, aber trotzdem scheint die Luft im Raum immer dünner zu werden, während Schweigen herrscht.

»Möchte jemand anfangen?«

Ich fixiere eines der Poster an den Wänden, auf dem eine Hilfshotline beworben wird. Wenn meine Freundin ernsthaft erwartet, dass ich einen Seelenstrip vor so vielen Menschen hinlege, hat sie sich geschnitten.

Das Schweigen dehnt sich weiter aus, wird irgendwie lauter, als wollte es uns dazu bringen, endlich den Mund aufzumachen. Doch ehe jemand dies tun kann, hören wir etwas anderes.

Jemand stolpert in den Raum.

»Oh, Entschuldigung«, höre ich eine mir viel zu bekannte Stimme. »Ich hatte Probleme, einen Parkplatz zu finden.«

Mein Mund klappt auf, aber es kommt kein Ton über meine Lippen, während ich ihn anstarre.

Willa deutet auf den Stuhl neben mir. »Kein Problem, Diez. Setz dich einfach dazu.«

DIEZ

Mein Herz wummert unaufhörlich in meiner Brust, und ich kann es nicht mehr darauf schieben, dass ich gelaufen bin, um noch halbwegs pünktlich zu kommen.

»Was tust du denn hier?«, zischt Ada leise neben mir, ohne mich eines Blickes zu würdigen.

So habe ich mir ein erneutes Treffen mit ihr echt nicht vorgestellt. »Das Gleiche wollte ich dich fragen«, gebe ich leise zurück.

»Willa hat mich gezwungen.«

»Das ergibt Sinn.«

»Diez?«, kommt es von Willa, deren Blick mir zeigt, wie sie dazu steht, dass wir flüstern, während andere Menschen gerade dabei sind, ihr Herz auszuschütten. »Möchtest du etwas mit der Gruppe teilen?«

Das hätte ich kommen sehen müssen.

»Ich weiß nicht«, erwidere ich perplex. »Ich meine, ich bin nicht sicher, ob ich etwas Nützliches beizutragen habe.«

Willa beugt sich etwas nach vorne. »Es geht nicht darum, ob es nützlich ist. Möchtest du uns erzählen, wen du verloren hast?«

Ich schlucke. »Nein.«

Sie nickt nur mit einem halben Lächeln, das mir wohl sagen soll, dass sie keinen Druck ausüben will. Dann fixieren ihre grünen Augen die Frau, die Ada und mir gegenübersitzt. »Okay. Ina, möchtest du?«

Der Kopf der Frau ruckt nach oben, und der braune Pony wird durch ihre fahrigen Hände zur Seite geschoben. »Ich habe meinen Mann verloren«, sagt sie leise. »Vor drei Monaten. Krebs.«

Willa legt den Kopf schief. »Mein Beileid.«

Ina scheint einen Moment darüber nachzudenken, ob sie all das sagen kann, was in ihrem Kopf vorgeht. Doch die Tränen sind schneller als ihr Mund. »Ich dachte, es wird mit der Zeit besser«, weint sie. »Aber es wird mit jedem Tag nur noch schlimmer. Manchmal wache ich auf und habe vergessen, was alles passiert ist. Und dann gehe ich in die Küche und … er ist weg. Wie kann ich es nur immer wieder vergessen?«

Hilflos blickt sie die Sozialarbeiterin an.

»Du vergisst es nicht«, meint Willa ruhig. »Dein Kopf versucht nur, dich vor dem Schmerz zu schützen, indem er den Fokus nicht immer nur auf den Verlust lenkt – sondern auf den Alltag, den ihr gemeinsam aufgebaut habt.«

Ina schüttelt sich. »Aber wann hört es auf?«

»Nie ganz«, sagt ein älterer Mann. »Es ist immer irgendwie da, nur der Schmerz wird erträglicher. Weniger wie ein Messer im Herzen und mehr wie ein Ziehen in der Brust.«

Jemand reicht die Taschentuchpackung an Ina weiter, und sie schnäuzt sich. Neben mir rutscht Ada unruhig auf ihrem Stuhl hin und her, als wären all die flirrenden Emotionen in diesem Raum zu viel für sie.

»Du machst das gut, Ina«, stellt Willa klar. »Allein dass du hier sitzt und weinen kannst, ist ein großer Fortschritt. Du kannst die Trauer zulassen.«

Heftig schüttelt Ina den Kopf. »Ich würde sie lieber loslassen.«

»Wir können nicht immer bestimmen, wie lange es andauert.«

»Mir war klar, dass es passiert«, fährt Ina fort. »Dass er stirbt, meine ich. Es war uns beiden klar, aber ich habe nie darüber nachgedacht, wie das danach wird. Und jetzt weiß ich nicht, wie ich es durchstehen soll.«

»Das wirst du«, verspricht Willa und reicht ihr erneut ein Taschentuch.

»Und was, wenn nicht?«, kommt es von Ada.

Die gesamte Gruppe, ich inklusive, starrt sie abrupt an. »Was?«

»Was, wenn man es nicht durchsteht, wenn man es vielleicht gar nicht durchstehen will?«, fragt sie in einem schneidenden Ton, bei dem sich mir die kleinen Härchen auf dem Arm aufstellen.

Willa atmet einmal tief durch. »Würdest du uns näher erklären, was du meinst?«

Herausfordernd hebt Ada das Kinn. »Ich meine damit, dass dieses ganze Sieben-Phasen-der-Trauer-Gelaber Bullshit ist.«

Hätte ich die Luft nicht schon angehalten, würde ich es spätestens jetzt tun. Hilflos blicke ich zwischen Willa und Ada hin und her, als würde ich Zeuge eines Streits werden, bei dem ich nicht weiß, auf welcher Seite ich eigentlich stehe. Willa lehnt sich zurück. »Und warum glaubst du das?«

»Weil es nicht hilft. Es ist egal, ob man es akzeptiert oder nicht, nichts daran, seine Gefühle zu fühlen, ändert irgendwas an der ganzen Scheiße«, behauptet sie.

Einige sehen einander verdutzt an, und auch ich bin mir nicht sicher, was ich von diesen Worten halten soll.

Nur Willa scheint es irgendwie hinzubekommen, nicht die Fassung zu verlieren oder sich verunsichern zu lassen. Stattdessen faltet sie die Hände im Schoß. »Stimmt, unsere Emotionen ändern keine Tatsachen.«

»Und warum sollte man sich dann überhaupt auf diesen ganzen Trauerscheiß einlassen?«, will Ada wissen.

In ihren Augen blitzt es, wie die Ankündigung eines nahenden Gewitters.

»Was sollte man denn sonst tun?«, fragt Ina, fast so perplex wie der Rest der Gruppe.

Ada zuckt mit den Schultern. »Nichts.«

»Nichts?«, entkommt es meinem Mund, was dafür sorgt, dass wir einander ansehen. Mein Herzschlag wird wieder schneller, als hätte ich Angst vor dem, was sie als Nächstes sagen könnte, und vielleicht habe ich das auch, weil so viele ihrer Worte auch in meinem Kopf herumspuken.

»Es einfach vergessen und weitermachen.«

Schluckend sehe ich sie noch immer an. Aber dieses Mal sage nicht ich etwas, sondern einer der anderen Teilnehmenden. »Aber man kann doch nicht jemanden vergessen, den man geliebt hat?«

Ada löst ihren Blick von meinem, um mit den Augen zu rollen. »Nicht die Menschen, das Sterben.«

»Dinge zu verdrängen ändert die Realität genauso wenig«, versucht Willa es etwas eindrücklicher.

»Nein, aber zumindest bekommt man damit noch etwas geschissen und versumpft nicht in einem Loch«, schnaubt Ada, und ich kann sehen, wie die anderen zusammenzucken. Sie fühlen sich erwischt, vielleicht sogar gedemütigt, weil sie nur zu gut wissen, wie es ist, in ebendieses Loch abzurutschen, aber nicht, wie sie wieder herauskommen können.

Willa schüttelt den Kopf. »Ada …«

Sie winkt ab. »Schon gut, tut mir leid.«

»Nein, ich wollte sagen …«

»Vergiss es. Es war eine schlechte Idee herzukommen«, brummt sie und steht auf. Ohne auch nur einen Blick über die Schulter zurückzuwerfen, marschiert sie aus dem Raum.

»Ada …«, ruft Willa ihr hinterher.

Die Gruppe sieht mit einer Mischung aus Ärger und Unverständnis in die Runde, während die Tür hinter Ada zufällt.

»Ich geh schon«, höre ich mich selbst sagen und springe vom Stuhl. Falls Willa mir ebenfalls etwas hinterherruft, bekomme ich es nicht mehr mit.

Mein Körper scheint die Kontrolle übernommen zu haben, während ich mit quietschenden Sohlen über die Flure laufe. Fast hätte ich meinen Helm fallen lassen, doch meine Hand umklammert ihn so fest, dass es fast wehtut.

Ada steht vor dem Eingang des Zentrums und blickt mürrisch von ihrem Handy auf, als ich die Treppen mit einem Satz hinunterspringe.

»Ich brauche keine Standpauke von dir«, zischt sie, ohne mit dem Tippen aufzuhören. »Die krieg ich nachher in meiner WG eh schon.«

Unsicher, was ich hier eigentlich gerade mache, schiebe ich die Hände in die Hosentaschen. »Das war auch gar nicht meine Absicht.«

Ihre blauen Augen bohren sich in meine. »Sondern?«

»Kommst du klar?«

Die Frage scheint ihrer Mauer aus Eis einen Riss zu verpassen, doch sie versucht, es sich nicht anmerken zu lassen, und verschränkt die Arme vor der Brust. »Sicher.«

Vorsichtig mache ich einen Schritt auf sie zu. »Du hast da drin ganz schön Dampf abgelassen.«

»Ja, und? Hatte ich denn unrecht?«

»Keine Ahnung.«

»Siehst du, weil dieses ganze Fühl-deine-Gefühle-Zeug auch nicht hilft. Würde ich all meine Gefühle zulassen, könnte ich vor lauter Schmerz nicht mal mehr atmen«, bricht es aus ihr heraus, und ich kann es hören. Das Zittern in ihrer Stimme. Das Beben, das den unwiderruflichen Ausbruch ankündigt. Das Gewitter, von dem ich schon immer wusste, dass es in Ada wohnt, von dem ich immer wollte, dass es über mir zusammenbricht.

Sie steht kurz vor ihrem eigenen Loch und weiß nicht, wie sie verhindern soll, in diese abgrundtiefe Schwärze zu fallen.

»Also fühlst du lieber gar nichts mehr?«, will ich leise wissen.

Ada weicht zurück, schüttelt den Kopf. »Besser, als zusammenzubrechen.«

Dann dreht sie sich um und lässt mich einfach stehen. Ich starre ihr nach, ohne zu wissen, ob sie vor mir oder nur vor ihrer Trauer davonläuft. Oder vor beidem.

Kapitel 11

Jetzt

DIEZ

Das Wort Zuhause hat mehr Bedeutung, als ich gerade ertragen kann. Denn wenn kaum noch etwas übrig bleibt von liebevollen Erinnerungen und den sogenannten guten Zeiten, die man selbst vor seinem geistigen Auge nur durch einen Sepia-Filter sieht, zerbröckelt ebendiese Bedeutung. Und ich kann die Scherben nicht ertragen, die niemand mehr zusammenkleben will.

Seit ich wegen meines Studiums ausgezogen bin, habe ich es sooft es ging vermieden, wieder in mein Elternhaus zurückzukehren. Doch in letzter Zeit habe ich selten eine Wahl.

»Ich bin's«, rufe ich in den Flur und schlüpfe aus meinen Turnschuhen. Meinen Rucksack stelle ich an den Stufen der Treppe zum oberen Geschoss ab, ehe ich einen Blick ins Wohnzimmer wage.

»Oh, hallo«, höre ich die dünne Stimme meiner Mutter. Sie liegt auf dem Sofa, eingerollt in eine dicke Decke, und schaltet den Fernseher aus, als ich näher komme. In ihrem schwarzen Haar sind die grauen Strähnen in den vergangenen Monaten mehr geworden. Ebenso wie die feinen Linien um ihre Augen. »Wie geht's dir?«, frage ich vorsichtig, obwohl ihr Anblick ausreicht, um es mir zu beantworten. Taschentücher voller Tränen säumen ihr provisorisches Lager. Ich kann mir nicht mal ausmalen, wie sie sich mit alldem fühlt.

»Ich komm zurecht«, sagt sie dennoch und richtet sich etwas auf. Sie nuschelt etwas auf Spanisch in sich hinein, das ich nicht verstehe, ich frage aber auch nicht nach, aus Angst, es würde sie nur wieder zum Weinen bringen. Ihre Nase ist gerötet und rissig. Die kleinen Hautfetzen stehen ab, als wollten sie sich gegen einen erneuten Anfall der Trauer wehren.

»Kann ich dir was bringen? Einen Tee oder so?«

»Nein, es geht schon. Ich sollte ohnehin besser aufstehen, ehe dein Vater kommt«, erklärt sie und versucht so etwas Ähnliches wie ein Lächeln zustande zu bekommen, aber es wirkt eher wie eine Maske.

Sie steht auf, richtet ihr zerknittertes Kleid und bemüht sich darum, ihre Fassung wiederzuerlangen. Auf dem Bild hinter ihr kann ich die andere Version sehen. Die andere Mamá, die sie war, ehe all das hier geschehen ist.

Sie steht lächelnd an der Seite von Danielle neben meinen Großeltern, auf dem winzigen Balkon der Stadtwohnung, die den Blick auf die eng gebauten Häuser im Hintergrund freigibt. Das Glück auf diesem Bild ist fast greifbar. Und macht die Erinnerung noch schwerer.

»Bleibst du zum Essen?«, reißt meine Mutter mich wieder aus den Gedanken.

»Eher nicht.«

Sie klaubt die Taschentücher vom Boden, hält jedoch in der Bewegung inne, um mich anzusehen. »Ich könnte uns *Fabada* machen«, schlägt sie vor. Und ich weiß, was sie damit eigentlich sagen will. Sie will mir zeigen, dass wir noch immer eine Familie sind. Das trotz allem noch immer etwas existiert, an dem wir uns festhalten können. Und ich wünschte, ich könnte ihr den Gefallen tun und einfach nicken. Aber ich kann nicht, denn auch wenn ich gern mit ihr zusammen essen würde, will ich eine Sache gerade nicht. Meinen Vater sehen.

»Aber Papa hasst es«, meine ich mit dem Anflug eines kleinen Lächelns.

»Wenn er mein Essen nicht mag, soll er eben etwas anderes essen«, entgegnet sie, aber ich schüttle dennoch den Kopf. »Ich will nicht, dass ihr meinetwegen streitet.«

Mamá lässt den Kopf hängen.

Aber sie versucht auch nicht, mich weiterhin zu überreden, als wüsste sie selbst, dass sie ihre Kraft gerade braucht und nicht mit einer weiteren Auseinandersetzung aufbrauchen kann.

»Gut, aber vielleicht kommst du die Tage mal zum Mittagessen vorbei«, versucht sie es auf andere Art. »Nur wir zwei?«

Ich nicke. »Klingt gut. Ich geh dann mal nach oben und …« Mir gehen die Worte verloren, sodass ich mich räuspere. »… und sichte mal, was zu tun ist.«

»Gut, dein Vater will das Zimmer so schnell wie möglich …« Ihre Stimme bricht ab, als wüsste sie nicht, ob sie den Gedanken ertragen kann, diesen Satz zu Ende zu bringen.

Meine Hände ballen sich zu Fäusten. »Und willst du das auch?«

Mit glasigem Blick sieht meine Mutter mich fast schon flehend an. »Darum geht es nicht.«

»Vielleicht sollte es aber darum gehen.«

Sie schüttelt den Kopf. »Ich bin zu erschöpft, um mich zu streiten, Diez.«

Das bin ich auch, denke ich. Aber ich bin es auch leid. All das hier. Unsere Familie war noch nie wie aus dem Bilderbuch, aber inzwischen habe ich das Gefühl, in diesem Haus nicht einmal mehr atmen zu können. Am liebsten würde ich schreiend davonlaufen, aber der letzte Rest Pflichtgefühl lässt meine Stimme etwas weicher werden. »Ich will mich gar nicht streiten.«

»Dann tu einfach, was dein Vater will.«

So ist es immer.

Tu einfach, was er will.

Für den Frieden. Damit Ruhe herrscht.

Ich habe keine Ahnung, wann diese Regel zu der einzigen wurde, die für uns zählt. Aber ich weiß, dass ich es nicht mehr aushalte. »Danielle einfach in Kisten packen und so tun, als sei sie nie Teil dieser Familie gewesen?«, nuschle ich.

Meine Mutter zuckt zusammen, wischt sich über die Stirn, als könnte sie damit auch meine Gedanken zur Seite wischen. »Nein, das ist nicht das, was dein Vater will.«

»Doch, ich denke, dass es genau das ist, was er will.«

Wieder schüttelt sie den Kopf, wieder stellt sie sich vor meinen Vater und rechtfertigt all das. »Er erträgt es einfach nicht«, behauptet sie leise.

»Und darum müssen wir beide die Leere ertragen?«

Ihre Augen verengen sich, werden strenger, und selbst ihre Schultern straffen sich für den Bruchteil einer Sekunde. »Du hast kein Recht, so über deinen Vater zu reden.«

Jedes Mal, wenn dieser Satz fällt, ist es, als würde eine weitere Narbe auf meiner Seele erscheinen. Ein weiteres Mal, das mir das Gefühl gibt, all das hier sei gar nicht real, sondern nur mein verdrehter Verstand. »Sicher, jetzt bin ich wieder das Problem.«

Ich wende mich ab, kann aber noch hören, wie meine Mutter sagt: »So habe ich es nicht gemeint.«

»Doch, aber ist schon okay. Ich bin oben«, meine ich, obwohl mir klar ist, dass meine Worte im Hintergrundrauschen des Fernsehers untergehen.

Mit schweren Schritten laufe ich nach oben, ignoriere die Tür, die früher zu meinem Zimmer geführt hat, und betrete das meiner Schwester.

»Wie hast du es hier nur ausgehalten?«, frage ich in den leeren Raum hinein. Mir war nie bewusst, wie sehr Danielle der Grund dafür war, dass unsere Familie nicht endgültig zerbrochen ist. Ohne sie habe ich keine Ahnung, wie ich es auch nur für ein Abendessen mit meinen Eltern aushalten soll. Ich setze mich auf das Bett und sehe mich um, ohne zu wissen, womit ich anfangen soll.

Wie löst man das Leben eines Menschen auf, den man mehr geliebt hat als sich selbst?

Unsicher drehe ich mich einmal um mich und beschließe, bei dem kleinen Bücherregal zu beginnen. Staub hat sich auf alles gelegt wie eine schützende Decke.

Ich lasse mich rücklings sinken und starre für einen Moment einfach an die Decke. Als ich den Kopf zum Nachttisch drehe, fällt mir ein lilafarbener Einband ins Auge. Ohne so recht zu wissen, warum, nehme ich das Notizbuch in die Hand und schlage eine Seite auf.

Liebes Tagebuch,
das schreibt man doch so, oder? Oder gibt man seinem Tagebuch einen Namen, als sei es eine reale Person, der man all das anvertrauen kann, was die Menschen im echten Leben gar nicht hören wollen?

Mit einem Anflug von Panik schlage ich das Buch wieder zu.

Ihre geschwungene Schrift, ihre Worte, die in meinem Kopf durch ihre Stimme gesprochen wurden, all das ist zu viel. Ich rutsche auf den Boden und starre auf den Einband.

Es fühlt sich falsch an. All das hier.

»Ich wusste gar nicht, dass du Tagebuch geschrieben hast«, murmle ich und frage mich, ob irgendwo in diesem Notizbuch steht, warum meine Schwester sich umgebracht hat.

ADA

Martha fixiert mich mit ihrem Blick.

Ich kann förmlich sehen, wie es hinter ihrer Stirn arbeitet, während ich unsere Shotgläser auffülle. Bisher liege ich vorn, aber ich weiß, dass sich das ändern kann. Und auch wenn ich den Maracujaschnaps mag, weiß ich jetzt schon, dass ich es bereuen werde.

Herausfordernd lehnt sich Martha zurück. »Wer ist der bessere Autor …«, beginnt sie ihre Frage, und ich weiß jetzt schon, dass sie nicht gut endet. »Chris Carter oder Sebastian Fitzek?«

Empört reiße ich den Mund auf. »Die Frage ist nicht fair!«

Ihre braunen Augen blitzen. »Wieso nicht?«, will sie in zuckersüßem Ton wissen.

»Weil die beiden nicht miteinander vergleichbar sind«, brumme ich und verenge die Augen.

»Darum geht es aber nicht.«

»Ich mag dieses Spiel nicht mehr.«

Aber Martha bleibt unnachgiebig. »Entscheide dich oder trink deinen Shot.«

Mürrisch hebe ich mein Glas. »Shot.«

Ich kippe mir die klebrige Flüssigkeit in den Rachen. Die Süße explodiert auf meiner Zunge und hinterlässt ein wohliges Kribbeln, das sich von meinem Mund bis in meine Zehenspitzen ausbreitet. Mit einem Knall stelle ich das Glas wieder auf den Tisch und lächle meine Freundin an, als hätte ich nun endlich DIE unmögliche Aufgabe für sie. »Ann Liang oder Rebecca F. Kuang?«

Martha reagiert aber nicht so, wie ich es erhofft habe, sondern rollt mit ihren dunklen Augen. Sie hebt das Glas und tippt auf den kleinen Melonen-Button auf ihrem Shirt. »Die Wahl könnte schwerfallen, aber nach *Babel* ist die Antwort eindeutig: R. F. Kuang.«

Ich stöhne auf.

Bevor ich dazu komme, mir etwas Neues auszudenken, hören wir, wie Willa durch die Wohnungstür kommt. Sie stolpert über meine Schuhe, flucht leise und steckt dann den Kopf durch die Tür. »Was tut ihr da?«

Martha deutet auf den freien Stuhl. »Wir spielen: Entscheide dich oder trink. Willst du mitmachen?«

Willa lächelt. »Nur wenn ich mit Saft spielen darf.«

»Also setzt ihr deine Medikamente noch nicht ab?«, fragt Martha vorsichtig.

Für einen Moment verrutscht Willas Lächeln. »Nein, aber das ist schon in Ordnung. Ist mir lieber, als wenn wir es zu früh machen und der ganze Horror noch einmal von vorn losgeht.«

Wir nicken gemeinsam, weil keine von uns es für nötig hält, das alles noch einmal aufzurollen. Dass Willa die Medikamente gegen ihre Depression helfen, ist gut. Egal, ob wir deswegen alle etwas weniger trinken oder einige Säfte aus unserem Kühlschrank verbannen mussten.

Wichtig ist nur, dass es Willa jetzt wieder gut geht und sie nicht mehr vor sich selbst wegläuft. Im Gegensatz zu anderen Parteien in dieser WG. Nämlich mir.

Aber das ist etwas anderes.

Ich darf das.

Weil ich nicht so stark bin wie Willa und es auch gar nicht sein will. »Saft ist im Kühlschrank«, erkläre ich schnell.

»Alles klar.«

»Ich habe irgendwie Angst vor der Standpauke«, murmle ich, als sie sich neben mich setzt. Den ganzen Abend hatte ich schon diesen Knoten im Magen, weil ich ihre Selbsthilfegruppe gesprengt habe. Nicht mal der Alkohol konnte ihn lösen.

»Brauchst du nicht«, erwidert Willa. »Denn auch wenn es dir nicht so vorkommt: Du bist nicht die Erste, die im Stadium der Wut stecken bleibt.«

Hätte ich etwas getrunken, hätte ich mich verschluckt. »Bitte was?«

Willa sieht mich an. »Willst du jetzt streiten oder spielen?«

»Ich bin nicht wütend«, schnaube ich, spüre aber gleichzeitig, wie mein Körper sich verkrampft.

Willa scheint sich davon jedoch nicht beeindrucken zu lassen, sie schnappt sich eines der leeren Gläser und füllt es mit Saft auf. »Okay, wenn du es sagst.«

Martha hingegen sieht verwirrt zwischen uns hin und her. »Girls, könntet ihr mich aufklären, was ich verpasst habe?«

Ich weiche ihrem Blick aus.

Ja, ich weiß, dass ich hier die Böse bin. Und diese Rolle macht mir auch keinen Spaß, aber ich würde es wieder tun. Weil ich es so satthabe, dass mir alle sagen, wie man richtig trauert und wie ich mich verhalten sollte. Wie alle so tun, als wüssten sie besser, was ich gerade brauche, als ich selbst.

Es ist Willa, die das Schweigen bricht. »Ada hat die Selbsthilfegruppe etwas aufgemischt.«

»Ich habe nur infrage gestellt, ob es wirklich die Lösung sein kann, sich scheiße zu fühlen«, zische ich und spüre förmlich, wie ich in Angriffsstellung gehe.

»Oh«, macht Martha. »Ihr erwartet jetzt aber nicht, dass ich diesen Streit schlichte, oder?«

»Es ist kein Streit«, meint Willa. »Ich kann akzeptieren, dass Ada noch etwas Zeit braucht.«

Fassungslos starre ich sie an. »Hallo? Ich sitze neben dir, red nicht so, als sei ich ein Kind, das nicht versteht, was du sagst.«

Willa sieht mich an. »Aus meiner Perspektive streiten nicht wir uns, sondern du willst dich streiten.«

Empört stehe ich auf. »Ich will mich nicht streiten.«

Willa tut es mir gleich. »Gut, ich auch nicht.«

»Gut.«

»Schön.«

Wir starren einander an. Ich hasse es, wenn sie die Sozialarbeiterin raushängen lässt, und ich hasse es, dass sie genau weiß, welche Knöpfe sie drücken muss, damit ich mich noch mieser fühle. Und am liebsten würde ich …

»Okay«, unterbricht Martha meine Gedanken und füllt die Gläser mit Saft auf. »Ich glaube, etwas weniger Alkohol würde uns guttun …«

Kapitel 12

6 Monate zuvor

DIEZ

Ada
Bist du heute im Krankenhaus?

Diez
Ja, nach der Uni.

Ada
Sehen wir uns am Automaten?

Diez
Ich kann uns auch guten Kaffee mitbringen.

Ada
Da sag ich nicht Nein.

Diez
Bis nachher.

Es ist lange her, dass allein der Gedanke an jemanden mich nervös gemacht hat. Nervös aus den guten Gründen, nicht aus Angst oder Scham oder dem Gefühl, jemanden zu enttäuschen – sondern aufgeregt, neugierig und mit einem Hauch von Hoffnung in einer Zeit, in der ich mich auf die Sonne nach dem Gewitter freue, aber noch nichts von ihr entdecken kann.

Und als hätte sie meine Gedanken gehört, sehe ich, wie Ada im Gang erscheint. Die lila Haare wippen bei jedem Schritt, und auf ihren vollen Lippen erscheint ein Lächeln, als sie mich sieht, bei dem mein Herz einen Schlag aussetzt.

»Hey«, sagt sie und nimmt den Becher entgegen. »Gracias por el café.« Unsere Finger streifen einander, flüchtig, aber doch deutlich genug.

»Kein Problem«, sage ich verdutzt. »Aber wo kommt das Spanisch plötzlich her?«

»War es so schlecht?«, erwidert sie und nimmt einen Schluck.

»Nicht die schlimmste Variation, die ich bisher gehört habe«, gebe ich mit einem kleinen Grinsen zurück.

»Sprichst du Spanisch?«

»Ich verstehe mehr, als ich sprechen kann. Aber ich versuche, es nicht zu verlernen. Das erklärt aber nicht, warum du es plötzlich sprichst?«

»Vielleicht wollte ich dich einfach beeindrucken.«

»Vielleicht schaffst du das, wenn du das nächste Mal nicht jedes Wort aussprichst, als hätte Google es übersetzt.«

Sie lacht auf. »Ich fang gerade erst an, es zu lernen, okay? Und um ehrlich zu sein, war ich länger nicht mehr im Uni-Kurs.«

Wir schlendern zum Ausgang, um unsere gewohnte Runde um das Krankenhaus zu machen.

»Bist du allein hier?«

»Ja, meine Mutter … schafft es heute nicht, und mein Vater, na ja. Der tut das, was er am besten kann: arbeiten«, murmle ich.

»Verstehe.«

Ich sehe sie von der Seite an. Die Sonne lässt ihr Haar in allen Variationen von Lila schimmern, wie ein Regenbogen, der sich entschieden hat, dass es keine schönere Farbe geben kann. »Und du?«

»Meine Ma ist bei meinem Vater«, erklärt sie.

»Geht es ihm inzwischen besser?«

Ihre blauen Augen scheinen dunkler zu werden. »Nein.«

»Tut mir leid.«

»Manchmal frag ich mich, ob ich überhaupt will, dass es ihm wieder besser geht«, gesteht sie so leise, dass ich mir nicht sicher bin, ob ich sie richtig verstanden habe. Kraftlos setzt sie sich auf eine der Parkbänke und nippt an ihrem Kaffee.

»Wie meinst du das?«

Sie sieht mich nicht an. »Weil jedes Mal, wenn sich sein Zustand bessert, alle wieder anfangen zu hoffen, und dann ist es umso schlimmer, wenn wir wieder hier landen.«

Am liebsten würde ich sie in den Arm nehmen, sie an mich ziehen und all die Lügen erzählen, die ich selbst auch gern glauben würde. Ihr sagen, dass alles wieder gut wird und dass es irgendwo diesen Silberstreif am Horizont gibt, den wir nur finden müssen. Stattdessen setze ich mich neben sie und sage: »Klingt brutal.«

Ada nickt. »Ist es auch. Was ist mit deiner Schwester?«

Nun bin ich es, der schlucken muss. Bisher habe ich es vermieden, viel darüber zu sprechen, was eigentlich los ist. »Es kann ihr nicht mehr besser gehen.«

»Was?« Ada sieht mich perplex an, und ich zwinge mich dazu, ihr in die Augen zu sehen. Mich an dem Blau und dem Glitzern ihres Blickes festzuhalten, damit ich die Kraft finde, dieses eine Wort über meine Lippen zu bekommen.

»Koma.«

»Fuck«, stößt Ada aus. »Und das sagst du erst jetzt?«

Sie springt von ihrem Platz auf, verschüttet etwas von dem Kaffee auf ihrer Jeans und flucht wieder, während sie sich über das Bein reibt. Doch der Fleck wird davon nur noch größer.

»Ich dachte, es wäre nicht der beste Gesprächseinstieg.«

»Und es mir einfach so vor die Füße zu kotzen kam dir besser vor?«, brummt sie, aber da ist keine Wut in ihrer Stimme.

»Tut mir leid, ist das erste Mal, dass mir so was passiert.«

»Schon gut. Ich bin nur …« Sie setzt sich wieder neben mich und sieht mich an, als würde sie darauf warten, dass ich ihren Satz beende.

»Überfordert?«

»Ja, und wirklich nicht gut darin, meine mitfühlende Seite zu zeigen«, murmelt sie und greift nach meiner Hand. Ihre warmen Finger auf meiner Haut sind mehr Trost, als ich erwartet habe.

»Ist mir schon aufgefallen.«

Ihre Mundwinkel zucken nach oben. »Höre ich da Kritik?«

»Würde ich jemandem, den ich kritisiere, Kaffee besorgen?«

»Kommt drauf an, ob du dir etwas davon erhoffst.«

»Um ehrlich zu sein, habe ich mir erhofft, dass ich mal nicht die gleichen Phrasen zu hören bekomme«, gebe ich zu.

Ada streicht sich eine Strähne hinter das Ohr. »Und wie mache ich mich bisher?«

»Ganz gut.«

»Super, denn mir fallen wirklich keine guten Pinterest-Sprüche ein, mit denen ich versuchen könnte, dich noch mal zu beeindrucken.«

Ich grinse kurz. »Rendirse no es ninguna opción.«

»Was heißt das?«

»Aufgeben ist keine Option.«

»Scheiße, mein Spanisch klang wirklich furchtbar, oder?«

»Mach dir nichts draus, gegen das meiner Schwester ist meins auch schlecht.«

Schweigend sitzen wir einen Moment da, halten uns an den Händen und betrachten das Schimmern der Tautropfen im Sonnenlicht. Adas Daumen malt Kreise auf meine Haut und löst ein warmes Prickeln aus, das irgendwie dafür sorgt, dass alles etwas erträglicher wird. Nicht perfekt, nicht schön, aber auf eine Art heilsam, von der ich nicht einmal wusste, dass ich mich danach sehne.

»Wie ist es passiert? Mit deiner Schwester?«, fragt sie nach einer Weile.

»Ich glaube, das kann ich noch nicht laut aussprechen.«

Sie nickt lächelnd. »Okay.«

»Das ist alles, was du dazu sagst?«

»Ich kann meine Neugier zügeln. Und ich verstehe absolut, warum man noch etwas vor der Realität weglaufen will«, meint sie sanft. Keine Verurteilung, kein Drängen, kein Druck. Nur wir, die hier sitzen und beide wissen, dass der Sturm in unserem Leben wiederkommen wird und wir nichts anderes tun können, als ihn auszusitzen.

»Das Weglaufen habe ich wohl von meinen Eltern.«

Ada lacht auf. »Eltern verbocken es immer.«

»Seh ich auch so.«

»Darum will ich auch keine Kinder«, sagt sie freiheraus und hebt das Kinn, als würde sie erwarten, dass ich es irgendwie kommentiere.

»Weil du es eh verbockst?«, frage ich nach.

»Ganz genau. Und der Klimawandel ist auch ein gutes Argument.«

Nun bin ich es, der lachen muss. »Stimmt. Außerdem sind Babys gruselig.«

Ihr Mund klappt auf. »Du hast Angst vor Geistern *und* Babys?«

»Ich habe nicht gesagt, dass ich Angst vor Babys habe. Eher vor der Verantwortung für etwas so Kleines, das sich nicht allein am Leben erhalten kann«, erkläre ich und zucke mit den Schultern.

Für einen Moment denkt sie darüber nach, dann nickt sie. »Da stimme ich dir zu.« Dann wird ihr Blick wieder etwas ernster. »Wie oft besuchst du deine Schwester …«

»Danielle.«

»Wie oft besuchst du Danielle?«

»Sooft es geht … ehrlich gesagt, ich halt es ohne sie kaum aus«, sage ich ernst. Und es ist wahr. Ich kann mir nicht vorstellen, wie ich jemals ohne sie weiterleben soll, und doch bin ich irgendwie ja schon dabei, genau das zu tun.

»Ich wünschte mir manchmal, ich hätte auch Geschwister, dann hat man jemanden, mit dem man darüber reden kann, wie krass die Eltern einen verbockt haben.«

Lächelnd nicke ich. »Ja, das vermisse ich auch.«

»Hattet ihr ein gutes Verhältnis?«

»Denke schon.«

»Du denkst das?«

»Ist schwer zu erklären, ich bin vor ein paar Jahren ausgezogen, und irgendwie, na ja. Danach haben wir uns einfach etwas auseinandergelebt, denke ich«, murmle ich und spüre, wie sich das Bedauern wieder einmal in meiner Seele ausbreitet.

»Du musst nicht darüber reden.«

»Ist schon okay, ehrlich gesagt ist es schön, über sie reden zu können, ohne dass mein Vater irgendwas an die Wand wirft oder meine Mutter weinend das Zimmer verlässt.«

Ada legt den Kopf schief. »So übel?«

»Das war noch die harmlose Version.«

»Was wirft dein Vater denn?«

»Vasen, Teller, wahlweise auch Besteck. Aber es kommt mir vor, als würde er Dinge lieber zerbrechen hören«, sage ich.

»Nachvollziehbar, es ist sehr befreiend, Dinge auch mal kaputt zu machen.«

»Vielleicht teste ich das auch mal aus.«

Ihr Griff um meine Hand wird etwas fester, als sie sich näher zu mir beugt. »Wenn du etwas kaputt machen könntest, ganz ohne Konsequenzen. Was wäre es?«

»Das Auto meines Vaters.«

»Tatsächlich?«

Ich grinse. Nicht fröhlich, sondern mit einer Verachtung, die sich über Jahre hinweg angestaut hat. »Er hat einen neuen Mercedes. Lederausstattung.«

Adas Augen werden schmal. »So einer ist dein Vater also.«

»Ja, genau so einer.«

»Und wie würdest du es gern kaputt machen?«, will sie wissen.

»Keine Ahnung, mit einem Baseballschläger?«

»Dramatisch. Gefällt mir.«

»Langsam bekomme ich das Gefühl, du bist wirklich ein schlechter Einfluss, Ada.«

»Zumindest gebe ich mir keine Mühe, ein guter zu sein«, meint sie leise und sieht mich mit einem Blick an, von dem ich nicht weiß, was er bedeuten soll.

ADA

Das Sonnenlicht flutet das Krankenzimmer und versucht, irgendwie die Kälte aus den kahlen Wänden zu vertreiben. Mein Vater liegt im Bett, seine Augen sind nur halb geöffnet, und selbst das scheint ihn unsagbare Kraft zu kosten.

»Hey, Papa«, sage ich zur Begrüßung und lege die frischen Blumen auf dem kleinen Nachttisch ab.

Sein Kopf dreht sich zu mir.

Mein Lächeln wird breiter, nicht weil ich es spiele, sondern weil ich weiß, dass allein diese Bewegung ein kleiner Fortschritt ist.

»Ada.«

Meinen Namen aus seinem Mund zu hören bringt mich zum Lächeln. Denn jedes Mal, wenn ich dieses Zimmer betrete, bereite ich mich auf das Schlimmste vor. Auf den Moment, in dem er nicht mehr weiß, wer er ist, und nicht nur sein Körper zusammengepresst wurde, sondern auch der letzte Rest seiner Erinnerungen. Unserer.

Sein Mund öffnet sich, und ich kann sehen, wie schwer es ihm fällt, die richtigen Worte zu finden und sich daran zu erinnern, wie er sie aussprechen kann.

»Schon gut, du musst nicht reden«, entgegne ich schnell. Stattdessen drücke ich kurz seine Hand. »Ich kümmere mich kurz um die Blumen, dann bin ich ganz für dich da.«

Er sagt nichts, aber das habe ich auch nicht erwartet. Ich werfe den alten Blumenstrauß weg, laufe in das kleine Badezimmer und wasche die Vase aus, ehe ich die neuen Blumen hineingebe. Die Tulpen sind noch geschlossen, sollten aber in ein paar Stunden aufgehen.

Es war nicht meine Idee, ihm Blumen mitzubringen. Ich verstehe diesen Brauch einfach nicht. Wir schneiden Blumen, verurteilen sie zum Sterben und sehen ihnen dann beim Verwelken zu. Und dann auch noch an einem Ort, an dem wir uns ohnehin schon der eigenen Sterblichkeit schmerzhaft bewusst sind.

Nachdem ich mir den Stuhl näher an das Bett gezogen habe, lasse ich mich darauf sinken und wühle meinen Jutebeutel durch. »Ich hab uns ein neues Buch mitgebracht, soll ich dir vorlesen?«

Mein Vater blinzelt mich an.

Die blauen Augen sorgen dafür, dass wir uns ähnlicher sehen, als ich es manchmal möchte. Jedes Mal, wenn ich ihn anblicke, sehe ich auch ein Stückchen von mir selbst. Nur sind seine Augen in den letzten Monaten trüb geworden. Die vielen kleinen Falten scheinen mit jedem Tag etwas tiefer zu werden.

Damit mein Vater die Bücher in meiner Hand besser erkennen kann, hebe ich sie hoch. »Machen wir mit unserem Fitzek-Marathon weiter, oder möchtest du lieber etwas leicht Verdauliches wie eine romantische Komödie?«

»Ich bin kein Romantiker«, höre ich seine raue Stimme. Die Worte sind abgehackt, undeutlich. Aber ich verstehe ihn, denn in meinem Kopf wird er immer die ruhige, besonnene Stimme haben, mit der er mir in meiner Kindheit Bücher vorgelesen hat.

Langsam hebt er die Hand. Das Zittern seiner Glieder jagt mir eine Gänsehaut über den Körper, aber ich lasse mir nichts anmerken. Ich lächle weiter, bis der Finger auf den Thriller tippt.

»Hervorragende Wahl«, lobe ich und meine es auch so. Ich rede meinem Vater nicht nach dem Mund. Nicht einmal jetzt, aber ich will zumindest versuchen, nicht ganz die Hoffnung aufzugeben. Noch nicht jetzt.

»Okay, aber ich muss dich warnen. Das letzte Mal fandest du es etwas zu brutal, und ich glaube, *Der Augenjäger* wird nicht weniger blutig. Meinst du, du schaffst das, oder soll ich die Schwestern bitten, dir heute Nacht das Licht anzulassen?«

Er verzieht den Mund zu einem halben Lächeln. »Findest du es lustig, einen alten Mann zu verarschen?«, kommt es stockend, aber dennoch schlagfertig von ihm. Heute ist einer der guten Tage, und das sorgt dafür, dass mein angespannter Kiefer sich endlich etwas lockert.

Er erinnert sich an mich.

Er weiß, wo er ist.

Und das ist mehr, als ich zu hoffen gewagt habe, als ich das Zimmer betrat.

»Hatte ich nicht gesagt, du sollst deine Stimme schonen?«

»Habe ich jemals auf dich ...« Er unterbricht sich, braucht einen Moment, um das richtige Wort zu finden. »Gehört?«

Ich grinse. »Das Pflegepersonal schimpft wieder mit mir, wenn du zu viel redest«, erinnere ich ihn. »Du weißt doch, was der Arzt gesagt hat, deine Stimmbänder sind in Mitleidenschaft gezogen.«

Er verdreht die Augen. Aber immerhin sagt er nichts weiter. Das könnte er auch kaum, denn der Hustenanfall sorgt dafür, dass er sich aufbäumt.

Ich helfe ihm, ein paar Schlucke zu trinken, und warte, bis sich der Anfall wieder gelegt hat.

»Geht es wieder?«

Er nickt, streicht sich über den Hals und die schmerzende Brust, ehe er sich wieder im Bett zurücklegt. Seine linke Schulter zuckt in einem Takt, den nur sein Körper hören kann. Doch seine Aufmerksamkeit liegt ganz auf mir und dem Buch in meiner Hand.

»Okay, dann legen wir los!«

Ich räuspere mich und schlage das erste Kapitel auf. *»Erschütternde Wende im Fall des Augensammlers«*, lese ich laut. *»Kinder befreit. Täter gesteht. Aber das Morden geht weiter.«*

Kurz blicke ich meinen Vater an, doch ich kann sehen, dass er an meinen Lippen hängt. Offenbar will er wirklich wissen, wie es weitergeht. Also lese ich weiter.

Es dauert nicht lange, bis ich wieder vollständig in die Geschichte gesogen werde und kaum noch wahrnehme, wo wir sind. Meine Realität wird von den Ereignissen um Johanna Strom verdrängt. Für diese kurze Zeit gibt es mich nicht mehr, ich bin nur noch die Stimme, die eine Geschichte erzählt. Nicht mehr in einem Krankenhaus, nicht mehr an dem Bett meines kranken Vaters – und auch er ist nicht mehr er, sondern nur jemand, der mit mir zusammen diese Geschichte erlebt.

An einer besonders spannenden Stelle stoppe ich kurz.

»Papa?«

Seine Augen sind geschlossen, und sein Atem geht ruhig und gleichmäßig. Ich knicke eine Ecke der Buchseite ein und lege das Buch neben die Blumenvase.

»Schon okay, schlaf ruhig.«

Ich drücke ihm einen Kuss auf die Stirn.

»Wir sehen uns morgen.«

Er hört mich nicht, ist längst weggedämmert und in einer anderen Welt, die hoffentlich nichts mit alldem hier zu tun hat. Nichts mit Schmerz und Angst und verwelkenden Blumen.

Kapitel 13

Jetzt

ADA

Manchmal läuft es selbst bei mir.

Zufrieden betrachte ich, wie die Klicks auf unser neuestes Video immer weiter steigen, und nehme mir vor, demnächst öfter auf TikTok zu zeigen, wie ich Eselsohren in meine Bücher mache. Ich habe noch nie verstanden, wieso Bücher nicht aussehen dürfen, als würde jemand sie lesen und lieben. Das Beste daran, ein Buch, das man gelesen hat, wieder in die Hand zu nehmen, ist doch der Moment, in dem man die kleinen Markierungen und rissigen Seiten wieder berührt. All die angesammelten Momente des Glücks und der Spannung, die man mit dem Lesen verbunden hat.

Doch das virale Video auf unserem Kanal ist nicht der einzige Grund dafür, weshalb ich über das ganze Gesicht grinse.

»Ratet, welche geniale Bitch Karten für ein Open-Air-Festival gewonnen hat?«, rufe ich in die WG und lasse die Tür hinter mir zufallen.

Willa und Martha sitzen im Wohnzimmer und halten beide ein Buch in der Hand, von dem sie nun aufschauen. Ich werfe meine Handtasche achtlos auf den Sessel.

»Hatten wir nicht darüber gesprochen, dass du dich nicht selbst abwertend bezeichnen solltest?«, fragt Willa, lacht aber dabei.

Ohne meinen kleinen Freudentanz zu unterbrechen, sage ich: »Ja, und wenn ich mich richtig erinnere, hatte ich die Diskussion gewonnen. Ich nehme dem Begriff die negative Bedeutung, wenn ich ihn positiv nutze.«

»Was für ein Festival?«, fragt Willa, und ich reiche ihr die Karten. Augenblicklich beugt sich Martha zu ihr, um alles zu mustern.

Ihre dunklen Augen huschen zu meinen. »Ich bin raus.«

»Was, warum?«, frage ich empört.

Sie schüttelt den Kopf. Manchmal vergesse ich, dass nicht nur unser Buchgeschmack sehr unterschiedlich ist, sondern auch die Art von Musik, die wir gern hören. Offenbar bin ich die Einzige hier, die harte Beats liebt. Wie man nicht auf Techno stehen kann, ist mir ein Rätsel. Immerhin habe ich ihnen keine Schlagerkarten vor die Nase gehalten.

»Da fragst du noch?«, will Willa lachend wissen und reicht mir die Karten zurück.

Ich setze mich mit einem Schmollmund hin. »Jetzt kommt schon, das wird klasse. Und es ist schon ewig her, dass wir drei etwas zusammen unternommen haben.«

Marthas Blick wird etwas strenger. »Hauptsächlich, weil du uns versetzt hast.«

Da sie damit recht hat, kann ich dieses Argument leider nicht entkräften. Aber ich bin sicher, mein Schmollmund hat dennoch Wirkung. Willa steckt ihr Lesezeichen ins Buch und dreht sich versöhnlicher zu mir herum. »Komm doch heute Abend mit ins *Words*, Elias hat wieder einen Auftritt.«

Die kleine Bar mit den wöchentlichen Poetry-Slams ist zwar nicht übel, aber ich habe ohnehin schon genug unausgesprochene Worte, die in meinem Kopf umherfliegen, da brauche ich nicht noch die Gedanken von anderen dazu. »Danke, aber ich denke, da lehne ich ab.«

Willa presst kurz die Lippen aufeinander. Martha hingegen scheint entschieden zu haben, dass wir das untereinander klären sollten. Den Blick fest auf ihr Buch gerichtet, streichelt sie den kleinen Dackel, der es sich auf ihrem Bauch gemütlich gemacht hat und so tief schläft, dass selbst meine Ankunft ihn nicht geweckt hat.

»Warum?« Willa sieht mich fest an.

Ich seufze und kratze mich am Kopf, weil ich weiß, dass sie eigentlich eine ehrliche Antwort von mir hören will. »Weil mir eher nach Feiern ist und nicht nach Poesie.«

»Ada …«

»Nein, lass es. Bitte. Keine Vorhaltungen«, unterbreche ich sie schnell. »Mir steht nicht der Sinn nach einer Diskussion. Alles, was ich will, ist eine unbeschwerte Zeit mit meinen Freundinnen.«

Irgendwie scheint Willa das zu spüren. Sie überlegt einen Moment und nickt dann. »Ich komm mit zum Festival, wenn du heute Abend mitgehst.«

»Das ist nicht fair.«

Grinsend sieht sie mich an. »Ach nein?«

»Nein, ich würde sogar sagen, es ist Erpressung«, behaupte ich, muss aber dennoch grinsen.

»Oder es ist einfach nur ein Deal, bei dem wir alle gewinnen.«

»Aus der Nummer komme ich nicht mehr raus, oder?« Lachend schüttle ich den Kopf. Offenbar habe ich auch einen schlechten Einfluss auf meine Freundinnen, wenn sie jetzt schon anfangen, meine eigenen Techniken gegen mich zu verwenden.

»Nicht ohne gute Argumente«, stellt Willa klar.

»Verdammt. Also gut. Ich bin dabei.«

Das sorgt sogar dafür, dass Martha wieder von ihrem Buch aufblickt. »Wow, du hast die Königin der Ausflüchte geschlagen«, sagt sie neckend, woraufhin ich ihr die Zunge rausstrecke.

»Sehr schön, ich sag Diez, dass er uns abholen kann«, meint Willa und zieht das Handy aus der Tasche ihres übergroßen Hoodies.

»Warte, was?«, kommt es aus meinem Mund, noch ehe ich die Chance habe, diesen Impuls zu unterdrücken.

»Du kennst Diez doch?«, fragt Willa etwas verdutzt zurück.

»Nein, ich meine, ja, darum geht's nicht«, sage ich einen Tick zu schnell und merke selbst, dass ich mich seltsam benehme. Allerdings wissen meine Freundinnen nicht, dass es Diez war, den ich neulich aus der WG geschmissen habe. Und auch nicht, dass es nicht das erste Mal war, dass da etwas mehr lief. Und ich will auch nicht, dass sie es wissen.

Martha richtet sich etwas auf, was dafür sorgt, dass unser tierischer Mitbewohner die Augen öffnet. »Ist das ein Problem?«

Herr Fitzek springt vom Sofa, schüttelt sich einmal und streckt sich ausgiebig, ehe er zu mir kommt und seinen kleinen Kopf gegen meine Hand drückt, um mir zu sagen, dass er jetzt bereit ist, von mir gestreichelt zu werden. Leider kann ich den braunen Knopfaugen nichts abschlagen, weshalb ich ihm gestatte, auf meinen Schoß zu springen.

»Nein, kein Problem«, entgegne ich, obwohl es sehr wohl ein Problem ist. Es ist eine Sache, wenn ich ihn betrunken anrufe und wir Sex haben. Oder wenn ich ihn zufällig treffe. Einen ganzen Abend neben ihm zu sitzen kommt mir gerade vor wie eine Prüfung, auf die ich nicht vorbereitet bin.

»Gut, er holt uns um 19 Uhr ab«, erklärt Willa, und ich spüre, wie sich tief in mir sämtliche Ängste zu einem festen Knoten verschlingen.

DIEZ

... manchmal tue ich Dinge einfach, ohne dass ich verstehe, warum. Als sei ich nur ein Roboter, der versucht, seine eigene Programmierung zu durchdringen, denn irgendwas ist schiefgelaufen. Ich funktioniere nicht richtig.
Und das sorgt dafür, dass ich alle um mich herum enttäusche.
Manchmal glaube ich, wir machen mit Menschen das Gleiche wie mit Dingen. Wenn sie nicht mehr richtig funktionieren, dann werden sie eben weggeworfen.
Vielleicht wird es Zeit, dass ich mich selbst wegwerfe, ehe es jemand anders tun muss.

Danielle

Dass ich mich so schnell wieder vor dieser Haustür wiederfinde, war nicht geplant, und noch weniger, dass ich mich dabei so fühle.

»Hey.«

»Danke fürs Abholen«, sagt Willa, während sie auf den Beifahrersitz klettert.

»Kein Problem, ich war heute eh mit dem Auto unterwegs.«

Eine Lüge. Ich bin nur hier, weil Elias mich gebeten hat – und hätte ich gewusst, dass Ada dabei ist, wäre ich wahrscheinlich nicht gekommen. So gut es eben geht, wenn sich jemand auf den Rücksitz setzt, versuche ich, sie nicht anzusehen. Nicht nach Hinweisen darauf zu suchen, ob mein Anblick bei ihr auch nur entfernt das Gleiche auslöst wie ihrer bei mir.

»Ich halte dir jetzt keinen Vortrag darüber, dass Innenstädte so nie autofrei werden«, meint Martha zur Begrüßung.

»Danke, das weiß ich zu schätzen. Und vielleicht wirkt es sich strafmildernd aus, dass ich euch abhole.«

»Tut es.«

»Das ist sehr beruhigend. Musikwünsche?«

»Alles außer Schlager«, antwortet Martha schnell, was uns zum Lachen bringt.

»Kein Problem.«

Ich schalte meine Techno-Playlist an und versuche, nicht zu sehr in den Rückspiegel zu starren und mich in Adas Augen zu verlieren.

Scheiße, ich habe wirklich keine Ahnung, wie ich so geworden bin. Manchmal habe ich das Gefühl, dass Elias mich einmal zu oft mit den großen, tragischen Liebesgeschichten der Welt bombardiert hat – und jetzt stecke ich mitten in einer, die noch vorhersehbarer ist als die schlechten RTL-Soaps. Eine, in der ein Herz gebrochen wird.

Und Adas ist es sicher nicht.

Langsam frage ich mich, ob sie noch eines hat oder ob es zwischen all den Tänzen im Sturm einfach zerflossen ist.

Sobald ich parke, steigt Ada aus.

Die anderen folgen ihrem Beispiel. Die plötzliche Stille nach den wummernden Bässen sorgt dafür, dass ich das schnelle Schlagen meines Herzens viel zu deutlich wahrnehme.

Ich will sie nicht so ansehen, ihr immer wieder verstohlene Blicke zuwerfen, als würde ich hoffen, dass sie das auch tut. Denn das macht sie nicht.

Ada strahlt.

Doch sie überstrahlt mich so sehr, dass ich mir unsichtbar vorkomme, während ich hinter ihr und ihren Freundinnen herlaufe.

»Ich hab uns den üblichen Tisch reserviert«, erklärt Willa, während sie aus ihrer Jacke schlüpft.

Im Club ist es viel zu warm, aber mir bleibt nicht deshalb die Luft weg.

Ada scheint beschlossen zu haben, dass sie mich einfach den gesamten Abend ignorieren will. »Ich hol uns was zu trinken«, sagt sie.

»Soll ich dir helfen?«

Ihr Blick trifft mich. »Nein, ich denke, das schaff ich allein.«

Das war dann wohl die nächste Abfuhr.

Ohne darauf zu warten, dass ich noch etwas sage, lässt Ada uns stehen. Da Willa sich bereits den Weg zu unserem Tisch bahnt, habe ich kaum eine Möglichkeit, Martha auszuweichen. Sie sieht mich fragend an. »Sollte ich irgendwas wissen?«

»Ich weiß nicht, was du meinst«, nuschle ich in mich hinein.

»Ihr seid beide schreckliche Lügner.«

»Ich habe nicht gelogen.«

»Okay, dann werden wir die unangenehme Spannung zwischen euch beiden eben einfach den ganzen Abend aussitzen«, erwidert sie leichthin und marschiert an mir vorbei in Richtung unseres Tisches.

Verdammt, so war das nicht geplant. Aber ich wusste ja auch nicht, dass Ada heute mitkommen würde. Außerdem ist es für mich auch das erste Mal, dass ich in so einer Situationship stecke, von der ich keine Ahnung habe, wie es weitergeht oder wo sie hinführt. Allerdings hat Martha recht, es den ganzen Abend auszusitzen ist auch nicht gerade der beste Plan.

Wir sind spät dran, wahrscheinlich wird Elias gleich auf die Bühne gerufen, und ich weiß nicht, ob seine Texte mir nicht den Rest geben, wenn ich nicht vorher mit ihr gesprochen habe. Also sammle ich den letzten Mut, den ich noch habe, und folge Ada an die Bar. »Was sollte das gerade?«

Ihr Blick geht stur geradeaus. »Ich weiß nicht, was du meinst.«

»Komm schon, Ada, du bist nicht unbedingt nett zu mir.«

»Und daran hast du dich noch nicht gewöhnt?«, will sie mit einem zuckersüßen Lächeln wissen, das meinen Puls in die Höhe treibt. Meine Verletzung wird nur durch die Wut getoppt, die sich langsam, aber sicher in mir aufbaut. Fein, mich nach dem Sex einfach rauszuwerfen ist das eine, mich jetzt so zu behandeln aber etwas ganz anderes. »Lass die Sprüche«, zische ich grimmig.

Ada sieht mich an.

Es ist nur ein kurzer Moment, nicht mehr als ein Wimpernschlag, aber es fühlt sich an, als würde sie sich wieder daran erinnern. An all das, was wir zusammen durchgestanden haben. An all die Momente, in denen es noch die Chance auf ein Wir gab.

Ihre kalte Fassade wird rissig und lässt für eine Sekunde die Frau durchscheinen, die ich sonst in ihr sehe. »Okay, schon gut«, gesteht sie ein. »Es tut mir leid, dass ich dich neulich einfach rausgeschmissen habe.«

Dass sie tatsächlich einen Gang zurückschaltet, überfordert mich fast, trotzdem schaffe ich es, »Danke« zu sagen.

Einen Moment schweigen wir, weil Ada gerade das Tablett mit den Getränken überreicht wird. Dann sieht sie mich wieder an. »Können wir jetzt bitte einfach weitermachen?«

»Meinst du mit diesem Abend oder damit, dass du mich jedes Mal anrufst, wenn du nichts anderes als Sex willst?«, frage ich, nicht mehr wütend, aber auch noch nicht bereit, sie einfach so davonkommen zu lassen.

»Geht nicht beides?«

Für einen Augenblick glaube ich fast, mich verhört zu haben. »Ist das dein Ernst?«

Ada presst die Lippen aufeinander, während sie den Kopf schüttelt. Dann blickt sie wieder an mir vorbei, irgendwohin. Hauptsache, nicht in mein Gesicht. »Ich weiß nicht, was du von mir hören willst, Diez.«

»Vielleicht wäre es einfach schön zu wissen, woran ich bin.«

»Ich dachte, das sei klar.«

Das Messer in meinem Herzen dreht sich noch einmal um, sorgt dafür, dass ich innerlich schreie und nicht weiß, wie ich mit diesem Schmerz umgehen soll. Trotzdem zwinge ich mich dazu, weiterzureden. Weil ich es wissen muss. Weil sie es mir schuldig ist, mich nicht länger im Dunkeln tappen zu lassen. »Nein, Ada, hier ist nichts klar. Bitte klär mich auf.«

»Wir sind nur Freunde, die ab und an körperliche Bedürfnisse haben.«

Ihre Antwort kommt schnell, so klar und ganz ohne all die Fragezeichen, die sich in meinem Kopf tummeln. »So siehst du das?«

Trotzig reckt sie das Kinn vor. »Du nicht?«

»Von meinen Freunden werde ich in der Regel nicht vor die Tür gesetzt.«

»Ich hab mich entschuldigt, was möchtest du denn noch hören?«

»Vergiss es.«

»Okay.«

Und dann geht sie an mir vorbei und lächelt, als würde sie nicht gerade über die Scherben meines Herzens laufen.

Kapitel 14

ADA

Verdammt.

Manchmal hasse ich mich dafür, dass ich ich bin und mir selbst geschworen habe, niemanden so nahe an mich heranzulassen. Oder zumindest niemanden, der etwas Besseres verdient. Und dass ich mich bei meinen Selbstgesprächen anhöre wie ein verliebter Bad Boy aus Willas Romanen, macht es kein Stück besser. Nicht wenn ich weiß, dass Diez wirklich verletzt ist.

Ich versuche, ihm nicht in die Augen zu sehen.

Was nicht einfach ist, wenn ich seinen Blick immer wieder auf mir spüre, als sei es eine Berührung, die mich an all das erinnert, was ich lieber vergessen würde.

Es wäre alles einfacher, wenn die Maske, die ich trage, bei ihm funktionieren würde. Doch es scheint, als sei jede Mühe vergebens.

Willa klatscht in die Hände, als der Moderator die Bühne betritt, und reißt mich so aus meinen Gedanken. »Gleich ist er dran«, sagt sie, als wüssten wir nicht alle, dass Elias gleich seinen Auftritt hat. Aber ich muss dennoch lächeln.

Auch wenn ich es nicht gern zugebe, gibt mir die Beziehung der beiden zumindest den Hauch einer Hoffnung. Nicht für mich selbst, sondern für all die Menschen, die daran glauben, dass es da draußen jemanden gibt, der sie sieht. Der erkennt, wer sie sind. Selbst in den Momenten, in denen sie selbst es nicht sehen können.

Ich glaube nicht daran, dass es so jemanden für mich gibt.

Weil ich weiß, dass alles, was ich geben kann, nur ein gebrochenes Herz zurücklassen wird. Und darum ist es besser, ich weiche Diez' Blick weiter aus.

»Kennst du seinen neuen Text schon?«, will Martha wissen und sieht Willa an.

»Nein, oder zumindest nur zum Teil«, erklärt sie mit diesem Lächeln, das alle Verliebten an sich haben. »Ich glaube, es macht ihn nervös, wenn ich sie vorher lese.«

»Ich durfte ihn auch nicht lesen«, meint Diez, was dafür sorgt, dass ich ihn kurz ansehe. Er gibt sich Mühe zu überspielen, dass ich ihn verletzt habe. Aber ich kann es sehen.

Auch wenn ich mir wünschte, es wäre anders.

»Meinst du, irgendwann dürfen wir die Texte lesen, ohne Stunden an Überzeugungsarbeit zu leisten?«, will Willa lachend wissen.

Diez grinst. »Nein.«

Wir lachen alle. Und es ist ein gutes Gefühl.

Es tut gut, hier zu sein, außerhalb der Wohnung und meines Betts und nicht auf einer zu lauten Party. Das *Words* ist kleiner und gemütlicher, und irgendwie verbindet es all die Dinge, die ich am liebsten mag. Meine Freundinnen, die Liebe zu Worten und schummeriges Licht, das genug Raum lässt, um sich ein kleines bisschen zu verstecken.

Unser Gespräch endet abrupt, als Elias auf die Bühne gerufen wird. Inzwischen ist er ein kleiner Star in diesem Laden. Ich kann sehen, wie an einigen Tischen die Handys gezückt werden, um ihn zu filmen. Auch Willa macht ein Foto.

Ich lehne mich zurück, nippe an meinem Glas und betrachte Elias. Sein dunkelblaues Shirt hat die gleiche Farbe wie sein Rollstuhl, und die weißen Sneaker wirken, als habe er sie gerade erst aus dem Schuhkarton geholt.

Das Mikro hält er bereits in den Händen und sagt: »Danke, dass ich heute wieder hier sein darf!«

Willa jubelt, was dafür sorgt, dass Martha und ich einen kurzen Blick wechseln. Es tut gut, sie so zu sehen. Das letzte Jahr war für uns alle hart, aber es hat sich gelohnt. Weil wir unserer Freundin jetzt dabei zusehen können, wie sie wieder aufblüht. Wieder etwas anderes fühlt als Druck und Stress und Angst.

Elias lächelt und schaut auf den Zettel in seiner Hand statt in die gespannten Gesichter im Publikum. »Der Text trägt den Titel: Wir.«

Willa greift nach meiner Hand, und ich drücke sie sanft.

Elias schluckt kurz, als sei er nervös, um dann den ersten Satz von dem Papier abzulesen. »*Wir sprechen nicht über die Dinge, die uns brechen, nicht über das, was in uns wohnt, sich versteckt und die Finger danach leckt, was uns Angst macht.*«

Schlagartig wird mir kalt. Und obwohl ich es eigentlich nicht will, flattert mein Blick zu Diez.

Ich weiß nicht, ob er es spürt, aber sein Kopf dreht sich zu mir.

»*Wir reden nicht über Gefühle, wir fühlen ohne Verstand.*

Sind dazu verdammt, immer in den gleichen Kreisen zu rennen und die Chancen zu verkennen, die wir hätten, wenn wir nur etwas sagen würden.«

Er schluckt. Diez schluckt, als hätten Elias' Worte etwas geformt, das er selbst nicht ausdrücken kann. Etwas, das ich vielleicht auch fühlen kann.

»*Wir flüstern nur über unsere Zweifel, denn wenn andere sie sehen, könnten wir verletzt werden. Ausgestoßen, in einer Welt, die von uns verlangt zu funktionieren, selbst wenn wir schon auf allen vieren kriechen und nichts anderes mehr wollen, als uns dem zu ergeben, dem wir den Namen geben: Leben.*«

Ich will seinem Blick ausweichen, will Elias ansehen.

Aber ich kann nicht.

Ich sehe nur Diez.

Nur die dunklen Augen, die im schummrigen Licht fast golden glänzen. Nur die vollen Lippen, deren Ausdruck ich nicht deuten kann, weil er so sehr versucht, sich nichts anmerken zu lassen. Weil er versucht, die gleiche Maske aufzusetzen, die ich immer trage.

»*Wir schreien immer erst dann, wenn wir im Dunkeln allein sind. Wenn der Regen die Tränen fortwischt, sie verschleiert, als seien unsere Gefühle nicht zum Fühlen da. Als dürften wir sie nicht haben, weil wir Maschinen sind, dazu gebaut, den Erwartungen standzuhal-*

ten, sich aufzuspalten in tausend Fragmente. In tausend Teile. Immer mehr, immer weiter, immer in der Masse und doch allein.«

Unwillkürlich umfasse ich Willas Hand fester, doch sie bemerkt den wahren Grund dafür nicht. Niemand am Tisch scheint zu sehen, dass Diez und ich es nicht schaffen, einander nicht zu sehen.

Selbst dann nicht, wenn wir uns voreinander verstecken sollten.

»Aber was, wenn ein Wir mehr bedeuten kann?«

Diez öffnet den Mund, umklammert sein Glas so fest, dass ich sehen kann, wie die Knöchel weiß hervortreten. Jede Faser seines Körpers ist angespannt, bereitet sich auf etwas vor, ohne dass ich sagen kann, worauf.

»Was, wenn ein Wir laut sein darf?«, fragt Elias in den Raum, in dem alle an seinen Lippen hängen.

Und die Frage hallt in mir nach, wie der Wunsch, Diez' Hand zu drücken statt Willas. Ihm alles zu sagen, was ich denke, was ich fühle und was ich nicht fühlen will, weil ich schon weiß, wie es endet. Und weil ich gerade nicht noch mehr Schmerz ertragen kann.

»Wenn wir ein Gewitter sind. Und hinter jedem Blitz, der in mich einschlägt, steckt mein Herz, das mich verrät.«

Verrat.

Genau das ist das Wort, das ich gesucht habe.

Denn mein Herz verrät meinen Verstand.

»Was, wenn wir im Gewitter tanzen, statt unsere Tränen in ihm zu verstecken?«

Der Applaus lässt Willa und Martha aufspringen. Verdeckt Diez und sorgt so dafür, dass ich ihn nicht mehr ansehen kann. Dass ich meine Maske wieder richten und so tun kann, als sei all das kaum mehr als Schall und Rauch und schöne Worte ohne Bedeutung.

DIEZ

Niemand sagt einem, wie schwer es sein kann, im gleichen Raum mit dem Menschen zu sein, den man mehr will als alles andere und der doch auf dem eigenen Herzen herumtrampelt.

Ich lehne mich gegen die Hauswand und lasse den Blick über die vollen Straßen schweifen. Ein Sportwagen rast an den wartenden und rauchenden Gruppen vorbei, als würden ihm die Straßen gehören. Doch selbst dafür habe ich keine Empörung übrig. Meine Emotionen sind für heute aufgebraucht. Einfach leer.

»War ich so schlecht, dass du die Flucht ergriffen hast?«, fragt Elias, als er aus dem Seitenausgang kommt. Willa hält ihm die Tür auf.

»Nein, Mann«, sage ich schnell. »Du warst gut, wie immer.«

Mein bester Freund sieht nicht überzeugt aus. »Nicht zu kitschig?«

Empört reißt Willa den Mund auf. »Das war nicht kitschig.«

»Na ja, vielleicht ein bisschen«, sage ich mit einem milden Lächeln. Ehe ich noch mehr sagen kann, kommen Martha und Ada aus dem Gebäude und reichen Willa ihre Jacke.

»Aber die gute Art von Kitsch«, meint Ada und lächelt so strahlend, dass es meinem Herzen einen Stich versetzt.

Was das alles nur Einbildung?

Hat sie die Worte nicht auf die gleiche Art gefühlt wie ich?

Haben unsere Blicke keinerlei Bedeutung für sie?

»Das heißt, du nimmst mich unter Vertrag, wenn du erst Star-Agentin wirst?«, scherzt Elias.

»Aber so was von«, behauptet sie und reckt lachend das Kinn. »Wir revolutionieren die Lyrik in Deutschland.«

Sie strahlt.

Leuchtet.

Wie ein verirrter Sonnenstrahl inmitten eines Gewitters. Nichts passt zusammen, nichts ergibt Sinn. Und doch hat man das Gefühl von Hoffnung. Nur ist es nicht die gute Art von Hoffnung, sondern diejenige, die einen dazu treibt, die immer gleichen Fehler wieder zu begehen.

»Zumindest hättet ihr genug Selbstbewusstsein dafür«, kommentiert Martha. »Wollen wir was essen gehen? Von den ganzen Emotionen bekomme ich Lust auf Comfort Food.«

»Klingt gut«, sagt Elias sofort und sieht mich an.

Aber ich kann nicht.

Kann es nicht noch länger ertragen, Ada anzusehen, ohne sie zu fühlen. Und mein Ego ist noch immer zu angeschlagen, um es auf einen weiteren Versuch ankommen zu lassen.

Manchmal ist es besser, den Rückzug anzutreten.

»Ich muss los.«

Ganz so einfach lässt Elias mich allerdings nicht davonkommen. Er ergreift mein Handgelenk. »Okay, holst du mich morgen ab?«

Mit verkniffenem Mund nicke ich, weil ich weiß, dass er nur nachbohrt, weil die anderen uns hören können. Und ich kann ihm auch nicht sagen, was los ist, weil Ada und ich uns geschworen haben, dass das, was da zwischen uns ist, auch zwischen uns bleibt.

Also fahre ich mir durch die Haare und bemühe mich, betont lässig zu sagen: »Klar, wir sehen uns.«

Kapitel 15

Jetzt

DIEZ

… ich kann hören, wie sie streiten.
Das ist nichts Neues, aber dass ich der Grund dafür bin, schon. Meine Mamá hat mich gedeckt in den letzten Wochen, hat dafür gesorgt, dass Papa nicht mitbekommt, dass ich nicht zur Uni gehe. Ich weiß, dass sie mich nur beschützen wollte. Mich und vielleicht auch ein bisschen sich selbst.
Es ist wichtig, etwas aus sich zu machen, erfolgreich zu sein, nicht nur für mich selbst, sondern auch für meine Familie. Damit ich sie stolz machen kann, doch gerade kann ich es nicht. Vielleicht will ich es auch nicht mehr. Dabei erinnere ich mich so gut daran, wie sehr ich es früher wollte.
Immer wenn ich wieder mit den besten Noten nach Hause gekommen bin, war mein Papa stolz auf mich. Seine Augen haben geglänzt vor Freude. Aber davon ist nichts mehr übrig. Denn egal, was ich tue, es reicht nie aus, damit er sich wieder so fühlt.
Und langsam habe ich vergessen, wozu ich mich einmal bemüht habe. Denn für mich selbst würde ich nichts mehr tun. Nur noch schlafen.

Danielle

Was von unserem Leben übrig bleibt, sind unsortierte Kisten und Staub auf all den Dingen, die uns mal wichtig erschienen sind.

Ich kann noch immer nicht glauben, dass es das war. Dass das hier alles ist, was von meiner Schwester geblieben ist. Dass sie nicht jeden Moment durch diese Tür kommt und mich anschreit, was ich an ihren Sachen zu suchen habe.

Das ganze Zimmer kommt mir vor wie ein Mausoleum, das wir im Begriff sind zu plündern.

»Das sind verdammt viele Kartons«, reißt Elias mich aus meinen Gedanken.

Mit knackenden Knien stemme ich mich vom Boden hoch. »Ich weiß.«

Etwas ratlos sehe ich mich um. Vielleicht hätte ich einen Plan gebraucht, einen Ratgeber, der einem sagt, wie man das Zimmer einer geliebten Person ausräumt. Mein bester Freund scheint zu spüren, dass ich nahe dran bin, einfach alles wieder fallen zu lassen. Er klopft mir auf die Schulter und grinst.

»Immerhin hat es sich gelohnt, mich die Treppen hochzuquälen«, sagt er. Der Tonfall sorgt dafür, dass ich auch grinsen muss. Elias ist in Bestform. Die Treppen hat er sich Stufe für Stufe sitzend hinaufgezogen, während ich den Rollstuhl getragen habe.

»Zumindest können wir beide heute unser Work-out abhaken.«

»So schwer ist mein Rollstuhl nicht, Mann«, antwortet Elias. »Du warst nur so lange nicht mehr beim Sport, dass du langsam abbaust.«

Ich überhöre die Spitze einfach.

Er deutet auf die bereits vollen Kisten, die sich auf dem Bett stapeln, in dem eigentlich meine Schwester schlafen sollte. Nur muss Danielle nicht mehr schlafen, sie wird es nicht mehr brauchen. Nicht ihr Bett und nicht ihre Bücher oder ihre Kleidung. All das hier hat für niemanden mehr eine Bedeutung, zumindest für niemanden außer mir.

Elias wirft einen Blick auf die Kartons. »Und was hast du damit vor?«

»Ich versuche, so etwas wie ein System zu finden. Du weißt schon, Dinge, die man spenden kann, Dinge, die ich behalten will, und Dinge, die ich weg…« Ich schaffe es nicht, das Wort auszusprechen.

»Nicht mehr behalten willst«, hilft Elias aus.

»Genau.«

Er reibt die Hände aneinander und versucht, mich mit seinem typischen Lächeln aufzumuntern. »Okay, dann sag mir, was ich tun kann.«

»In den Schubladen sind einige Klamotten«, beginne ich, weiß aber mittendrin nicht mehr, was ich eigentlich sagen wollte. Aber zum Glück ist mein bester Freund gut darin, meine Gedanken zu lesen, noch ehe sie sich in meinem Kopf vollständig geformt haben. Er schnappt sich einen leeren Karton mit der Aufschrift »Spenden« und stellt ihn sich auf den Schoß. »Alles klar, ich kann das meiste einfach mit ins Gemeindezentrum nehmen, dann musst du das nicht tun.«

»Danke, Mann.«

»Dazu sind Freunde da.«

»Um die Sachen von verstorbenen Familienmitgliedern zu sortieren?«, frage ich in dem hilflosen Versuch, so etwas wie einen Witz zu machen.

»Ich hätte gesagt, für den emotionalen Beistand, aber das ist auch okay.«

Über Emotionen möchte ich in meinem Elternhaus lieber nicht nachdenken, also lenke ich das Thema schnell auf etwas Unverfängliches. »Du warst gut gestern. Mir geht diese eine Zeile deines Slams nicht mehr aus dem Kopf.«

»Welche?«, fragt Elias beiläufig, aber ich kenne ihn lange genug, um zu wissen, dass er diese Art des Feedbacks braucht. Er würde es nie einfordern, zumindest nicht von selbst. Einen Moment denke ich nach, damit ich die Textstelle richtig zitieren kann: *»Hinter jedem Blitz, der in mich einschlägt, steckt mein Herz, das mich verrät.«*

»Warum ausgerechnet dieser Satz?«

»Keine Ahnung, aber der neue Text hat mir gefallen.«

»Ehrlich, nicht zu düster?«

»Alter, mit wem sprichst du hier?«

»Irgendwie habe ich mich noch immer nicht an die Bühne gewöhnt«, gesteht er mit einem halben Lächeln.

»Hilft es, wenn ich dir sage, dass du inzwischen zumindest so wirkst, als seist du sicher?«

»Ein bisschen vielleicht.«

»Niemand merkt, dass du nervös bist. Nicht, sobald du loslegst«, erkläre ich. Sein poetisches Talent war auch für mich eine Überraschung. Mir war zwar klar, dass er gern liest, aber nicht, dass er es auch schafft, all den verwirrenden Dingen Ausdruck zu verleihen, und dann auch noch in einer Form, die gut klingt. Kitschig, etwas cringe, aber er schafft es offensichtlich, andere damit zu erreichen. Mich zumindest. Auch wenn ich befangen bin und keine Ahnung habe.

»Danke.« Elias packt einen Stapel T-Shirts in den Karton.

»Dazu sind Freunde doch da«, wiederhole ich seine Worte und wende mich ab. Das rote Shirt ganz oben auf dem Stapel hatte Danielle an, als sie Mrs King aus dem Tierheim geholt hat. Ich kann mich noch genau daran erinnern, wie alles voller roter Katzenhaare war. Nur war meiner Schwester das egal, ich habe sie selten so glücklich gesehen wie mit dieser Katze im Arm. Doch wenn ich jetzt daran denke, frage ich mich nur noch, ob sie wirklich glücklich war oder ob sie auch das nur gespielt hat.

»Hast du schon was Neues von dem Anwalt gehört?«, frage ich, um das Gespräch am Laufen und meine Gedanken im Zaum zu halten.

Nachdem Elias den Motorradunfall hatte, wussten wir lange nicht, wer das Auto gefahren hatte. Oder besser, wer die Fahrerflucht begangen hat. Ich stand selbst zu sehr unter Schock, um mich auch nur an die Farbe des Wagens zu erinnern. Doch vor ein paar Monaten hat der Junge sich nach mehr als zwei Jahren selbst gestellt. Und nun wird er sich auch vor Gericht verantworten müssen.

»Die Verhandlung beginnt wohl im Herbst«, antwortet Elias nachdenklich. »Aber um ehrlich zu sein, weiß ich nicht, was ich darüber denken soll.«

»Du könntest mir einfach sagen, was du darüber denkst, und ignorieren, was andere vielleicht glauben, dass du denken solltest.«

»Ich finde es unnötig.«

»Unnötig?«, wiederhole ich, während ich einen der Kartons verschließe.

»Ja, er bereut es. Er ist jung. Was nützt es, wenn er eine Vorstrafe hat, die ihm sein restliches Leben schwer macht? Ich sehe da einfach keinen Sinn drin«, antwortet Elias ruhig.

Mein Mund wird trocken. Vielleicht weil ich es gesehen habe. Elias gesehen habe, wie er blutend am Boden lag und der Fahrer einfach abgehauen ist, als sei es ihm egal, ob Elias lebt oder stirbt. »Und so was wie Gerechtigkeit zählt nicht?«

Mein bester Freund sieht mich lange an. »Ich denke, bei einem Unfall ist nie etwas gerecht.«

»Guter Punkt.«

»Danke, ich mach da was mit Wörtern«, gibt er mit seinem typischen Grinsen zurück.

Wir verfallen in kurzes Schweigen. »Diez?«

Ich zucke zusammen. »Was?«

Elias blickt mich freundlich an. »Ich hab nur gefragt: Hast du es schon gelesen?«

»Ihr Tagebuch? Nein.«

Schnell blinzle ich die Tränen fort und mache mich stattdessen daran, den Schreibtisch auszusortieren. Was macht man mit all den alten Schulunterlagen, den Aufzeichnungen aus der Uni und den Hausarbeiten?

Ganz so einfach lässt Elias das Thema allerdings nicht fallen. »Warum nicht?«

Ich stöhne gequält auf. »Es ist ihr Tagebuch, es fühlt sich nicht fair an, in ihren Gedanken zu wühlen.«

»Aber?«

»Aber ich muss ständig daran denken, was vielleicht drinsteht«, gebe ich zu.

Das Tagebuch liegt neben meinem Bett. Und manchmal ist es, als würde es mir auflauern. All die Fragen in meinem Kopf, all die Wiesos und Warums könnten damit beantwortet werden, aber ich weiß nicht, ob ich wirklich bereit bin, mich alldem zu stellen. Und ob der Preis dafür ist, dass ich auch den letzten Rest von Danielles Vertrauen missbrauche.

Elias deutet mein Schweigen wie gewohnt richtig. »Hast du in der Gruppe schon darüber geredet?«

»Nein, das letzte Mal ist es etwas … sagen wir, ungemütlich geworden.«

Er lacht auf. »Ja, Willa hat erzählt, dass Ada die Gruppe gesprengt hat.«

Die Erinnerung lässt meine Mundwinkel ein wenig nach oben wandern. »Sie ist einfach wütend.«

»Du nimmst sie in Schutz?«

»Nein, na ja, vielleicht ein bisschen. Den eigenen Vater zu verlieren ist ein verdammt guter Grund, wütend zu werden, findest du nicht?«

»Doch, aber es überrascht mich trotzdem, dass du sie in Schutz nimmst«, meint Elias, der inzwischen bei den Pullovern angekommen ist.

Erstaunt ziehe ich die Augenbrauen zusammen. »Weil ich so was ja sonst nicht tue?«

»Doch, aber es ist das Wie«, meint er und setzt dabei einen Blick auf, der mir gar nicht gefällt. Als würde er etwas verstehen, das völlig auf der Hand liegt, dem ich mich aber verweigere.

»Was soll das denn schon wieder heißen?«

Elias kratzt sich nachdenklich am Kinn. »Ist es möglich, dass du Ada ein kleines bisschen dafür beneidest, dass sie ihre Wut einfach rauslässt, anstatt sie in sich hineinzufressen?«

»Ich bin nicht wütend«, entgegne ich. »Zumindest nicht auf Danielle.«

»Aber?«

»Es bringt nichts, auf jemanden wütend zu sein, denn es ändert nichts – oder?«

»Schon möglich«, murmelt Elias. »Aber du weißt doch, was Willa immer sagt.«

»Besser, ich ignoriere alles mit zu vielen Emotionen«, erkläre ich, »bevor ich an ihnen zugrunde gehe.«

ADA

Als ich in die Wohnung meiner Mutter stolpere, werde ich von dem Geruch frisch gewaschener Wäsche begrüßt. Musik läuft, und meine Rufe gehen unter. Also schiebe ich mir die Boots von den Füßen und laufe ins Wohnzimmer. Meine Mutter ist gerade dabei, Staub zu wischen. Ich kann sehen, wie sie sich zur Musik hin und her bewegt, und für einen winzig kleinen Moment kommt es mir vor, als sei alles beim Alten.

Sie entdeckt mich und zuckt zusammen. Grinsend warte ich darauf, dass sie die Musik leiser macht. Dann erst sage ich: »Du siehst besser aus.«

Meine Mutter schiebt sich eine Strähne hinters Ohr. »Das liegt daran, dass ich eine gute Hose anhabe«, erklärt sie und deutet mit einem Anflug von Stolz auf ihre Jeans.

»Ist mir aufgefallen.«

»Und ich habe mir die Haare gewaschen.«

»Das ist ja fast ein Grund, dich schick auszuführen«, meine ich lobend, und tatsächlich scheint ihr dieser Gedanke zu gefallen.

»Was schwebt dir vor?«

»Wir könnten uns etwas von dem kleinen koreanischen Restaurant um die Ecke holen?«, schlage ich vor und spüre, wie der Druck auf meinen Schultern endlich etwas nachlässt. Vielleicht hatte Willa doch recht. Vielleicht braucht es einfach nur etwas Zeit, bis man wieder etwas anderes als die Trauer empfinden kann. Und ich würde meiner Mutter wünschen, dass sie etwas außerhalb all der Schwärze finden kann, die uns in den letzten Monaten umgeben hat.

Lächelnd nickt sie. »Klingt sehr gut.«

Ich deute auf die große Tüte voller Einkäufe. »Super, ich räum das nur schnell ein.«

Meine Mutter klatscht in die Hände. »Und ich hol meine Tasche.«

Kopfschüttelnd, aber mit einem Lächeln laufe ich in die Küche und verstaue das Gemüse im Kühlschrank. Gerade als ich die Tüte zusammenfalte, fällt mein Blick auf den Küchentisch. Mein Herzschlag setzt einen Moment aus.

Ich trete etwas näher, versuche aus den Worten schlau zu werden, obwohl ich längst weiß, was sie bedeuten:

Patientenverfügung.

Mein Mund klappt auf, doch der panische Schrei bleibt in meiner Kehle stecken. Mit weit aufgerissenen Augen starre ich das ausgefüllte Formular an. »Was ist das?«, stoße ich aus, als meine Mutter in den Raum kommt.

Sie blickt von mir zu dem Blatt in meiner Hand. »Ada, tut mir leid. Ich wollte nicht, dass du es so erfährst.«

»Dass ich was so erfahre? Stimmt etwas nicht, bist du krank?«, rufe ich und merke erst, als die Worte aus meinem Mund stolpern, wie laut ich dabei bin. Wie verzweifelt ich klinge.

Schnell hebt meine Mutter die Hände. »Nein, nein, Schatz, es ist alles okay mit mir.«

Ich kralle meine Hand in das Papier, ignoriere die Tatsache, dass ich unschöne Falten auf dem makellosen Weiß hinterlasse. »Und was soll das dann?«

»Ich will nur, dass für den Fall der Fälle alles geklärt ist.«

Fassungslos sehe ich sie an. »Ist das dein Ernst?«

»Ada, ich weiß, dass du …«

»Du weißt gar nichts«, herrsche ich sie an. »Wieso kommst du ausgerechnet jetzt mit so einem Wisch um die Ecke? Warum soll ich mich jetzt auch noch mit deinem Tod beschäftigen?«

Mein Wutausbruch sorgt dafür, dass meine Mutter einen halben Schritt zurück macht. »Es ist nur eine Vorsichtsmaßnahme.«

»Du brauchst keine Vorsichtsmaßnahme!«

»Ada, es ist nur eine Patientenverfügung. Ich will nur, dass du abgesichert bist, falls mir etwas passiert.«

»Dir passiert aber nichts.«

Sie presst die Lippen aufeinander, genau wie ich es immer tue, wenn ich nach den richtigen Worten suche oder die falschen unterdrücke. »Hoffentlich nicht, aber falls doch, will ich, dass du alle Möglichkeiten hast und nicht noch unnötigen Druck von irgendwelchen Behörden bekommst.«

Erst jetzt wird mir klar, was all das bedeutet. Ich schiebe die Blätter auseinander, und da steht es.

Bevollmächtigte.

Mein Name.

»Und was ich will, zählt gar nicht?«, frage ich.

»Doch, natürlich«, sagt meine Mutter ruhig. »Bei deiner Patientenverfügung.«

»Ist das dein Ernst?«, frage ich erneut.

»Wir sollten darüber reden, ob du dich testen lassen willst«, sagt sie und ist dabei so ruhig, dass es mich nur noch wütender macht.

»Wir hatten dieses Thema schon«, will ich sie abwürgen.

»Ada, die Chancen stehen 50:50, dass du auch das Huntington-Gen geerbt hast«, versucht meine Mutter es erneut, aber ich kann nur den Kopf schütteln.

»Denkst du etwa, das könnte ich vergessen?«

»Wenn du dich testen lässt, dann …«

»Will ich nicht«, stelle ich klar, und es ist mir egal, dass ich dabei klinge, als sei ich wieder die bockige Zehnjährige, die sich weigert, ein Kleid anzuziehen.

Meine Mutter seufzt leise. »Ada, ich verstehe ja, dass es dir Angst macht. Aber wir können nicht handeln, wenn wir nicht wissen, ob du …«

»Ob ich genauso ende wie Papa?«, schließe ich ihren Satz ab, und irgendwo tief in mir scheint etwas, das ich gerade erst wieder zusammengesetzt habe, erneut auseinanderzufallen.

Sie atmet einmal tief durch. »Ja.«

»Ich will es nicht wissen.«

»Es gibt Studien, Versuchsgruppen, Möglichkeiten, die gerade erforscht werden …«

»Nein«, schnaube ich. »Es gibt keine Heilung.«

Auf die Endgültigkeit dieser Worte folgt eine Stille, die so lang ist, dass ich befürchte, sie könnte ewig andauern. In den Augen meiner Mutter schwimmen Angst und Hoffnung um die Wette, obwohl keine von beiden ans Ziel kommen wird. »Jetzt noch nicht.«

»Ich will nicht wissen, ob ich Huntington habe«, stelle ich noch mal klar. »Es ist mir egal.«

»So egal, dass du jedes Mal wütend wirst, wenn ich davon anfange?«

Wer hat eigentlich angefangen, Frauen zu verbieten, wütend zu werden? Wenn Männer das tun, ist es eben so. Ihnen wird nicht ständig gesagt, dass sie zickig sind oder über das Ziel hinausschießen. Wenn sie ein Loch in die Wand schlagen, weil sie ihren Zorn nicht zügeln können, ist das sexy. Aber bei Frauen? Nein. Dann ist man nur anstrengend.

Aber ich habe mir das gottverdammte Recht verdient, wütend zu sein. Auf die Welt. Das ganze Universum. Und gerade auch auf meine Mutter.

»Ja, weil du meine Entscheidung nicht einfach akzeptieren kannst«, schnaube ich und werfe die Arme in die Luft, weil ich nicht weiß, was ich noch tun soll, damit sie es versteht.

Ich *weiß,* dass ich eine tickende Zeitbombe bin.

Jedes Mal, wenn meine Hände zittern, jedes Mal, wenn ich das Gefühl habe, mein Körper reagiert nicht so, wie er es sollte, wenn ich etwas vergesse, einfach jedes Mal ist der Gedanke in meinem

Kopf. Zusammen mit der Angst. Zusammen mit allen Ängsten, Erinnerungen und Verletzungen. Ich weiß das alles, und genau darum will ich das *nicht* wissen. Ich ertrage den Gedanken nicht, zu wissen, wie mein Leben enden wird. Nicht jetzt. Vielleicht nie.

Der Zorn verlässt langsam meinen Körper, und jetzt schaffe ich es nicht mehr, die Tränen vollständig zurückzuhalten. Ich spüre, wie meine Mutter mir eine Hand auf die Schulter legt. »Okay, tut mir leid«, höre ich ihre Stimme und lasse zu, dass sie mich in den Arm nimmt.

»Sollte es auch.«

»Es ist deine Entscheidung.«

»Ganz genau.«

Wir sehen einander an, und ich wische die Spuren fort.

Das Schlimmste ist, dass ich sie gar nicht so behandeln will. Ich wäre gern einfacher, umgänglicher und eine dieser Frauen, die das ganze Leid einfach mit einem verdammten Strahlen ertragen. Aber ich bin es nicht.

Meine Mutter ringt sich ein halbes Lächeln ab. »Würdest du dann meine Entscheidung akzeptieren, dass ich … im sehr unwahrscheinlichen Fall niemand anderen als dich entscheiden lassen möchte?«

Stöhnend schüttle ich den Kopf. »Das ist nicht fair.«

»Ich weiß.«

Eigentlich will ich protestieren, will ihr sagen, dass ich mich nicht darauf einlasse – aber ich kann es nicht. Nicht nach allem, was wir zusammen durchstehen mussten. Wenn sie meine Entscheidung akzeptiert, werde ich das Gleiche für sie tun. »Gib mir schon das blöde Ding, ich unterschreib es. Aber danach will ich endlich was essen.«

Kapitel 16

6 Monate zuvor

DIEZ

Der Geruch des Nagellacks kitzelt in meiner Nase, während ich mich angestrengt über die Hand meiner Schwester beuge und versuche, nichts danebenzuschmieren. So ganz will es mir nicht gelingen, aber immerhin strahlen Danielles Nägel jetzt in Lila. Genauso, wie sie es am liebsten mochte.

Unser Vater hat es immer gehasst, wenn sie so knallige Farben getragen hat – aber es war ihre ganz eigene kleine Rebellion gegen ihn. Und auch, wenn sie vielleicht nicht mehr wirklich hier ist, will ich, dass sie sich diese bewahren kann. Oder vielleicht will ich mich auch nur daran erinnern, dass sie auch diese Seite hatte.

Das Klopfen an der Tür sorgt dafür, dass ich mich aufrichte. Es dauert einen Moment, bis Ada zögernd den Kopf ins Zimmer steckt. »Hey, ich war mir nicht sicher, ob …«

»Komm ruhig rein.«

Sie blickt über die Schulter, als hätte sie Angst, jemand würde sie daran hindern, die Schwelle zu übertreten. »Bist du sicher?«

Lächelnd stehe ich auf und stelle das Nagellackfläschchen auf dem Nachttisch ab. Ada sieht es, scheint es aber nicht kommentieren zu wollen. Ich mache einen Schritt zur Seite und deute auf meine Schwester.

»Klar. Danielle: Das ist Ada. Ada, Danielle.«

»Freut mich sehr, dich kennenzulernen«, sagt Ada, und zu meiner Überraschung klingt es ehrlich, als könnte sie verstehen, warum ich noch immer so tue, als würde meine Schwester mich hören.

»Tut mir leid, ich habe irgendwie die Zeit vergessen«, erkläre ich mit einem Blick auf meine Armbanduhr. Wir waren eigentlich schon vor zehn Minuten an unserem üblichen Platz vor dem Kaffeeautomaten verabredet.

Ada betrachtet meine Schwester eine Weile. Ich weiß, was sie denkt. Danielle und ich sehen uns so ähnlich, dass es mir manchmal auch unheimlich erscheint. Wir haben das gleiche blonde Haar, den gleichen Zug um die Lippen und das kleine Grübchen in unserem Kinn.

»Was habt ihr zwei gemacht?«, will Ada mit einem Lächeln wissen.

»Danielle will mir einfach nicht verraten, wie sie ihr Haar so schön glänzend bekommt.« Ich fahre mir durch die Haare und grinse Ada an.

»Die erste Regel ist immer, keine Silikone zu verwenden.«

»Ja, das kommt mir bekannt vor.«

Ada macht einen Schritt nach vorn und nimmt sich den Stapel bunter Karteikarten von dem kleinen Tisch, auf dem die Tulpen in der großen Blumenvase ihr Bestes geben, dem Raum zumindest einen Tupfer Farbe zu verleihen. Aber sie scheint zu spüren, dass mir der Sinn nicht gerade nach Klausurvorbereitungen steht. »Du bist ein Jura-Dude?«

»Warum überrascht dich das?«

»Weil du mir bisher gar nicht so spießig vorgekommen bist«, erklärt sie leichthin. Sie schnappt sich einen Teil der Karten und setzt sich auf die andere Seite des Betts.

»In unserer Familie sind alle Anwälte«, sage ich, als würde das alles erklären.

»Daher also diese schier grenzenlose Begeisterung.«

»Möchtest du mir jetzt mit meinen Haaren helfen oder mich wegen meines Studiums ärgern?«, stichle ich zurück.

Ada beugt sich leicht nach vorne. Ihr helles Top rutscht von ihren Schultern, und ich bemühe mich, nicht auf den pinken Spitzenstoff darunter zu achten – auch wenn nur der Ansatz ausreicht, dass mir ganz heiß wird. »Ich hatte gehofft, dass beides möglich ist. Komm schon, ich frag dich ab.«

Wartend lehne ich mich gegen den Stuhl und verschränke die Arme vor der Brust. »Na gut, also dann. Auf in die Weiten des Zivilrechts.«

Die ersten Stichwörter bringen mich bereits zur Verzweiflung. Ich kenne all das, habe die Karten schon mindestens hundertmal gelesen. Aber sobald jemand danach fragt, scheint mein Kopf wie leer gefegt zu sein. Und mit jeder neuen Karte, die ich nicht vollständig aufsagen kann, wird der Druck in meinem Kopf höher.

Ada räuspert sich und gibt mir das nächste Stichwort: »Testierwille.«

Meine Hände krampfen sich zusammen. »Erklärung, die auf dem ernsthaften Willen des Erblassers beruht, ein Testament zu errichten und rechtsverbindliche Anordnungen über sein Vermögen nach dem Tode zu treffen«, rattere ich herunter und fühle mich, als würde ich ihr jeden Moment nicht nur die Worte, sondern auch mein Mittagessen vor die Füße kotzen.

»Weiter«, fordert Ada mich auf, weil ich offenbar noch mehr auf die Rückseite geschrieben habe.

Ich stütze den Kopf in die Hände, schließe die Lider und versuche, mir vor Augen zu führen, was verdammt noch mal noch alles auf dieser Karte steht. »Maßgeblich ist, ob sich der Testierwille durch Auslegung von § 133 BGB unter Berücksichtigung aller erheblichen, auch außerhalb einer Urkunde liegenden Umstände und der allgemeinen Lebenserfahrung ergibt?«

Ada presst kurz die Lippen aufeinander. »Ist das eine Frage oder eine Antwort?«

»Irgendwie beides?«

Sie legt die Karten zur Seite und sieht mich an. »Es kommt mir vor, als seist du nicht gerade glücklich mit der Wahl deines zukünftigen Jobs.«

»Was hat mich verraten?«, frage ich hilflos.

»Die panischen Schweißflecken.«

»Ich war nie sonderlich gut darin, alles Mögliche auswendig zu lernen. Das konnte Danielle immer besser«, gebe ich zu.

Ada schiebt die Karten weiter zur Seite, weiter weg von mir und damit irgendwie auch ein bisschen den Druck, den ich damit verbinde. »Hat sie auch Jura studiert?«

»Ja … na ja, zumindest fast.«

»Fast?«

»Kurz bevor … das hier passierte, hat sie aufgehört«, murmle ich und spüre, wie meine Stimme mit jedem Wort belegter wird. Vielleicht war das das erste Zeichen. Das erste Warnsignal, das ich nicht gesehen und verstanden habe.

»Verstehe.«

»Meine Eltern sind ziemlich ausgerastet, für sie gab es nie eine andere Option, als dass wir auch Anwälte werden«, erkläre ich, ohne so recht zu wissen, warum es mir so wichtig ist, dass Ada all das versteht.

Ihr Blick geht an mir vorbei zu der immer schlafenden Danielle. »Muss ein ziemlicher Druck gewesen sein.«

»Kann man so sagen.«

»Und jetzt erwarten sie, dass zumindest du das Erbe fortsetzt?«

Wir sehen einander an. »Ja, nur dass ich leider wirklich furchtbar darin bin.«

Ada zieht ein Knie an ihre Brust, ohne den Blick von mir zu lösen. »Wieso hat Danielle aufgehört?«

»Ich weiß es nicht.«

»Du weißt es nicht?«

»Sie hat nie darüber gesprochen, sie hat einfach gesagt, dass sie es nicht mehr tun will. Keine weiteren Erklärungen nötig«, sage ich leise.

Einen Moment verharre ich in der Erinnerung.

Nach dem Streit saßen Danielle und ich allein in der Küche, und alles, was sie sagte, war: Es ist mein Leben, nicht ihres. Und ich wünschte mir, du würdest das auch erkennen.

Ich denke oft an diesen Moment. Im Rückblick hat er sich eingebrannt, als hätte ich schon da erkennen müssen, was in ihr vorgeht.

Ada bemerkt mein Grübeln und greift nach meiner Hand. Die Berührung reicht aus, dass ich wieder ins Hier und Jetzt falle.

»Ich denke, du brauchst eine Pause«, sagt sie entschieden und steht auf.

»Wenn ich noch mehr Pausen mache, falle ich auf jeden Fall durch«, halte ich dagegen, auch wenn sie mir auffordernd eine Hand hinhält, um mich vom Stuhl zu ziehen.

»Vielleicht wäre das nicht das Schlimmste.«

»Was?«

»Du hast jetzt schon Panik davor, zu versagen, und wenn du dich noch mehr unter Druck setzt, bekommst du noch Probleme mit deinem Herzen – also komm, wir drehen eine Runde.«

»Aber …«

»Kein Aber«, stellt sie klar. »Von mir aus löchere ich dich noch die ganze Nacht, aber jetzt wirst du etwas essen und mit mir spazieren gehen, verstanden?«

»Wer könnte da widersprechen?«, sage ich kopfschüttelnd und greife nach ihrer Hand.

ADA

Der Geruch nach nassem Laub liegt in der Luft, und ein leichter Wind lässt meine Haare sanft hin und her schwingen, während ich in den Hotdog beiße.

»Was studierst du eigentlich?«, fragt Diez zwischen zwei Bissen.

»Germanistik.«

»Der Klassiker.«

»Könnte man so sagen.« Ich deute auf eine der kleinen Parkbänke, damit ich mich nicht noch an meinem Essen verschlucke.

»Und wie sind deine großen Pläne für das Danach?«, will Diez wissen, nachdem wir uns gesetzt haben.

Ich streiche mir etwas Soße aus dem Mundwinkel und blicke an ihm vorbei zu einer Gruppe Kinder, die den Spielplatz vor uns in Beschlag genommen haben. »Ich will in einen Verlag, vielleicht als

Lektorin. Aber ich könnte mir auch vorstellen, in eine Literaturagentur zu gehen. Keine Ahnung, im Moment mache ich einfach einen Schritt nach dem anderen und schaue, wo es mich hinführt.«

Mit vor Überraschung hochgezogenen Augenbrauen sieht Diez mich an. »Dafür sind deine Pläne aber schon ziemlich konkret.«

»Ich bin es einfach leid, mich über Bücher oder den Markt zu beschweren oder Ewigkeiten auf die Übersetzungen zu warten«, sage ich leise. »Mit der Energie könnte man selbst viel mehr bewirken.«

Er lacht. Und ich kann mich nicht mehr daran erinnern, wann ich das Lachen eines Menschen einmal so genossen habe. »Wow, das nenne ich mal ein Ziel.«

»Wohl eher einen vagen Traum.«

»Besser als gar kein Traum, oder?«

»Hast du denn keinen?«

Diez legt den Kopf schief, während er darüber nachdenkt. »Nein, ich glaube nicht. Ist das schlimm?«

»Ich glaube nicht, dass Träume etwas sind, das zwingend da sein muss, sondern eher etwas, das sich entwickelt«, meine ich.

»Sehr weise Worte.«

»Habe ich von Willa geklaut«, sage ich, und wir lachen beide. Ich setze mich in den Schneidersitz, ohne darauf zu achten, dass die Erde von meinen Boots Spuren auf der Jeans hinterlässt. Dann sehe ich ihn wieder an. »Wenn du etwas tun könntest, ganz ohne Konsequenzen – was wäre es?«

»Was meinst du?«

Kauend zucke ich mit den Schultern. »Mit deinem Leben – du kannst alles tun, egal was.«

Er denkt nicht lange nach. »Mein Studium hinwerfen.«

Ich schlucke die Reste des Brötchens hinunter. Mir war schon bewusst, dass er es nicht gerade einfach hat, aber bis gerade wusste ich nicht, dass die Zukunft für ihn etwas derart Negatives ist. »So schlimm, ja?«

»Schlimmer.«

Ich drehe mich zu ihm um. »Und was würdest du stattdessen machen?«

»Keine Ahnung, Taxi fahren?«

»Du wärst ein guter Taxifahrer«, bestätige ich.

»Ja, oder? Ich meine, ich kenne die Stadt ziemlich gut.«

»Und mit so einer kleinen Schirmmütze und einer Sonnenbrille siehst du sicher niedlich aus. Obwohl ich zugeben muss, der Bikerhelm hat auch was.«

Er legt den Kopf in den Nacken und lacht, ehe er mich mit blitzenden Augen ansieht. »War das gerade ein Kompliment?«

Spielerisch verdrehe ich die Augen. »Als ob dir nicht ständig jemand sagen würde, dass du gut aussiehst.«

»Na ja, bei den meisten Menschen interessiert es mich nicht.«

»Aber bei mir schon?«

»Ja.«

Mein Herz macht einen kleinen Sprung. »Warum?«

»Weil ich mich ziemlich in dich verknallt habe, schätze ich«, gesteht er, und das Lächeln in seinem Gesicht wird noch etwas breiter.

»Ich …«

»Schon gut, du musst jetzt nichts sagen.«

Hitze schießt mir in die Wangen, weil ich nicht damit gerechnet habe, dass er es einfach so sagt. Vielleicht auch, weil ich selbst noch gar nicht weiß, was ich fühle oder ob ich überhaupt jemals in der Lage sein werde, etwas zu fühlen, das so groß ist. »Ich hätte so einen guten Witz darüber, dass man mit mir eher Korken knallen lassen sollte«, versuche ich irgendwie, meine Anspannung zu kaschieren, und bereue es schon in dem Moment, in dem die Worte meinen Mund verlassen haben. »Schon gut, der war selbst für mich zu flach.«

Diez scheint all das hier weit weniger unangenehm zu sein. »Wie gesagt, du musst es nicht kommentieren.«

»Vielleicht will ich das aber.«

»Okay?«

Ich wische mir über den Mund, weil ich das ungute Gefühl habe, dass dort irgendwo noch Ketchup oder eine Röstzwiebel hängt. Dann sehe ich an ihm vorbei, hin zu dem Grün und der Sonne, deren Licht durch die Blätter bricht. »Ich bin nicht gut in diesen Dingen, Diez.«

»Ich auch nicht.«

»Um ehrlich zu sein, ich bin eine Katastrophe auf allen Ebenen.«

»Wer sagt das?«

»Alle, schätze ich.«

»Und warum sagen sie das?«

Ich zucke mit den Schultern. »Weil ich nichts ernst nehme, weil ich immer laut bin, auch wenn ich gar nichts zu sagen habe, und weil ich es einfach nicht schaffe, mal über meine Gefühle zu reden«, bricht es aus mir heraus, ohne dass ich es verhindern kann. Oder vielleicht verhindern will?

Ich will nur wieder sein Lachen hören.

Diez beugt sich etwas näher zu mir. »Ich finde, wir reden ziemlich oft über unsere Gefühle.«

»Ja, weil es noch einfach ist«, halte ich dagegen.

»Was meinst du?«

»Noch sitzen wir beide im Wartezimmer des Todes, und da ist niemand außer uns, mit dem wir darüber reden können. Aber ein Trauma reicht nicht, um zwei Menschen einander näher zu bringen«, meine ich etwas hilflos. »Und …« Stockend streiche ich mir eine Strähne hinters Ohr.

Diez sieht mich mit schief gelegtem Kopf an. »Ich denke, dass da noch mehr ist als das.«

»Und was?«

»Das finden wir nur heraus, wenn wir es einfach zulassen, oder?«, fragt er zurück und greift nach meiner Hand.

Meine Haut beginnt zu prickeln. »Hast du schon was gegessen?«, will ich nach einer Weile wissen und ziehe meine Hand zurück, weil alles gerade zu viel ist.

»Bisher nicht?«

»Da ist ein guter Italiener die Straße runter …«

Seine Mundwinkel zucken nach oben, er nickt langsam. »Klingt verführerisch, aber ich hab meiner Mutter versprochen, heute mit ihr zu essen.«

Schnell schüttle ich den Kopf. »Dass du mich für deine Mom sitzen lässt, ist irgendwas zwischen cringe und niedlich.«

Damit erhebe ich mich von meinem Platz. Diez verzieht das Gesicht, als sei er nicht nur von mir amüsiert, sondern auch von der Gesamtsituation. »Du wirst jetzt einfach abhauen, oder?« Ertappt vergrabe ich die Hände in meiner Lederjacke.

»Tut mir leid.«

»Schon okay, ich freue mich auf das nächste Mal.«

Und dann laufe ich los, kann mich aber nicht davon abhalten, noch mal über die Schulter zu blicken. Diez sieht mir noch immer nach – und irgendwie ist es genau das, was mein Herz noch mehr zum Flattern bringt.

Kapitel 17

Jetzt

DIEZ

… ich habe oft diesen Traum, dass ich einfach zu meinen Großeltern ziehe. Einfach nach Spanien auswandere und all das hier hinter mir lasse. Raus aus dem immer grauen Frankfurt, das mir an jeder Kante der Wolkenkratzer zeigt, wie falsch ich bin, egal wie sehr ich versuche, richtig zu sein. Weg von meiner Familie und den ewigen Streitereien.
Immer der Sonne entgegen.
Aber ich weiß, dass es nur ein Traum ist. Denn ich kann nicht lange mit mir allein sein. Nicht ohne dass ich mich selbst verschlinge, weil ich nichts anderes verdient habe als die dunkle Schwere, die ich jeden Tag fühle.

Danielle

In den Vorstellungen von meiner Zukunft hatte ich nie ein Haustier. Ich dachte immer, ich sei einfach nicht der Typ dafür. Aber inzwischen habe ich mich so sehr an meine pelzige Mitbewohnerin gewöhnt, dass ich mich schon gar nicht mehr daran erinnere, wie es war, als noch nicht überall rote Katzenhaare herumflogen.

Ich bin gerade dabei, den Trinkbrunnen neu zu befüllen und Mrs King ihr Abendessen hinzustellen, als ich den vertrauten Piepton meines Handys höre.

Der Blick aufs Display sorgt allerdings dafür, dass ich das Gesicht verziehe. Ada. Verdammt.

Jedes Mal, wenn ich denke, dass jetzt etwas zwischen uns geklärt ist, ist es, als würde ich wie ein Bumerang wieder zurückgeschleudert werden.

Mir ist klar, dass all das zwischen uns nicht gerade der Traum einer gesunden Beziehung ist, aber ich kann mich trotzdem nicht davon abhalten, die Nachricht zu öffnen.

Ada
Heute Abend schon was vor?

Zögernd blicke ich meine Katze an, finde aber in ihren großen grünen Augen auch keine Antwort darauf, ob es besser wäre, die Nachricht zu ignorieren oder nicht. Stöhnend lasse ich mich auf das Sofa sinken und beginne zu tippen.

Diez
Willst du mich wieder rauswerfen?

Ada
Hältst du mir das jetzt ewig vor?

Diez
Vielleicht.

Ada
Vielleicht vermisse ich es ja einfach, mit dir und ohne Klamotten allein zu sein …

Hitze schießt durch meinen Körper.

Aber es ist keine Sehnsucht, sondern Wut. Wut darüber, dass sie wieder einmal versucht, nur das eine in uns zu sehen.

Diez
Bin ich plötzlich zu deinem Toyboy geworden?

Ada
Wenn dir das gefällt, vielleicht.

Diez
Und wenn nicht?

Ada
Dann würde ich sagen, dass du verstehst, wie es ist, wenn man versucht, etwas Stille in einen zu lauten Kopf zu bekommen. Und dass es helfen kann, dabei nicht allein zu sein.

Fuck.

Auf der einen Seite will ich sie anschreien, will ihr all die Dinge an den Kopf werfen, all die Gedanken, alles, was sie in mir auslöst – und auf der anderen Seite wünschte ich, ich könnte sie einfach nur in den Arm nehmen. Ihr einfach genau das geben, was sie gerade braucht. Vielleicht auch, was ich gerade brauche. Aber ich weiß, dass es nicht die gleiche Nähe ist, nach der ich mich sehne.

Diez
Tut mir leid, ich denke, wir wollen unterschiedliche Dinge.

Ada
Du willst keinen Sex mit mir?

Diez
Doch. Ich liebe es, wenn du meinen Namen stöhnst. Ich liebe es, dich zu schmecken. Und ich liebe es, dich zu küssen, aber ich will danach nicht weggeschickt werden, als wäre Sex alles, was uns verbindet.

»Fuck«, schnaube ich erneut und werfe mein Handy ans andere Ende des Zimmers, weil ich nicht glauben kann, dass ich diese Nachricht gerade wirklich abgeschickt habe.

Ada ist zu mir gekommen, wieder einmal.

Und ich habe ihr die virtuelle Tür vor der Nase zugeschlagen. Das ist bisher noch nie passiert, und schon jetzt überkommt mich die Angst davor, was ich damit vielleicht endgültig beendet haben könnte.

Aber es ging nicht anders.

Es kann nicht ewig so weitergehen.

Gerade schaffe ich es einfach nicht mehr, so zu tun, als sei es okay, wie es zwischen uns lief. Selbst dann nicht, wenn ich am liebsten zu meinem Telefon laufen und alles ungeschehen machen würde. Es wäre einfach, nachzugeben, jetzt zu ihr zu gehen und für ein paar Stunden einfach zu vergessen, was alles passiert ist. Nur sehe ich ja, wohin uns das beide gebracht hat. An welche Abgründe.

Und ich bin nicht bereit, mich einfach so aufzugeben.

Nicht mal für eine Frau, die ich vielleicht liebe.

»Offenbar bist du die einzige Frau, die neben mir schlafen will«, brumme ich Mrs King zu. Die Katze sieht mich mit großen Augen an und setzt sich demonstrativ weit von mir weg.

»Schon klar, nur zu deinen Bedingungen.«

ADA

Wir werden alle nur auf Zahlen heruntergebrochen.

In jedem verdammten Moment des Lebens sind wir nicht mehr als eine Zahl, die entweder zu hoch oder zu niedrig ist. Wie hoch ist dein Gehalt? Wie viele Semester studierst du schon? Und wie viele Punkte hast du in der Klausur? Wie hoch ist die Chance, dass du eine tödliche Erbkrankheit hast? Wie schnell warst du im Hundertmeterlauf? Wie viele Follower hast du?

Grollend hämmere ich auf der Tastatur meines Laptops herum und fluche, als sich die Klausurergebnisse endlich vor mir öffnen. Martha kommt mit zusammengezogenen Augenbrauen in die Küche. »Na, du bist ja gut drauf«, kommentiert sie, während sie sich einen Saft aus dem Kühlschrank holt.

Grimmig sehe ich sie an. »Ich hab die Hausarbeit verbockt.«

Augenblicklich wird ihr Blick etwas weicher. Sie setzt sich zu mir.

»Verdammt, schon wieder?«, kommt es von Willa, die sich gerade einen Tee machen wollte.

»Offenbar reicht es doch nicht, sich nur die Zusammenfassung einmal anzuschauen«, gebe ich zurück und würde mich am liebsten selbst dafür ohrfeigen. Mir ist schon bewusst, dass meine Noten so sehr abrutschen, weil ich weder zur Uni gehe noch mir die Mühe mache, alles nachzuholen.

»Tut mir leid, wenn du willst, kann ich dir das nächste Mal beim Schreiben helfen«, bietet Martha sofort an, aber gerade möchte ich mich einfach vergraben und so tun, als sei das hier nicht mein eigenes Leben, das ich gegen die Wand fahre, sondern nur ein Film, den ich sehe und beliebig oft auf Pause stellen kann.

Mein Blick geht an meinen Freundinnen vorbei, als ich sage: »Wenn es denn ein nächstes Mal gibt.«

»Was meinst du damit?«, will Willa wissen und stellt mir unaufgefordert einen Tee vor die Nase, von dem der intensiv süße Kuchengeruch ausgeht, den ich so liebe.

Ich sehe sie mit einem Hauch von Scham an. »Vielleicht sollte ich es einfach hinwerfen.«

Willa ist die Erste, die ihre Sprache wiederfindet. »Okay?«

»Ich bin einfach nicht gut in diesem ganzen theoretischen Blabla«, stoße ich aus. Das war ich noch nie. Und vielleicht wird es einfach Zeit, genau das einzusehen und damit abzuschließen.

Martha räuspert sich unbehaglich. »Aber bisher hat es dir doch immer Spaß gemacht?«

»Das Lernen, ja. Aber nicht die Klausuren und die sinnlosen Hausarbeiten, die absolut nichts mit dem zu tun haben, was ich irgendwann mal machen will«, brumme ich frustriert. Keine von ihnen kann nachvollziehen, wie es ist, wenn man nicht für das Lernen geschaffen ist. Für mich war es noch nie einfach, gute Noten zu schreiben oder Dinge auswendig zu lernen, die mich eigentlich gar nicht interessieren. Nur kann ich ihnen das nicht sagen, weil sie mich dann mit motivierenden Reden überschütten, dass Noten nichts aussagen und dass ich mehr bin als das – nur, so läuft diese Welt nicht, oder?

»Die meisten Lektorinnen haben eine Ausbildung wie …«, setzt Martha an, aber auf diesen Vortrag habe ich wirklich keine Lust.

»Das weiß ich«, unterbreche ich schnell.

Pragmatisch, wie sie ist, hat Martha eine ganz andere Frage auf den Lippen. »Hat dein Durchfallen denn irgendwelche Konsequenzen?«

»Nein, ich hatte den Freiversuch noch.«

»Dann hast du diese Klausur eben verhauen, aber wenn es keine Auswirkungen hat, ist es doch nur halb so schlimm.«

Willa nickt. »Du hast noch zwei Semester vor dir – also lass dir mit der Entscheidung einfach noch etwas Zeit.«

Ich weiß, dass sie es gut meinen. Ihre Worte sorgen zwar dafür, dass die schlimmste Wut verraucht, aber gleichzeitig spielen die Selbstzweifel besonders deutlich in meinem Kopf Pingpong. Denn wenn ich nicht gerettet bekomme, was ich dieses Semester schon in den Sand gesetzt habe, war's das vielleicht wirklich. Und ich weiß, dass ich mich dafür mehr anstrengen muss. Nur sehe ich gerade nicht, woher ich die Motivation dafür noch nehmen soll.

Mürrisch klappe ich den Laptop zu und tue das, was ich am besten kann. Fake it till you make it. Wenn ich mir selbst vorspiele, dass mich das alles nicht interessiert, dass mich die Erwartungen der ganzen Welt nicht interessieren, stimmt es vielleicht irgendwann. Taylor Swift wäre stolz auf mich.

»Ja, und so lange kann ich die Partys und den günstigen Eintritt noch mitnehmen.«

»Das war zwar nicht das, was ich damit sagen wollte, aber schön, dass du auch positive Dinge erkennst.«

»So bin ich einfach.«

Ich überlege, ob ich ihnen erzählen soll, dass für mein Durchfallen vielleicht auch das ganze Chaos mit Diez verantwortlich ist, aber ehe ich dazu komme, sieht Willa mich mit einem Lächeln an.

»Ich habe mit Elias' Eltern gesprochen, sie leihen uns den Wohnwagen fürs Festival«, lässt sie die Bombe platzen, und ich starre sie mit großen Augen an.

»Ist das dein Ernst?«

Lachend schiebt Willa sich eine der blonden Strähnen hinters Ohr. »Wieso sollte ich darüber scherzen?«

»Das ist der Hammer!«

Ich falle ihr in die Arme und kann nicht glauben, dass sie sich ausgerechnet auf dieses kleine Abenteuer mit mir einlässt. Liebevoll tätschelt sie mir den Rücken. »Gern doch, aber tue mir den Gefallen und lass mich da nicht allein.«

»Auf keinen Fall. Das wird super, und du wirst schon sehen, du wirst deinen Spaß haben«, verspreche ich. Und das, obwohl ich schon weiß, dass ich mir selbst nicht trauen kann.

Kapitel 18

6 Monate zuvor

DIEZ

Ich dachte immer, dem Fliegen komme ich am nächsten, wenn ich auf dem Motorrad sitze. Allein auf einer Straße, nur ich und der Nachtwind. Und doch fühlt es sich jedes Mal nach Fliegen an, wenn sie auftaucht.

»Du siehst gut aus«, begrüße ich Ada mit einem Lächeln und heißem Kaffee, den sie dankend annimmt, ehe ich mich neben ihr auf die Parkbank sinken lasse.

Stöhnend legt sie den Kopf nach hinten. »Du bist ein schrecklicher Lügner.«

»Findest du? Meine Eltern meinten immer, ich könnte auch Schauspieler werden.«

Mit zusammengekniffenen Augen sieht sie mich an. »Dann sind sie die besseren Lügner.«

Ich versuche, mein Lächeln aufrechtzuerhalten, spreche aber die Frage dennoch aus: »Keine Besserung in Sicht?«

Ada schluckt kurz. Ich kann sehen, wie es hinter ihrer Stirn arbeitet, als sei sie sich nicht sicher, ob sie mir wirklich sagen möchte, was in ihr vorgeht. »Nein, sobald die eine Entzündung behoben ist, kommt die nächste. Ich hab das Gefühl, wir stecken irgendwo in einem Labyrinth fest, und immer wenn wir denken, das muss der Ausgang sein, stehen wir wieder vor einer neuen Wand«, stöhnt sie und vergräbt das Gesicht in den Händen.

Meine Finger zucken, weil ich darüber nachdenke, sie einfach in den Arm zu nehmen, aber ich wage es nicht. Wage es nicht, sie einfach so zu berühren. »Kann ich was tun?«

Ihr Blick findet meinen. Das Blau ihrer Augen spiegelt das Grau des Himmels wider. »Keine Ahnung – alles, was ich will, ist, mit einem Buch aus dieser Realität zu flüchten und nie wieder rauszukommen.«

Unsicher fahre ich mir durch die Haare. »Und welches Buch wäre das?«

Sie lacht auf. Aber es ist kein echtes Lachen, sondern eines, das einem zeigt, wie dunkel es in ihr wirklich aussieht. »Willst du das echt wissen?«

»Wieso nicht?«

»Weil du ganz sicher keins davon kennst?«

»Und mir deine Welt zu erklären ist nicht möglich?«

Mit zusammengezogenen Augenbrauen betrachtet sie mich einmal von oben bis unten, als würde sie mich zum ersten Mal sehen. »Du bist ein Jura-Dude.«

»Was unterstellst du mir da, dass ich die Kunst eines guten Buchs nicht erkenne?«

»Ja, irgendwie schon.«

Entrüstet stehe ich auf. »Das lass ich nicht auf mir sitzen, komm, wir gehen«, sage ich und reiche ihr die Hand.

»Wohin?«, fragt sie perplex.

»Zum nächsten Buchladen.«

Ada sieht auf meine Hand, die ich ihr immer noch hinhalte und mir dabei langsam lächerlich vorkomme. »Ist das dein Ernst?«

Nun bin ich es, der die Augen zusammenkneift. »Willst du etwa keine Bücher kaufen?«

»Das ist das Einzige, was ich immer will«, sagt sie und lächelt.

Und es fühlt sich an, als würde endlich etwas Sonne zwischen dem ewigen Grau aufleuchten.

ADA

Einen Buchladen zu betreten ist für mich wie das Nachhausekommen in all die Welten, die nur durch Worte existieren. Meine Nase kitzelt von der Mischung aus Papier und Duftkerzen, ehe ich einen Blick hinter mich werfe.

Diez ist dicht hinter mir, und das leise Lächeln auf seinen Lippen sorgt dafür, dass mir trotz des kühlen Wetters wieder warm wird.

Der kleine Buchladen ist nicht sonderlich voll, was uns zugutekommt. Ich marschiere zielsicher vor und nicke der Buchhändlerin zu. »Also, fangen wir mit den Basics an«, sage ich.

Diez sieht aus, als würde er die Entscheidung bereits bereuen. Das Lächeln wird verkniffen, während er sich hinter dem Ohr kratzt. Langsam fängt das Ganze an, mir Spaß zu machen.

»Die Basics?«

»Na ja, du kannst nicht nur ein Buch nehmen, dazu gibt es zu viele Genres«, erkläre ich und mache eine ausladende Geste, als wollte ich ihm damit zeigen, dass es nicht umsonst so viele Büchertische gibt.

Der Farbverlauf der Bücherregale geht von hellem Pastell zu kräftigen Farben über und endet mit dem klassischen Schwarz, in das vorwiegend Thriller gekleidet werden. Diez folgt meinem Blick aufmerksam, aber ich glaube, er ahnt noch nicht, worauf ich hinauswill.

Lachend sagt er: »Okay?«

Es gefällt mir, wenn er lacht. Wenn seine Mundwinkel kleine Falten zeichnen, die ihm irgendwann in ein paar Jahren dieses gewisse Etwas geben werden. Noch mehr als jetzt schon. Auch wenn ich versuche, nicht darüber nachzudenken und nicht zu lange auf seine Lippen zu schauen. »Mit welchem willst du anfangen?«, frage ich also und betrachte die Cover vor mir, um nicht zu lange ihn zu betrachten.

»Du liest doch ständig Thriller, oder?«

Ich nicke.

»Okay, also ein Klassiker. Wenn man mit Fitzek anfängt, startet man am besten mit dem ersten und arbeitet sich dann durch«, erkläre ich und steuere das Bücherregal an, in dem sich die Thriller befinden. Zielsicher greife ich nach dem ersten Buch und überreiche es Diez. »*Die Therapie.*«

»Die könnte ich tatsächlich gut gebrauchen.«

Das sorgt nur für einen hochgezogenen Mundwinkel. »Machst du dich gerade über mich lustig?«

»Das würde ich nie wagen«, sagt er schnell, aber dieser Unterton in seiner Stimme sorgt dafür, dass ich das Gefühl bekomme, unser Spiel wird noch etwas intensiver.

Schwungvoll drehe ich mich um, wohl wissend, dass er mir nachkommt, während ich in die nächste Abteilung wechsele. »Gut, dann wäre da noch Fantasy.«

»Vampire und Werwölfe?«

»Na ja, das kommt darauf an, ob du es eher mit ein bisschen Spice möchtest oder klassisch.«

»Spice?«

Verdammt.

Manchmal vergesse ich, dass nicht alle Menschen stundenlange Bildschirmzeit haben und sich durch Hunderte Videos über Bücher klicken. »Du weißt schon«, sage ich, und obwohl ich mir sicher bin, dass mein Make-up es gut verdeckt, glühen meine Wangen. »Es gibt Fantasy, die ein bisschen ist wie Erwachsenenfilme, mit sexy Monstern. Und dann gibt es Fantasy, da lassen sie die Klamotten an und ziehen in den Krieg.«

»Geht's auch ohne unnötige Kriege, die ich nicht verstehe?«, fragt er zurück, und irgendwie bringt diese Frage mich zum Schmunzeln.

»Kein Herr-der-Ringe-Fan?«

»Bei allem mit zu vielen Schwertern, Rüstungen und Machtgedanken bin ich raus.«

Auch wenn ich es nicht will, habe ich kurz das Bild von einem Diez aus einer anderen Zeit, einer anderen Welt vor Augen. Doch ehe sich dieses Bild in meinem Kopf festsetzt, schüttle ich mich kurz. »Damit kann ich arbeiten«, meine ich und streiche mit den Fingern über die Buchrücken des Regals. »Bist du eher im Team Vampir oder im Team Werwolf? Oder beides?«

»Wenn ich die Wahl habe, nehme ich beides.«

Ich werfe ihm einen Blick über die Schulter zu, ehe ich triumphierend ein Buch aus dem Regal ziehe. »Dann solltest du von Ali Hazelwood unbedingt *Bride* lesen. Nicht zu viele Fantasy-Aspekte, dass es für Neueinsteiger schwierig sein könnte, und etwas Spice, damit du weißt, worüber ich rede.«

Nickend nimmt Diez mir das Buch aus der Hand. »Das macht dir langsam richtig Spaß, oder?«

»Wie könnte es nicht? Ich gehe quasi Bücher kaufen, ohne zu bezahlen«, sage ich grinsend.

Einen Moment sehen wir uns an. Länger, als es Freunde tun würden. Intensiver. Und es fühlt sich an, als würden unsere Körper sich langsam zueinander bewegen, als sei die Anziehungskraft zu groß, um sich dagegen zu wehren. Doch dann räuspert sich Diez. »Gut, Thriller und Fantasy – was noch?«

Noch ehe ich es verhindern kann, kommt aus meinem Mund: »Ein Liebesroman.«

Verdutzt legt Diez den Kopf schief. »Wirklich?«

»Sag jetzt nicht, dass du dich in deiner Männlichkeit bedroht fühlst oder so einen Bullshit.«

»Nein, ich dachte nur, inzwischen nennt man das Ganze New Adult Romance«, meint er gelassen, was dafür sorgt, dass mir für einen Moment der Mund offen stehen bleibt.

»Oho«, mache ich und grinse. »Das habe ich nicht kommen sehen.«

Triumphierend fährt er sich durch die Haare. »Immer schön, dich zu überraschen.«

»Also, dann beginnen wir auch hier bei den Basics. Für den Anfang solltest du *Regenglanz* von Anya Omah lesen – danach kaufst du ohnehin den Rest der Reihe.«

»Was macht dich da so sicher?«

»Vertrau mir einfach.«

»Das mache ich«, sagt er, und ich werde das Gefühl nicht los, dass wir nicht nur über Bücher sprechen.

Kapitel 19

Diez
Du hattest recht, ich brauche die anderen Bände.

Ada
Wie konntest du an mir zweifeln?

Diez
Das wird nicht wieder vorkommen, aber ich fürchte, ich traue mich nicht allein in den Buchladen.

Ada
Wird das gerade eine unterschwellige Frage nach einem Date?

Diez
Ist es unterschwellig, wenn du es so schnell rausgefunden hast?

Ada
Ich glaube eher, du hast mir bei meinem letzten Vortrag darüber, dass ich eine Katastrophe bin, nicht richtig zugehört.

Diez
Vielleicht bin ich ja auch eine?

Ada
Und du meinst, in diesem Fall ergibt Minus und Minus ein Plus?

Diez

Um ehrlich zu sein, ist es mir egal, was es ergibt. Ich will dich einfach nur wiedersehen, weil jeder Tag mit dir etwas Licht in mein Leben bringt. Und ich weiß, dass du so einen Kitsch nicht hören willst. Aber ich könnte etwas Licht gebrauchen.

Ada

Ein Date kann ich dir nicht anbieten, aber eine Party.

Kapitel 20

Jetzt

DIEZ

In keiner anderen Stadt als Frankfurt wird einem so bewusst, in was für einer absurden Welt wir eigentlich leben. Arm und Reich, Abfuck und Luxus, alles begegnet sich hier. In allen Facetten. Und das nicht nur im Bahnhofsviertel, wenn die Dunkelheit auch bei jenen anklopft, die im Gold geboren sind, sondern überall.

Wolkenkratzer türmen sich nebeneinander, aber bezahlbare Wohnungen gibt es kaum. Überall wird damit geworben, dass es hier die besten Jobs gibt. Die beste Ausbildung. Willst du Geld verdienen? Dann geh nach Frankfurt. Doch für die meisten wird es keinen Geldregen geben, sondern ein böses Erwachen, denn auch wenn die Skyline in den Nächten schimmert, kann man sie nur von der anderen Seite des Flusses sehen.

Und von all dem Schimmer und Schein bleibt im Gemeindezentrum nichts mehr übrig.

»Ein Trauma verschwindet nicht einfach so«, erklärt Willa sanft, wobei sie ihren Blick durch den Stuhlkreis gleiten lässt, vorbei an den Menschen, die auf den ersten Blick keine Gemeinsamkeiten haben und doch irgendwie vereint sind. Vereint in Schmerz, Trauer und einer Einsamkeit, die andere außerhalb dieses Raums kaum verstehen können. Willa fängt meinen Blick auf, als würde sie spüren, welche Gedanken in meinem Kopf kreisen.

»Das Wort selbst zeigt uns das eigentlich schon. ›Trauma‹ kommt aus dem Griechischen und bedeutet ›Wunde‹, und genau wie eine tiefe Wunde in unserer Haut behält auch unsere Seele gewisse Narben zurück. Aber das bedeutet nicht, dass wir nicht damit leben können«, erklärt sie.

Eine Frau in meinem Alter schüttelt den Kopf und schiebt sich das kurze blonde Haar aus der Stirn. Die dunklen Ringe unter ihren Augen scheinen die Schwere ihrer Worte noch zu unterstreichen. Immer wieder reibt sie sich selbst über den Unterarm, ganz so, als sei es diese Berührung, die sie in unserer Welt hält und dafür sorgt, dass sie nicht in einer der zahllosen Schluchten ihrer Trauer versinkt. »Ich kann mich kaum noch an die guten Dinge erinnern«, gesteht sie. »Manchmal kommt es mir vor, als würde mein Kopf die ganze Liebe blockieren und nur noch die Wut dalassen.«

Ich blicke auf. »Wut worüber?«

»Dass er gestorben ist«, erklärt sie schlicht. »Dass er gestorben ist und mich hier allein gelassen hat. Und es ist mir egal, dass er keine Wahl hatte. Denn ich hatte auch keine.«

Der scharfe Schmerz lässt mich zusammenzucken, als hätte jedes ihrer Worte die Scherben noch tiefer in mein Herz gedrückt. Und nun ist es zu spät, ich kann fühlen, wie es blutet. Wie all die Gefühle, die ich zu unterdrücken versuche, aus mir heraussickern wollen, und ich weiß nicht, wie oft ich noch verhindern kann, dass sie es tun. Dass die Flutwellen der Trauer irgendwann alles um mich herum mit sich reißen werden.

»Es ist in Ordnung, wütend zu sein«, meint Willa. »Ich bin sicher, du bist damit nicht allein.« Ihr Blick wandert durch die Runde und bleibt ausgerechnet an mir hängen. »Diez, was ist mit dir? Bist du auch wütend?«

Für einen Moment denke ich darüber nach zu lügen, doch dann höre ich mich selbst sagen: »Manchmal.«

»Auch auf deine Schwester?«

Danielles Gesicht taucht so plötzlich in meinen Gedanken auf, dass ich die Hände zu Fäusten balle. »Nein.«

»Tatsächlich?«

Lüge ich jetzt doch? Kann ich in diesem Fall überhaupt lügen? Oder wäre es nicht viel schlimmer, wenn ich sage, was ich wirklich denke, weil ich für all das, was in meinem Kopf vorgeht, keine Berechtigung habe.

Räuspernd rutsche ich auf meinem Stuhl herum. »Ich kann nicht auf sie wütend sein, weil ich nicht weiß, warum sie es getan hat.«

Neben mir sieht Ina mich an. »Was hat sie denn getan?«

Erst jetzt wird mir bewusst, dass ich in all den Wochen, die ich schon in diesem Kreis gesessen habe, nie etwas darüber gesagt habe. Ich kenne all ihre Geschichten, all die Menschen, die sie verloren haben, mit Namen. Aber meine Geschichte, die kennt hier nur Willa.

Hilfe suchend sehe ich zu ihr, und ihr kleines Nicken soll mir wohl sagen, dass es in Ordnung ist. Dass das hier nun der Moment ist, auf den ich gewartet habe, dass ich nun dran bin, meine Trauer mit den Menschen zu teilen.

Ich blicke auf den Boden. »Meine Schwester Danielle, sie hat versucht, sich umzubringen.«

Und irgendwie auch geschafft.

Es gibt kein Raunen, kein erstauntes Schnappen nach Luft. Nur sorgenvolle Augen und verständnisvolles Nicken.

»Manchmal bin ich noch immer wütend auf meinen Vater«, erklärt Herbert, der ältere Herr mit dem ergrauten Bart. »Und das, obwohl er schon seit zwei Jahrzehnten tot ist.«

»Die Phasen der Trauer sind nie ganz vorbei, und manchmal holen sie uns wieder ein«, sagt Willa.

»Wie eine Narbe, die manchmal noch schmerzt«, sagt Herbert.

»Nur dass es für Narben immerhin schon Laserbehandlungen gibt«, mault Ina, und einige beginnen zu lachen.

Selbst Willa kann sich ein amüsiertes Grinsen nicht verkneifen. »Ich denke, das ist ein gutes Schlusswort für heute«, meint sie lachend.

Der Rest erhebt sich von den Stühlen. Ina nimmt sich der blonden Frau an und beginnt, leise mit ihr zu reden, während sie in Richtung Ausgang schlendern. Ich hingegen bleibe noch sitzen, weil ich mich nicht bereit fühle, von den anderen in ein Gespräch verwickelt zu werden.

Stattdessen helfe ich Willa schweigend dabei, die Stühle zusammenzustellen und das benutzte Geschirr auf einem Tablett zu stapeln.

»Hey«, ruft Elias in den Raum. »Habt ihr Lust, was zu essen?«

Ich drehe mich zu meinem besten Freund um und sehe gerade noch, wie Willa sich zu ihm beugt und ihm einen Kuss gibt. »Gern«, haucht sie an seine Lippen.

Die beiden so zu sehen ist nach allem, was sie durchgemacht haben, für mich noch immer ein leiser Moment der Hoffnung. Hoffnung darauf, dass es auch immer wieder besser werden kann, vielleicht nie perfekt, aber doch so, dass man dieses zarte Glück wieder spüren und für ein paar Momente festhalten kann.

»Diez?«

Elias' Stimme reißt mich aus meinen Gedanken, und ich brauche einen Moment, um mich an seine Frage zu erinnern. »Um ehrlich zu sein, ich kann nicht.«

»Was hast du denn jetzt noch vor?«, will Willa wissen.

Ich kratze mich am Kopf. »Es ist möglich, dass ich einen neuen Job angenommen habe.«

Elias klappt der Mund auf. »Ist das dein Ernst?«

»Du hast mir doch dazu geraten.«

»Ja, aber du hörst sonst nie auf mich«, behauptet er, und ganz falsch liegt er damit nicht.

Willa schnappt sich das Tablett mit dem Geschirr und geht vor, ehe sie fragt: »Was ist das für ein Job?«

»Ich hab Angst, dass ihr mich auslacht.«

»Das würden wir nie tun.«

»Du nicht, aber er schon«, meine ich und deute auf Elias.

Er hebt abwehrend die Hände.

Willa stoppt vor der Küche des Gemeindezentrums und sieht mich ebenso auffordernd an wie mein bester Freund.

»Ich helfe beim Pannendienst aus.«

Während Elias nickt, als habe er mit etwas in dieser Richtung gerechnet, runzelt Willa die Stirn. »Autos?«

»Ja, na ja, zumindest erst mal.«

»An Sachen herumschrauben konntest du schon immer gut«, kommentiert Elias, und ich verstehe nicht, warum ich eine Doppeldeutigkeit in diesen Worten heraushöre.

»Wenn es dir Spaß macht, ist es genau das Richtige«, sagt Willa aufmunternd und tätschelt meinen Arm.

Ja, vielleicht ist es das wirklich.

Kapitel 21

6 Monate zuvor

DIEZ

Ada
Ein Date kann ich nicht anbieten, aber eine Party.

»Du würdest mir sagen, dass ich gehen soll«, murmle ich, ohne meine Schwester anzusehen. »Du würdest sagen, dass ich nur herausfinde, was das zwischen uns ist, wenn ich es versuche.«

Danielle schweigt. Natürlich tut sie das. Alles, was ich hören kann, ist das Beatmungsgerät.

Schon seltsam, wie das Leben manchmal spielt. Sie hat versucht, ihres zu beenden, nur um jetzt Hilfe von einer Maschine zu bekommen. Und ich weiß, dass dieser Zustand das Letzte ist, was sie je wollte. Mehr als einmal habe ich darüber nachgedacht, was passiert wäre, wenn sie diese Hilfe vorher bekommen hätte. Hilfe beim Leben.

Nicht dabei, weiter im Koma zu liegen.

»Was machst du denn noch hier?«

Ich zucke heftig zusammen und wäre fast von meinem Stuhl gerutscht. Die Pflegekraft sieht mich mit hochgezogenen Augenbrauen an, nicht wütend – aber auch nicht begeistert.

»Hab die Zeit vergessen«, sage ich schnell. Auf dem Namensschild kann ich lesen: Jordan.

»Es ist nach 22 Uhr«, erklärt er mir.

Leider kenne ich die Uhrzeit. Mein Problem ist, dass ich weder in meine Wohnung zurückwill noch allein bleiben kann – und nicht weiß, ob ich Adas Angebot annehmen soll, sie heute im *Roxy* zu treffen.

»Tut mir leid«, sage ich schnell und stehe auf, um zu signalisieren, dass ich nun gehen werde.

Jordan betrachtet mich einen Moment, dann erscheint so etwas Ähnliches wie ein Lächeln auf seinem Mund. »Du hast noch 'ne Stunde, bei meiner nächsten Runde solltest du weg sein.«

Erleichtert atme ich auf. »Danke.«

»Wenn dich jemand anders erwischt, hat dieses Gespräch nie stattgefunden.«

»Alles klar.«

Er nickt, betrachtet meine Schwester und sagt: »Sie weiß, dass du hier bist.«

»Vielleicht, aber vielleicht ist auch nichts mehr von ihr übrig.«

»Möglich, aber auch dann weiß sie, dass du sie genug liebst, um trotzdem jeden Tag hier zu sein.«

Darauf sage ich nichts, weil ich nicht weiß, was. Vielleicht auch, weil ich gerade nichts sagen kann. Es muss schön sein, daran zu glauben. Nicht nur zu hoffen, sondern wirklich an ein Danach zu glauben. An einen Gott, einen Himmel, irgendwas. Hauptsache ein Ort, an dem sich all die Seelen wiederfinden, die sich auf der Erde verloren haben. Aber ich kann nicht daran glauben – selbst wenn ich es versuche, ist da nichts. Ich glaube nicht. Nicht an einen Gott, nicht an einen Himmel. Und das bedeutet, dass ich nicht darauf hoffen kann, meine Schwester jemals wiederzusehen. Nicht in einer anderen Form als jetzt.

Tränen sickern aus meinen Augen, und ich weiß jetzt schon, dass ich sie nicht aufhalten kann.

»Brauchst du eine Umarmung, Mann?«

»Schon gut«, wehre ich ab, und Jordan schließt die Tür hinter sich, während ich mich wieder zu Danielle umdrehe. »Ich wünschte, du könntest mir irgendein Zeichen geben«, murmle ich und wische mir über die Augen.

Aber auch dieses Mal ist mein Warten vergeblich. Meine Schwester kann mir kein Zeichen mehr geben. Als mein Handy das vertraute Pling von sich gibt, das signalisiert, dass eine neue Nachricht eingetroffen ist, runzle ich die Stirn.

Wenn man gerade erst nach einem Zeichen verlangt hat, fällt es einem schwer, nicht plötzlich alles als Zeichen zu sehen – und offenbar war Ada es leid, darauf zu warten.

Ada
Muss ich dir erst sagen, dass ich dich vermisse, Bikerboy?

ADA

Die Musik lässt meinen gesamten Körper zittern. In den flammenden Lichtern aus Grün und Rot fühlt es sich an, als könnte ich nur durch die Musik fliegen.

Meine Haare schwingen im Takt hin und her. Hunderte tanzende Körper, Dutzende erhobene Hände. Der Geruch von Parfum, Wodka und Weed liegt in der aufgeladenen Luft, doch es fühlt sich nicht falsch an. Nichts hier fühlt sich falsch an. Als seien wir alle losgelöst von der Welt, aufgelöst in der Musik und dem Dröhnen, das selbst den Schlag unserer Herzen übertönt.

Ich spüre eine Berührung auf meiner Schulter, doch ich bin nicht bereit, mich umzudrehen. Noch nicht, denn gerade ist alles zu perfekt und mein Kopf zu leer, und die Endorphine fluten mein Blut.

Aber die Berührung wird bestimmter, nicht aufdringlich, nur nachdrücklich. Wie eine Erinnerung an etwas, das ich zwischen all den flackernden Lichtern vergessen habe.

Ich drehe mich um, und mein Lächeln wird noch breiter, als ich in zwei braune Augen blicke.

»Du bist gekommen«, rufe ich ihm entgegen und lege die Arme um seinen Hals.

Diez lächelt, sieht jedoch nicht aus, als würde er den gleichen Vibe des Clubs spüren.

»Hast du daran gezweifelt?«

»Vielleicht ein bisschen«, gestehe ich. Ich kann ihm ansehen, dass er nicht weiß, was er tun soll, also beschließe ich, es ihm leichter zu machen. »Willst du etwas frische Luft?«

Das Lächeln in seinem Gesicht wird breiter, zeichnet kleine Falten in seinen Mundwinkel und sorgt dafür, dass mein Herz gegen den Beat der Musik gewinnt. »Okay.«

Er will sich durch die Menge in Richtung des Ausgangs schieben, doch ich nehme seine Hand und schüttle den Kopf. »Nein, lass uns hier lang.«

Verwirrt folgt er mir, als ich mit ihm hinter der Bar verschwinde und durch die kleine angrenzende Küche laufe. Ich nicke einer Freundin zu, achte nicht auf die verwirrten Gesichter derer, die mich nicht kennen, und ziehe Diez weiter zu einer Tür, die uns ins Treppenhaus führt.

»Wohin gehen wir?«, will er verwirrt wissen.

Grinsend tippe ich auf den Knopf des Fahrstuhls. »Aufs Dach.«

Mit einem Ping öffnet sich die Tür, doch Diez bleibt davor stehen. »Aber …«

Ich lehne mich gegen die verspiegelte Verkleidung. »Komm schon.«

Er zögert. Für einen schrecklichen Moment glaube ich fast, dass er einfach Nein sagen wird. Doch dann macht er einen Schritt auf mich zu – und gemeinsam geht es für uns nach oben.

Ich liebe diese Stadt der Hochhäuser: Wo Träume, Dunst und Abgase emporsteigen, erhebt sich majestätisch die Skyline von Frankfurt. Wie silberne Nadeln durchbohrt sie den Himmel und zeichnet ein Kunstwerk. Die Wolkenkratzer spiegeln das Licht der Straßenlaternen und Reklametafeln in tausend Farben wider. Diez schnappt neben mir nach Luft, und ich kann es verstehen, glaube sogar zu fühlen, dass er den gleichen Gedanken hat wie ich:

Die Skyline erzählt Geschichten von Träumen und Albträumen,

von Erfolg und Niederlagen und von Herzen, die im Fluss gelandet und ertrunken sind oder errettet wurden. Und als wollte der Himmel all dies noch untermalen, zeichnen sich düstere Wolken über dem Silber und dem Licht ab.

»Wow.«

»Ich wusste, das würde dir gefallen«, murmle ich und sauge die kalte Nachtluft tief in meine Lunge.

»Wie hast du den Schlüssel bekommen?«

Die rationale Frage bringt mich zum Schmunzeln. Nur Diez kann so eine Frage stellen, während wir auf einem Dach stehen und die Skyline betrachten.

»Du weißt doch, wie so was läuft, ich kenne jemanden, der jemanden kennt …«, erkläre ich und gebe mich mysteriöser, als ich eigentlich bin. Ihm zu sagen, dass ich ab und an hier jobbe, erscheint mir irgendwie weniger cool.

Ein Windstoß wirbelt über das Dach, bringt den Geruch der Nacht zu uns. Eine Gänsehaut breitet sich über meinem Körper aus, und die kleinen Härchen auf meinen Armen stellen sich auf, als könnten sie die Elektrizität schon spüren.

»Ada, du bist ziemlich unglaublich – weißt du das eigentlich?«, will Diez wissen und sieht mich an.

Nur ist es nicht einfach nur ein Ansehen.

Es ist, als würde er mich sehen. Mich wirklich sehen. Mit allem, was ich sonst zu verstecken versuche. Mit all den Gefühlen, die in den Neonlichtern dieser Stadt unsichtbar werden. Mit allen Unsicherheiten, die ich verberge, wenn ich kann. Mit all der Trauer, die wir beide gemeinsam haben. Diez sieht mich.

Ich trete näher zu ihm, lege wieder die Arme um seinen Hals und lächle. »Hast du je daran gezweifelt?«

Der Boden unter unseren Füßen vibriert, gibt uns den unsichtbaren Takt der Musik vor, die nur undeutlich an unsere Ohren dringt. Aber mehr brauchen wir auch nicht.

»Nein, nicht wirklich.«

»Gut.«

Er legt seine Hände auf meine Hüften, zieht mich noch etwas näher. Nicht viel, doch genug, dass mein Herz einen Sprung macht und sämtliche Schmetterlinge in meinem Magen voller Vorfreude zu flattern beginnen.

Das hier ist er.

Der perfekte Moment, den ich mir erhofft habe.

Der Augenblick, in dem wir beide wissen, dass es passieren wird und dass wir beide nichts mehr wollen als genau das. Sanft recke ich mich ihm entgegen, warte, ob er die wenigen Zentimeter bis zu meinen Lippen überwindet.

Doch ehe er das tut, wirbelt eine Böe um uns herum. »Vielleicht sollten wir wieder reingehen«, sagt Diez und verharrt, während er in den Himmel über uns blickt.

»Warum?«

»Weil ich mir nicht sicher bin, ob wir gerade die richtige Entscheidung treffen.«

Ich lächle. »Und seit wann stört uns das?«

Er antwortet nicht, sondern sieht mich wieder an. Sachte ziehe ich ihn näher, und als seine Lippen auf meine treffen, kommt es mir vor, als würde der Wind uns nur noch näher zueinander schieben.

Wir pressen unsere Körper aneinander. Unsere Zungen spielen miteinander, necken sich.

Ich grabe die Hände in seine Haare, spüre die Feuchtigkeit zwischen meinen Schenkeln, weil alles in mir sich nach diesem Augenblick verzehrt hat. Nach ihm.

Diez' Geschmack explodiert auf meinen Lippen. Ich kann nicht aufhören, ihn zu küssen, ihn an mich zu ziehen, als wäre jeder Zentimeter, den ich nicht spüren kann, eine Qual. Als würde nicht nur mein Körper sich so sehr nach ihm sehnen, sondern auch alles andere von mir. Als seien wir in diesem winzigen Moment nicht mehr nur Ada und Diez – sondern ein Wir.

Vorsichtig löst er sich von mir und streicht mir über die Lippen. »Wie ich schon sagte: unglaublich.«

Nicht ich, denke ich, *sondern wir.*

Kapitel 22

Jetzt

DIEZ

Mamá?«

»Ich bin hier drüben«, ruft sie, und ich nehme den Weg durch die Küche in die angrenzende Garage, deren Verbindungstür weit offen steht.

»Was machst du hier?«, will ich wissen, während ich mich in dem staubigen Chaos umsehe.

»Etwas suchen.«

»Und was?«

»Unwichtig.«

»So unwichtig, dass du die gesamte Garage auf den Kopf stellst? Papa wird ausflippen, wenn er all das sieht«, murmle ich eher zu mir selbst. Aber sie sieht mich trotzdem mit einem strengen Blick an.

»Dein Vater ist nie hier drin, er wird es also nicht bemerken, und wenn doch, schiebe ich es einfach auf dich.«

»Und darum bist du die Mutter des Jahres.«

Wir blicken einander an – und zum ersten Mal seit Wochen beginnen wir zu lachen. So heftig, dass ich kaum noch Luft bekomme – aber ich kann auch nicht aufhören.

Meine Mutter rutscht auf einen der prall gefüllten Kartons und hält sich den Bauch, während das Lachen noch immer explosionsartig aus ihr herausbricht.

Das habe ich vermisst.

Dieses Lachen.

Nachdem wir uns beruhigt haben, wischt sie sich eine Träne aus dem Augenwinkel und reibt sich über den Arm. »Ich hab meine Geburtsurkunde gesucht«, erklärt sie etwas leiser, und ihre Augen werden wieder ernster.

Mit langsamen Schritten gehe ich zu ihr. »Wofür brauchst du sie?«, frage ich, weil etwas in meinem Inneren plötzlich in Alarmbereitschaft geht.

»Nichts, worüber du dir Gedanken machen solltest, Schatz«, wehrt sie ab und nimmt meine Hand.

»Vielleicht will ich mir aber Gedanken machen. Immerhin bin ich erwachsen«, stelle ich klar. »Und ich darf mir um dich genauso Sorgen machen wie du dir um mich.«

»Manche Dinge müssen Menschen erst mit sich selbst ausmachen, bevor sie darüber reden können.« Ihre großen braunen Augen blicken in meine. »Willst du sehen, was ich sonst entdeckt habe?«

Da ich nicht weiß, was ich sonst sagen soll, nicke ich.

Meine Mamá steht wieder auf und holt lächelnd einen Motorradhelm aus einem der Kartons. Das Gelb schimmert im künstlichen Licht. »Weißt du noch, wie dein Vater ausgerastet ist, als du sie das erste Mal mitgenommen hast?«, fragt meine Mamá lächelnd.

Ich nehme ihr den Helm ab. »Danielle hat es geliebt, mit mir zu fahren«, murmle ich in mich hinein. »Ich weiß nicht, warum wir damit aufgehört haben.«

Sie sieht mich an. »Das war nach dem Unfall mit Elias.«

Überrascht ziehe ich die Augenbrauen zusammen. Denn sie hat recht. Ich habe den Gedanken nicht ertragen, zu fahren. Nicht mit jemand anderem. »Ich wünschte, es wäre anders gewesen.«

»Vielleicht sollten wir ihr den Helm ans Grab bringen, was meinst du?«, will meine Mutter wissen.

»Aber ich bin mit dem Bike da.«

»Und? Meinst du, deine Mutter ist nicht cool genug oder was?«

Ich muss wieder lachen. »Ist das dein Ernst?«

Scheinbar wahllos greift sie in eine der anderen Kisten und zieht einen meiner alten Helme hervor. »Sehe ich aus, als würde ich scherzen?«

Kapitel 23

Jetzt

ADA

Unruhig kratze ich mich am Haaransatz und versuche, mir nicht anmerken zu lassen, wie schwer mir jeder Schritt fällt. »Ich weiß nicht, ob das so eine gute Idee ist.«

»Das war unser Deal – ich komm mit aufs Festival, und du kommst zur Gruppe«, erinnert mich Willa unnötigerweise, während sie durch die Gänge vor uns streift.

»Ich dachte, nach dem letzten Mal wäre das gegessen«, nuschle ich.

Doch meine Freundin dreht sich mit einem strengen Blick zu mir um. »Nein.«

»Habe ich befürchtet.«

Sie rollt mit ihren grünen Augen. »Es wird sicher nur halb so schlimm.«

»Für dich vielleicht, du sitzt ja auch nicht in der Hölle des Stuhlkreises.«

»Doch, genau genommen sogar an der Spitze des Kreises«, schießt sie zurück und bleibt vor der Tür stehen.

»Ein Kreis hat keine Spitze.«

»Jetzt geh einfach rein«, sagt sie und schiebt mich sachte in den Raum.

Und natürlich, wie könnte es anders sein, ist die erste Person, auf die mein Blick fällt, ausgerechnet Diez. Am liebsten würde ich gleich wieder umdrehen, aber mir ist klar, dass ich aus dieser Nummer so schnell nicht mehr rauskomme. Und ja, mir ist auch klar, dass ich es ein bisschen verdient habe, dass er meinem Blick so konsequent ausweicht und tut, als sei ich nicht mehr als Luft.

Unangenehme Luft, wenn ich den Zug um seine Lippen richtig deute.

Seine Körpersprache scheint mir entgegenzuschreien, dass ich der letzte Mensch auf der Welt bin, den er gerade sehen will.

Willa beginnt mit ihrer Begrüßung und schaut dann in die Runde. »Ich freue mich heute besonders, dass wir Ada wiedersehen. Möchtest du etwas zur Begrüßung sagen?«

In diesem Moment hasse ich meine Freundin etwas. »Nein danke. Heute werde ich wohl lieber nur zuhören.«

Ich lüge.

Denn wie soll ich zuhören, wenn ich an nichts anderes als Diez denken kann? Er ist so nahe. Und das sorgt nur wieder dafür, dass ich an all das denken muss, was sein könnte, wenn ich nicht ich wäre.

Er hat so vieles verloren.

Und doch ist er ein besserer Mensch, als ich es je sein könnte. Alle hatten recht, als sie sagten, ich sei ein schlechter Einfluss. Denn das bin ich.

Zu selbstsüchtig und egoistisch.

Und genauso kann ich ihn beschützen.

Vor mir und der simplen Tatsache, dass mit mir zusammen zu sein auch immer bedeuten wird, damit zu leben, mich zu verlieren. Auf so viel mehr Arten, als er es sich vorstellen kann.

Lieber soll er mich hassen, als mich zu lieben.

Und gleichzeitig fange ich an, mich zu fragen, ob es da nicht doch so etwas wie einen Hoffnungsschimmer gibt. Was, wenn ich mich irre? Wenn ich etwas anderes als Schmerz für ihn bedeuten könnte?

»Hattest du auch so einen Moment?«, will Willa wissen und sieht Diez an. Ich habe irgendwie den Faden des Gesprächs verpasst, in dem alle sich darüber ausgetauscht haben, in welchen Momenten ihnen bewusst wurde, was der Tod wirklich bedeutet.

Wie endgültig er ist.

»Nein«, sagt er und weicht ihrem Blick genauso aus wie meinem.

Nur fühlt es sich bei ihr nicht so an, als würde er sie verabscheuen. »Aber ich würde es mir manchmal wünschen.«

»Warum?«

»Weil es nach einem Abschluss klingt, und ich glaube, den braucht man, um weiterleben zu können«, murmelt er, und zum ersten Mal wandert sein Blick zu mir.

Es fühlt sich an, als sei gerade der letzte Rest Hoffnung in mir gestorben.

DIEZ

Willa kommt auf mich zu und legt mir eine Hand auf die Schulter. »Du warst gut heute.« Ihr lobendes Lächeln ist mir fast schon unangenehm.

»Tatsächlich?«

»Na ja, du fängst langsam an, dich zu öffnen. Niemand muss solche Zeiten ganz allein durchmachen«, meint sie.

»Wenn du das noch ein paarmal sagst, kann ich dir vielleicht sogar mal glauben.«

»Immer einen Schritt nach dem anderen.«

»Bei dir sieht das alles immer so einfach aus«, sage ich stöhnend und fahre mir durch die Haare.

»Ist es nicht, aber es freut mich, wenn es danach aussieht.«

»Kann ich dich was fragen?«

»Natürlich.«

»Wen hast du verloren? Du hast bisher nicht darüber gesprochen.«

»Das ist nicht ganz so einfach«, meint sie und lächelt dabei, als könnte sie so verhindern, dass ich ihre Trauer sehe. Es braucht einen Moment, bis sie sich gesammelt hat. »Ihr Name war Vanni. Sie war eine Teilnehmerin einer anderen Gruppe, und obwohl sie gekämpft hat, hat sie es nicht geschafft.«

»Du meinst, sie hat sich auch …«

»Manche von uns werden von den Depressionen überwältigt«, sagt Willa leise. Nicht wütend, nicht mal besonders emotional. Aber ich kann es fühlen. All die Ängste und die Trauer, die irgendwo zwischen diesen Worten ihre Kreise ziehen.

»Tut mir leid, Willa.«

»Ja, mir auch«, sagt sie und schafft es irgendwie, wieder ihr Lächeln zurückzugewinnen. Dann blickt sie über meine Schulter, und ihre Augenbrauen malen einen fragenden Bogen auf ihre Stirn. »Wartet Ada da gerade auf mich oder auf dich?«

Ich blicke hinter mich, nur um Adas blaue Augen zu sehen, die meine suchen. »Auf dich«, brumme ich.

Kapitel 24

5 Monate zuvor

ADA

Die Luft ist angenehm mild und erfüllt von einem Hauch Spätsommer. Nur so leicht, dass man nicht vergisst, dass der Herbst kommt – aber noch immer den Sommer genießt.

Ein Hoch auf die Erderwärmung, durch die sämtliche Jahreszeiten ineinander verschwimmen.

Die Vögel zwitschern fröhlich, und die Natur scheint noch einmal alles geben zu wollen. Es ist einer dieser Tage, an dem ich die Schönheit in vollen Zügen genießen kann.

Nein, ich könnte es. Wenn ich eine andere Ada wäre.

Eine in einem anderen Universum.

Weit weg von diesem.

Die Strahlen der Sonne dringen kaum auf den kalten Flur des Krankenhauses, aber da ist etwas anderes, das Wärme durch meinen Körper schickt. Mich irgendwie einhüllt, als wüsste er bereits etwas, das mein Herz noch nicht wahrhaben will.

Diez sitzt an einem der Tische der Cafeteria.

Noch hat er mich nicht entdeckt, sein Blick ist auf ein Buch geheftet, das er hält, als würde allein das Wort Jura ihm unendliche Schmerzen zufügen.

Und trotzdem.

Zu sehen, wie er sich durch das dunkle Haar streicht, das unter der Kapuze seines grauen Hoodies hervorschaut, lässt mich lächeln. Er erscheint mir so verloren, verloren auf all den seltsamen Irrwegen, durch die uns das Leben schickt. So verloren, wie auch ich mich fühle – aber nie zuzugeben wage.

Und vielleicht, nur vielleicht, hoffe ich, dass wir zusammen nicht mehr so verloren sind. »Schön, dich zu sehen«, sage ich zur Begrüßung und setze mich vor ihn.

Auch auf seinem Gesicht erscheint augenblicklich ein Lächeln. Er klappt das Buch zu und legt es zur Seite. »Klingt es seltsam, wenn ich sage, dass ich dich vermisst habe?«

Ich lache auf. »Bitte keinen Kitsch, sonst melden sich meine Bindungsängste.«

Er nickt ergeben, als wüsste er genau, was ich meine. Kann man eine Verbindung zu jemandem spüren, den man gar nicht kennt? Kann man sich in jemandem wiedererkennen, obwohl man noch nicht alle Facetten erfasst hat?

Falls Diez etwas von meinen inneren Monologen mitbekommt, zeigt er es nicht, sondern sieht sogar eher aus, als würde er selbst gerade einen führen. »Was willst du machen?«, fragt er. Nicht fordernd oder aufdringlich, sondern als wüsste er genau, wie sehr ich diesen kalten Mauern entkommen will.

»Können wir einfach etwas rumlaufen?«

»Na klar.«

Er nimmt meine Hand.

Einfach so.

Und einfach so fühle ich mich weniger allein.

Wir laufen in Richtung des kleinen Parks. Meine Boots geben schmatzende Geräusche von sich, während ich durch die Pfützen laufe. Für ein paar Momente gehen wir einfach nur nebeneinanderher, spüren die Hand des anderen wie einen Anker, der uns zeigt, dass auch dieser Sturm uns nicht mitreißen wird.

»Kann ich dich was fragen, das wahrscheinlich das Gegenteil von einfühlsam ist?«, will Diez leise wissen und blinzelt in die Sonne.

»Ich mag unsensible Fragen. Die sind wenigstens ehrlich.«

»Wie ist es passiert?«

Er muss nicht dazusagen, dass er meinen Vater meint. Ich schaue auf meine Schuhe, immer einen Schritt nach dem anderen.

»Es ist nicht passiert, es war einfach da«, antworte ich schließlich.

»Ich fürchte, das musst du mir erklären.«

Er deutet auf eine der leeren Parkbänke, aber ich schüttle den Kopf. Der Schmerz ist besser zu ertragen, wenn ich in Bewegung bleibe. Denn sobald ich auch nur einen Moment verweile, hat er genug Zeit, um sich auszubreiten.

So gelassen, wie es mir möglich ist, hebe ich das Kinn. »Huntington ist eine Erbkrankheit, die langsam, aber sicher das Gehirn zerstört.«

Ein so einfacher Satz – und doch die Zusammenfassung meines ganzen Lebens. Des ganzen Schmerzes. Und all der Schattierungen von Grau, die die wenige Farbe verdecken.

Mein Dad ist nicht nur diese Krankheit.

Unsere Familie ist nicht nur diese Krankheit.

Aber sie ist es, die am Ende übrig bleiben wird.

Diez bleibt stehen und zwingt mich so dazu, ebenfalls stehen zu bleiben. Seine dunklen Augen liegen auf mir, sehen so tief in mich hinein, dass ich mich seltsam verletzlich fühle. »Scheiße, seit wann wisst ihr es?«

Stirnrunzelnd sehe ich an ihm vorbei. »Ich weiß nicht genau, es war immer irgendwie da, aber früher war es mehr wie ein Hintergrundrauschen. Verstehst du?«

Ich setze mich wieder in Bewegung, entziehe Diez jedoch meine Hand. Zu viel Nähe auf einmal ertrage ich gerade nicht, besonders nicht, wenn er mich mit diesem Blick ansieht.

»Ich glaube schon«, murmelt er leiser und wartet. Wartet darauf, dass ich mehr darüber spreche. Und auch wenn sich tief in mir alles dagegen sträubt, öffnet sich mein Mund wie von allein.

»Es fing ganz harmlos an. Zittrige Hände, ruckartige Bewegungen. Nichts, das einem Kind Angst machen würde, aber irgendwann war es nicht mehr nur manchmal, sondern dauerhaft.«

»Das muss schlimm gewesen sein.«

»Nein, na ja, also doch. Für meine Eltern bestimmt, aber für mich war er immer noch mein Papa, und er war da. Hat mir vorgelesen, gemeckert, wenn ich zu spät von den Partys kam. All diese

Dinge eben. Bis er es nicht mehr konnte.« Beim letzten Satz ist meine Stimme nicht mehr als ein Hauchen, als würde es ihr an Kraft fehlen, zu diesem Teil der Geschichte zu kommen.

Diez legt den Kopf schief. »Wie meinst du das?«

»Irgendwann fing es an, dass ihm das Reden immer schwerer fiel. Es war alles noch da, sein ganzes Wissen und seine Lust auf Diskussionen …«

»Von ihm hast du das also.«

Ich muss lachen. »Ja, wahrscheinlich. Nur dass alles, was er zu sagen hatte, nicht mehr so rauskam wie früher. Als würde die Krankheit alles verstopfen, was ihn ausmacht, und in seinen Körper sperren.«

Diez nickt, nur um gleich darauf den Kopf zu schütteln. »Kann man denn nichts tun?«

Diese Frage habe ich mir schon so oft gestellt.

Tausende Stunden meines Lebens habe ich damit verbracht, mir alles durchzulesen, was es zu diesem Thema gibt. Und als ich dort keine Antworten fand, habe ich nach Alternativen gesucht. Nach Menschen, die andere angeblich heilen können. Nach Hoffnung. Doch alles, was ich fand, waren Vorwände, Lügen und Selbsthass.

»Nein. Keine Medikamente, die helfen, nicht dauerhaft«, sage ich schließlich.

»Das heißt …«

»Er stirbt nicht an der Krankheit, sondern an einer Lungenentzündung«, antworte ich auf die Frage, die irgendwo zwischen den unausgesprochenen Worten schwebt.

Diez sieht mich verwirrt an.

»Er kann sein Schlucken nicht mehr kontrollieren«, erkläre ich. »Dadurch gelangen immer wieder Dinge in seine Luftröhre und landen in der Lunge.«

»Aber das kann man doch behandeln?«

»Ja, aber es ist die vierte. Nur in diesem Jahr, und er hat sich dagegen entschieden.«

Das trifft es nicht.

Sich dagegen entschieden.

Das klingt, als habe er die Farbe eines Autos ausgesucht. Dabei geht es hier nicht um so etwas Belangloses. Es geht um sein Leben. Nein, unterbreche ich mich. Es geht um seinen Tod.

Offenbar ist genau das auch gerade Diez aufgegangen. »Fuck, Ada.«

»Nein, ich meine, ja: Fuck. Aber ich versteh es«, murmle ich.

»Du verstehst es?«

Meine Lippen pressen sich kurz zusammen. »Ich würde so auch nicht mehr weitermachen wollen.«

»Das heißt, ihr wartet jetzt?«

Nun bin ich es, die stehen bleibt.

Ich bleibe stehen, weil ich hoffe, die Zeit noch für ein paar Minuten anhalten zu können. Noch ein paar Minuten mehr, in denen ich das Unaussprechliche nicht aussprechen muss.

Diez ist vor mir, streckt eine Hand nach mir aus und wischt die Träne fort, während ich sage: »Ja, wir warten darauf, dass mein Vater stirbt.«

Kapitel 25

Jetzt

ADA

Willkommen zu unseren Neuerscheinungen im Juni!«, sage ich grinsend in die Kamera. Das Ringlicht zeichnet Reflexionen in unsere Augen, während wir einander ansehen.

»Ada stellt euch heute die neuesten Thriller vor«, ergänzt Willa, etwas leiser. Ihr Lächeln ist etwas angespannter als meines.

»Und Willa nimmt sich die New Adult Romances …«

»Was macht ihr da?«, kommt es plötzlich von Martha, und kurz darauf kommt Herr Fitzek auf uns zugerannt. Sein kleiner Körper wirft mit solch einer Wucht das Kamerastativ um, dass ich leise fluche. Das Handy, das Ringlicht und das Stativ kippen um, landen scheppernd auf dem Boden. Allerdings kann ich nicht wirklich wütend auf ihn sein, nicht wenn er mich mit diesen großen braunen Augen ansieht.

»Ich hatte Willa gerade so weit, sich auch endlich mal wieder in einem Video zu zeigen«, sage ich und muss leider feststellen, dass Willa schneller von ihrem Platz aufgesprungen ist, als Herr Fitzek mit dem Bellen beginnt.

»Sehen wir es als Zeichen, dass ich noch nicht so weit bin«, sagt meine Freundin und bindet sich das blonde Haar wieder zusammen. Dabei rutscht ihr Ärmel etwas nach oben. Die silbrigen Narben auf ihren Armen bilden einen deutlichen Kontrast zu dem schwarzen Stoff.

»Du hast das gut gemacht!«

Willa sieht mich mit einer Mischung aus Skepsis und Unsicherheit an. »Meinst du?«

»Natürlich!«, rufe ich aus und werfe die Hände nach oben. Manchmal frage ich mich, warum meine Freundin sich nicht so sehen kann, wie wir sie sehen.

»Du sprichst doch oft vor vielen Menschen«, meint Martha lächelnd. »Das ist nichts anderes.«

»Doch«, wehrt Willa schnell ab. »Weil es so endgültig ist, es ist dann da draußen im Internet, und ich kann es nicht mehr verändern oder anpassen.«

»Du klingst wie ein Boomer«, sage ich lachend. *»Da draußen im Internet …«*

Sie rollt mit ihren grünen Augen. »Du weißt, was ich meine!«

»Wissen wir«, meint Martha. »Aber wir wissen eben auch, dass du es kannst. Irgendwann wirst du das schon merken, und bis es so weit ist, muss Herr Fitzek eben mehr für seine Leckerlis ackern.«

»Na toll, jetzt habe ich ein schlechtes Gewissen.«

»Besser ist das«, kommentiere ich grinsend und sammle die Sachen vom Boden auf, ehe der kleine Dackel noch auf die Idee kommt, das Ringlicht sei ein neuer Kauknochen.

»Hat sich noch mal …« Martha stoppt sich selbst, als müsste sie überlegen, wie sie dieses Thema sensibel anspricht. »Ist noch mal etwas passiert?«

Ich stocke, weil ich manchmal vergesse, dass Willas Angst und Unsicherheit nicht nur daher kommen, dass sie nicht an sich glaubt, sondern von einer Familie, die ihr Leben an einen Abgrund getrieben hat.

Willas Gesicht wird ernster, und sie legt den Kopf schief. »Wenn du dich fragst, ob meine Mutter sich gemeldet hat, dann nein. Aber die Angst davor sitzt immer noch tief.«

»Würdest du es uns sagen, wenn sie es tut?«

»Ich weiß nicht«, gesteht Willa. »Aber ich weiß, dass ich es könnte.«

Mit ernster Miene ziehe ich sie in meine Arme, und Willa lässt es zu. In letzter Zeit habe ich fast vergessen, dass nicht alles gut ist. Dass sie noch immer mit sich, ihren Traumata und allem dazwischen kämpft.

Martha kommt ebenfalls zu uns. »Ist es okay, wenn wir dich fragen?«, will sie leise wissen.

Willa nickt an meiner Brust. »Bitte«, sagt sie leise. »Ich kann nicht dafür garantieren, dass ich schon von selbst die Kraft habe, etwas zu sagen.«

»Ist okay …«, haucht Martha und streicht ihr über den Rücken.

Und so liegen wir uns in den Armen.

Und ich wünschte, ich wäre bereit, meinen Freundinnen zu sagen, was in meinem Kopf vorgeht.

DIEZ

… ich kann es nicht mehr.
Das Funktionieren.
Ich versuche es, aber es geht nicht mehr. Und ich glaube, ich kann es auch nicht mehr lange verstecken. Alle sehen mich an mit diesem Blick. Dieser Enttäuschung, als wüssten sie längst, was ich mir noch nicht eingestehen will:
Dass ich nicht mehr kann.
Dass die Dunkelheit gewinnt, selbst dann, wenn gerade noch die Sonne scheint.

Danielle

»Du musst das wirklich nicht tun …«

Auf meinem Balkon stehend blicke ich nach draußen und versuche, die Abendsonne zumindest noch etwas zu genießen, während Mrs King sich an den Rädern von Elias' Rollstuhl reibt.

»Alter, ich habe schon drei Mal gesagt, dass ich es mache«, wehrt Elias ab und schiebt die Katze sanft zur Seite, damit sich der wuschelige Schwanz nicht irgendwo verfängt.

»Ich weiß, es ist nur …«

»Du fährst auf dieses Festival.« Elias' Stimme klingt so fest, als wollte er all die widersprüchlichen Gedanken in meinem Kopf damit direkt zum Schweigen bringen.

»Als ich das wollte, hatte ich noch keine Katze.«

»Nein, aber du hast Freunde, und die haben kein Problem damit, den Katzensitter zu spielen«, behauptet er, obwohl er genau weiß, dass meine »Freunde« vorwiegend aus ihm bestehen. In den letzten Jahren blieb wenig Zeit für andere Freundschaften, und wenn, dann waren sie eher oberflächlich. Ich kenne viele Menschen, aber wenige Menschen kennen mich.

»Sagt der Hundemensch …«

»Na ja, ich kann beides.«

»Ich weiß nicht, ich habe jetzt schon ein schlechtes Gewissen«, murmle ich und setze mich ihm gegenüber.

»Du brauchst mal eine Auszeit, also nein. Kein schlechtes Gewissen nötig, du kannst dich immer noch weiter selbst zerfleischen, wenn du wieder da bist.«

»Bei dir klingt das so einfach.«

Elias zuckt mit den Schultern. »Ist es ja auch.«

»Wow, sehr hilfreich.«

»Du kennst mich«, sagt er grinsend.

Einen Moment schweige ich, dann springt mein Haustier auf den Tisch zwischen uns und sieht fragend von einer Seite zur anderen, als wüsste sie nicht, welcher Schoß ihr mehr Komfort bieten könnte. Allerdings hat Elias bessere Karten, er ist nur zu Besuch. Meine Streichelkünste kann sie immerhin jederzeit einfordern.

»Und was mache ich, wenn etwas passiert?«, will ich leise wissen, während sie sich auf dem Schoß meines besten Freunds einrollt und laut schnurrt.

»Mit Mrs King?«

»Ja.«

»Wieso sollte ihr etwas passieren, wenn ich auf sie aufpasse?«, fragt er zurück und klingt fast etwas beleidigt.

»Keine Ahnung.«

»Siehst du, ich auch nicht.«

In meinem Kopf läuft ein Film nach dem anderen ab. Was, wenn sich Mrs King verletzt? Wenn sie irgendwo herunterfällt? Wenn sie ausbüxt? Wenn sie stirbt?

Mir ist bewusst, dass ich meine Ängste nur projiziere. Dass ich wegen des Verlusts von Danielle Angst davor habe, dass jede Veränderung eine Kettenreaktion auslöst, die wieder damit endet, dass ich jemanden verliere. Die ich wieder nicht verstehe. Die meinem Herz vielleicht den Rest gibt.

Aber diese Gedanken kann ich nicht teilen – nicht, weil Elias sie nicht hören wollen würde, sondern weil ich es selbst leid bin, sie immer und immer wieder auszusprechen. Also sage ich nur: »Okay.«

»Na also, war das jetzt so schwer?«

»Um ehrlich zu sein, ja.«

Elias lacht kurz auf. »Möchtest du, dass ich gleich das nächste ungemütliche Thema anschneide?«

Ich verziehe das Gesicht. »Eigentlich nicht.«

Mein bester Freund ist großartig, aber manchmal frage ich mich, ob irgendwo hinter seinem charmanten Lächeln nicht doch ein kleiner Sadist steckt, der Spaß daran hat, in offenen Wunden herumzustochern.

»Hast du es inzwischen gelesen?«

Mein Herz setzt einen Schlag aus, als wollte mein Körper mir signalisieren, dass meinem Kopf dieses Thema nicht guttut. Dass der bloße Gedanke an das Tagebuch auf meinem Nachttisch mich in eine Angst versetzt, die so viel tiefer geht als alles, was ich in meinem bisherigen Leben kannte. »Alter, meinst du nicht, dann hätte ich schon was gesagt?«, wehre ich ab, allerdings lässt sich Elias davon wenig beeindrucken.

»War eher eine rhetorische Frage.«

»Du meinst eine Suggestivfrage?«

»Ich meine damit, ich wollte dich mit der Frage nur darauf hinweisen, dass du es tun solltest«, sagt Elias ernst.

Schluckend weiche ich seinem Blick aus. »Davon bin ich noch immer nicht überzeugt.«

»Du willst Antworten.«

»Ja, aber ich will sie von Danielle und nicht von …«

… einem Stück Papier, das nicht für andere bestimmt war. Ich will nicht ausnutzen, dass sie keinen Widerspruch leisten kann, will ihr nicht auch noch den Rest ihrer Selbstbestimmung nehmen, nur weil ich mir erhoffe, mich dadurch besser zu fühlen. Ich will sie nicht verletzen, auch wenn ich mir nicht sicher bin, ob man nach dem Tod noch Schmerz fühlen kann.

Elias wartet einen Moment, dann sagt er: »Es ist ihr Tagebuch, Diez. Meinst du nicht, sie hätte es versteckt oder vernichtet, wenn sie nicht gewollt hätte, dass du es liest?«

»Ich bezweifle, dass sie überhaupt daran gedacht hat.«

»Und wenn doch?«

Ich schüttle den Kopf, weil ich nicht mehr darüber reden will. »Danke, dass du auf meine Katze aufpasst …«

»Diez, ich …«

Aber ich hebe eine Hand, damit er nicht weiterspricht. »Bitte, nicht heute.«

Bitte niemals, denke ich.

Kapitel 26

5 Monate zuvor

DIEZ

Meine Schritte hallen zwischen den Wänden des Krankenhausflurs wider. Trotz der hellen Ausleuchtung habe ich das Gefühl, alles sei düster. Das beruhigende Weiß der Wände sorgt nur dafür, dass die Schatten aus meinen Gedanken mehr Raum bekommen.

»Hey, Jordan, hast du Ada gesehen?«

Der Krankenpfleger betrachtet mich mit einem warnenden Blick, während er den Kopf schief legt. »Dir ist schon klar, dass ich dir keine Auskunft geben kann?«

»Na ja, ich dachte …«

»Das heißt, ich kann dir nicht sagen, dass sie in Zimmer 112 ist, denn das könnte mich den Kopf kosten. Oder zumindest die Nerven, aber die wirst du mich sonst wohl auch kosten, oder?«

Ich grinse. »Danke, Mann.«

»Da ich dir nichts gesagt habe, musst du dich auch nicht bedanken«, ruft er mir noch hinterher, aber das sorgt nur dafür, dass mein Grinsen noch breiter wird.

Entlang des Flurs befinden sich mehrere Türen zu Patientenzimmern, Untersuchungsräumen und anderen Einrichtungen, denen ich so wenig Aufmerksamkeit wie möglich schenke. Einige Ärztinnen und andere medizinische Fachkräfte gehen an mir vorbei, ohne mich wirklich zu sehen. Dann entdecke ich die Nummer 112.

Ich klopfe kurz, warte, bis ich die vertraute Stimme höre, und trete ins Zimmer. »Oh, entschuldigt, ich wusste nicht …«

Ada hilft ihrem Vater, der im Rollstuhl sitzt, gerade in eine Jacke und pustet sich das lila Haar aus der Stirn, als sie mich sieht. »Kein Problem«, sagt sie schnell. »Darf ich vorstellen? Paps, das ist Diez, Diez, für dich Mr Thomas.«

»Mister?«

»Wahrscheinlich wäre es für ihn auch okay, wenn du ihn Paul nennst.«

Ich ringe mir ein Grinsen ab. »Freut mich, Sie kennenzulernen, Paul.«

Adas Vater streckt mir seine Hand entgegen. Das Zittern ist so stark, dass ich es kaum schaffe, sie zu halten. Überfordert blicke ich von ihrem Vater zu ihr, doch unser Blickkontakt wird durch einen Hustenanfall unterbrochen. Ada wartet geduldig ab, tupft dann den Speichel vom Mund ihres Vaters und lehnt ihre Stirn kurz gegen seine, als wollte sie sagen, dass es okay ist. Dann erhebt sie sich wieder und sieht mich an. »Wir haben die Erlaubnis, einmal um den Block zu laufen, willst du mitkommen?«

Unschlüssig schiebe ich die Hände in die Hosentaschen. »Wenn ich darf?«

»Paps?«

Es kommen keine wirklichen Worte aus dem Mund des Mannes vor mir, nur undeutliche Laute, aus denen Ada allerdings zu schließen scheint, dass ihr Vater damit einverstanden ist. Ich bin mir nicht ganz sicher, aber ich glaube, dass die Mundwinkel ihres Vaters sich etwas heben.

»Wir wollten heimlich ein Eis essen.«

»Klingt großartig.«

»Verrat es bloß nicht meiner Mutter.«

»Ich schweige.«

»Du auch nicht, Paps!«

Ihr Vater zeigt keine tatsächliche Regung, aber Ada scheint sich daran nicht zu stören. Stattdessen zieht sie ihre Jacke über und steuert den Rollstuhl, während ich ihr die Tür aufhalte. »Wie lief die Klausur?«, fragt sie nach einer Weile.

Ich warte, bis sich die Fahrstuhltüren vor uns geschlossen haben, dann sage ich: »Durchgefallen.«

Ada sieht mich an. »Das tut mir leid.«

Ich zucke mit den Schultern, während wir an der Anmeldung des Krankenhauses vorbeigehen. »Mir nicht, um ehrlich zu sein.«

Die Sonne auf meiner Haut tut gut, erinnert mich daran, dass der Sommer zwar vorbei ist, aber der Herbst nicht alles Licht schluckt.

Geübt weicht Ada mit dem Rollstuhl einer Pfütze aus, dann sieht sie mich an. »Tatsächlich?«

»Ich hasse alles an Jura.«

Adas Vater gibt einen Laut von sich, der stark nach Ablehnung klingt. »Paps hat immer gesagt, Anwälte sind die schlimmsten Blutsauger.«

»Kann ich ihm nicht verdenken.«

Noch ein Laut, dieses Mal einer, der sich auch für mich mehr nach Zustimmung anhört.

Ada zieht den dunklen Schal enger um ihren Hals, während sie zielsicher den kleinen Kiosk ansteuert. »Dann hörst du auf?«

»Ich weiß es noch nicht.«

»Dann lässt du dich einfach treiben und wartest, bis sich das Problem von selbst löst?«

»Höre ich da Kritik heraus?«

»Nein, ich finde, manchmal ist nichts zu tun auch eine Entscheidung, die getroffen werden muss«, murmelt sie. »Kannst du kurz auf ihn aufpassen, ich hol uns das Eis.«

Es war keine wirkliche Frage, sodass ich auch nicht darauf antworten kann, weil Ada mir bereits den Rücken zugewandt hat. Etwas unschlüssig setze ich mich auf die Parkbank, damit ich Adas Vater in die Augen sehen kann. Der Mann sitzt regungslos in seinem Rollstuhl, sein Körper wirkt von der Krankheit gezeichnet. Das Gesicht ist hager, ausgemergelt, als würden die ganzen Medikamente ihn langsam, aber sicher vergiften.

Die Muskeln in seinem Gesicht zucken unkontrolliert, als ob sie ein Eigenleben führten. Aber was mich am meisten mitnimmt, sind seine Augen. Klare blaue Augen, die mich schmerzlich an die von Ada erinnern. Augen, die glänzen sollten, die aber nun gezeichnet sind von Schwere und Hoffnungslosigkeit, die mir das Herz noch einmal zu brechen drohen.

»Ich mag ihre Tochter«, sage ich, weil ich nicht weiß, was ich sonst sagen soll. Fast automatisch drehe ich den Kopf in Adas Richtung. »Ohne sie wüsste ich nicht, wie ich all das schaffen soll …«

Paul gibt ein Grunzen von sich.

»Tut mir leid, wahrscheinlich ist es komisch, darüber zu reden.«

Er schüttelt den Kopf, oder zumindest deute ich die ungelenke Bewegung so.

Ich sehe ihm in die Augen. »Ich glaube, ich hab mich in Ihre Tochter verliebt, aber ich weiß nicht, ob sie das Gleiche fühlt.«

Aber ich bekomme keine Antwort darauf, denn plötzlich beginnt Adas Vater zu zucken. Sein Körper wird von unwillkürlichen Bewegungen durchzogen, die ihn wie eine Marionette erscheinen lassen. Die Laute aus seinem Mund formen undeutliche Worte, Beschimpfungen, die sich gegen niemand anderen als mich richten können.

Während ich noch immer völlig verwirrt auf den Mann vor mir blicke, ist Ada bereits neben uns. Sie drückt mir das Eis in die Hand.

Ada steht der Schock ins Gesicht geschrieben. »Papa, was …« Doch das Eis, das für ihn bestimmt war, landet durch einen heftigen Schlag auf dem kalten Asphalt.

Ich springe auf, unsicher, ob ich Ada gerade beschützen sollte.

Ihr Vater schlägt um sich, rudert mit den Armen, und die bröckeligen Worte aus seinem Mund sind voller Zorn.

»Es ist alles okay«, versucht sie, ihn zu beruhigen. »Papa …«

»Soll ich jemanden holen?«, frage ich hilflos.

Die anderen Passanten drehen sich zu uns um, werfen uns teils mitleidige, teils verständnislose Blicke zu. Blicke, die mich wütend machen, weil sie so tun, als würden wir etwas Falsches machen.

»Nein.« Ada beugt sich zu ihrem Vater, flüstert etwas, das ich nicht hören kann. Er krallt die Finger in ihren Arm, starrt ihr direkt in die Augen, und ich kann sehen, wie Adas Augen vor Schmerz zucken.

»Soll ich …«

»Halt einfach kurz den Mund, Diez«, knurrt sie leise.

»Paps, ich bin's«, sagt sie langsam, eindringlich. Fast schon flehend. »Erinnerst du dich? Ich bin's, Ada.«

Plötzlich wird ihr Vater ruhiger. Seine Hände zittern noch immer so stark, dass die gesamte Welt um uns herum zu beben scheint.

»Es ist okay«, flüstert Ada und schafft es irgendwie zu lächeln. »Ich bring dich zurück.«

Ohne mich anzusehen, schlägt sie den Rückweg ein, während ich noch beladen mit dem Eis dastehe, ohne zu wissen, was ich tun soll. Mit etwas Abstand laufe ich hinter den beiden her.

Keine Ahnung, was da gerade passiert ist.

Keine Ahnung, wie ich jetzt reagieren soll.

Keine Ahnung, ob Ada gerade will, dass ich für sie da bin, oder ob ich gehen sollte.

Das Eis werfe ich in einen der Mülleimer, während Ada wieder im Krankenhaus verschwindet. Langsam folge ich ihr, lasse ihr den Raum oder versuche es zumindest. Wie sollte man sich in solchen Momenten verhalten? Wie kann ich ihr zeigen, dass der Ausbruch ihres Vaters mich vielleicht erschreckt hat, mich aber nicht abschreckt? Und erst recht nicht dafür sorgt, dass ich weniger in ihrer Nähe sein will.

Ada sieht sich nicht einmal um.

Ich hingegen warte vor der Tür des Krankenzimmers, allein mit meinen Gedanken und dem schlechten Gewissen. Offenbar habe ich Paul aufgeregt, habe ihn dazu gebracht, einen Anfall oder etwas Ähnliches zu bekommen. Und Ada war die Leidtragende.

Es dauert eine gefühlte Ewigkeit, bis die Tür endlich aufgeht. »Ada?«

Ich springe vom Boden auf, doch ehe ich sie in die Arme nehmen kann, schüttelt sie den Kopf. Ihre feuchten Wimpern zeichnen schwarze Striche auf ihre Lider. »Tut mir leid, ich …«

Sie will sich an mir vorbeischieben, aber ich bleibe dicht bei ihr. »Dir muss nichts leidtun«, sage ich hilflos, während Ada sich gegen die Wand lehnt, als habe sie keine Kraft mehr, allein zu stehen.

»Das war nicht mein Papa«, sagt sie so leise, dass ich sie kaum hören kann. »So ist er nicht.«

»Ada …«

»Das war er nicht, verstehst du?«, wimmert sie fast. »Es ist diese verfickte Krankheit, nicht er. Er ist nie wütend, er würde mir nie wehtun.«

Ich ziehe sie in meine Arme, drücke ihren Kopf an meine Brust. Ihre blau-rot verfärbte Haut ist unter den hochgeschobenen Ärmeln deutlich zu erkennen. Spuren auf ihrem Körper, die überdeutlich zeigen, dass sie nicht nur seelische Wunden davongetragen hat.

Ada bemerkt meinen Blick, schüttelt den Kopf, als wüsste sie genau, in welche Richtung meine Gedanken gehen. »Das ist nicht mein Papa«, weint Ada – und ich wünschte, ich könnte ihr einen Teil dieses Schmerzes nehmen. Aber alles, was ich tun kann, ist, sie in den Armen zu halten, während sie weint, bis keine Träne mehr übrig bleibt.

Kapitel 27

Jetzt

ADA

Martha drückt mir eine Lunchtüte in die Hand, die so schwer ist, dass ich fast vornüberkippe. »Habt ihr alles?«, will sie mit einem nahezu besorgten Blick wissen.

»Du bist schlimmer als meine Mutter.«

»Na ja, ich habe ohnehin schon den Ruf der WG-Muddi, also stört mich das herzlich wenig«, kommentiert sie und reicht Willa eine Tüte, die noch einmal genauso voll ist wie meine. Allerdings beschwere ich mich weder über Kekse noch über anderes Gebäck. Auch wenn es mir leidtut, dass Martha an Schlaflosigkeit leidet, bin ich dankbar, wenn jemand anders in der Küche steht als ich.

Für mich sind selbst Mikrowellengerichte eine Herausforderung, der ich mich nicht stellen möchte.

»Wir haben alles, und selbst wenn nicht: Wir fahren nicht in einen abgelegenen Wald, sondern auf ein Festival«, erinnere ich Martha, nur scheint sie diesen Einwand gar nicht zu hören, während ich mir den Rucksack über die Schulter hänge. Stattdessen überprüft sie noch einmal den Inhalt von Willas kleinem Umhängebeutel. Oder sie sucht noch Platz für die Karamellkekse, nach denen die gesamte Wohnung riecht.

»Ich habe euch trotzdem eine Notfalltasche gepackt«, sagt sie und deutet auf einen schwarzen Beutel, der mir in dem Pack-Chaos, das Willa und ich verursacht haben, bisher nicht mal aufgefallen ist. Herr Fitzek ist gerade dabei, seine Nase hineinzustecken, als ich ihn sachte zur Seite schiebe. Neugierig beuge ich mich hinunter. Was kann sie nach den XXL-Lunchtüten denn noch eingepackt haben? Ich werfe einen kurzen Blick hinein, ehe ich ihn Willa zeige. Die lacht auf. »Du bist die Beste.«

»Natürlich bin ich das.«

»Komm doch einfach mit, dann kannst du uns vor Ort bemuttern«, schlage ich vor, weil ich es tatsächlich schön fände, wenn wir drei mal wieder etwas gemeinsam machten. Etwas anderes als Bücher lesen und Kekse essen.

Martha verzieht den Mund zu einem schmalen Schrägstrich.

»Ich wünschte, das würde gehen, aber ich muss lernen«, sagt sie entschuldigend.

Augenrollend schnappe ich mir den Notfallbeutel, in dem ungefähr alle Medikamente unserer WG verstaut sind, eine Taschenlampe und etwas, das mir verdächtig nach einem Verbandskasten aussieht. »Du musst immer lernen.«

Herr Fitzek bellt einmal, was nicht nur ich als Zustimmung verstehe, denn Martha hebt eine Augenbraue. »Ja, weil ich irgendwann mal mit einem Doktortitel dastehen will.«

Ich zucke mit den Schultern. »Die sind überbewertet.«

»Stimmt, aber es klingt gut.«

Sie stupst mich mit der Schulter an, als sei sie meine große Schwester. Irgendwie ist sie das vielleicht auch, nur dass wir nicht verwandt sind, sondern uns ausgesucht haben, eine Familie zu werden.

»Wir werden dich vermissen«, sagt Willa und drückt Martha noch einmal an sich, ehe sie sich vorsichtig durch den Flur schiebt, um keines der gerahmten Bilder mit ihrem Rucksack von der Wand zu befördern.

»Ich euch auch, fahrt vorsichtig, ja?«

»Als ob Willa zulassen würde, dass ich schneller fahre als erlaubt«, kommentiere ich und strecke ihr die Zunge raus.

Kopfschüttelnd nimmt sie einen Beutel. Herr Fitzek scheint zu merken, dass wir jetzt gehen wollen, denn er beginnt, aufgeregt zur Tür zu laufen und zu bellen, als wollte er uns mitteilen, dass er entweder mitkommen muss oder wir hierbleiben sollten. »Eine von uns muss ja die Vernünftige sein«, meint Willa und hebt den Dackel umständlich auf ihren Arm. Sie drückt ihm einen kleinen Kuss auf den Kopf, ehe sie ihn an Martha weiterreicht.

Diese bringt uns zur Tür. Für sie muss es komisch sein, die Wohnung plötzlich für sich zu haben. Auf der anderen Seite ist Willa in der letzten Zeit viel bei Elias, weil unsere Wohnung das Gegenteil von barrierefrei ist. Und ich bin auch nicht immer da. Und wenn doch, dann eher körperlich als geistig.

»Viel Spaß«, murmelt Martha und lehnt sich gegen den Türrahmen. Ihr langes schwarzes Haar umrahmt ihr Gesicht und fällt auf ihre Schulter, welche die ersten feinen Linien ihrer Tattoos deutlich zeigt.

»Es sind nur drei Tage«, erinnert Willa sie und drückt sie noch einmal an sich. Fast so, als seien ihr die gleichen Dinge durch den Kopf gegangen wie mir. »Und ich bin sicher, dass Ada alles, was wir tun, auf TikTok hochlädt. Also wirst du quasi mit dabei sein.«

»Hoffentlich.«

Auch wenn es mir albern vorkommt, ist es auch für mich komisch, sie und den kleinen Dackel drei Tage lang nicht zu sehen.

»Denkt an mich, ja?«

»Immer«, verspreche ich grinsend. Dann reißen wir uns voneinander los.

Auf dem Weg nach unten blicke ich noch einmal zu unserer WG-Tür, die sich langsam schließt. Dass Herr Fitzek seinen Weg zu uns gefunden hat, kommt mir in diesem Moment noch etwas mehr vor wie der Hauch des Schicksals. So ist Martha nie ganz allein. Weder wenn Willa und ich nicht da sind, noch wenn sie die Nächte damit verbringt zu backen.

Der Wohnwagen ist bereits vor der Tür geparkt, sodass wir nur noch unsere Sachen verstauen müssen, ehe wir auf die Sitze klettern.

»Welches Hörbuch darf es sein?«, fragt Willa und will gerade ihr Handy zücken, um die Hörbuch-App zu öffnen.

»Ich bin dir Meilen voraus!«, halte ich sie auf und klicke auf Play, ehe ich den Gang einlege. Und dann passiert es. Es ist ein so kurzer

Moment, dass ich zunächst kaum verstehe, was gerade geschieht. Meine Hand hat gezuckt. Als hätte ich einen elektrischen Schlag bekommen, nur dass es keinen gab.

»*… Sadisten: Tödliche Liebe – Geschichten aus dem wahren Leben. Von: Lydia Benecke*«, tönt es aus den Lautsprechern. Ich hingegen sehe meine Hand an, während die Panik in meiner Brust zu brodeln beginnt.

Willa sieht mich mürrisch an. »Ist das dein Ernst?«

Ich schlucke.

Nein.

Da war nichts. Nichts, um das ich mir Gedanken machen müsste. Meine Hand hat gezuckt, na und? Wahrscheinlich bin ich nach all dem Gerede meiner Mama nur paranoid geworden. Außerdem kenne ich den Verlauf von Huntington, und die körperlichen Symptome kommen erst später. Mein Vater ist erst mit Ende vierzig erkrankt. Kein Grund, sich Sorgen zu machen. Nicht jetzt. Also spalte ich diese Angst von mir ab und grinse. »Gib mir eine Chance!«, sage ich schnell. »Nur bis zur ersten Pause!«

Willa lehnt sich auf dem Beifahrersitz zurück und nickt. »Wenn ich Albträume bekomme, mache ich dich dafür verantwortlich.«

»Hey, das ist kein Horror, sondern ein Sachbuch!«, meine ich und lenke den Wagen durch die Stadt.

»Ja, über Mord und Totschlag.«

»Nein, nicht so richtig.«

»Findest du nicht, dass dieses ganze Genre nur dazu beiträgt, dass wir die echten Geschichten von Opfern zu Einzelfällen machen?«

Etwas verdutzt sehe ich Willa an. »Vielleicht möchte ich einfach nur mehr über die potenziellen Gefahren wissen, die mit dem Leben als Frau einhergehen?«

Willa schiebt sich eine blonde Strähne hinters Ohr. »Ich muss dich wirklich lieben, wenn ich so etwas über mich ergehen lasse.«

»Falls es hilft, ich würde im Tausch anbieten, in einen kitschigen Film zu gehen.«

»Klingt nach einem fairen Deal«, stimmt sie zu, und wir lauschen eine Weile der Stimme von Nicole Engeln.

Doch auf der Autobahn scheint Willa es nicht mehr auszuhalten. Sie dreht die Lautstärke etwas runter und sieht mich von der Seite an. »Ada?«

»Willa?«

Zögernd blickt sie auf die Straße vor uns. »Kommst du wirklich zurecht?«

»Ich fahre mit einer meiner besten Freundinnen zu einem Open Air Rave, also was an meinem Leben könnte schlecht sein?«, gebe ich zurück.

»Du weißt, was ich sagen will.«

Unglücklicherweise hat sie damit recht.

Aber ich bin nicht wie sie und auch nicht wie Martha.

Die beiden können stundenlang immer wieder über die gleichen Dinge sprechen, über die gleichen Probleme, an denen sich ja doch nichts ändert. Oder zumindest nicht sehr schnell. Und ich weiß, dass ihnen das hilft. Aber mir nicht. Das, was mir hilft, ist, etwas zu spüren. Das Leben wieder von einer anderen Seite zu fühlen als den ganzen Schmerz, den es unweigerlich mit sich bringt. Nur kann ich ihr auch das nicht einfach so sagen, weil sie es nicht verstehen würde. Also atme ich einmal tief durch. »Ja, und ich sage dir: Ich breche nicht zusammen, auch wenn ich langsam das Gefühl habe, dass ihr das von mir erwartet«, murmle ich. Meine Hände verkrampfen sich, umschließen das Lenkrad etwas fester.

»Nein, tun wir nicht. Wir sind nur …«

»Besorgt, jaja. Könnten wir uns bitte darauf einigen, dass es für die nächsten drei Tage mal keine Sorgen gibt?«, schnaube ich etwas härter, als es meine Absicht war.

Willa legt den Kopf schief. »Du weißt, mit wem du hier redest, oder?«

»Willa, nur diese drei Tage. Ich brauche eine Pause von all den Menschen, die sich Sorgen machen und um die ich mir Sorgen mache«, sage ich und werfe ihr einen kurzen Blick zu, ehe ich wieder nach vorn starre. Trotzdem entgeht mir aus den Augenwinkeln nicht, wie sie nickt.

»Alles klar, verstanden.«

»Versprochen?«, frage ich etwas zögerlich, weil ich mir nicht vorstellen kann, dass sie mich so einfach vom Haken lässt.

»Ich werde mein Bestes tun.«

»Das reicht mir«, sage ich etwas versöhnlicher. »Und jetzt müssen wir das Hörbuch hören, sonst schaffe ich die Rezension nicht mehr pünktlich.«

DIEZ

... der Druck wird immer höher, dabei dachte ich, es würde besser werden. Sie wissen jetzt, dass ich mein Studium geschmissen habe. Und ich fühle jeden Tag, wie sie denken: Versagerin.
Und es tut mir unendlich leid, weil ich nichts anderes tun kann, als im Bett zu liegen und meine Katze zu streicheln. Mehr geht nicht. Nicht mal duschen. Es fühlt sich an, als würde mir etwas jede Kraft absaugen. Und mit jedem Tag wird es schlimmer, ohne dass ich die Chance habe, etwas dagegen zu tun. Denn wer sollte mir schon helfen können?
Wer kann in meinen Kopf greifen und all die Monster herausholen, die dabei sind, mich bei lebendigem Leib zu fressen?

Danielle

Die Sonne scheint durch das dichte Blätterdach und taucht den Boden in ein warmes Licht, das die Pfützen des letzten Gewitters fast golden schimmern lässt. Ein leichter Duft von Moos und frischer Erde liegt in der Luft, vermischt sich mit dem Aroma der ersten geöffneten Biere und der Zigaretten. Als ich mich dem kleinen Campingplatz nähere, höre ich die dumpfen Bässe einer Musik, die sich langsam immer lauter in meine Ohren drängt.

Ich begrüße die Gruppe, der ich mich angeschlossen habe, beteilige mich aber nicht an den Gesprächen, sondern checke mein Handy. Elias hat mir ein Foto von sich und Mrs King auf dem Sofa geschickt. Ihnen scheint es gut zu gehen, aber so ganz kann ich trotzdem noch nicht begreifen, dass ich heute Abend nicht zu Hause sein werde, sondern hier im Wald in einem Zelt schlafe.

»Willst du auch eins?«, fragt Maurice und reicht mir ein Bier, aber ich schüttle den Kopf.

»Danke, noch nicht.«

Wir kennen uns vom Jurastudium, aber da ich schon wusste, dass ich hinschmeiße, war ich in der letzten Zeit so gut wie nie da, und wir hatten kaum Kontakt. Was zum größten Teil meine Schuld war. Irgendwie habe ich den Punkt verpasst, an dem man sich bei jemandem zurückmelden sollte, wenn einem die Freundschaft etwas bedeutet. Hätten wir die Karten für das kleine Festival nicht längst gekauft, hätten wir uns wahrscheinlich nie wiedergesehen.

»Kommst du mit rauf?«

Ich blicke von meinem aufgebauten Zelt nach oben zu meinem Studienkollegen. Er deutet auf das angrenzende Festivalgelände, zu dem schon die ersten Menschentrauben strömen. Nickend schnappe ich mir meine Sachen, lehne den angebotenen Joint ab und grabe stattdessen eine Wasserflasche aus.

Wir folgen dem Klang der Musik, und ich finde mich plötzlich mittendrin wieder. Die Camps werden aufgebaut, Zelte liegen auf grünem Rasen, und die ersten Grills werden ausgepackt. Lichterketten und Kerzen brennen bereits. Obwohl die Sonne noch hoch am Himmel steht, wirkt es, als habe die Nacht sich bereits über uns ausgebreitet.

Etwas abseits vom Zeltplatz, hinter dem Maschenzaun, vibriert der Boden. Die Menschen tanzen ausgelassen zu den elektronischen Beats, ihre Körper verschmelzen mit der Musik zu einer einzigen pulsierenden Masse.

Die kleine Bühne ist kunstvoll mit bunten Lichtern und leuchtenden Neonfarben geschmückt. Überall sind bunte Fahnen und Wimpel aufgehängt, die im Wind flattern. Die Stimmung ist ausgelassen und voller Energie, ich sehe überall leuchtende Getränke und Sonnenbrillen, hinter denen sich die Augen verbergen.

Der Geruch von gegrilltem Essen liegt in der Luft, während die Menschen an kleinen Feuerstellen sitzen und gemeinsam lachen, tanzen und singen. Und irgendwie schaffe ich es, mich von der Stimmung treiben zu lassen. Wir schieben uns zur Bühne, wippen unsere Körper im Takt.

Und ich lasse zu, dass jeder neue Beat die Sorgen für einen kleinen Moment in den Hintergrund treten lässt.

Mein Zeitgefühl geht verloren, und erst als die Sonne den Himmel in flammendes Rot tränkt und die Musik für einen Moment stoppt, bemerke ich, welchen Hunger ich habe. Maurice ist weg, aber das stört mich nicht.

Ich drehe mich um, und alles in mir gefriert.

Kapitel 28

5 Monate zuvor

Diez
Was machst du gerade?

Ada
Meine Lebensentscheidungen infrage stellen, und du?

Diez
Ich denke etwas Ähnliches.

Ada
Du denkst das?

Diez
Was stellst du infrage?

Ada
Das ganze Leben, schätze ich. Was für eine beschissene Prämisse ist es bitte, dass alles enden muss?

Diez
Hm, ich denke, aus philosophischer Sicht würde ich sagen, damit alles seinen Wert erhält.

Ada
So ein Unsinn. Als ob Spaß nicht auch in hundert Jahren noch Spaß machen würde. Das verstehe ich auch bei Vampiren nie. Warum jammern sie darüber, wie langweilig die Unendlichkeit ist.
Such dir einfach ein Hobby, Edward.

Diez
Mit dieser Antwort habe ich nicht gerechnet.

Ada
Twilight?

Diez
Schon klar, aber ich hätte nicht gedacht, dass du Team Edward bist.

Ada
Bin ich nicht. Wenn ich die Wahl habe, bin ich mein eigenes Team.

Diez
Kann ich in dein Team kommen?

Ada
Meinst du denn, du hältst das aus?

Diez
Das Risiko ist es mir wert.

Ada
Okay, aber es gibt eine Regel.

Diez
Und welche?

Ada
Du darfst dich nicht verlieben.
Niemals in mich.

Kapitel 29

Jetzt

ADA

»Ada?«

Diez starrt mich mit offenem Mund an, als wüsste er nicht, ob ich real oder ein Traum bin.

»Was machst du denn hier?«, platzt es aus mir heraus.

Vielleicht geht es mir ein bisschen wie ihm. Er ist die letzte Person, von der ich gedacht hätte, dass ich sie hier sehe. Die letzte Person, die ich hier sehen will.

»Ist das nicht offensichtlich?«, fragt er angespannt zurück und weicht meinem Blick aus. Ich kann sehen, wie er die Hände zu Fäusten ballt, als sei die Wut auf mich noch immer nicht verraucht. Dabei müsste ich es doch sein, die wütend auf ihn ist. Immerhin hat er mir einen Korb gegeben. Oder nicht?

Und wann hat all das angefangen, so schrecklich kompliziert zu werden? Es gab doch mal eine Zeit, in der die Leichtigkeit zwischen uns das Einzige war, was wir gebraucht haben. Wie kann es jetzt sein, dass wir es kaum ertragen, einander in die Augen zu sehen?

»Ja, aber ich meine …«, sage ich weit weniger eloquent, als es mein Plan war, doch zum Glück werde ich dadurch gerettet, dass Willa hinter mir auftaucht.

»Oh, hey«, sagt sie ohne den Hauch von Überraschung in der Stimme und drückt Diez kurz an sich. »Elias hat erzählt, dass du auch hier bist.«

»Hat er das?«, kommentiere ich mürrisch.

»Ja, ich freue mich, dich zu sehen. Wir wollten uns gerade etwas zu trinken holen, willst du auch etwas?«, fragt Willa, ohne auf meinen Kommentar einzugehen. Falls sie mich ignoriert, hat sie in den letzten Wochen an ihrem Pokerface gearbeitet.

»Ich …«, setzt Diez an, scheint aber nicht so recht zu wissen, wie der Satz weitergehen soll. »Ich denke, gerade nicht, wir sehen uns sicher noch öfter.«

»Möglich«, sage ich mit kratziger Stimme.

Diez sieht mich kurz an. Die Pupillen seiner braunen Augen weiten sich, aber ich kann unmöglich sagen, ob aus Wut oder einem ganz anderen Grund. Mein eigenes Herz ist dabei, in meinem Brustkorb zu galoppieren und sich gegen meine Rippen zu werfen, als wollte es aus meinem Körper heraus, um all die Dinge zu sagen, die ich niemals sagen würde. Zumindest nicht Diez. Und schon gar nicht hier.

Etwas verwundert sieht Willa zwischen uns hin und her. »Ist alles in Ordnung?«

Aber Diez ist bereits dabei, sich an uns vorbeizuschieben. »Macht euch noch einen schönen Abend.«

Wir sehen ihm beide nach, wie er in der Menge verschwindet. Dann sieht meine Freundin wieder mich an. »Was war das denn gerade?«

Ich steuere einen der Bierwagen an, ohne ihren Blick zu erwidern. »Was meinst du?«

Willa fasst mich sanft am Arm. Ihre blonden Brauen haben einen fragenden Bogen nach oben gezogen. »Warum hast du Diez so angefahren?«

»Habe ich doch gar nicht«, behaupte ich und lächle den süßen Bar-Typen zu, ehe ich zwei Bier für uns bestelle. Allerdings hält Willa das nicht davon ab, einfach weiterzureden. Leider.

»Willst du mich veräppeln? Wenn deine Blicke töten könnten, läge der Arme jetzt vor uns auf dem Boden.«

»Ich bin nicht sauer auf ihn, falls du das meinst.«

Und irgendwie stimmt das auch.

Vielleicht ist mein Ego etwas angekratzt. Und ja, vielleicht bin ich auch etwas verunsichert, weil ich noch nie einen Korb bekommen habe. Aber wütend? Nein. Es ist sein gutes Recht, unsere Affäre zu beenden, so, wie es mein gutes Recht ist, dass es mich nicht stört.

Am meisten stört es mich, wie sehr ich ihn vermisse.

Selbst jetzt, wo ich ihn noch sehen kann in der Menschenmenge. Zwischen all den Menschen scheint er dennoch für mich sichtbar zu bleiben. Und ich kann das Band noch immer spüren, das sich so leichtsinnig zwischen uns gespannt hat, obwohl wir niemals zusammen sein können.

»Um ehrlich zu sein, weiß ich nicht, was ich meine, weil du mir keinen Anhaltspunkt dafür gibst, was du meinen könntest«, führt Willa aus, während ich ihr das alkoholfreie Bier reiche.

»Jetzt hast du mich verwirrt, geht es auch etwas klarer?«, schnaube ich und bemerke zu spät, dass mein Ton vielleicht doch etwas wütend klingt.

»Ich würde nur gern wissen, warum ihr beide so komisch seid, sobald ihr euch trefft«, sagt sie, ohne sich von meinem Missmut beunruhigen zu lassen.

»Vielleicht mögen wir uns einfach nicht.«

»Oder zu sehr?«, hakt sie nach, und am liebsten würde ich ihr das Bier nicht in die Hand drücken, sondern gleich beide trinken, um mir nicht anmerken zu lassen, dass da vielleicht etwas Wahres dran sein könnte.

»Denk an unsere Regel: Keine Sorgen an diesem Wochenende.«

Sie verzieht den Mund, scheint sich jedoch an ihr Versprechen zu halten. Denn sie hebt den Plastikbecher nach oben. »Auf uns.«

»Gut! Schon viel besser«, stimme ich zu und stoße mit ihr an. Doch dann sehe ich ihn wieder.

Diez steht in der Schlange für Pommes.

Sein Blick trifft meinen. Und auch wenn tausend Menschen zwischen uns sind, habe ich das Gefühl, wir wären allein auf der Welt. Mein Körper erinnert sich daran, wie er küsst. An die Art, wie er all die Teile in mir anspricht, vor denen ich lieber weglaufen will.

Nein, ich bin nicht wütend auf ihn.

Ich bin wütend auf mich selbst.

DIEZ

Von allen Frauen auf dieser Welt muss ausgerechnet sie mir hier über den Weg laufen. Langsam fühlt es sich an, als habe die Welt einen Plan für uns, den ich nicht verstehe.

Diez
Hättest du mir nicht sagen können, dass deine Freundin samt Anhang hier ist?

Elias
Wieso, ist das ein Problem?

Diez
Eine Vorwarnung wäre schön gewesen.

Elias
Sorry, Bro. Ich maile dir einfach demnächst unseren Pärchenkalender, damit du auf Stand bist.

Diez
Danke.

Ich versuche, meinen Frust abzuschütteln.

Der Horizont hat die Sonne verschluckt wie meine Hoffnung auf Ablenkung. Bunte Lichter schimmern hinter den Bäumen und funkeln wie Sterne. Die Musik wird lauter und intensiver, während die Menschen in ihren leuchtenden Outfits über den Tanzboden wirbeln. Alles ist bunt, alles ist dunkel und gleichzeitig hell. Die Lichteffekte zaubern ein faszinierendes Spiel aus Farben und Schatten auf die Bühne, das die Menge in einen tranceartigen Zustand versetzt.

Aber die Lust auf Tanzen ist mir vergangen. Ich laufe in die entgegengesetzte Richtung. Die Zelte der Camper sind mit LED-Lichtern geschmückt, die den Wald in ein surreales Lichtermeer tauchen. Der Duft von Räucherstäbchen und frischem Rauch vermischt sich zu einem Geruch, von dem ich nicht weiß, wie ich ihn finden soll. Allerdings kann es auch daran liegen, dass die WC-Bereiche ganz in der Nähe sind.

Gerade wenn ich beschließe, einfach nicht mehr an Ada zu denken, taucht sie wie aus dem Nichts auf. Und sobald ich einmal in ihre blauen Augen gesehen habe, fängt alles wieder von vorne an. Früher habe ich nicht verstanden, wie man in den Strudel einer On-off-Beziehung rutschen kann, inzwischen frage ich mich nur noch, ob man da wieder rauskommt oder ob das eigene Herz für immer verloren ist.

»Diez.«

Ruckartig drehe ich mich um.

Offenbar habe ich das Schicksal heraufbeschworen.

Ada steht vor mir. Sie beißt sich auf die Unterlippe, als wäre ihr erst in diesem Moment aufgefallen, dass es eine schlechte Idee war, mir hinterherzulaufen.

Und das Schlimmste ist, dass sich ein Teil von mir darüber freut. Dass ich sie am liebsten in meine Arme ziehen und küssen würde, bis wir beide keine Luft mehr bekommen. Aber ich weiß, wie das endet. Weiß, dass sie wieder davonlaufen wird, sobald es um mehr geht.

Dabei bin ich es, der weglaufen sollte.

Ich sollte so schnell es geht aus ihrer Nähe verschwinden, denn ich weiß genau, in was für eine Gefahr ich mich und mein Herz bringe. Nur ist es wie mit den kleinen Lichtern in den Baumkronen über mir. Ich sehe sie, ich weiß, dass sie da sind – aber es ist nicht genug, um wirklich von Licht zu sprechen. »Ich hau schon ab«, brumme ich, versuche, mich auf die Wut und nicht auf die Hoffnung zu konzentrieren. Wenn ich wütend bin, kann ich gehen – aber wenn ich hoffe, dann werde ich bleiben.

»Nein, warte.«

Ihre Hand auf meiner Haut.

Ihre Wärme.

Mitten in der Bewegung halte ich inne.

Zu viel Hoffnung.

Langsam drehe ich mich um. »Was ist?«, frage ich, aber meine Stimme hat die Schärfe verloren. Ich kann die Wut nicht festhalten, nicht, wenn sie mich ansieht.

»Ich … Fuck, du weißt, dass ich nicht gut in so was bin«, murmelt sie und kommt näher. Gefährlich nahe. Nahe genug, dass ich ihr Parfum riechen kann. Den Duft ihrer Haut, die vom Tanzen erhitzt ist.

»Könntest du dich bitte etwas klarer ausdrücken?«, brumme ich in dem verzweifelten Versuch, meinen Verstand gegen die Gefühle gewinnen zu lassen, die sie in mir auslöst.

Wie kann eine einzige Berührung mich all die Male vergessen lassen, die sie mich von sich gestoßen hat?

Ada streicht sich eine der bunten Strähnen hinter das Ohr, wirkt schon fast schüchtern. Unsicher. Aber ich kenne sie. Ich weiß, dass sie nichts davon ist. Trotzdem kann ich den Blick nicht von ihren Lippen lassen, als sie sagt: »Es tut mir leid, okay?«

Und was würde ich alles dafür geben, dass es so wäre. Aber ich kann nicht. Ich sollte es nicht. Ehe ich auch noch den Rest meiner Beherrschung verliere, schüttle ich den Kopf. »Nein, es ist nicht okay. Du kannst nicht immer auftauchen und abhauen, wie es dir gefällt«, stelle ich klar.

»Das mache ich doch gar nicht.«

»Ach nein?«

»Nein.«

Nun bin ich es, der einen Schritt auf sie zugeht. »Und was willst du dann jetzt hier?«

Sie weicht nicht zurück, tut nicht einmal so, als würden sie meine Größe oder mein Zorn einschüchtern. Ihre Augen blicken direkt in meine. Zwischen uns flammt Hitze auf, als würde ihr Körper den meinen in Flammen stecken, auch ohne ihn zu berühren. Sie hebt das Kinn. »Mich entschuldigen.«

»Wieder einmal«, bringe ich heiser hervor.

Wie oft habe ich mir diesen Moment gewünscht? Wie oft habe ich darüber nachgedacht, wie es wäre, wenn sie sich entschuldigt? Doch jetzt frage ich mich, ob es nicht alles noch schlimmer macht. Denn ich weiß genau, dass ich ihr alles verzeihen würde, ihr immer wieder alles geben würde, wenn ich nur noch etwas länger diese Seite von ihr zu sehen bekomme.

Vorsichtig streckt sie eine Hand nach mir aus, doch ehe sie mich berührt, zieht sie sie wieder zurück. »Diez, wir sind beide hier, wir stehen auf die Musik, und ich habe keine Lust, uns beiden das Festival zu verderben«, sagt sie leise.

Eindringlich.

Mit einem Hauch von Versprechen.

Leider weiß auch mein Verstand, dass sie damit zumindest zum Teil recht hat. Wir sind beide hier, das können wir jetzt nicht mehr ändern. »Und was schlägst du vor?«

»Lass uns einfach etwas feiern.«

»Einfach so?«

»Einfach so.«

Zögernd sehe ich über ihre Schulter, entdecke Willa mit einer Wasserflasche in der Hand. Sie unterhält sich mit einer Gruppe anderer Frauen und sieht lächelnd zu mir herüber. Fuck. Wahrscheinlich hat sie keine Ahnung, was alles zwischen mir und Ada passiert ist. Und wenn sie es wüsste, würde es auch ihr die Zeit hier verderben.

Schluckend gebe ich mich geschlagen. »Okay.«

Blinzelnd sieht Ada mich an. »Wirklich?«

»Ich hab genug vom Streiten«, schnaube ich.

Sie lächelt. Dieses Lächeln, das meine Knie schwach werden lässt. »Glaub mir, ich auch«, sagt sie leiser und hakt sich bei mir unter. Allein die Berührung fühlt sich an, als sei ich dabei, mich wieder dem Strudel zu ergeben. »Kann ich dich auf einen Drink einladen?«

Und ich sage nicht Nein.

Weil ich zu Ada nicht Nein sagen kann.

Teil 2

Hinter jedem Blitz, der in mich einschlägt, steckt mein Herz, das mich verrät.

Elias

Kapitel 30

5 Monate zuvor

ADA

Ihr könnt sie nicht ewig an diesen Maschinen hängen lassen.« Diez' Stimme zittert, löst Vibrationen in meinem gesamten Körper aus, die mich schütteln, als würde all seine Trauer, all seine Wut auch durch meine Adern jagen.

»Es gibt noch eine Chance, dass sie aufwacht«, höre ich eine weibliche Stimme, seine Mutter, vermute ich. Denn vor der Tür des Krankenzimmers kann ich nicht sehen, was in Danielles Zimmer wirklich passiert. Ich kann nur die gedämpften Stimmen hören, derentwegen ich mein Ohr an den weißen Untergrund der Tür lege.

»Ja, aber die Wahrscheinlichkeit, dass sie danach noch sie selbst ist, wäre …«

»Es gibt sie, und das ist alles, was zählt.«

»Sie war zehn Minuten lang tot, Mamá. Meinst du, sie würde das wollen? An ein Gerät angeschlossen sein?«

»Ich kann nicht entscheiden, ihr Leben zu beenden.«

»Nein, aber wir können ihre Behandlung abbrechen, wenn es keine Besserung gibt«, schnaubt Diez, und ich kann fast vor mir sehen, wie er sich durch die Haare fährt, weil er nicht weiß, was er mit seinen Händen machen soll.

»Sie ist unsere Tochter.«

Ein Mann. Das dürfte dann wohl sein Vater sein.

Unwillkürlich presse ich die Zähne zusammen.

»Ja, und meine Schwester«, sagt Diez. Leiser dieses Mal, mit weniger Hoffnung. Als sei er es müde, diesen Kampf noch einmal führen zu müssen.

»Es ist nicht deine Entscheidung«, brüllt sein Vater so plötzlich, dass ich von der Tür zurückzucke.

»Aber es war ihre, wie deutlich hätte sie das denn noch machen sollen?«, entgegnet Diez nicht weniger laut.

»Du bist nicht fair.«

»Ich bin nicht fair? Hört ihr euch eigentlich zu?«

»Wir stellen die Maschinen nicht ab«, sagt seine Mutter. »Solange ihr Gehirn noch funktioniert, haben wir eine Chance.«

»Dann wollt ihr, dass es einfach immer so weitergeht? Soll sie den Rest ihres Lebens da liegen, ohne …«

»Sprich nicht so mit deiner Mutter!«

Das Grollen der Stimme lässt den Boden unter meinen Füßen beben und bringt mein Herz für einen Moment aus dem Takt. Eine Gänsehaut breitet sich auf meinem gesamten Körper aus, als wüsste etwas in mir bereits, dass die Luft in diesem Zimmer mit jedem Atemzug dünner wird.

»Jemand hier muss es ja schaffen, die Wahrheit auszusprechen, denn offenbar fehlen dir dazu die Eier …«, fährt Diez unbeirrt fort, als würde er die drohende Gefahr, den Sturm, der sich vor ihm zusammenbraut, einfach ignorieren.

Etwas fällt klappernd zu Boden.

Schritte.

»Wage es nicht …«

Ich reiße die Tür auf. »Oh, Entschuldigung«, unterbreche ich das Geschehen. Und Diez' Vater lässt von ihm ab. »Ich wollte nicht stören.«

Alle Augen sind auf mich gerichtet.

Aber es sind die von Diez, die mein Blick sucht.

»Tun Sie aber«, knurrt sein Vater wütend, nur ändert das nichts an meinem freundlichen Lächeln.

»Lass es gut sein, Vater«, meint Diez. »Ich bin gleich bei dir, dann kannst du beenden, was auch immer du gerade anfangen wolltest.«

Diese Provokation lässt das Gesicht seines Vaters purpurrot anlaufen, und die Ader an seiner Schläfe beginnt gefährlich zu pulsieren. Die Hände vor dem Bauch gefaltet, warte ich einen Moment ab, überspiele die Angst, die Trauer und die Wut, die zwischen dem Duft der verwelkten Blumen das gesamte Krankenzimmer durchtränken.

Danielle liegt still da, während ihre Familie laut ist.

Laut ihren Schmerz hinausschreit und dabei ohne Rücksicht auf weitere Verluste aneinandergerät.

Mein Kiefer verspannt sich durch das falsche Lächeln auf meinen Lippen, aber ich warte weiterhin ab, während Diez und sein Vater sich wütend anfunkeln.

»Es ist genug«, sagt seine Mutter schließlich und tritt zu ihrer Tochter ans Bett, um ihre Hand zu nehmen, als wollte sie sich entschuldigen. »Es gibt nichts, über das wir uns streiten müssen.«

»Würden Sie uns einen Moment entschuldigen?«, knurrt Diez' Vater an mich gewandt, und ich suche noch mal den Blick von Diez. Er nickt kaum merklich, als wollte er mir sagen, dass ich ihn nicht retten muss. Allerdings habe ich das Gefühl, dass irgendwer genau das tun sollte. Jemand sollte ihn aus diesem Zimmer retten, ihn in den Arm nehmen und ihm dabei helfen, mit all diesem Scheiß klarzukommen.

Stattdessen sieht sein Vater aus, als würde er ihm den Hals umdrehen, sobald ich das Zimmer verlasse. Zögernd huscht mein Blick zwischen den zwei Männern hin und her, dann schlucke ich.

»Ich warte draußen«, sage ich mit dem freundlichsten Lächeln, das ich in dieser Situation aufbringen kann. Aber auch deutlich genug, damit Diez' Vater weiß, dass ich jedes Wort mitbekomme. Dass ich ihm das alles hier nicht durchgehen lasse. Schon möglich, dass ich nicht viel tun kann. Aber ich kann hinsehen. Ich kann dafür sorgen, dass er genau weiß, dass er vielleicht jedem hier im Raum Angst macht, aber nicht mir.

»Ich komme mit dir.«

Diez' Stimme dringt kaum zu mir durch.

Stattdessen bin ich noch immer gezwungen, in das Gesicht seines Vaters zu sehen. Seine Augen sind ebenso dunkel wie die seines

Sohns, doch in ihnen scheint jede Wärme erloschen zu sein. Sein Kiefer mahlt, als wollte er etwas damit zerquetschen. Trotzdem bewege ich mich nicht, kann es nicht.

Starre nur zurück, will ihn wissen lassen, dass sein Sohn es nicht allein mit ihm aufnehmen muss. Nicht dieses Mal. Nicht, solange ich hier bin.

Ich werde den Teufel tun, ihn mit diesem Mann allein zu lassen. Auch wenn ich weiß, dass es wahrscheinlich das Beste wäre.

Allerdings bin ich nicht die einzige Person, die nicht begeistert von Diez' Vorschlag ist.

»Du wirst jetzt nicht einfach gehen«, grollt sein Vater.

Diez hebt das Kinn. »Doch, das werde ich.«

»Wenn du jetzt gehst, dann …« Sein Vater macht einen bedrohlichen Schritt auf ihn zu. Ehe ich weiß, was ich da mache, stelle ich mich ihm in den Weg.

»Dann was?«, schnaubt Diez hinter mir. »Willst du dann weiter rumbrüllen? Mich beschimpfen? Mir sagen, dass es dir lieber wäre, ich würde in diesem Bett liegen?«

Sein Vater bleibt still.

»Gehen wir«, meint Diez und nimmt meine Hand.

Er zieht mich aus dem Zimmer und läuft mit mir vor all den Dingen weg, die wir beide nicht ändern können.

DIEZ

»Das war ziemlich heftig«, bricht sie das Schweigen und schlingt die Arme um sich, als brauchte sie jedes bisschen Wärme, das sie gerade bekommen kann.

»Tut mir leid, dass du das mit anhören musstest«, murmle ich, fahre mir durch die Haare und lasse mich erschöpft neben unserem Kaffeeautomaten sinken.

»Mir tut es eher leid, dass ich nicht früher reingekommen bin.«

Ich hebe den Blick. »Wie viel hast du gehört?«

Ada sieht mich an. So direkt, so klar, als würde sie in meinen Augen all die Dinge sehen, über die ich nicht spreche. Nicht sprechen kann, weil ich Angst vor den Konsequenzen habe. Angst davor, den zerrütteten Rest meiner Familie durch die Wahrheit zu verlieren, in der ich lebe.

»Genug, um zu wissen, dass du sie gehen lassen willst«, sagt Ada schließlich, und irgendwie schafft sie es, auch dieses Mal wieder zu lächeln. Und irgendwie ist es genau das, was dafür sorgt, dass ich meine eigene Wut vergesse und irgendwo zwischen all den Gewitterwolken wieder einen Sonnenstrahl sehen kann.

»Und findest du auch, das macht mich zu einem schrecklichen Menschen?«

»Natürlich nicht«, sagt sie und schüttelt den Kopf. »Das ist nur noch ihr Körper, und er wird nur noch am Leben erhalten, weil sie künstlich beatmet und ernährt wird. Die Wahrscheinlichkeit, dass sie aus diesem Koma aufwacht, liegt nahezu bei null.«

Ada sieht mich.

Sieht die Wahrheit.

Ihre Hand tastet vorsichtig nach meiner, und die Berührung hilft mir, den kalten Schauder zu unterdrücken. »Und trotzdem wollen meine Eltern, dass es einfach so bleibt. Entweder geschieht ein Wunder, oder die Ärzte stellen irgendwann fest, dass ihr Gehirn keine Aktivität mehr zeigt. Und so lange sitzen wir in dieser Schleife fest.«

»Vielleicht brauchen deine Eltern noch etwas Zeit«, versucht sie es mit sanfter Stimme.

Zeit.

Bisher musste ich in meinem Leben nie viel darüber nachdenken, was Zeit eigentlich bedeutet. »Es sind jetzt schon Monate«, schnaube ich und wische mir über die Nase. »Sie sind völlig am Ende, besonders meine Mutter. Immer wieder sagt sie, dass Danielle aufwachen wird. Sie will es einfach nicht akzeptieren.«

Ada nickt langsam. »Und dein Vater?«

Mein Körper versteift sich. Unsere Streite waren schon immer hitzig, aber heute hatte ich zum ersten Mal Angst davor, dass seine Wut sich nicht nur gegen Möbel und Geschirr richten könnte, sondern auch gegen mich. »Du hast ihn doch kennengelernt«, gebe ich zurück, als sei damit alles gesagt.

»Ja, reizender Mann.«

»Reizen kann er gut, stimmt.«

Ada lacht kurz, nur ist keine Freude dahinter, sondern nur der Versuch, irgendwie in Worte zu fassen, was da gerade fast passiert wäre.

»So war er schon immer, das ist nichts Neues.«

»Dann war das sein normaler Umgangston?«

Wir sehen uns an. »Leider ja.«

»Kein Wunder, dass du nicht wieder nach Hause ziehen wolltest«, stellt sie fest, und ich weiß, dass sie noch etwas anderes denkt. Etwas, das ich auch denke, aber kaum in Worte zu kleiden wage: Kein Wunder, dass sie versucht hat, sich umzubringen. Kein Wunder, dass sie so kaputt war, wenn unsere Familie so kaputt ist. Kein Wunder, dass man in alldem die Hoffnung verliert.

»Ich wünschte, sie würden sich endlich scheiden lassen und einsehen, dass diese Familie kaputt ist«, bricht es aus mir heraus.

»Vielleicht können sie sich nicht trennen«, überlegt Ada leise. »Weil sie Angst haben, dass sie dann nicht nur Danielle, sondern auch dich verlieren.«

»Meine Mutter vielleicht«, gebe ich zu. »Aber nicht mein Vater. Dem wäre es lieber, ich würde gar nicht erst existieren.«

Die Stille, die auf meine Worte folgt, wiegt so schwer, dass sie mir die Luft raubt. Alle Geräusche um uns herum klingen, als seien sie meilenweit entfernt. Als würde die Welt mit jedem Herzschlag mehr von uns abrücken und die Einsamkeit gewinnen lassen. Die Dunkelheit.

Aber da ist nicht nur Dunkelheit.

Ada rückt näher zu mir, legt einen Arm um meine Schulter und bettet den Kopf an meine Schulter. Ich kann sehen, wie auch ihre Augenwinkel überlaufen, als könnte sie all das auch fühlen. »Ich weiß nicht, was ich sagen soll«, haucht sie an meine Brust.

Mit einer Hand wische ich die Tränen fort. »Du musst nichts sagen, ich weiß auch so, wie kaputt meine Familie ist.«

Wie kaputt wir sind, denke ich.

Wir haben uns einander ausgesucht, um uns gegenseitig dabei zu helfen, den Weg aus der Dunkelheit zu finden.

Aber ich wage es nicht, ihr das zu sagen.

Stattdessen räuspere ich mich und stehe auf, ehe ich sie ebenfalls hochziehe. »Damit hast du recht. Kannst du dich noch an unsere erste Begegnung erinnern?«

Etwas verdutzt sieht Ada mich an. »Ja?«

»Du wolltest, dass ich dich auf dem Motorrad mitnehme.«

»Um ehrlich zu sein, war ich etwas betrunken.«

»Bist du noch nie auf einem Bike gefahren?«

»Nein?«

»Gut, dann ändern wir das jetzt.«

Ihr Mund öffnet sich leicht. »Ist das dein Ernst?«

Nun schaffe ich es, meine Mundwinkel wieder nach oben zu ziehen. »Ich hab sogar ein Geschenk für dich.«

Ada wirft den Kopf in den Nacken. »Bei Geschenken kann ich nie Nein sagen.«

Unsere Hände ineinander verschlungen, laufen wir zum Parkplatz des Krankenhauses. Weg von den weißen Wänden, dem Geruch nach Desinfektionsmitteln und billigem Essen. Bei meinem schwarzen Bike angekommen, bleiben wir stehen, und ich lasse meinen Rucksack auf den Boden gleiten. »Mach die Augen zu«, weise ich sie an, und Ada hebt die Hände vor die Augen. »Okay.«

»Noch nicht aufmachen«, sage ich schnell und fingere in meinem Rucksack herum. »Warte noch.« Dann endlich habe ich ihr Geschenk aus dem Stoff befreit. »Streck die Hände aus.«

Ada nimmt die Hände runter und folgt mit geschlossenen Augen meinen Anweisungen. Ich reiche ihr mein Geschenk, dessen rissiges Papier knistert, als sie ihre Finger darum schließt. Dann trete ich schluckend einen Schritt zurück.

»Okay, jetzt.«

Ada macht die Augen auf. Einen Moment ist sie verwirrt von meinen schlechten Einpackkünsten, dann findet ihr Blick meinen, als wollte sie fragen, ob sie das Papier entfernen darf. Ich nicke.

»O mein Gott«, stößt Ada aus und sieht mich strahlend an. »Diez, ich weiß nicht, was ich sagen soll …«

Wie eine Trophäe hält sie den Motorradhelm nach oben, dessen lila und pinke Töne im Licht der untergehenden Sonne schimmern.

»Gefällt dir die Farbe?«, frage ich schnell, weil ich jetzt wieder die Nervosität fühle, die ich auch beim Kauf gespürt habe.

Ada lacht. »Ich liebe sie. Und du hast den nur für mich besorgt?«

Meine Wangen werden warm. »Vielleicht.«

Ich setze meinen Helm auf, während Ada ihren noch immer festhält. Dann legt sie eine Hand auf meine Brust und lächelt mich an. »Danke, Diez.«

Obwohl das Leder meiner Jacke ihre Berührung dämpft, spüre ich nichts anderes mehr als sie. »Um ehrlich zu sein, ist da noch etwas anderes.«

Ada wird in meinen Armen steif. »Und was?«

»Ich hatte keine Zeit, sie einzupacken …«, gestehe ich und ziehe die schwarz-pinke Jacke hervor. Ada lässt sich von mir in das schützende Leder helfen, während sie mich mit einem Blick ansieht, den ich nicht deuten kann.

»Diez, ich weiß nicht, was ich sagen soll …«

»Du musst nichts sagen, das ist mehr für mich als für dich«, gebe ich zu und streiche ihr eine Strähne hinter das Ohr.

»Okay, los geht's. Lass uns durch die Stadt cruisen!«, ruft sie und setzt sich den Helm demonstrativ auf.

Lachend lasse ich den Motor an, während Ada sich hinter mich setzt. »Hast du gerade wirklich cruisen gesagt?«

Sie zuckt mit den Schultern. »Keine Ahnung, ich fahr sonst nur mit dem Bus.«

Kapitel 31

Jetzt

DIEZ

Elias
Ich lasse deine Katze jetzt für ein paar Stunden in Ruhe, aber sie hat gegessen und getrunken, und ich werde ihre Haare nie vollständig aus meinen Speichen bekommen.

»Wer schreibt dir?«, fragt Ada neben mir.

»Ich wüsste nicht, was dich das angeht«, kontere ich etwas schärfer als beabsichtigt.

»Eigentlich wollte ich nur etwas Konversation betreiben, aber an dieser Stelle sage ich mal: Autsch. Ich habe es verdient, aber autsch.«

Ada trägt ihr buntes Haar heute in Wellen, die mir das Gefühl geben, sie sei aus einem Strandwerbespot entsprungen.

»Es war nur Elias«, gebe ich zu, auch wenn es mir ein bisschen gefällt, dass da diese leichte Eifersucht in ihrer Stimme mitschwang. Der toxische Teil in mir will genau das. Dass sie den Schmerz fühlt, den ich schon so oft gefühlt habe. Damit wir beide in unsere Einzelteile zersplittert sind und uns gemeinsam wieder neu zusammensetzen müssen, aber ich weiß, dass ich all das nicht wirklich will. Denn wenn man jemanden liebt, geht es nur darum, dass es diesem Menschen gut geht. Selbst dann, wenn man selbst dafür gehen muss.

»Shit«, hören wir plötzlich Willa aus dem Wohnwagen rufen.

»Was ist los?«

Mit zerknirschtem Gesicht kommt Willa zu uns nach draußen und hält einen rosa Zettel in der Hand. »Wir haben vergessen, bei der Apotheke ranzufahren«, murmelt sie niedergeschlagen.

»O Fuck«, kommt es von Ada. »Und wir kommen mit dem Wohnwagen nicht so einfach wieder von dem Gelände runter.«

Hilflos sehen die beiden sich an.

Eigentlich will ich mir auf die Zunge beißen, aber ich kann nicht verhindern, dass sich mein Mund öffnet. »Ich kann dir die Medikamente holen«, höre ich mich selbst sagen. Zwei verdutzte Gesichter starren mich an.

»Ich bin mit dem Bike da, damit ist es einfacher, rein- und rauszukommen«, erkläre ich nüchtern.

»Das kann ich wirklich nicht verlangen«, sagt Willa schnell, aber ich kenne sie inzwischen gut genug, um zu wissen, wie ich damit umgehen sollte.

»Tust du nicht, ich habe es dir angeboten. Und Elias würde mir den Arsch aufreißen, wenn du meinetwegen deine Medis nicht richtig nimmst.«

Willa nickt langsam, und ich nehme das Rezept entgegen. »Ich komm mit«, höre ich plötzlich Adas Stimme hinter mir.

»Musst du nicht.«

»Ich würde aber gern.«

»Du hast keinen Helm und keine Schutzkleidung.«

Ada sieht sich um, entdeckt einen Typen, der gerade neben meinem Bike parkt, läuft auf ihn zu und steht nach gerade einmal einer Minute samt Motorradhelm auf dem Kopf wieder vor mir.

Na klasse.

ADA

»Bereit, wenn du es bist«, sage ich und halte den Helm hoch. Am liebsten würde ich ihm in die Augen schauen, doch sie sind verborgen hinter dem dunklen Visier, in dem sich alles spiegelt. Inklusive meiner Unsicherheit.

Das Letzte, was ich will, ist, dass die gesamte Zeit diese Spannung zwischen uns schwebt. Diese Kluft, von der ich weiß, dass ich sie selbst gegraben habe, obwohl ich sie kaum ertragen kann.

»Dir ist schon klar, dass man nicht zwei Menschen braucht. Oder?«, will er wissen, aber ich kann es hören. Das kleine Lächeln, das er zu unterdrücken versucht.

»Mehr Spaß macht es aber zu zweit, oder nicht?«

Er denkt einen Moment nach, legt den Kopf schief und sorgt so dafür, dass mein Körper zu kribbeln beginnt. Was würde ich dafür geben, ihm jetzt in die Augen zu sehen.

Dann öffnet er den Reißverschluss seiner schwarzen Motorradjacke und legt sie mir um die Schultern. »Hier.«

Der Geruch nach Nebel und ihm hüllt mich einen Moment lang so sehr ein, dass ich mit dem Denken nicht hinterherkomme. »Es sind gefühlte 300 Grad«, beschwere ich mich. Die Jacke ist zu groß, zu warm, und die Geste lässt mein Herz schneller schlagen. »Wenn mir etwas passiert, komm ich damit klar«, meint er nur, als sei damit alles gesagt.

Ich nicke, denn was soll ich sonst tun?

Betont langsam setze ich mich auf sein Bike. Der silberne Kawasaki-Schriftzug wirkt so vertraut und gleichzeitig anders. Als sei es das erste Mal, dass ich ihn sehe.

Diez scheint es ähnlich zu gehen. Er wirft Willa einen Hilfe suchenden Blick über die Schulter zu, doch die muss nur grinsen. Dann endlich kommt er zu mir und setzt sich auf das Motorrad.

Ich spüre, wie er eine Gänsehaut bekommt, als ich meine Hände um seinen Körper lege und mich an ihm festhalte. Das schwarze

Shirt liegt eng an seinem Körper und bietet kaum Schutz vor dem Wind oder meinen Händen.

Das Aufheulen des Motors bringt mein Herz zum Rasen, und ich rutsche noch dichter an ihn heran, während die Vibration durch meinen gesamten Körper jagt.

Meine Haare flattern im Wind, als Diez die Kurven der Landstraße entlangrast. Sobald wir das Gelände hinter uns gelassen haben, sind die Straßen nahezu leer.

Das tiefe Brummen seines Motorrads erfüllt die Luft und mischt sich mit dem Duft der blühenden Felder. »Geht das nicht noch etwas schneller?«, rufe ich aus und kann spüren, wie er leise lacht. Das Shirt flattert im Wind, verrutscht, und ich spüre, wie seine Haut auf meine trifft, während ich mich noch enger an ihn presse.

»Meinst du, du hältst das aus?«

Nur komme ich nicht mehr dazu, ihm zu antworten.

Die Bäume fliegen an uns vorbei, ein grüner Wirbel aus Blättern und Zweigen, während die Straße sich endlos vor uns ausdehnt.

Wir sind wie Vögel.

Plötzlich so frei, dass ich am liebsten die Arme spreizen würde. Doch ich klammere mich an ihm fest, spüre sein Lachen und das Rauschen des Adrenalins in meinen Adern. Und fühle mich endlich wieder lebendig, endlich wieder Diez nahe.

Die Kraft seines Motorrads, die Vibration unter uns und mein Herzschlag so dicht an seinem.

Die sanfte, aber dennoch kräftige Berührung meiner Hände auf seiner Taille, während wir gemeinsam durch die Welt rasen, als würde sie uns gehören. Als würden wir genau jetzt genau hierhergehören.

Und dann biegen wir wieder in die kleine Stadt ein und werden langsamer, der Wind in meinen Ohren ist nicht mehr so schneidend, sodass ich hören kann, wie er sagt: »Das habe ich vermisst.«

Er dreht den Kopf leicht, doch durch den Helm kann ich seine Augen nicht sehen. Nicht erkennen, ob er fühlt, was ich gerade fühle.

Trotzdem sage ich: »Ich auch.«

Kapitel 32

Vor 4 Jahren

ADA

»Was machst du hier draußen?«, will mein Vater wissen und schließt die Tür hinter sich, sodass die Stimmen unserer feiernden Familie erstickt werden.

»Es war mir etwas zu laut.«

»Das geht?«

Ich weiß, dass er keine Antwort auf diese Frage erwartet. Nicht wirklich zumindest. Er setzt sich zu mir auf die Stufen der Terrasse, die zu dem Garten hinter dem Haus meiner Großeltern führt. In der Dunkelheit wirkt alles etwas gespenstisch, aber dieser Garten ist mir so vertraut, dass es mir keine Angst mehr machen kann.

»Ich kann auch eine Pause gebrauchen«, gibt er zu. Leicht nach vorn gebeut, fummelt er die Zigaretten aus seiner Hemdtasche und steckt sich eine zwischen die Lippen.

»Wenn Ma dich erwischt, wird sie sauer«, gebe ich zu bedenken.

Mein Vater lacht nur. »Heute ist ein Tag zum Feiern, da darf man auch mal die Dinge tun, die man sonst nicht tun sollte.«

»Würdest du das auch so sehen, wenn ich rauchen würde?«

»Du bist viel klüger als ich. Darum weiß ich, dass du mit so einem Unsinn niemals anfangen wirst«, murmelt er und bläst den Rauch in die Luft.

»Tut mir leid.«

»Was tut dir leid, Schätzchen?«

»Dass ich nicht mit euch feiern kann«, gebe ich zu. »Ich will es ja, aber …«

»Aber was?«

Ich will etwas sagen, aber es dringt kein Laut aus meinem Mund. Stattdessen betrachte ich seine Hand, die in einem Takt, den niemand hört, zu tanzen scheint und dabei Rauchzeichen in die Luft malt.

»Es geht mir gut, Ada.«

Diesen Satz habe ich so oft gehört. Und er war viel zu oft eine Lüge, die mir irgendwie die Realität erträglicher machen sollte.

»Ich feiere, dass ich seit mehr als zwanzig Jahren mit der Frau zusammen bin, die ich liebe. Und sitze mit meiner großartigen Tochter in einer Sommernacht. Das Leben ist schön, Ada.«

»Ich würde eher sagen, das Leben ist unfair.«

»Das eine schließt das andere nicht aus.«

»Seit wann machst du so altkluge Sprüche?«

»Was glaubst du denn, von wem du die Wortgewandtheit geerbt hast?«, will er lachend wissen, und irgendwie bringt mich das dazu, auch endlich zu lächeln.

»An deinen Motivationsreden musst du noch arbeiten«, stichle ich zurück, lasse aber zu, dass er mich in die Arme schließt, und lehne den Kopf an seine Schulter.

»Woher wusstest du, dass Ma die Richtige ist?«, frage ich leise.

»Ich wusste es nicht«, meint mein Vater. »Aber ich denke, es geht auch gar nicht darum, ob jemand der Richtige ist.«

»Und worum geht es dann?«

»Du stellst zu viele Fragen über die Liebe, mein Kind. Muss ich mich um jemanden kümmern?«

»Um jemanden kümmern? Das klingt, als wären wir in einem Thriller gelandet, und du rächst dich an all meinen Ex-Freunden und Freundinnen.«

»Meinst du etwa, das hätte ich nicht drauf?«

»Nein, du würdest nie jemanden verletzen.«

»Wir verletzen alle irgendwann Menschen«, meint er plötzlich ernst. »Das gehört zum Leben dazu. Wir werden verletzt, wir verletzen. Und manchmal können wir nicht mal etwas dagegen tun.«

»Falls das ein Rat sein sollte, war es der schlechteste, den du mir je gegeben hast. Denn ich verstehe rein gar nichts.«

Er lacht, und das Geräusch ist wie ein Pflaster auf den Schürfwunden meiner kleinen Seele. »Wenn ich dir einen Rat geben sollte, dann wäre es wohl: Scheiß drauf.«

»Scheiß drauf?«

»Das Leben ist schön. Also scheiß drauf. Vielleicht haben wir alle nur dieses eine. Was bringt es, sich über Dinge den Kopf zu zerbrechen, die vielleicht oder vielleicht auch nicht passieren? Versuch einfach, kein Arsch zu sein, und wenn du es doch mal bist, lerne, dich zu entschuldigen. Und wenn du liebst, dann lass es zu. Egal, wen du liebst. Ob Freunde, Familie oder Fremde, die dir begegnen. Denn es ist besser, zu wissen, was Liebe ist, und den Schmerz zu ertragen, sie zu verlieren, als sich in einer Welt zu verlaufen, in der das Schöne im Leben nichts mehr zählt.«

Meine Augenbrauen wandern nach oben. »Wow.«

Theatralisch fasst er sich an die Brust. »Zu kitschig?«

»Ja, aber ich verzeih es dir«, sage ich lachend und schüttle den Kopf.

»Mach ich es noch schlimmer, wenn ich dir sage, dass ich dich liebe?«

»Ich liebe dich auch, Pa.«

Für eine Weile sitzen wir nur da und betrachten die Nacht vor uns, dann räuspert sich mein Vater. »Ich wette, du schaffst es nicht, den Apfelbaum hochzuklettern.«

»Ist das dein Ernst?«, will ich wissen. »Solltest du mich nicht davon abhalten, unkluge Dinge zu tun?«

»Was, willst du mir sagen, ich sei ein schlechtes Vorbild?«

»Nein, ich will sagen, es ist mitten in der Nacht, und ich bin keine zehn Jahre. Ich klettere nicht auf Bäume.«

»Okay, also habe ich die Wette gewonnen.«

Ich kneife die Augen zusammen. »Vergiss es.«

Mit einem Grinsen stehe ich auf und werfe ihm einen herausfordernden Blick über meine Schulter zu, ehe ich nach einem Ast greife und mir gestatte, noch einmal das kleine Mädchen zu sein, das ich einmal war.

Kapitel 33

Jetzt

ADA

Ich lasse mich von der Energie der Menschenmenge mitreißen. Der Mond strahlt vom nachtblauen Himmel herab und taucht die Welt in ein kaltes Licht, das vom Flimmern der Neonleuchten und Lichterketten ergänzt wird. Überall um mich herum höre ich den Beat der Musik, der sich mit jedem Schlag in meinen Körper überträgt.

»Du wusstest, dass Diez hier ist?«, will ich zwischen zwei Schlucken wissen und winke einer Gruppe Frauen zu, mit denen wir in der Bierschlange gestanden haben.

Willa betrachtet ihr Getränk und zuckt mit den Schultern.

»Klar, er ist Elias' bester Freund.«

»Du hättest mich vorwarnen können.«

»Da ich offiziell nichts von eurer Affäre weiß, ist es schwierig auszumachen, was ich sagen kann und was nicht.«

»Du weißt es?«

»Jetzt schon.«

»Verdammt, ich muss an meinem Pokerface arbeiten.«

Die Bässe dröhnen durch meine Brust und lassen mein Herz im Takt schneller schlagen. Von der Mischung aus Schweiß, Parfum und Rauch wird mir schwummerig, während die Menschen tanzen und ihre Arme in die Höhe strecken. Süßes Vergessen zwischen harten Beats, das ist es, was ich suche und brauche.

»Habt ihr euch vertragen?«

Die Frage lässt meinen Kopf hin und her schwingen. »Ja, ich denke, es ist okay.«

Eigentlich ist es besser als okay, denn irgendwo auf dem Motorrad und zwischen dem Wind habe ich das Gefühl zurückbekommen, dass sich das Band noch immer um uns spannt. Auch wenn wir immer wieder versucht haben, es zu lösen.

»Und willst du darüber reden, warum ihr euch gestritten habt?«

Ich sehe meine Freundin an. »Na ja, ich schätze, das weißt du«, gebe ich zurück. »Offenbar habe ich mich eines Nachts nach dem Sex nicht so freundlich verhalten.«

Erkenntnis blitzt in Willas Zügen auf. »Ah, die Geschichte.«

»Aber das ist jetzt nicht weiter wichtig«, winke ich ab und fixiere eine schöne Blondine auf der Tanzfläche, deren pinkes Kleid leuchtet.

»Bist du sicher?«

»Ja«, wehre ich ab und greife nach ihrer Hand. Willa folgt meinem Blick zu der tanzenden Masse.

»Okay, willst du tanzen?«, schlussfolgert sie, und ich nicke mit einem breiten Grinsen.

»Die ganze Nacht!«

Ich ziehe sie hinter mir her, bis ich vor der Bühne einen geeigneten Platz gefunden habe. Endlich zeichnet sich auch in Willas Gesicht so etwas wie Spaß ab. Ihre Bewegungen werden lockerer, leichter.

Wir lachen, singen und bewegen uns im Einklang mit der Musik. Unsere Körper verschmelzen förmlich zu einer Einheit, während wir uns gegenseitig anfeuern und immer weiter in die Ekstase stürzen. Zumindest fast, denn in meinen Gedanken taucht der immer gleiche Name auf, den ich so dringend vergessen will. Und meine Augen verraten mich, indem sie nach einem Gesicht in der Menge suchen, nach dem ich mich nicht sehnen sollte.

Ich brauche mehr.

Mehr, um zu vergessen.

Meinen leeren Becher werfe ich nach oben und jubele, als der nächste Beat erklingt. Lauter. Härter. Schneller.

Die Menge wird wilder. Schwingende Arme, stampfende Füße.

Die schöne Blondine ist wieder da. Sie kommt näher, als sie meinen Blick sieht, und beugt sich zu mir.

Grinsend nicke ich auf ihre Frage und greife in meine Bauchtasche, um ihr einen Zwanziger in die Hand zu drücken. Dann lasse ich mir die kleine blaue Pille von ihr in den Mund legen.

Willa hat aufgehört zu tanzen. Sie sieht mich an, ohne dass ich ergründen kann, was ihr Blick eigentlich bedeuten soll. »Willst du auch?«, rufe ich gegen die Musik an, aber sie schüttelt nur den Kopf.

Jemand rempelt sie an.

Fast stürzt sie zu Boden, aber ich schaffe es noch, nach ihren Händen zu greifen und sie zu mir zu ziehen. Aber sie reißt sich los. »Willa?«

Ihre Worte gehen in einem erneuten Sturm aus Jubel unter. »Es ist etwas …«

Sie schiebt sich an mir vorbei, deutet von der Tanzfläche weg, und ich nicke. »Schon okay, ich komm mit.«

»Danke«, sagt sie und rutscht etwas in sich zusammen. »Es sind ziemlich viele Menschen auf einmal und …«

»Kein Problem, wir trinken einfach was und dann …«

»Nein, Ada …« Willa sieht mich an. »Lass uns gehen.«

Perplex blicke ich von ihr zur Tanzfläche. Die Pille zeigt noch keine Wirkung, aber ich will dennoch zurück. Will mich wieder in den Strudel stürzen und das tun, weswegen wir hier sind. »Was jetzt?«

»Es ist einfach …« Ihr Kinn bewegt sich zur Seite, als wüsste sie nicht, wo sie anfangen soll.

»Hey, gib dem Abend noch eine Chance, ja?«, flehe ich fast. »Wir holen dir was zu essen, dann trinken wir ein Bier und …«

»Ada, nein«, sagt sie fest. »Ich will nichts trinken. Nein, schlimmer. Ich *darf* eigentlich nicht mal was trinken. Und ich will nicht noch mal zurück.«

Ich schlucke.

Willa schlingt die Arme um ihren Körper. »Okay«, gebe ich mich geschlagen. Die Überforderung sorgt dafür, dass sich das schlechte

Gewissen in meinem Inneren in eine glühende Kugel verwandelt. »Dann los, wir gehen zum Zeltplatz.«

Fuck.

Immer wenn es anfängt, wieder gut zu laufen, mache ich etwas, um alles niederzureißen. Als wollte ich, dass mein Leben kaputt bleibt, damit ich nie wieder etwas Gutes verlieren muss.

Willa sieht mich noch immer an. Endlich wird ihr Gesicht wieder weicher. »Ist gut.«

Während die meisten in die andere Richtung strömen, marschieren wir zum Ausgang und laufen schweigend zum Zeltplatz zurück. Bis ich es nicht mehr aushalte.

»Willst du mir sagen, was los ist?«

»Du hast gesagt, du nimmst keine Drogen«, platzt es aus Willa heraus.

»Mach ich auch nicht, zumindest nicht oft«, verbessere ich mich und reibe mir über den Arm, weil ich spüre, wie das Adrenalin durch meine Adern kriecht. Okay, es war nicht die beste meiner Ideen. Und der Höhenflug, den ich mir erhofft habe, wird gerade zu einer Bruchlandung.

»Was nicht das Gleiche ist, wie keine zu nehmen«, hält sie dagegen.

»Hey, es war nur eine Pille.«

»Ja, und 'ne Menge Bier.«

»Was soll das?«, frage ich und sehe sie von der Seite an. »Willst du mich jetzt dafür verurteilen, dass ich Spaß habe?«

»Nein, ich verurteile, dass du so viele Mittel auf einmal dafür brauchst.«

»Wir sind auf einem Festival, nicht in unserem Buchclub«, meine ich und fahre mir durch die verschwitzten Haare.

»Ist mir aufgefallen«, murmelt Willa nur und geht etwas schneller. Die Zelte und unser Wohnwagen kommen endlich in Sicht, nur scheint Willa gar nicht vorzuhaben, sich einfach ins Bett zu legen. Stattdessen hebt sie den Arm und winkt jemandem.

»Hey«, grüßt Diez.

»Hey«, sagt Willa und lässt sich neben dem kleinen Lagerfeuer sinken.

Schon klar, dass ich ein böses Mädchen bin. Aber muss mir die Welt wirklich immer den Mittelfinger zeigen?

DIEZ

»… und dann ist es einfach explodiert.«

Ada und Willa können sich vor Lachen kaum noch halten. Besonders Ada scheint jeden Moment von dem Campingstuhl zu Boden zu rutschen. Mit geweiteten Pupillen sieht sie mich an. »Es ist was?«

»Explodiert«, wiederhole ich und mache mit einer Geste das Boom nach. »Und die Vanillesoße war einfach überall. Meine Mutter war noch nie so wütend, und Elias durfte mich wochenlang nicht besuchen.«

»So coole Experimente haben wir in der Schule nie gemacht«, sagt Willa und wischt sich eine Strähne aus dem Gesicht. »Ich hätte wirklich gern einen Vanille-Vulkan gebaut.«

»Vielleicht sollten wir Martha fragen, immerhin backt sie ohnehin die Nächte durch«, meint Ada grinsend. »Ich schreib ihr gleich mal.«

Der Rauch des Feuers tanzt in der Luft, während sie auf ihrem Telefon tippt. Aber ich versuche, nicht zu sehr darauf zu achten. Mir nicht zu viele Fragen zu stellen. Nicht darüber nachzudenken, dass sie vielleicht noch jemand anderem schreibt. Nicht darüber nachzudenken, dass ich nicht darüber nachdenken sollte. Ihre Pupillen sind so groß, dass ich mich fast fühle, als würden sie mich einsaugen.

»Irgendwie vermisse ich die Schulzeit«, meine ich langsam, nur um irgendwas zu sagen und damit das Gespräch am Laufen zu halten, damit es meine eigenen Gedanken übertönen kann.

»Ich nicht«, sagt Willa sofort. »Für mich war es die pure Hölle, und nicht einmal für eine Million Euro würde ich das Gebäude auch nur wieder betreten.«

»So schlimm, ja?«

Ihr Blick trifft meinen. »Noch viel schlimmer.«

»Jetzt, wo ich so darüber nachdenke, waren die Experimente vielleicht doch schon das Beste an der Zeit. Lehrer mit Schnapsfahne, Typen, die andere schikanieren …«

»Und die dauernden Tests«, setzt Ada hinzu.

»Dann war die Schulzeit für dich auch nicht so toll?«, frage ich, weil mir auffällt, dass wir noch nie darüber gesprochen haben. Wir haben noch nie über die Dinge geredet, die vor dem ganzen Chaos waren. Ich habe keine Ahnung, was ihre schönste Kindheitserinnerung ist oder welches ihr liebstes Stofftier. Alles, was ich weiß, ist, wie sie riecht, wie sie schmeckt. Und wie sehr sie mein Herz im Klammergriff hat, ohne es auch nur zu merken.

»Doch, aber die Tests nicht«, meint sie schulterzuckend. »Ich hasse dieses ganze Benotungssystem. Dieses Fixiertwerden auf eine Leistung, die einem danach nie wieder was bringt.«

»Guter Punkt«, stimmt Willa zu. »Als ob Noten wirklich etwas darüber aussagen, wie man im Leben zurechtkommt. Ich hatte immer nur Einsen, und trotzdem hattet ihr die Ehre, bei meinem letzten Zusammenbruch live dabei zu sein.«

»Falls es hilft: So einen Zusammenbruch hat man auch mit einem Dreierschnitt«, werfe ich ein.

»Wann war deiner?«

Mein Blick trifft Adas.

Denn sie weiß es. Sie war dabei. War die Person, die mich aufgefangen hat, als es niemand anders konnte. Diejenige, die meine Tränen getrocknet hat. Die mich nicht allein gelassen hat in dem ganzen Schmerz.

»Nicht so wichtig, es ist schon ziemlich spät – vielleicht sollten wir langsam ins Bett gehen«, sage ich schnell, denn wenn ich noch länger darüber nachdenke, durch welche Zeiten Ada und ich uns geholfen haben, kann ich nicht mehr damit aufhören.

Demonstrativ gähnt Willa. »Gute Idee.«

»Euer Ernst?«, ruft Ada aus. »Es geht doch gerade erst richtig los.« Sie deutet auf die Menschen, die gerade wieder zur Bühne eilen, weil der nächste Akt kurz bevorsteht.

Willa folgt ihrem Blick, doch ihrer Miene nach ist sie noch immer ziemlich angespannt, auch wenn ich nicht verstehe, warum. »Ich geh ins Bett.«

Ada verzieht die Lippen. »Aber ich will tanzen!«

»Ohne mich.«

»Ach, Willa, jetzt komm schon. Nur noch für eine Stunde«, bettelt sie spielerisch und will nach Willas Hand greifen, doch diese entzieht sich ihrem Griff. »Meinst du wirklich, dass es eine gute Idee ist in deinem Zustand …«

»Sei nicht so eine Spielverderberin.«

Die beiden sehen einander an, und ich komme mir vor, als ob ich in etwas hineingeraten wäre, bei dem ich nur verlieren kann. Willa strafft die Schultern. »Fein, dann viel Spaß«, entgegnet sie scharf, und dann sieht sie mich an. »Gute Nacht.«

Etwas unschlüssig bleibe ich sitzen, während Willa im Wohnwagen verschwindet. Ada stöhnt genervt und lässt den Kopf in den Nacken fallen, als sei sie dieser Diskussion müde.

»Ist sie sauer auf dich?«

»Deine Auffassungsgabe ist wirklich erstaunlich, du solltest Detektiv werden«, gibt sie zurück, aber es klingt nicht mehr wütend, nur noch neckend. »Willst du mit mir tanzen gehen?«

Etwas in mir will Ja sagen, aber dann schaffe ich es irgendwie, den Kopf zu schütteln. »Nicht mehr heute Nacht.«

»Dabei ist die Nacht doch unsere Zeit.«

»Heute nicht.«

Sie zögert einen Moment. Dann steht sie auf. »Gut, dann geh ich eben allein.«

»Bist du sicher, dass …«

»Diez, zwing mich nicht, dir um 3 Uhr morgens zu sagen, dass ich auf mich allein aufpassen kann«, unterbricht sie mich, noch ehe ich die Chance habe, meinen Satz zu beenden. Das Lächeln in ihrem Gesicht scheint nicht zu dem Ausdruck ihrer Augen zu passen.

»Okay«, gebe ich mich geschlagen. »Pass auf dich auf.«

»Das mach ich doch immer.«

»Eigentlich tust du immer das genaue Gegenteil davon«, murmle ich, und Ada grinst.

»Damit du gut schlafen kannst, mach ich heute eine Ausnahme«, verspricht sie, und auch wenn ich weiß, dass es gefährlich werden könnte, lasse ich zu, dass sie mir einen Kuss auf die Wange haucht, ehe sie in der Menschenmenge verschwindet.

Kapitel 34

5 Monate zuvor

DIEZ

Ada hat ihre Arme fest um mich geschlungen.

Der Fahrtwind peitscht mir ins Gesicht und lässt meine Haare wild im Wind wehen. Die Skyline der Stadt erhebt sich majestätisch vor uns, während ich zwischen den Hochhäusern hindurchgleite. Ich gebe noch etwas mehr Gas, höre, wie Ada kurz aufschreit – aber nicht vor Angst, sondern vor Freude. Ihre Wärme hinter mir bildet einen deutlichen Kontrast zu der Kälte vor uns. Das Dröhnen meines Motors verschmilzt mit dem pulsierenden Rhythmus der Stadt, während ich mich geschickt durch den Verkehr schlängele.

Noch ein bisschen schneller.

Noch ein bisschen mehr.

Die Straßen sind voller Leben – Menschen eilen hastig an mir vorbei, Autos hupen, und die Geräuschkulisse der Großstadt erfüllt die Luft. Ich genieße den Adrenalinkick, den mir das Fahren auf zwei Rädern gibt, und spüre die Freiheit und Unabhängigkeit, die mich umgibt. Uns.

Ich genieße das Uns.

Wir fahren aus der Stadt heraus, weg von dem Tumult.

Weg von all den Dingen, über die ich gerade nicht mehr nachdenken kann. Nicht mehr nachdenken will.

Erst als wir eine verlassene Landstraße erreichen, halte ich wieder an. Die kleine Parkbucht hat nicht mehr zu bieten als einen einsamen Holztisch, an dem seit Jahren niemand mehr sein Pausenbrot gegessen hat. Nicht einmal Müll findet sich in den umliegenden Büschen. Wir sind ganz allein, als habe die Welt diesen Ort hier vergessen.

Ada zieht den Helm von ihrem Kopf und grinst mich an. »Das machst du also, wenn du eigentlich lernen solltest.«

»Meistens ja«, gebe ich zu und drehe mich zu ihr um.

Ada steigt erstaunlich elegant vom Motorrad herunter und streckt sich. »Allerdings hat das hier auch leichte Serienkiller-Vibes.«

»Vielleicht spielt ja der nächste Fitzek auf einer Landstraße«, scherze ich und steige ebenfalls ab.

Die Straßenlaternen werfen ein sanftes Licht auf den Asphalt. Die Umgebung ist von kahlen Wäldern und Feldern gesäumt, die im Mondlicht geheimnisvoll schimmern. Der Duft von frischer Erde und verwelktem Laub liegt in der Luft und vermischt sich mit dem leichten Hauch von Kühle. Und Ada. Immer wieder Ada.

Sie legt den Kopf schief. »Nein, nicht sein Style«, nimmt sie das Gespräch wieder auf. »Der leichte Grusel ist hier zu offensichtlich.«

Ich nicke. Auch wenn ich verstehe, was sie meint, ist die verlassene Straße für mich das genaue Gegenteil. »Ich mag die Stille hier.«

»Ja, es ist wirklich still«, stimmt Ada zu und macht einen Schritt auf mich zu.

»Das hilft mir, meine Gedanken zu ordnen.«

Ihre Finger streichen über meine Wange, als sie fragt: »Wegen Danielle?«

Ich schlucke. »Auch.«

»Auch?«

Ein kleines Lächeln umspielt meinen Mund. »Du weißt genau, dass du mich auch ziemlich durcheinanderbringst.«

Ada lacht auf, doch ihr Körper kommt näher. Drückt sich sachte an meinen, ehe sie die Arme um meinen Hals schlingt. »Ist das so?«

»Ja, und ich glaube, du genießt das.«

»Ein bisschen vielleicht«, wispert sie und neigt den Kopf näher zu meinem. Nur treffen ihre Lippen nicht auf meinen Mund, sie zögert. Wartet darauf, dass ich noch etwas sage. Nur kann ich nicht, wenn in meinem Kopf alles nur nach ihr schreit. »Dann hast du mich hierhergebracht, um mir zu erzählen, dass ich dich verwirre?«

»Wieso klingt das aus deinem Mund wie ein schlechter Plan?«

»Du weißt doch«, meint sie leise und zieht mich an sich. »Ich liebe schlechte Pläne.«

Und dann küsst sie mich.

Küsst mich, bis ich die Welt vergessen kann.

Kapitel 35

Jetzt

ADA

Ich höre das leise Summen der Menschen um mich herum. Ich steige aus meinem Schlafsack und strecke mich ausgiebig, während ich den Duft von frischem Kaffee in der Luft wahrnehme. Der Wohnwagen ist leer. Ich blinzle durch die Fensterscheibe. Der Lichtstrahl zeichnet Farbmuster auf den Boden, zeigt Licht und Schatten, was mich daran erinnert, dass dieser Morgen nicht nur Wärme für mich bereithalten wird.

Ich trete nach draußen. Überall um unseren Wagen herum sind Zelte aufgebaut, und ich sehe Leute, die sich bereits für den Tag fertig machen. Einige sitzen gemütlich vor ihren Schlafplätzen und genießen ihr Frühstück, andere laufen eilig hin und her, um ihre Festivalausrüstung zu organisieren. Die Stimmung ist entspannt und voller Vorfreude auf den bevorstehenden Tag voller Musik, Party und Spaß. Sex, Drugs und Verdrängung – genau mein Ding.

Da ich Willa nicht entdecken kann, mache ich mich auf den Weg zu den Duschen. Einigen Menschen nicke ich zu, auch wenn ich mir nicht mehr sicher bin, ob ich sie gestern wirklich kennengelernt habe. Meine Erinnerung ist rissig und verschwommen. Die hämmernden Kopfschmerzen machen es auch nicht besser. Und das Zucken meiner Hände.

Das viel zu starke Zucken.

Ich betrachte meine Hand, nicht lang, aber zu lang, um es ungesehen zu machen. Zu lang, um keine Angst zu bekommen. Die ungelenke Bewegung kommt nicht regelmäßig, scheint kein festes

Timing zu haben. Und ich bin mir nicht sicher, ob all das nur in meinem Kopf passiert oder tatsächlich.

Das Sonnenlicht wird durch die kalten Neonröhren zwischen gefliesten Wänden gespiegelt.

Und mit dem Licht verschwindet auch die Wärme. Unsichtbarer kalter Regen scheint auf meinen Körper zu fallen, während ich mein Spiegelbild ansehe. Ihm beim Zittern zusehe.

Was einem niemand über Drogen sagt, ist, wie schlimm der Morgen danach ist, wenn man in ein Loch fällt, bei dem man nie weiß, wie tief es wirklich ist.

Fuck.

Ich hätte das verdammte Ding nicht schlucken sollen.

Von allen schlechten Entscheidungen war das die unnötigste. Und das Schlimmste ist, dass ich nicht weiß, ob das Zucken davon kommt oder von etwas anderem. Langsam strecke ich die Hand zum Spiegel aus. Zu meiner möglichen Zukunft hinter der spiegelnden Oberfläche. Das Zucken, die Bewegungen, das Gefühl der andauernden Hilflosigkeit. Der Verlust der eigenen Persönlichkeit. Die Angst. Immer wieder und wieder die Angst.

»Guten Morgen.«

Ich zucke heftig zusammen und verstecke meine zitternde Hand hinter dem Rücken, als sei sie etwas Geheimes. Willa sieht stur an mir vorbei, während sie ihre Kosmetiktasche auf dem Waschbecken abstellt und nach ihrer Zahnbürste sucht.

Ich räuspere mich, versuche, den unsichtbaren Regen der Angst zu verdrängen, damit ich wieder tun kann, als sei ich ich selbst. »Du bist noch immer sauer?«

Willa seufzt schwer, ehe sie sich an dem Waschbecken abstützt und mich anschaut. »Nein.«

Mag sein, dass ich eine schlechte Lügnerin bin – aber Willa ist noch viel schlechter darin als ich. »Du klingst aber so.«

»Okay, ja, ich bin sauer.«

»Es tut mir leid.«

Ihre grünen Augen fixieren mich im Spiegel, und mein Herzschlag wird wieder schneller, der innere Regen stärker. Es dauert etwas, bis sie den Mund wieder öffnet.

»Du hast versprochen, mich nicht allein zu lassen«, sagt Willa. »Du hast versprochen, dass wir das hier zusammen machen.«

»Aber das tun wir doch«, wehre ich automatisch ab und versuche, den vergangenen Abend noch einmal vor mir ablaufen zu lassen. Wir haben getanzt, wir haben getrunken, wir hatten Spaß. Oder? Ich grabe zwischen den Erinnerungen an die flackernden Lichter und den dröhnenden Bass nach einem Bild von Willa. Doch sosehr ich es auch versuche, es bringt mir nur noch mehr Kopfschmerzen.

»Nein, tun wir nicht«, bestätigt Willa meine schlimmste Befürchtung. Im nächsten Moment steckt sie sich die Zahnbürste in den Mund und beginnt zu putzen, während ich etwas hilflos dastehe. Dann nicke ich, gebe mich geschlagen, weil ich weiß, dass sie recht hat.

»Hey, pass auf. Ich verstehe, dass du wütend bist. Ich hab's gestern etwas übertrieben«, rudere ich zurück. »Aber ich arbeite dran, okay? Heute werde ich dir nicht von der Seite weichen.«

»Und was ist mit Drogen?«

Ich beiße mir auf die Lippen. »Keine Drogen mehr.«

Sie spuckt aus, wischt sich über den Mund und findet meinen fast schon flehenden Blick. »Versprochen?«

»Versprochen«, sage ich schnell.

Willa hält einen Moment inne, dann erscheint ein kleines Lächeln auf ihrem Gesicht. »Gut, denn ich hab dir was gegen den Kater besorgt.«

Theatralisch sacke ich auf die Knie. »Gott sei Dank.«

Willa lacht und tätschelt meinen Kopf.

Keine von uns kommentiert das Blut im Waschbecken. Keine von uns sagt etwas dazu, dass sie wieder das Gummiband trägt. Denn so, wie ich sie nicht auf all das anspreche, hoffe ich, dass sie meine Angst und das Zittern meiner Hände ignoriert. Nicht für immer, nur noch ein bisschen. Nur noch so lange, bis ich bereit bin, mich alldem zu stellen, dem sich kein Mensch stellen sollte.

»Eher Martha sei Dank, sie hat ihre spezielle Mischung eingepackt«, ruft Willa aus und zieht mich wieder auf die Füße, damit wir gemeinsam zurück zum Wohnwagen laufen können. Das Duschen hat Zeit, bis ich meinen Kater im Griff habe. Im Schatten warte ich, während Willa kurz ins Innere des Wohnwagens schlüpft. Ich betrachte noch einmal meine Hand. Das Zittern ist weniger geworden. Ganz sicher sogar, wahrscheinlich liegt es nur am Alkohol und der Müdigkeit – nicht an etwas anderem. Nicht an einer Krankheit, die meine Gene ebenso zerfrisst wie meine Familie. Wahrscheinlich ist alles okay, wenn ich nur fest genug daran glaube und alles andere ignoriere. Vielleicht habe ich aber auch zu viele TikToks übers Manifestieren gesehen. So genau kann ich das nicht sagen.

Willa reicht mir einen Shaker, dessen grüne Farbe alles andere als einladend aussieht, dessen Inhalt ich aber dennoch gierig schlucke. »Martha ist eine Königin«, kommentiere ich und wische mir mit dem Handrücken über den Mund.

»Sie kennt uns einfach gut.«

»Wollen wir sie nach dem Frühstück anrufen?«

»Gute Idee.«

Sie setzt sich lächelnd in einen der Campingstühle und schnappt sich ein Buch, dessen bunter Farbschnitt mir entgegenleuchtet. »Willa?«

Ihr Blick hebt sich nicht einmal von den Seiten. »Hm?«

»Tut mir leid, ich hab nicht gecheckt, dass es für dich irgendwie schwer werden könnte«, gebe ich zu.

Mit zusammengekniffenen Augen blickt sie mich einen Moment lang an, als sei sie sich nicht sicher, wie ernst ich es meine. Aber dann nickt sie und macht den Stein in meinem Magen damit etwas leichter. »Schon okay, ich war auch nicht gut darin, es dir zu sagen«, meint sie.

Mit einem Lächeln greife ich nach meinem Smartphone. Willa sieht nicht begeistert aus, lässt es aber geschehen. Ich hebe mein Handy und filme, wie sie das Buch einmal hochhält, sodass ich das

Cover sehen kann – dann steckt sie ihre Nase zwischen die Seiten. Irgendwann wird sie keine Angst mehr davor haben, ihr Gesicht online zu zeigen. Da bin ich sicher. Und irgendwann wird sie es überwunden haben, dass ihre Familie keine war. Es muss einfach so sein, denn sie ist der stärkste Mensch, den ich kenne. Wenn sie es nicht schafft, habe ich keine Hoffnung für uns andere.

»Wenn du mich noch mal sitzen lässt, zieh ich an deinen Haaren«, meint Willa seelenruhig, ehe sie eine Seite in ihrem Buch umblättert.

Ich setze mich zu ihr und finde meinen Thriller genau dort, wo ich ihn gestern deponiert habe. Im Bierkasten. »Das nächste Mal lass ich dich nur für Sex stehen, einverstanden?«, will ich scherzend wissen.

Willa schüttelt den Kopf. »Du bist unmöglich.«

»Ich weiß.«

DIEZ

Ada
Hast du Lust, nachher mit uns zu essen?

Ich starre die Nachricht eine Weile an. Die Wände des kleinen Zelts sind beschlagen und feucht, aber ich kann mich nicht dazu durchringen, nach draußen zu gehen.

Inzwischen bin ich mir sicher, dass es keine gute Idee war, herzukommen. Ich fühle mich fehl am Platz. Die vielen Menschen, das Bedürfnis, sich zu betäuben – und nicht zuletzt Ada.

Es war einfacher, als ich sie nicht gesehen habe.

Einfacher, weil ich meine Emotionen dann besser unter Kontrolle hatte. Doch nun fühlt es sich so an, als würde ich das Einzige, in dem ich mir sicher bin, von mir wegstoßen. Und rein rational weiß ich, dass es besser so ist. Aber so funktionieren Gefühle nicht.

Diez
Bist du sicher, dass du das willst?

Ada
Du kannst auch einfach Nein sagen.

Diez
Das hab ich damit nicht gemeint, und das weißt du.

Ada
Hör zu, ich hatte gestern einfach etwas zu viel Spaß und war vielleicht auch nicht sonderlich fair. Aber wir können doch einfach wie Freunde zusammen essen, oder?

Wie Freunde.

Nur dass wir nie Freunde waren.

Wir sind irgendwie in etwas hineingeschlittert, bei dem niemand von uns weiß, was es ist oder warum es so ist. Aber ganz sicher waren wir nie Freunde. Können es vielleicht auch nie sein, zumindest nicht von meiner Seite. Aber was wäre die Alternative? Ich werde Ada immer wieder begegnen, schon allein wegen Willa. Schon allein wegen Elias.

Einfach so zu tun, als würde sie nicht existieren, wird nicht funktionieren. Das hat es bisher nicht, also stehen meine Chancen schlecht, dass es in Zukunft klappen wird.

Also wird es Zeit, etwas anderes zu versuchen.

Diez
Okay. Ist euch mehr nach Pommes oder Veggieburgern?

Ada braucht nicht einmal eine Minute, um zu antworten.

Ada
Beides.

Kapitel 36

ADA

»Hey, das sind meine Pommes!«, rufe ich aus und stoße Diez' Hand zurück, nur damit Willa die Chance nutzt und sich selbst eine der frittierten Kartoffeln schnappt.

»Das ist ein abgekartetes Spiel!«

Willa und Diez lachen, wie es nur Menschen tun, die unter einer Decke stecken. Mit zusammengekniffenen Augen blicke ich zwischen den beiden hin und her.

»Du verschandelst dein Essen nur«, meint Willa und deutet auf den Rest des Apfelmuses, in das ich meine Pommes tunke.

»Das ist eure Interpretation.«

»Warum nimmst du nicht einfach Mayo?«, will Diez wissen.

»Weil das die langweiligste Kombination der Welt ist«, stöhne ich und verdrehe theatralisch die Augen.

»Es ist nicht langweilig, sondern klassisch. Wie Jane Austen.« Perplex starrt Diez Willa an. »Darf man das?«

Wir drehen uns zu ihm und sagen wie aus einem Mund: »Darf man was?«

»Eine derart literarisch bedeutende Person mit Pommes vergleichen?«, fragt er etwas eingeschüchtert zurück.

»Ich glaube, du verstehst den Stellenwert dieses grandiosen Gerichts nicht«, meine ich kopfschüttelnd.

»Mir war gar nicht klar, dass du was für Bücher übrighast«, setzt Willa das Gespräch fort und lächelt dabei auf diese Art, die nur Menschen verstehen, die Bücher so sehr lieben wie wir.

Diez wirkt etwas ertappt. »Habe ich ehrlich gesagt auch nicht, aber ich kenne die Filme?«

Dahin ist Willas verträumtes Lächeln, aber ich muss lachen. »Wer hat dich gezwungen, die Filme zu sehen?«

Sein Blick weicht meinem etwas aus, während er die Reste seines Burgers von sich schiebt, als sei ihm schlagartig der Appetit vergangen. »Meine Schwester.«

Willa und ich wechseln einen Blick, dann räuspere ich mich und versuche so galant wie möglich das Thema wieder auf Pommes zu lenken. »Willst du es versuchen?«

Ich halte Diez eine Pommes mit Apfeltopping hin. Er zieht die Augenbrauen zusammen, während er auf meine Finger sieht. »Werde ich das überleben?«

»Das findest du nur raus, wenn du es versuchst«, stichelt Willa. Diez wirkt immer noch unsicher, aber er neigt seinen Kopf. Ich halte ganz still, versuche zu ignorieren, wie mein Herz einen Extraschlag macht. Seine Lippen kommen näher, schließen sich um das Stück Kartoffel und streifen meine Haut.

Es ist nur der Bruchteil einer Sekunde, aber es reicht aus, dass mir klar wird, wie sehr ich das vermisst habe. Wie ich Diez vermisst habe und diese Spannung zwischen uns. Das Band, das mich immer wieder zu ihm zieht, selbst dann, wenn ich weiß, dass es keine gute Idee ist.

Diez richtet sich wieder auf, sieht mich noch immer an und lächelt plötzlich. »Besser als Popcorn mit Käsesoße.«

»Siehst du, du kommst noch auf den Geschmack«, meine ich lächelnd. Wir blicken einander an.

Ohne dass ich es verhindern kann, drückt sich mein Körper näher an seinen, verzehrt sich danach, ihn noch einmal zu berühren. Noch einmal das Knistern zu spüren, das die Luft zwischen uns erfüllt. Doch ehe ich dazu komme, räuspert sich Willa unbehaglich.

»Und was machen wir jetzt?«, fragt sie, und die Röte ihrer Wangen verrät mir, dass sie sehr wohl wahrgenommen hat, dass da irgendwas zwischen Diez und mir ist.

Aber mich tröstet der Gedanke, dass sie nicht alles weiß. Nicht, wie nahe wir uns schon gekommen sind, und nicht, wie viele Geheimnisse wir schon geteilt haben.

»Tja, gute Frage«, meine ich und sehe Diez wieder an. »Was machen wir jetzt?«

DIEZ

Das sanfte Plätschern der Wellen wird zu einem Hintergrundgeräusch, das sich mit der entfernten Musik des Festivals und dem Singen der Vögel vermischt.

Ada hat uns zu einem kleinen See geführt, der verborgen zwischen hohen Bäumen liegt. Als habe der Wald um uns herum einen Ort schaffen wollen, an dem man den vielen Menschen einen Moment entkommen kann.

Ein leichter Wind streicht durch das dichte Laubwerk und lässt Adas fliederfarbenes Haar wehen, ehe sie mit vollem Anlauf von dem Steg ins Wasser springt.

Willa schreit kurz auf, als sie von den Spritzern getroffen wird.

»Hey, das ist unfair!«, ruft sie aus, gerade als Ada aus dem Wasser auftaucht und lacht.

»Komm doch her und bestraf mich!«

Das lässt Willa sich nicht zweimal sagen, sondern springt in ihren Jeansshorts ebenfalls ins Wasser.

Ich muss grinsen, während ich am Ufer stehe und den beiden dabei zusehe, wie sie versuchen, die Wasserschlacht für sich zu gewinnen.

Es tut gut, sie lachen zu sehen.

Es tut gut, selbst zu lachen.

Und wieder einmal frage ich mich, wie Ada es schafft, immer wieder Sonne in mein Leben zu bringen. Selbst die Libellen scheinen unter dem Klang ihres Lachens über die ruhige Wasseroberfläche zu tanzen. Wie kann jemand, der einen so oft verletzt, gleichzeitig so heilsam sein?

Ich breite eine Decke aus, die Willa mir vor ihrem Sprung ins Wasser in die Hand gedrückt hat, und lasse mich darauf nieder. Der Schweiß perlt von meiner Stirn. »Brauchst du eine Pause vom Schwimmen?«, will ich wissen, als Willa aus dem Wasser gestampft kommt.

Sie schnappt sich eines der Handtücher aus dem großen Stoffbeutel und trocknet sich notdürftig die Haare ab. Ich hingegen reiche ihr eine Flasche Wasser.

»Ja, vielen Dank. Auch wenn ich das Gefühl habe, dass Elias dir gesagt hat, du sollst auf mich aufpassen«, sagt sie und folgt meinem Blick auf den See hinaus.

Ada scheint beschlossen zu haben, einmal komplett hindurchzuschwimmen. Ich kann ihr Gesicht kaum noch erkennen, nur den hellen violetten Punkt, der sich immer weiter von uns wegbewegt.

Willa sieht mich wissend an, deutet meinen Blick, kommentiert ihn aber nicht. »Und hat er?«

Mein fragender Blick sorgt dafür, dass sie nachsetzt: »Elias, hat er dir gesagt, du sollst aufpassen?«

»Ja, aber ich glaube, seine Sorge war unberechtigt«, gebe ich zu, obwohl ich weiß, dass auf meinem Handy noch immer eine Nachricht ruht. Elias macht sich Sorgen, aber nach allem, was die beiden im letzten Jahr durchgestanden haben, kann ich es verstehen. Und er will Willa weder einschränken noch sie dafür abstrafen – nur sichergehen, dass jemand da ist, an den sie sich wenden kann, wenn etwas zu viel wird. Auch wenn ich mir nicht sicher bin, wie gut es ist, dass ich in diesem Fall dieser Jemand bin.

»Ich weiß nicht«, gibt Willa zu. »Irgendwie habe ich vergessen, wie viel Alkohol, Drogen und Sex es auf Festivals gibt.«

»Du hast die schrecklichen Dixiklos vergessen«, sage ich und deute auf die blau-weißen Kabinen am anderen Ende des Geländes.

»Stimmt. Danke, dass du mit Ada meine Medikamente abgeholt hast. Das hat mir den Arsch gerettet, um ehrlich zu sein.«

»Kein Problem, haben wir gern gemacht.«

»Ich hätte nicht gedacht, dass es mich so mitnimmt, hier zu

sein«, murmelt sie und setzt sich neben mich. »Ohne Alkohol ist alles so ungefiltert und so …«

»Laut?«

»Ja.«

»Ich verstehe, was du meinst«, murmele ich. »Auf der anderen Seite ist es vielleicht einfach nicht unser Ding, wenn wir es nur mit Filter ertragen.«

»Und doch sind wir beide hier.«

»Tja, na ja, wir müssen ja auch mal aus unserer Komfortzone raus«, entgegne ich und grinse.

»Manchmal weiß ich nicht, ob ich überhaupt in eine Komfortzone reinkomme«, sagt sie im Scherz, aber ich kann heraushören, dass zwischen den Zeilen doch mehr Wahrheit steckt, als sie sich eingestehen will.

Ohne es zu wollen, landet mein Blick wieder bei Ada. Sie hat umgedreht und schwimmt nun wieder auf uns zu. Je näher sie kommt, desto schneller fängt mein Herz wieder an zu schlagen.

»Möchtest du, dass ich etwas dazu sage, oder willst du lieber still vor dich hin schwärmen?«

»Was?«

Willa lacht nur und schüttelt den Kopf, ehe sie ihren Blick hinter einer Sonnenbrille versteckt und sich hinlegt.

Den Faden unseres Gesprächs habe ich ohnehin verloren, weil ich nur noch Ada sehen kann, wie sie langsam aus dem Wasser watet.

Sie wirft die Haare zurück, lächelt und ist so völlig im Einklang mit sich und der Welt, dass ich spüre, wie sich meine Mundwinkel heben. Ich versuche mir nicht anmerken zu lassen, dass die Hitze der Sonne nichts gegen jene ist, die in mir aufsteigt, während ich ihren kurvigen Körper betrachte. Am liebsten würde ich mit meinen Händen genau über den Punkt streichen, an dem der Bund ihres Höschens etwas in die Rundung ihrer Hüfte einschneidet. Und das Schlimmste ist, dass ich genau sehen kann, wie Ada es bemerkt. Wie sich ihre Augenlider etwas senken und das Lächeln einen Tick verruchter wird.

»Willst du nicht auch ins Wasser?«

Jedes ihrer Worte ist eine Herausforderung.

»Ich habe meine Badesachen vergessen.«

»Und ohne traust du dich nicht?«

Ihr Blick bohrt sich in meinen.

Das Wasser perlt über ihren Körper, und jede der kleinen Perlen schimmert wie flüssiges Gold. Und Fuck, der Gedanke, sie zu berühren, sorgt dafür, dass ich jede Vorsicht einfach vergesse.

Betont langsam stehe ich auf. »Bist du sicher, dass du das willst?«

»Ich weiß nicht, was du …«

Mit drei schnellen Schritten bin ich bei ihr, werfe sie über meine Schulter und renne mit ihr mitten in den See. Ihr erschrockener Schrei wird fast augenblicklich erstickt.

Wir tauchen beide unter.

Und für den Bruchteil einer Sekunde sehen wir uns unter Wasser an. Vollkommen abgeschottet von der Welt und all dem, was es bedeutet, oberhalb des Sees zu sein.

Wir sehen uns, wie wir uns immer sehen sollten.

Ohne Filter.

Ohne Lügen.

Ohne Verstecken.

Aber der Moment ist zu kurz, denn es reicht nicht, nur zu zweit zu sein. Wir brauchen beide den Sauerstoff und den Schein der Sonne, damit wir einen nächsten Moment erhalten können.

»Du Arschloch«, ruft Ada aus, muss aber lachen, während sie sich die Haare zurückstreicht.

»Ich habe dich gewarnt.«

Grinsend kommt sie näher. »Offenbar wollen wir beide nicht auf Warnungen hören.«

Am liebsten würde ich sie an mich ziehen.

Sie küssen.

Aber ich bleibe stehen, bewege mich keinen Millimeter, während sie näher kommt. Und gerade als sich ihre Lippen öffnen, unterbreche ich sie, noch ehe sie einen Satz herausbringen kann. »Warum ist sonst niemand hier?«

»Was?«

»An diesem See?«

»Keine Ahnung, ich habe nicht drüber nachgedacht«, gesteht sie und sieht sich um, als würde sie diesen Ort das erste Mal sehen. »Er gehört nicht mehr zum offiziellen Gelände, also würde ich schätzen, es hat einfach niemand nach ihm gesucht.«

»Es ist wunderschön.«

»Ja, ich mag es auch«, murmelt sie leiser und sieht mich wieder an. »Diez, ich …«

»Äh, Leute …«

Wir drehen uns zeitgleich zu Willa um, die etwas hilflos neben einem Mann steht, der alles andere als erfreulich aussieht.

»Das ist Privatgrundstück«, schnaubt er, als seien diese drei Worte ein magischer Zauber, der dafür sorgt, dass wir uns einfach in Luft auflösen.

Ada presst die Lippen aufeinander.

»Tut uns leid«, rufe ich und schiebe mich aus dem Wasser.

»Wir gehen sofort«, versichert Willa und macht sich daran, unsere Sachen wieder zusammenzupacken. »Kommt nicht wieder vor.«

»Ist auch besser so«, schnaubt der Mann und lässt uns nicht aus den Augen, während Ada ein Shirt über ihren Bikini zieht und vorläuft.

Willa und ich nicken dem Mann noch einmal zu, ehe wir ihr folgen. »Willst du, dass ich etwas davon kommentiere?«

»Über unseren Hausfriedensbruch?«

»Nein.«

»Ich weiß nicht, was du meinst …«

»Natürlich nicht«, sagt Willa und sieht mich an, als wüsste sie genau, wie jede Faser in meinem Herzen nach Ada schreit.

Kapitel 37

Jetzt

ADA

Ich stehe mitten in der Menge, umgeben von Lichtern und dem dröhnenden Bass, der meinen Körper durchströmt. Alles in mir schwingt. Alle Stimmen in meinem Kopf erlöschen.

Überall um mich herum tanzen Menschen. Jeder von uns ein Wir. Wie ein Schwarm Bienen, die für eine unsichtbare Königin tanzen.

Diez ist direkt vor mir.

Die Welt um mich herum verschwimmt zu einem farbenfrohen Wirbel aus Bewegung und Sound, alles wird für einen Moment zu viel, lässt mich straucheln. Aber ich halte mich fest, halte mich an Diez fest. Schlinge die Arme um seinen Hals und atme den süßen Duft ein, der von seiner Haut aufsteigt.

»Diez.«

Er neigt den Kopf zu mir, ist nahe genug, dass seine Lippen meine streifen können. »Ja?«

In seinen dunklen Augen sehe ich die ganze Nacht.

All die tanzenden Sterne.

All die Sehnsucht nach dem Licht des Morgens.

Ich presse mich an ihn, spüre das Vibrieren der Musik durch unsere Körper und kann fühlen, wie seine Hand über meinen Rücken streicht. »Ich will dich«, hauche ich ihm ins Ohr und kann fühlen, wie er unter seiner Jeans hart wird.

»Ada, ich …«

Aber ich ersticke die Worte in einem vorsichtigen Kuss. Seine weichen Lippen auf meinen, sein Geschmack. Meine Finger graben sich in seine dichten Haare. »Willst du mich auch?«

Er schluckt und rückt etwas von mir ab. »Darum geht es nicht.«

Verdutzt sehe ich ihn an, während er einen Schritt von mir zurückweicht und über seine Schulter blickt, weil er jemanden angerempelt hat.

Die Neonlichter um uns herum erscheinen mir plötzlich zu hell. »Worum dann?«

»Ich hab dir gesagt, dass ich mehr will als …« Er spricht es nicht aus, sieht sich um, als würde er denken, dass jemand uns belauscht. Dass die feiernde Meute für etwas anderes Augen hat als für den Beat und die Lichter.

»Ich geb dir alles, was ich geben kann«, antworte ich und meine es auch so. Auch wenn jedes Wort so ehrlich ist, dass es fast wehtut.

Er schüttelt den Kopf. »Ada, bitte, ich …«

Aber ich kann es sehen, kann sehen, dass es keine Einbildung war. Dass da zwischen uns noch immer dieses Band gespannt ist und er auch nicht bereit ist, es loszulassen. »Sag mir, dass du mich willst.«

Diez schließt kurz die Augen, und für einen schrecklichen Moment glaube ich fast, dass er gehen wird. Dass er wegläuft, wie ich es immer tue, wenn mir bewusst wird, wie viel ich fühlen kann, wenn er neben mir ist.

Dann, nach endlosen Sekunden, macht er die Augen wieder auf. »Ich will dich immer.«

Er kommt auf mich zu, zieht mich in seine Arme. Seine Hände umfassen mein Gesicht, während sein Kuss mir den Atem raubt und meine Knie weich werden lässt.

»Dann lass uns einfach verschwinden«, stöhne ich an seinem Mund. Plötzlich spüre ich eine Hand auf meiner Schulter. Ein Blick nach links, und da steht sie – Willa. Ihre Stimme klingt seltsam weit weg, als seien wir unter Wasser, als sie mich fragt, ob alles in Ordnung ist.

Ich kann nur nicken, denn jede Sekunde, die mich von Diez' Körper trennt, ist gerade eine zu viel. Also drehe ich mich wieder zu ihm.

Ohne ein Wort zu sagen, zieht er mich sanft aus der Menge heraus. Bier und Glitzer landen auf meiner Haut, ich stolpere immer wieder gegen die fremden Körper – aber ich folge ihm. Würde ihm bis ans Ende der Welt folgen, wenn er mich nur endlich wieder küsst.

Wir passieren den Ausgang, als ich es nicht mehr aushalte. Ihn wieder an mich ziehe.

Wir stolpern nach hinten, gegen eines der geparkten Autos. Aber es interessiert mich nicht. Die Welt könnte in diesem Moment untergehen, ohne dass ich auch nur Notiz davon nehmen würde.

»Nehmt euch ein Zimmer!«, grölt jemand.

»Oder verlangt Eintritt«, jemand anders.

Diez und ich fangen an zu lachen. Er zieht mich von dem Auto weg, geht in Richtung seines Zelts – aber ich habe einen anderen Plan.

Wir verschwinden gemeinsam in den dunklen Wald, der sich hinter dem Campingplatz erstreckt. Die Geräusche des Festivals verklingen langsam, während wir uns durch das dichte Unterholz kämpfen. Der Mond scheint durch die Baumkronen hindurch und wirft geheimnisvolle Schatten auf unseren Weg. Jeder Schritt fühlt sich an wie ein Abenteuer, als ob wir in eine andere Welt eintauchen würden. Unsere Blicke treffen sich immer wieder, voller Verlangen. Voller Sehnsucht.

Als ich sicher bin, dass uns hier niemand mehr sehen kann, stoppe ich. Diez sieht mich an. Seine Pupillen sind so groß, dass ich den braunen Ring um sie herum kaum noch sehen kann. In dem kalten Licht des Mondes schimmern die Pailletten meines Rocks silbern.

Atemlos sehen wir einander an.

Dann lehne ich mich an einen der großen Bäume und schiebe meinen Rock langsam nach oben, wohl wissend, dass Diez jede meiner Bewegungen sieht.

Ich muss lächeln, als ich bemerke, wie jede Faser seines Körpers sich anspannt. Hart wird. Seine Lippen teilen sich, und trotz des Dröhnens des Festivals in der Ferne kann ich das einzelne Wort deutlich hören: »Fuck.«

Seine heisere Stimme bringt mein Blut zum Kochen.

Ich liebe es, wie er mich ansieht.

Sein Blick wandert von meinen Lippen über die Rundung meiner Brüste in dem engen Oberteil bis hin zu dem Rock, der Zentimeter um Zentimeter mehr Haut preisgibt. »Das ist der Plan«, gebe ich zurück und warte, dass er näher kommt.

»Du machst mich fertig, Ada«, knurrt er, zieht sich aber nicht wieder zurück. Er kommt zu mir, hebt mit einem Finger mein Kinn an, damit ich ihm weiter in die Augen sehe. »Wir sollten das nicht tun …«

Diese Zweifel.

Ich will jeden dieser Zweifel mit einem Kuss ertränken. »Das sehe ich anders«, sage ich schnell und drücke ihn an mich.

Sein Körper reagiert sofort, scheint den Kampf gegen seinen Verstand zu gewinnen, während meine Hände sich an dem Bund seiner Jeans zu schaffen machen.

»Warte.«

»Was?«

Er packt meine Hände. »Ada, nein.«

Die Dunkelheit um uns herum verdichtet sich, schirmt uns ab von der Welt. Ich brauche einen Moment, um zu begreifen, was er gesagt hat. Und obwohl es sich so verdammt richtig anfühlt, von ihm berührt zu werden, ist gerade alles falsch.

Weil Diez das Einzige ist, was sich immer richtig anfühlt.

Angefühlt hat.

»Ich bin kein Spielzeug, Ada«, sagt er mit tiefer Stimme. »Wenn du nur spielen willst, dann such dir jemand anderen. Denn ich will alles von dir. Deinen Schmerz. Deine Trauer. Deine Wut. Weil ich weiß, dass sich irgendwo unter alldem die Liebe versteckt.«

Atemlos lehne ich mich gegen den Baum. »Wieso verlangst du das von mir, Diez«, murmle ich.

Er lacht, doch es klingt nicht fröhlich.

»Jemand anderem wird es reichen«, sagt er leise. »Aber nicht mir, Ada. Du willst meinen Körper? Du hast ihn bekommen. Aber ich will dein Herz. Und wenn du es mir nicht geben kannst, ist das in Ordnung. Aber ich kann nicht mehr ein Spiel spielen, bei dem ich immer wieder verliere.«

Es fühlt sich an, als wäre ich im Auge eines Orkans.

Alles ist ruhig.

Aber die Katastrophe ist bereits in vollem Gange, und ich kann sie nicht mehr verhindern. Egal, was ich sage oder tue: Der Sturm wird mich erfassen und alles, was meine Hoffnung war, auf der Welt verstreuen. All die tausend zerbrochenen Teile, von denen ich irgendwo im Inneren noch gehofft habe, dass wir sie wieder zusammensetzen können.

»Du kennst die Regel, du darfst alles tun, aber verlieb dich nicht in mich.«

DIEZ

Ihr Blick bohrt sich in meinen.

In der Dunkelheit des Waldes wirken ihre Augen wie ein nachtschwarzer Strudel. Ich streiche ihr über die nackten Schultern. »Und ich habe diese Regel noch immer nicht verstanden.«

Ihr Schlucken verrät mir, dass sie eigentlich sagen wollte, dass da etwas ist. Etwas, das sie sich entweder nicht traut auszusprechen, oder mir nicht genug vertraut, um es zu sagen. Aber ich weiß jetzt schon, dass ich dieses Gespräch wieder einmal verloren habe.

»Wir können nicht für immer so weitermachen …«, murmele ich, vielleicht mehr zu mir. Vielleicht muss ich mich selbst daran erinnern, warum ich ihr aus dem Weg gegangen bin.

Mich daran erinnern, dass sie gerade wieder dabei ist, mich wegzustoßen.

»Wir drehen uns ständig im Kreis, Ada«, sage ich etwas fester, denn ich weiß, wenn ich es jetzt nicht ausspreche, schaffe ich es vielleicht nie. »Ich verstehe, dass du Angst hast …«

»Darum geht es nicht«, unterbricht sie mich. »Es geht nicht um mich, Diez. Es geht um dich. Du kannst nicht mit mir zusammen sein, weil du etwas Besseres verdienst als das, was ich dir geben kann.«

»Ein besseres Klischee ist dir nicht eingefallen?«

»Ist es ein Klischee, wenn man nicht weiß, ob man in zehn Jahren noch dieselbe Person ist? Ist es ein Klischee, wenn man weiß, dass man wahrscheinlich keine fünfzig Jahre alt wird?«, platzt es aus ihr heraus. »Ist es wirklich ein Klischee, wenn man Menschen, die man liebt, ersparen will, dass sie das mit ansehen müssen?«

Menschen, die man liebt …

Wir sehen einander an, und auf einmal fühle ich mich nicht nur nackt, sondern schutzlos. Schutzlos angesichts all der Gefühle, die aus Ada herausplatzen und endlich zu Worten werden, damit ich sie verstehen kann.

»Hör zu«, sagt sie ernst. »Ich weiß, dass du denkst, ich bin nur eine selbstsüchtige Bitch. Und um ehrlich zu sein, bin ich das auch, weil ich immer wieder dem Wunsch nachgebe, dich zu sehen, dich zu fühlen. Und das ist nicht fair von mir, weil du jemanden verdient hast, den du nicht wieder verlieren wirst.«

»Ada, du …«

»Schon gut«, sagt sie und wischt sich die Tränen aus dem Gesicht. »Ich brauch einfach nur einen Moment.«

Damit schiebt sie sich an mir vorbei, denn es ist alles gesagt.

Fuck.

Warum sagt einem niemand, dass es nicht reicht, sich zu lieben? Warum warnt einen niemand davor, dass man manchmal noch so große Sehnsucht nacheinander hat, es aber niemals ausreichen wird, sodass man glücklich sein kann? Nicht, wenn nur eine Person bereit ist, sich dem Schmerz zu stellen.

Kapitel 38

Jetzt

DIEZ

So leise es mein Zustand möglich macht, schiebe ich mich aus meinem Zelt. Mein freies Wochenende ist vorbei.

Es ist besser, jetzt zu gehen, ehe alles nur noch schlimmer wird. Mein Zelt lasse ich einfach zurück, schultere nur meine wichtigsten Sachen.

Ich habe ohnehin kein Auge zubekommen, und die Lust zu feiern ist mir definitiv vergangen. Gerade als ich denke, dass mich niemand in der aufgehenden Morgensonne sieht, stellt sich mir ausgerechnet Willa in den Weg.

»Du gehst schon?«, will sie wissen, doch der Ton ihrer Stimme sagt mir deutlich, dass es nicht das ist, was sie eigentlich wissen will.

Und das schlechte Gewissen überrollt mich zusammen mit der Scham, während ich mir durch die Haare fahre. Verdammt, wir haben sie einfach stehen lassen. Mitten auf dem Festival, und auch wenn ich es nicht gern zugebe, habe ich bis eben nicht darüber nachgedacht, was sie die gesamte Nacht getan hat, während Ada und ich …

»Ich …«

Sie legt den Kopf schief. »Ich dachte, Ada ist bei dir.«

»Nein, wir …«

Ihr Blick wird etwas weniger streng, wahrscheinlich, weil ich sie genauso reumütig ansehe, wie ich mich fühle.

»Diez, ich mein's ernst – wo ist Ada?«

»Ich weiß es nicht«, gestehe ich. »Wir … waren nicht die ganze Nacht zusammen.«

»Scheiße, was ist passiert?« Aber ehe ich ihr antworten kann, hebt sie die Hände. »Vergiss es, das ist unwichtig. Ich such sie weiter.«

»Soll ich dir helfen?«

»Nein, schon okay.«

»Das tut mir schrecklich leid, Willa.«

Sie hebt das Kinn etwas an und schüttelt den Kopf, als wüsste sie selbst nicht so genau, was sie dazu noch sagen soll. »Möchtest du mir erklären, was passiert ist?«, fragt sie und reicht mir eine Flasche Wasser.

Bis eben war mir nicht klar, wie durstig ich eigentlich bin. Dankbar nehme ich die Flasche und hebe sie an meine wunden Lippen. Erst als ich ein paar Züge kaltes Wasser getrunken habe, sehe ich sie wieder an. »Ist es so offensichtlich?«

»Die Antwort willst du nicht hören.«

Schluckend fahre ich mir durch die Haare. »Ich mag sie.«

»Aus dem Grundschulalter sind wir zwar raus, trotzdem verstehe ich, was du mir damit sagen willst, spring ruhig gleich zum Aber«, stellt sie klar und deutet auf die Campingstühle vor dem Wohnwagen.

Ich setze mich, während sie ihre Position vor mir bezieht und ich mich schmerzlich daran erinnert fühle, wieder in einer Selbsthilfegruppe zu sein.

»Aber ich verstehe sie nicht«, murmle ich.

Willa hebt den Kopf. »Was genau?«

»Mal serviert sie mich ab, dann ruft sie wieder an. Dann sagt sie, wir sollten nur Freunde bleiben, und dann will sie doch wieder Sex … ich versteh es einfach nicht«, gebe ich zu und mache mir nicht die Mühe, zu verbergen, wie sehr mich dieses Hin und Her mitnimmt.

Willas Blick wird wieder weicher. »Wahrscheinlich versteht sie es auch nicht.«

»Sehr hilfreich.«

»Ihr habt beide viel durchgemacht«, versucht Willa es noch einmal.

»Ja, aber das ist keine Entschuldigung«, brumme ich, mehr zu mir selbst. Denn ich weiß bereits, dass diese Nacht eine schlechte Idee war. Eine wundervolle, großartige, schlechte Idee, der ich immer wieder nachgehen werde, sobald ich Gelegenheit dazu habe.

»So meinte ich das auch nicht«, sorgt Willa wieder dafür, dass ich sie ansehe.

»Sondern?«

»Manchmal macht man die falschen Dinge aus den falschen Gründen, und am Ende sind sie doch das Richtige«, sagt sie und lächelt halb. »Aber ich muss Ada jetzt suchen.«

»Ich sollte dir helfen.«

»Warst du nicht gerade dabei zu gehen, weil es das Beste für dich ist?«, hält sie dagegen.

»Warum warte ich jetzt auf ein Aber?«

»Kein Aber. Manchmal muss man gehen, um sich zu schützen«, sagt sie mit einer solchen Klarheit, dass es mir eiskalt den Rücken runterläuft.

»Meinst du das ernst?«

Willa schluckt, und ich glaube zu erkennen, dass ein schlechtes Gewissen ihr Lächeln wieder zu einem Schrägstrich werden lässt. »Ich liebe Ada, sie ist wie eine Schwester für mich. Nur ändert das nichts daran, dass ich ihr Verhalten nicht gut finde. Sie hat dich schlecht behandelt, Diez – und egal, wie es ihr geht, dazu hat sie kein Recht.«

»Und was, wenn ich sie auch liebe?«

Noch während ich die Frage ausspreche, wird mir klar, was ich da eigentlich sage. Was zwischen all diesen Worten schwingt und welche Tragweite sie wirklich haben.

»Dann ist das nur ein Grund mehr, auch auf dich selbst aufzupassen«, murmelt Willa und reibt sich über die Arme.

»Fuck.«

»Ja.«

»Willa?«

»Ja?«

»Du bringst sie sicher nach Hause, oder?«

»Ich verspreche es.«

»Danke.«

Wir umarmen uns kurz, dann gehe ich zu meinem Bike und setze den Helm auf. Noch nie war es so schwer, einfach zu gehen. Und gerade als ich den Motor anwerfe und losfahre, glaube ich zu hören, wie Ada meinen Namen ruft.

Kapitel 39

DIEZ

... Grenzen sind etwas Seltsames.
Wir alle reden über sie, als würden wir die unsichtbaren Linien aller Menschen sehen, ehe wir sie übertreten. Aber wir sehen gar nichts. Und wir fühlen auch nichts.
Es gibt keinen Alarm, wenn wir eine Grenze übertreten.
Und auch keine Infoschilder, die uns warnen.
Das Leben ist keine Straße, die uns vor dem Abgrund warnt.
Wir fahren einfach weiter. Über jede Linie, bis wir den Abgrund sehen, aber es zu spät ist, noch auf die Bremse zu drücken.
Und vielleicht wollen wir auch gar nicht bremsen.
Vielleicht wollen wir nur, dass all das endlich endet.

Danielle

»Ich wusste es!«

Elias wirft die Arme in die Luft, sodass Mrs King von seinem Schoß aufspringt und empört miaut.

»Das ist alles, was dir dazu einfällt?«, frage ich mürrisch und nippe an meinem Kakao, der mir leider nicht halb so viel Trost spendet, wie ich es mir gewünscht hätte.

»Tut mir leid«, antwortet Elias und räuspert sich. »Das ist echt hart, Bro. Und dann bist du einfach gegangen?«

Ich funkle ihn an, kann aber nicht sonderlich lange die beleidigte Leberwurst spielen, also knicke ich ein und zucke mit den Schultern. »Na ja, es hat nicht mehr viel Sinn gemacht dortzubleiben.«

Zumindest nicht, wenn ich versuche, mich aus alldem zu lösen. Aus diesem Etwas, das wir schon viel zu lange spielen und das viel mehr ist, als es sein sollte, weil wir beide nicht bereit sind, wirklich etwas zu fühlen. Oder zumindest eine von uns.

»Und was tust du jetzt?«

»Ich habe wirklich keine Ahnung.«

Elias nickt. »Shit.«

»Kann man so sagen.«

»Aber du bist verliebt?«, will er nach einer Weile wissen, und ich kann fühlen, wie der Riss in meinem Herzen wieder anfängt zu bluten.

»Um ehrlich zu sein, seit der ersten Sekunde, als ich sie gesehen habe.«

»Das erklärt einiges.«

»Was soll das denn wieder heißen?«

»Liebe auf den ersten Blick ist ein Konstrukt«, meint Elias gelassen. »Das sind nur Hormone, nur Anziehung. Liebe ist etwas ganz anderes. Aber die ganzen kitschigen Filme haben uns versaut.«

»Du meinst die ganzen kitschigen Filme, die du so liebst?«, schieße ich zurück.

»Genau die.«

»Dann fing es eben mit Anziehung auf den ersten Blick an und wurde dann zu dem Chaos, das es jetzt ist«, stöhne ich frustriert. Adas Tipp, die Gefühle einfach wegzuschließen, klingt gerade ziemlich verlockend. Nur weiß ich, dass es so nicht läuft. Alles, was man wegschließt, kommt wieder hoch. Irgendwann. Und mit Pech ist es dann so viel auf einmal, dass man es nicht mehr überleben kann.

Elias scheint zu spüren, wohin meine Gedanken gehen, denn er fragt: »Kann ich dir was Gutes tun?«

»Halt mich davon ab, ihr zu schreiben und ihr zu sagen, dass ich ungefähr alles tun würde, nur um noch einmal einen Fehler mit ihr zu machen«, gestehe ich und rolle mich auf meinem Sofa zusammen.

Mein bester Freund lächelt und legt die Tagesdecke über mich, die zwar wegen der roten Haare von Mrs King nicht mehr so grün ist wie früher, aber mir das Gefühl von Wärme gibt. »Was hältst du von Popcorn und einem Film?«

»Nur wenn ich dabei weinen darf.«

Demonstrativ stellt er die Taschentuchpackung neben mich. »Dafür bin ich der richtige Mann.«

ADA

»Verräterin!«

Hitze steigt mir in den Kopf, und ich bin sicher, wenn sie noch ein falsches Wort sagt, beginne ich aus den Ohren zu rauchen wie in einem Cartoon.

Willa klettert aus dem Wagen, aber so einfach lasse ich sie nicht davonkommen. »Wie konntest du nur?«, schreie ich sie an.

Meine Freundin weicht meinem Blick aus und hebt die Hände, als wolle sie mir zeigen, dass sie gerade kein Messer mehr hat, das sie mir in den Rücken rammen kann.

»Was ist denn hier los?«, kommt es von Martha, die gerade aus unserer Haustür stolpert und perplex zwischen uns hin und her sieht.

»Wir streiten uns«, erklärt Willa. Viel zu gelassen angesichts der Tatsache, dass sie sich in mein Leben eingemischt hat. Ach, was sag ich, dass sie es mir vermasselt hat. Ich mache einen Schritt auf sie zu und balle die Fäuste. »Ja, weil du eine Verräterin bist.«

Martha kommt näher, macht sich bereit, sich notfalls zwischen uns zu werfen. Allerdings stehe ich nicht darauf, mich zu prügeln, und ich bin mir sicher, dass Willa da nicht mitmachen würde. Sie weicht nicht vor mir zurück, aber es fällt ihr trotzdem schwer, mir in die Augen zu sehen.

»Ich verstehe, dass du das so wahrnimmst«, beginnt sie. »Und ich verstehe, dass du wütend bist …«

»Aber?«, herrsche ich sie an. »Komm schon, Willa, was ist ein guter, plausibler Grund, so eine Scheiße mit einer deiner besten Freundinnen abzuziehen?«

»Möchte mich irgendjemand aufklären?«, fragt Martha, aber keine von uns sieht sie auch nur an.

Willa hebt das Kinn. »Du hast dich nicht an unser Versprechen gehalten. Du hast mich allein gelassen, und …«

»Das ist deine Begründung?«

»Nein, aber …«

»Ich fühle mich etwas deplatziert«, murmelt Martha.

»Sie hat Diez geraten, sich von mir fernzuhalten«, zische ich und lache gleich darauf auf, weil es so absurd ist, dass ich glaube, gleich würde irgendjemand mit dem Handy um die Ecke kommen und laut »Prank!« rufen.

»Das ist eine sehr verkürzte Darstellung der Ereignisse«, sagt Willa so verdammt diplomatisch, dass ich kotzen könnte.

»Okay, und warum?«, fragt Martha.

»Warum was?«, fahre ich sie an.

»Warum hat Willa ihm das geraten?«

Ich sehe zwischen Willa, die sich an mir vorbeischiebt, um unsere Sachen aus dem Wagen zu holen, und der noch immer verwirrten Martha hin und her.

»Weil ich angeblich auf einem Selbstzerstörungstrip bin.«

Willa schweigt, aber ich kann erkennen, wie sie mit einer Hand ihr Handgelenk umklammert, als brauchte sie den Druck auf ihrer Haut, um mich weiterhin ansehen zu können.

Martha zieht die Stirn kraus und nickt dann langsam. »Verstehe.«

Mein Kopf ruckt zu ihr herum. »Was?«

»Ich habe versucht, mit dir zu reden, mehrfach«, setzt sie nach.

»Und ich habe dir gesagt, dass meine Beziehungen dich nichts angehen.«

»Stimmt, ich hab mich eingemischt, und das hätte ich nicht tun sollen. Aber du behandelst die Menschen um dich herum gerade, als wären sie Abfall, und da kann ich nicht einfach danebensitzen und freundlich nicken«, fährt sie auf, und ihre Stimme wird dabei lauter, als wollte sie mich am liebsten so sehr anschreien – wie ich sie anschreien will. Himmel, ich wünschte, sie würde es tun. Ich wünschte, wir würden beide explodieren, bis nichts mehr von unserer Freundschaft übrig bliebe. Das wäre einfacher zu ertragen als dieser Mist. Als diese Angst und dieses Gefühl von Verrat, das jeden meiner Atemzüge schwer macht.

»Das tue ich gar nicht«, schnaube ich. »Martha, sag's ihr.«

Martha öffnet den Mund, aber es braucht etwas, bis sich wirklich Worte formen. »Na ja, also …«

»Fällst du mir jetzt auch noch in den Rücken?«

»Niemand fällt dir hier in den Rücken, aber du bist wirklich nicht gerade die Umgänglichste in der letzten Zeit«, erwidert sie langsam und betont ruhig, als wüsste sie, dass wirklich alles in die Luft fliegt, wenn ihre Stimme auch noch lauter wird.

»Du bist nur noch am Feiern, du trinkst zu viel, du nimmst Drogen und du …«, kommt es von Willa.

»Ich habe mich im Griff.«

»Nein, hast du nicht.«

»Du bist nicht meine verdammte Sozialarbeiterin, Willa.«

Sie atmet einmal tief durch. »Ich weiß.«

»Aber sie hat recht«, meint Martha. »Du bist nur noch am Feiern, nur noch dabei, Party zu machen oder Sex zu haben – alles andere blendest du komplett aus.«

Empört reiße ich den Mund auf. »Das stimmt doch gar nicht.«

»Okay, fair enough. Du bist noch bei deiner Ma«, stimmt Martha zu und wirft einen Blick zu dem Nachbarn, der gerade mürrisch aus dem Fenster zu uns herunterschaut.

»Na also.«

»Aber außerhalb dessen gibt es nur noch Ada beim Feiern. Ada betrunken. Ada …«

»Ihr findet mich also egoistisch?«, fasse ich die Vorwürfe zusammen.

»Nein«, sagt Willa. »Eher destruktiv.«

»Du tust so, als seien wir gegen dich«, stimmt Martha zu.

Ich kann nicht fassen, was hier gerade passiert. Ich kann nicht glauben, dass ausgerechnet die zwei Menschen, die mir am nächsten stehen, so eine gequirlte Scheiße von sich geben. Dass sie mich so wenig verstehen. »Ja, weil sich offenbar sogar meine Freundinnen gegen mich verschworen haben«, murmle ich viel zu leise. Die verdammten Tränen wollen nicht länger warten.

»Ada, wenn wir nicht deine Freundinnen wären, wären wir längst weg …«

»Schon gut, ich verschwinde«, zische ich und schiebe mich an den beiden vorbei.

»Das musst du nicht, lass uns …«

»Du hast schon mehr als genug gesagt, Willa.«

Kapitel 40

Jetzt

DIEZ

... Ich laufe wie in einem Hamsterrad.
Und es gibt keine Möglichkeit hinaus. Niemand, der den Käfig öffnet, egal, wie sehr ich schreie und um Hilfe rufe, es kommt niemand. Und ich weiß, dass es unfair ist, weil ich nicht wirklich nach jemandem rufe. All die Schreie sind nur in meinem Inneren und dringen nicht nach außen.
Niemand sieht das Monster, das sich an meinen Rücken geheftet hat, sondern nur mein Lächeln, wenn ich gefragt werde, ob es mir schon besser geht. Das kann ich noch immer. Lächeln.
Und ich tue es oft, nicht für mich, sondern für die wenigen Menschen, die sich noch durch die Gleichgültigkeit graben können, die mein Herz im Griff hat. Aber auch diese Momente halten nicht lange an. Und ich wünschte, jemand würde endlich diese ganze verdammte Welt anhalten.

Danielle

Meine Mission, mein Leben endlich auf die Reihe zu bekommen, ist schwieriger als erwartet. Ich weiß wirklich nicht, warum ich mir das hier antue.

»Du hast was?«

Mein Vater sieht mich mit diesem Blick an, der mir ziemlich eindeutig signalisiert, dass ich ihm gerade den letzten Rest Hoffnung auf mich genommen habe. Und mit jedem weiteren Wort schlage ich einen neuen Nagel in den Sarg seiner Ehre. »Ich habe das Studium geschmissen.«

Das laute Schnappen nach Luft kommt von meiner Mutter, die sich die Hände vor den Mund schlägt, als würde sie hoffen, dass ich sie so weniger höre.

Über unseren Esstisch gebeugt, funkelt mein Vater mich an. »Nein, das hast du nicht.«

In meinen Gedanken gehe ich noch einmal durch, was ich schon so oft mit Elias geübt und schon so oft mit Ada besprochen habe, als wir noch miteinander geredet haben. Mit zittrigen Fingern ziehe ich den Brief aus der Innentasche meiner Lederjacke und falte ihn auf, ehe ich ihn meinem Vater hinschiebe. »Doch, und damit du nicht versuchst, mich emotional zu erpressen, habe ich hier meine Exmatrikulation.«

Meine Mutter schüttelt den Kopf, ehe sie sich kraftlos auf einen der freien Stühle sinken lässt, als wüsste sie nun, dass sie mich nicht mehr davon abhalten kann, einen Fehler zu begehen.

»Du weißt nicht, was du da tust«, grunzt mein Vater, und die Ader an seiner Schläfe schwillt wieder an.

Irgendwie schaffe ich es, seinem Blick standzuhalten. »Falsch, ich weiß zum ersten Mal, was ich hier tue.«

»Bitte, wir sollten noch mal darüber reden«, versucht es meine Mutter, aber wie so oft wird sie von meinem Vater ignoriert. Ich drehe mich zu ihr und versuche, ein halbes Lächeln zustande zu bekommen.

»Es gibt nichts zu reden, Mamá. Ich will das nicht machen, ich wollte es nie, und Danielle wollte es auch nie.«

Die Erwähnung meiner Schwester sorgt dafür, dass ihr wieder die Tränen in die Augen steigen.

»Du wirfst eine sichere Zukunft weg«, behauptet mein Vater und schlägt auf den Tisch.

Ich zucke nicht mal zusammen. Um ehrlich zu sein, bin ich erstaunt, dass er noch keinen Teller nach mir geworfen hat.

»Nein, ich lasse etwas los, das ich nie wollte, Vater«, brumme ich. »Der Einzige, der etwas verliert, bist du, weil ich nicht mehr versuche, dir irgendwas zu beweisen.«

»Und was bitte willst du stattdessen tun?«

Bei der Frage sieht auch meine Mutter mich an.

»Willst du das wirklich wissen?«, murmle ich etwas leiser.

»Irgendwie wirst du ja künftig für deine Miete aufkommen müssen, wenn deine Eltern dir nicht mehr alles zahlen.« Die Drohung bleibt mir nicht verborgen, aber ich habe sie schon so oft gehört, dass sie ihre Wirkung verloren hat. Ich wusste, was ich hier tue. Ich wusste, was die Konsequenzen sein werden. Aber jede dieser Konsequenzen ist mir lieber, als auch noch den Rest meiner Kraft für das Leben, das ich eigentlich liebe, zu verlieren.

»Keine Sorge«, sage ich überraschend ruhig. »Ich habe mich bereits nach einer neuen Wohnung umgesehen, und im Herbst geht meine Ausbildung los.«

»Eine Ausbildung?«, will meine Mutter wissen, die anders als mein Vater wirkt, als würde es sie tatsächlich interessieren. »Und als was?«

Meine Mundwinkel heben sich etwas. »Ich werde Kfz-Mechatroniker.«

Die Stille, die sich daraufhin in der Küche ausbreitet, fühlt sich an wie die, als mein Großvater am Weihnachtstisch verkündete, er würde nicht die FDP, sondern die Linke wählen. »Das ist doch ein Scherz«, stolpern die Worte aus dem Mund meines Vaters, und ich kann ihn verstehen.

Jahrelang waren Danielle und ich nichts anderes als seine Vorzeigeexemplare. Etwas, das seinen Status noch unterstreicht. Etwas, das ihm Ansehen bringt. Und nun ist eine von uns tot, und der andere hat sich gegen die Bildungselite entschieden, die mein Vater als einzigen Weg sieht, durch das Leben zu gehen.

»Nein, kein Scherz.«

Er starrt mich an. »Du wirfst dein Leben weg.«

»Willst du nicht noch mal drüber nachdenken?« Meine Mutter

greift nach meiner Hand, drückt sie leicht, als wollte sie mir so signalisieren, dass sie irgendwie doch hinter mir steht.

»Nein, ich hab viel zu lange darüber nachgedacht«, sage ich an sie gewandt. »Es fühlt sich richtig an.«

Das Krachen des Küchenregals lässt mich erstarren.

Mein Vater tritt gegen das Holz, zerstampft die fallenden Teller und Gläser und wirft mir einen Blick zu, der eindeutig sagt: Du bist für mich gestorben.

Dann geht er, wie er es immer tut. Hinterlässt Scherben und Angst.

»Lass ihm etwas Zeit, das war einfach … viel für ihn«, murmelt sie und wischt sich über das tränenlose Gesicht. Dieses Mal bin ich es, der nach ihrer Hand greift.

»Und was ist mit dir?«

»Ich kann dir nicht sagen, dass ich deine Entscheidung verstehe«, gibt Mamá zu. »Aber ich werde versuchen, sie zu akzeptieren.«

»Das ist ja schon mal was«, gebe ich zu, und wir müssen beide kurz auflachen, obwohl es gerade nichts gibt, das zum Lachen wäre. Nur zwei Menschen, umgeben von Scherben, die versuchen, ihr Leben wieder zusammenzupuzzeln.

»Diez?«

»Ja?«

»Er liebt dich. Und ich liebe dich auch, aber es ist eben nicht immer alles einfach«, sagt sie leise und blickt zur Tür, als würde sie hoffen, dass mein Vater zurückkommt und sich entschuldigt. Aber das tut er nicht. Das tut er nie.

»Wenn wir ehrlich sind, war es das in dieser Familie noch nie«, hauche ich in die Stille, während meine Mutter weinend an meine Schulter sinkt. »Mamá?«

»Ja?«

»Würdest du dir das hier mal ansehen?«, frage ich und schiebe ihr einen Flyer zu, den Willa mir gegeben hat. Das Gesicht meiner Mutter legt sich in Falten, als würde das Wort *Scheidung* ihr körperlich wehtun. Dann blickt sie an mir vorbei zum Flur, als würde sie erwarten, dass mein Vater jeden Moment auftaucht, um ihr den Flyer aus den Händen zu reißen.

»Könntest du mich hinfahren?«, fragt sie so leise, dass ich für einen Moment fast glaube, mich verhört zu haben.

Dann nicke ich. »Hast du deinen Motorradhelm noch? Denn das Auto kann ich mir jetzt nicht mehr leisten.«

ADA

Fluchend bücke ich mich nach der kleinen Wasserflasche, die meine Hand offenbar nicht mehr halten wollte. Mit einer Mischung aus Wut und Angst betrachte ich meine Hand, aber sie ist wieder ruhig. Kein Zittern, kein Zucken.

Das Klopfen an der Tür sorgt dafür, dass ich genervt mit den Augen rolle, weil ich schon weiß, wer hinter dem Holz steht. »Komm rein.«

Martha stellt mir einen Teller mit frischen Muffins hin, ehe sie die Arme vor der Brust verschränkt. »Ist alles okay?«

»Ja, so wie die letzten drei Male, als du gefragt hast«, grummle ich vor mich hin, ohne von meinem Handydisplay aufzusehen. Inzwischen habe ich so viele Videos vorbereitet, dass ich mich frage, ob ein TikTok-Leben ausreicht, um sie alle zu posten. Aber es lenkt mich ab. Und das ist gerade alles, was ich will. Trotzdem steht Martha noch immer da, sieht mich noch immer an.

»Wenn das so weitergeht, gefriert die Stimmung in dieser WG noch mehr«, sagt sie ernst und nimmt mir das Handy weg, was ich mit einem empörten Aufschrei quittiere. »Los, jetzt sprich schon mit mir!«

»Und was willst du bitte von mir hören?«, frage ich zurück und hole mir das Smartphone wieder. »Du bist doch eh auf Willas Seite.«

»Ada, wir sind nicht mehr im Kindergarten«, stöhnt sie und fährt sich durch die dunklen Haare.

»Fühlt sich aber verdammt danach an.«

Sie denkt einen Moment nach, legt den Kopf schief und schiebt die Augenbrauen zusammen, während sie mich betrachtet. »Wie wäre es, wenn wir uns eine Pizza bestellen, die neue Fitzek-Serie schauen und …«

Schnaufend schüttle ich den Kopf. »Ich hab keine Lust, Willa über den Weg zu laufen.«

»Dann trifft es sich ja gut, dass sie nicht da ist«, sagt Martha fest und sorgt so dafür, dass mein Mund kurz aufklappt.

»Ist sie nicht?«

In den letzten Tagen habe ich mein Zimmer quasi nur verlassen, um meine Blase zu leeren und meinen Magen zu füllen – und beides habe ich erst dann getan, wenn ich mir sicher war, dass ich niemandem begegne.

Marthas Gesicht zuckt kurz. »Euer Streit hat sie ziemlich belastet, also hab ich sie zu Elias geschickt.«

Ich stöhne. »Wolltest du mir etwa ein schlechtes Gewissen machen?«

»Nein, aber hast du eins?«

»Wie schlimm ist es?«

»Keine Ahnung, ich kann schlecht einschätzen, ob sie okay ist, aber sie hat versprochen, es in der nächsten Therapiesitzung anzusprechen. Dennoch, sie trägt das Gummiband jetzt wieder dauerhaft.«

Ich weiche ihrem Blick aus, weil ich spüre, wie mein Magen sich zu einem schmerzhaften Knoten zusammenzieht. »Super, jetzt habe ich wirklich ein schlechtes Gewissen.«

»Ihr könnt euch nicht ewig streiten«, setzt Martha nach. »Nicht nur, weil ihr zusammenwohnt, euch ein Bücherregal teilt und euch liebt – sondern auch, weil es mich wirklich anstrengt, zwischen euch hin und her zu springen wie ein Gummiball.«

»Ich glaube, ich habe vergessen, wie man es schafft, nicht zu streiten«, gebe ich zu. Ich will mich vertragen.

Verdammt, ich vermisse Willa mehr, als ich zugeben kann. Aber alles in mir ist wie ein verdammtes Knäuel, das durch Trotz zusammengehalten wird. Ja, ich habe mich nicht gerade nett verhalten. Ja, okay, sie hat oft mitbekommen, wie ich Diez nicht gerade nett behandelt habe. Aber sie hatte keine Ahnung, wie es in mir ausgesehen hat. Wie es noch aussieht.

»Okay«, lenkt Martha ein. »Also Pizza und *Die Therapie?*«

»Du tust dir freiwillig eine deutsche Serie mit mir an?«

Martha lacht auf. »Da kannst du mal sehen, wie sehr ich dich liebe.«

Irgendwie ist es dieser Satz, der den Knoten wieder etwas löst und mir das Gefühl gibt, dass nicht nur ich Willa verzeihen werde, sondern dass auch sie mir verzeiht. Ich nicke. »Okay, ich bin gleich da.«

»Gut, ich bestell schon mal«, meint sie und steht auf.

»Martha?«

»Ja, ich weiß: Extrakäse«, will sie abwinken, bleibt aber dennoch stehen.

»Nein, ich meine …« Mein Atem stockt. »Ich glaub, ich bin so wütend, weil ich jetzt bereit war.«

Verdutzt stoppt sie in ihrer Bewegung. »Bereit?«

Meine Lippen zittern, als ich nicke. »Bereit, Diez und mir eine Chance zu geben.«

Martha öffnet den Mund, dann schließt sie ihn wieder und nimmt mich in den Arm.

Kapitel 41

4 Monate zuvor

ADA

Ada
Ich hab ein verfrühtes Weihnachtsgeschenk für dich.

Diez
Wir schenken uns etwas?

Ada
Jetzt schon.

Diez
Und womit habe ich das verdient?

Ada
Damit, dass wir beide etwas brauchen, um die Feiertage zu überstehen.

Diez
Okay, ich bin dabei. Wann sehen wir uns?

Der Bus ruckelt, und ich muss mich festhalten, um nicht nach vorn zu fallen. Dennoch schaue ich lächelnd aus dem Fenster, während wir durch Frankfurt fahren.

Die Sonne strahlt vom kalten blauen Himmel herab. Ich sehe die glitzernde Skyline der Stadt, wie sie majestätisch in den Himmel ragt, als wollte sie so weit es geht nach oben greifen. Die Straßen sind von kahlen Bäumen gesäumt, deren Äste im sanften Wind knarzen. Der Geruch von Erde liegt in der Luft, vermischt sich mit dem Geruch von Arbeit und Schweiß im Bus. Ich höre das Summen der Stadt, das Rauschen des Verkehrs und das Lachen der Menschen. Und das lauter werdende Klopfen meines Herzens, wenn ich zur Seite in seine Augen schaue.

»Womit habe ich denn jetzt eine Überraschung verdient?«, will Diez wissen.

»Musst du sie denn verdient haben?«

»Da, wo ich herkomme, geht es immer darum, irgendwas zu verdienen«, meint er scherzend, aber ich weiß, dass hinter dem Witz eine Wahrheit liegt, vor der man sich fürchtet. Ich will mir gar nicht vorstellen, wie oft sein Vater so etwas wie Zuneigung an eine Bedingung geknüpft hat. Trotzdem versuche ich, seinen Scherz aufzunehmen: »Du meinst, du bist ein Snob?«

»Nein, meine Eltern sind Snobs, das ist ein ziemlicher Unterschied«, erwidert er.

»Manchmal sind Menschen einfach so nett, wenn sie einen mögen«, sage ich grinsend und versuche zu ignorieren, dass mir gleichzeitig schlecht ist und Adrenalin durch meine Adern rauscht.

»Oh, du magst mich?«, will Diez mit einem Grinsen wissen. Ein Grinsen, das seine Augen leuchten lässt. Das mein Herz zucken lässt. Ein Grinsen, für das sich der ganze Tag jetzt schon gelohnt hat.

»Ja, aber ich mag ziemlich viele Dinge.«

Gespielt enttäuscht schüttelt er den Kopf, wobei die inzwischen etwas zu lang gewordenen Haare ihm vor die Augen fallen. »Super, ich bin also Popcorn mit Käsesoße in menschlicher Form.«

»Ugh«, stöhne ich. »Das ist der schlimmste Vergleich der Welt.«

Er zuckt mit den Schultern. »Na ja, du hast die schlimmsten Essgewohnheiten der Welt.«

»Vielleicht überleg ich mir das mit der Überraschung noch mal«, scherze ich und stoße ihn mit der Schulter an.

Einen Moment schweigen wir, dann spricht er den Elefanten an, der irgendwie mit uns in den Bus gestiegen ist. »Wie geht's deinem Dad?«

»Ich hatte gehofft, wir könnten dieses Thema noch etwas vermeiden«, murmle ich vor mich hin.

»So schlimm, ja?«

»Es wurde gerade wieder besser, und ich dachte wirklich, dass er es noch einmal schaffen könnte«, gestehe ich. Doch die Hoffnung ist wie eine getrocknete Blume, sie zerbröselt in deinen Händen, sobald du sie zu greifen versuchst.

»Tut mir leid.«

»Ja, allen tut es ständig leid. Nur der verdammten Krankheit tut es nie leid«, gebe ich zurück. »Und wie furchtbar ist es mit deiner Familie?«

»Na ja, mein Vater geht mir aus dem Weg, was ich positiv sehe – immerhin kann er mich so nicht erwürgen«, kommentiert er und schiebt die Hände in die Hosentaschen.

»Klingt, als könntest du meine Überraschung wirklich gebrauchen.«

»Es hätte mir auch gereicht, dich einfach nur zu sehen«, meint er etwas leiser. Irgendwie ernster, als sei es ihm wichtig, dass ich es verstehe. Und irgendwo in mir wollte ich, dass er so etwas sagt. Und gleichzeitig hatte ich Angst davor. Habe Angst vor dem, was es bedeuten kann und was ich fühlen könnte, wenn er mich weiter mit seinen braunen Augen so ansieht. Also straffe ich die Schultern, gebe mich gelassen und hoffe, dass er nicht bemerkt, wie sehr sein Duft meine Knie weich werden lässt. »Pass bloß auf, ich reagiere allergisch auf Kitsch.«

»Tust du das?«

»Auf jeden Fall.«

»Und was ist dann tanzen im Regen?«

»Das ist kein Kitsch, das ist eine altbewährte Tradition«, behaupte ich. »Und wir müssen hier raus.«

Die Türen öffnen sich, und wir nehmen die große Stufe. Um ihm nicht in die Augen zu sehen, gehe ich unbeirrt vor und warte nicht darauf, dass er zu mir aufgeschlossen hat. Erst vor dem großen rostigen Eingangsschild bleibe ich wieder stehen.

Die Verwirrung hat Diez' Stirn in Falten gelegt. »Was wollen wir denn bitte bei einer Müllhalde?«

»Schrottplatz«, verbessere ich ihn und grinse.

DIEZ

Ich kann es nicht fassen.

Ada grüßt den Mann am Eingang, fragt, in welche Richtung wir müssen, und geht vor, als sei es das Normalste der Welt, hier zu sein.

Ich lasse den Blick über das Gelände schweifen. Überall um mich herum sehe ich Berge aus Metallschrott, alte Autowracks und verrostete Maschinen. Der Geruch von Öl und Rost liegt in der Luft und kitzelt meine Nase.

Die Farben sind gedämpft, Grau und Braun dominieren das Bild. Die Sonne wirft ihre Strahlen auf die metallenen Oberflächen, die im Licht glänzen und reflektieren.

Es fühlt sich an, als wären wir auf einem Friedhof.

Selbst die Luft um uns herum fühlt sich nach Verfall und Vergänglichkeit an. »Ist das dein Ernst?«, platzt es aus mir heraus.

Ada dreht sich halb zu mir herum. »Sehe ich aus, als würde ich scherzen?«

Ich folge ihr weiter.

Eine andere Wahl habe ich auch nicht, denn zwischen den Bergen von Schutt und Metall würde ich mich allein wahrscheinlich verlaufen.

Je weiter wir gehen, desto mehr gewöhne ich mich an den Anblick. Die verschiedenen Formen und Materialien der alten Fahrzeuge erzählen Geschichten von vergangenen Zeiten. Ich betrachte die verbeulten Karosserien, die rostigen Details und die zerbrochenen Fensterscheiben.

Und mittendrin Ada, die selbst an einen Ort wie diesen noch Farbe bringt. Und sei es nur mit ihrem Lächeln.

Stolz bleibt sie vor einem Wagen stehen. »Tadaaa!«, ruft sie aus, was mich nur noch mehr verwirrt.

Der alte BMW steht einsam und verlassen inmitten der anderen ausrangierten Fahrzeugteile. Erbarmungslos scheint die Sonne auf das rostige Blech, das einst stolz und glänzend war. Vor langer Zeit war es wahrscheinlich ein schöner Wagen, doch was von ihm übrig geblieben ist, erinnert mich zu sehr an den Zustand meiner eigenen Seele.

Und ich glaube, dass Ada genau das weiß.

Sie betrachtet meinen Blick amüsiert, während sie mir etwas reicht. »Das, das kann ich nicht …«, stoße ich aus, greife aber dennoch zu. Der Vorschlaghammer ist schwer, liegt aber trotzdem gut in meiner Hand.

Mein Blick wandert über die verblasste Lackierung, die nun von Rissen und Kratzern übersät ist. Der früher strahlende Kühlergrill ist von Schmutz und Staub bedeckt. Die Scheinwerfer sind trüb geworden, ihre ehemals leuchtenden Augen sind nun stumpf und ausdruckslos. Die Karosserie des Wagens ist von einer tiefroten Farbe, die im Sonnenlicht lebendig schimmert. »Okay, ich gebe zu: Es ist nicht das Auto deines Dads, aber ich denke, es wird dir trotzdem guttun.«

»Was wird mir guttun?«

»Du hast den Hammer doch schon in der Hand, ich denke, der Rest ist selbsterklärend«, meint sie fast schon unschuldig, als habe sie mir nicht gerade gesagt, ich solle mutwillig ein Auto demolieren.

»Aber wieso?«

»Das Auto kommt eh in die Schrottpresse«, erklärt sie schulterzuckend, obwohl ich weiß, dass es nicht die ganze Wahrheit ist. Die Wahrheit wäre, dass sie sich daran erinnert hat, wie gern ich das

Auto meines Vaters kaputt schlagen würde. Wie gern ich den ganzen angestauten Frust und den aufkeimenden Hass rauslassen würde. Darum sind wir hier. Weil Ada weiß, wie schwer es ist, all das irgendwo in mir zu vergraben. Weil sie es versteht. Vielleicht besser als die meisten Menschen auf dieser Welt …

Ich mache einen Schritt nach vorn.

Die Scheinwerfer sind klar und unbeschädigt, als würden sie noch immer den Weg erhellen wollen. Ich kann mir vorstellen, wie dieses Auto einst mit Stolz über die Straßen fuhr, seine Insassen sicher ans Ziel brachte und bewundernde Blicke auf sich zog. Insassen wie meinen Vater. Menschen wie mein Vater. »Ich kann so was nicht«, murmle ich, weil ich fühle, wie sich alles in mir sträubt.

Ada legt lächelnd eine Hand auf meine Schulter. »Würde es dir helfen, wenn ich anfange?«

»Du hast echt keine Hemmungen, oder?«

»Irgendwo müssen wir mit unserer Wut hin«, sagt sie gelassen, dann dreht sie sich um, und so plötzlich, dass mir die Luft wegbleibt, tritt sie gegen den Außenspiegel. Mit offenem Mund sehe ich zu, wie er einen halben Meter neben dem Auto landet. Ada grinst über das gesamte Gesicht.

»Siehst du, gar nicht so schwer …«

Obwohl ich noch immer nicht weiß, wie ich mich damit fühle, heben sich auch meine Mundwinkel an. »Okay.«

Ich atme tief ein und konzentriere mich darauf, meine Emotionen zu kanalisieren. Ich sehe meinen Vater vor mir. Die Ader an seiner Schläfe, die bedrohlich pocht, als sei alles, was ich tue, eine einzige große Enttäuschung.

Dann hebe ich den Hammer hoch über meinen Kopf. Noch einmal blicke ich zu Ada, als wollte ich sichergehen, dass sie es sich nicht noch mal anders überlegt hat.

Dann trifft der Hammer auf das Metall.

Lack platzt ab. Die Delle ist so massiv, dass ich für einen Moment glaube, es übertrieben zu haben.

»Ja, gib's ihm!«, feuert Ada mich an.

Und das tue ich. Mit jedem Schlag des Vorschlaghammers auf das Auto spüre ich, wie die Anspannung in meinem Körper nachlässt. Ada steht neben mir und unterstützt mich, indem sie selbst immer wieder gegen das Auto tritt. Wir klettern auf das Dach, springen auf die Motorhaube. Das Glas der Frontscheibe zersplittert, als ich den Hammer dagegenwerfe.

Immer und immer wieder.

Klirrendes Metall. Platzende Scheiben.

Und pure Erleichterung.

»Fuck«, stöhne ich und wische mir über die Stirn. Mein Shirt klebt mir wie eine zweite Haut am Körper, aber das Lächeln ist echt.

»Jetzt sag mir, dass das nicht die beste Idee der Welt war«, schnauft Ada, ebenso aus der Puste wie ich. Und dieses Mal halte ich mich nicht zurück. Ich ziehe sie in meine Arme, suche ihren Blick. »Du bist die Beste.«

Sie schluckt kaum merklich. »Ich weiß.«

»Ada, ich glaube, ich …«

»Shhh«, macht sie und drückt ihre Lippen kurz auf meine. »Schwing noch mal den Hammer für mich, Baby.«

Kapitel 42

4 Monate zuvor

Ada
Ich bin neidisch.

Diez
Worauf?

Ada
Weihnachten in Deutschland ist deprimierend. Es regnet, statt zu schneien. Alles ist grau und matschig, und es gibt nicht mal so was wie Sternensänger.

Diez
Da die Weihnachtszeit hier bis zum 6. Januar geht, könntest du noch schnell nachkommen.

Ada
Weihnachten in Spanien klingt nach dem Urlaub, den ich brauche.

Diez
Meine Großeltern würden dich lieben.

Ada
Ich weiß nicht, vielleicht würden sie auch merken, was für ein schlechter Einfluss ich bin.

Diez
Mein liebster schlechter Einfluss.

Ada
Ich fürchte, ich habe meinen Weihnachtswunsch schon aufgebraucht.

Diez
Wie ist es, deinen Dad wieder zu Hause zu haben?

Ada
Es ist anders.
Kennst du das Gefühl, wenn du weißt, du bist zum letzten Mal an einem Ort? Du kannst nicht genau sagen, warum, aber du weißt, dass du diese Chance nicht noch mal bekommst.

Diez
Es geht ihm also nicht besser?

Ada
Nach dem Essen bringen wir ihn wieder ins Krankenhaus. Das Atmen fällt ihm einfach zu schwer.

Diez
Fuck.

Ada
Schon okay, alles, was ich wollte, war, ein letztes Mal als Familie *Aschenbrödel* zu schauen. Das nächste Mal bitte ich das Universum um etwas mehr als das.

Diez
Das nächste Mal gebe ich dir meinen Weihnachtswunsch.

Kapitel 43

Jetzt

ADA

Wir haben uns heute hier versammelt, um eure Freundschaft endlich wieder auf die Kette zu bekommen«, beginnt Martha und breitet die Arme aus, als seien wir in einer Kirche oder so was. »Zu Beginn tragt bitte beide eure Entschuldigungen vor.«

Sie sieht zu mir. Was mich ärgert, weil ich versucht habe, in Willas Gesicht zu erkennen, wie sie es findet, dass unser Wohnzimmer von Martha in eine ganz eigene Selbsthilfegruppe umfunktioniert wurde. Herr Fitzek liegt zusammengerollt in seinem Körbchen, das zwischen unseren drei Stühlen steht. Sein Schnarchen bildet einen seltsamen Kontrast zu der dicken Luft um uns herum.

»Ada?«

Ich räuspere mich unbehaglich.

Willa hat die Arme vor ihrer Brust verschränkt und sieht mich mit einer Mischung aus Angst und Unwillen an. Vielleicht auch etwas Bedauern, so genau kann ich das nicht sagen. Denn vielleicht will ich das Bedauern in ihren Augen nur sehen, weil es mir selbst so schwer im Magen liegt. Ich halte den kleinen Zettel etwas höher und konzentriere mich darauf, die Worte vorzulesen. »Es tut mir leid, dass ich es auf dem Festival übertrieben habe«, sage ich und versuche, dabei nicht zu sehr mit den Zähnen zu knirschen. »Und dass ich dich allein gelassen habe, obwohl ich wusste, dass es dir damit nicht gut geht.«

Willa nickt. »Danke für deine Entschuldigung«, sagt sie und sieht dann auf ihren kleinen Zettel. »Mir tut es leid, dass ich mich eingemischt habe. Ich hatte kein Recht dazu, mich in deine Beziehung einzuklinken und den Frust, den ich gespürt habe, auf Diez zu übertragen.«

Martha sieht mich auffordernd an.

»Danke«, murmle ich.

»Und es tut mir leid, dass er einfach gegangen ist«, fährt Willa fort. »Auch wenn ich ihn dazu ermuntert habe. Ich glaube, mir war nicht klar, wie sehr dich das verletzen würde.«

»Ich glaube, das war mir selbst auch nicht klar«, gebe ich zurück. Und bemerke erst jetzt, wie wahr das ist. Bisher ist Diez immer wiedergekommen. Egal, wie oft ich ihn weggestoßen habe. Egal, wie oft ich ihm gesagt habe, er solle sich fernhalten. Er war immer da. Und irgendwie habe ich wohl angefangen, das als selbstverständlich zu betrachten.

Willa lässt die Arme sinken, beugt sich etwas nach vorn. »Hat er sich denn inzwischen wieder gemeldet?«

Ich schüttle den Kopf. »Keine Ahnung, was ich machen soll.« Meine Stimme ist kaum mehr als ein Hauchen, seltsam brüchig, als würde all der Druck dafür sorgen, dass meine Stimmbänder rissig und spröde werden.

Martha rückt auf ihrem Stuhl näher an mich heran, und auch Willa kommt zu mir. Sie sehen die Tränen, noch ehe sie auf meinen Zettel tropfen. »Du könntest dich bei ihm entschuldigen«, meint Martha aufmunternd.

»Ich fürchte, nach dem hundertsten Mal verliert das seine Wirkung.«

»Na ja, aber auf einen Versuch könntest du es ankommen lassen, oder?«, sagt Willa und lächelt mich an. Bis eben war mir gar nicht klar, wie sehr ich es vermisst habe, von ihr bestärkt zu werden.

»Und was mache ich, wenn er nicht mit mir reden will?«

»Dann wirst du das akzeptieren müssen«, antwortet sie, aber da ist kein Vorwurf in ihrer Stimme. Keine Ermahnung, dass ich eben auf sie oder Martha hätte hören sollen, nur ein Mitgefühl.

»Und wenn ich das nicht kann?«

»Das ist dann nicht deine Entscheidung.«

»Genau deswegen mag ich dieses ganze Ding mit den Beziehungen und den Bindungen nicht«, schnaube ich.

»Ada, ich liebe dich. Aber komm von deinem Egotrip runter. Er hat jedes Recht, wütend auf dich zu sein, und wenn du tatsächlich etwas mehr von ihm willst als nur die Aufmerksamkeit, die er dir schenkt, solltest du anfangen, ihn mit Respekt zu behandeln«, sagt Martha etwas schärfer.

»Autsch.«

»Tut mir leid, Sis. Jemand muss es dir sagen.«

Willa reicht mir ein Taschentuch, damit ich mein restliches Make-up nicht versaue. »Danke.«

»Nicht dafür. Du kannst jederzeit Bescheid geben, wenn du noch einen Arschtritt brauchst«, kommentiert Martha, und Herr Fitzek bellt im Schlaf, als würde er ihr zustimmen.

»Vorerst ist mein Bedarf gedeckt, danke.«

»Er geht noch immer in die Selbsthilfegruppe«, sagt Willa und sieht mich an. »Und vielleicht würde es dir guttun, das ebenfalls zu tun.«

»Du meinst, weil ich mich da bei ihm entschuldigen kann?«

»Ich meine, dass du, wenn du es ernst meinst mit der Entschuldigung, anfangen kannst, dort an dir zu arbeiten – und ja, okay, auch weil er dann da ist«, stellt sie klar.

»Wieso habe ich das Gefühl, dass du dich irgendwie freust, einen Weg gefunden zu haben, mich in die Gruppe zurückzuschicken?«

Willa lacht auf. »Merkt man mir das so sehr an?«

»Nur wenn man dich gut kennt.«

»Ich hab dich vermisst«, gibt sie zu.

»Ich dich auch.«

Und dann drückt sie mich an sich, als sei endlich wieder alles okay zwischen uns. Vielleicht ist es das auch. Zumindest für den Moment.

DIEZ

Willa reicht die Taschentuchpackung an Ina, tätschelt ihre Schulter und scheint sich nicht im Mindesten unwohl damit zu fühlen, einfach da zu sein.

Im Gegensatz zu mir. Ich rutsche unbehaglich auf meinem Stuhl hin und her, weiß nicht, ob ich Ina ansehen soll oder lieber einen Punkt irgendwo hinter ihr fixiere. Eines der Plakate, auf denen Sprüche stehen wie »Du bist nicht allein« oder »Wir sind in den dunkelsten Stunden für Sie da«, eben all die Dinge, die Menschen sagen, wenn sie glauben, dass es hilft, aber niemand weiß so richtig, was sie eigentlich bedeuten.

Inas Stimme bricht fast. »… Manchmal drehe ich mich um und denke, er steht hinter mir. Und dann ist da niemand, nur eine Leere …«

»Ist okay«, murmelt Willa und drückt sanft Inas Knie. »Lass es raus.«

»Irgendwie ist es doch auch schön, oder?«, meint Herbert.

Inas Kopf ruckt hoch. »Was?«

»Dass wir nicht vergessen.«

»Stimmt«, sage ich unüberlegt, denn nun sehen alle Augen zu mir. Ina trocknet ihre Tränen, betrachtet mich, als würde sie darauf warten, dass ich weiterspreche, aber um ehrlich zu sein, habe ich keinen blassen Schimmer, was ich sagen soll.

»Möchtest du darüber reden, wie sich der Verlust für dich anfühlt?«, will Willa dann auch noch wissen, und mir wird klar, dass nun wohl der Moment gekommen ist, in dem ich vom Zuhörer zum Redner werde. Vielleicht war es längst überfällig, aber jetzt gerade habe ich das Gefühl, jeden Moment von allem überrollt zu werden, was ich sonst hinter ein paar Sprüchen und meinem Grinsen verstecke.

»Ich bin Diez«, sage ich und versuche, nicht darauf zu achten, wie sehr meine Hände zittern.

»Das wissen wir, Mann«, sagt Herbert, aber er grinst. Es ist mehr eine Erinnerung daran, dass wir schon länger in der Gruppe sind und ich nicht so tun sollte, als wäre niemandem aufgefallen, dass ich wenig über mich rede – und lieber über andere. Also straffe ich die Schultern, atme tief durch und spreche es aus: »Ich habe meine Schwester verloren. Suizid.«

Ein kurzes Raunen geht durch die Gruppe, aber Willa nickt mir aufmunternd zu, als sei sie stolz darauf, dass ich es nach all der Zeit endlich schaffe, es auszusprechen.

Herbert sieht mich an. »Was ist passiert?«

Diese Frage habe ich mir schon oft gestellt.

Jedes Mal, wenn ich nachts wach liege.

Jedes Mal, wenn ich in ihrem Zimmer stand.

Jedes Mal, wenn mein Leben einfach weiterging und mir bewusst wurde, dass ihres stehen geblieben ist.

»Ich bin mir nicht sicher«, gestehe ich. »Obwohl es das nicht trifft, ich weiß, wie es passiert ist …« Meine Stimme bricht. »Ich kenne das Wie, aber nicht das Warum.«

Willa reicht nun mir die Taschentuchpackung.

Alle warten. Aber es ist kein ungeduldiges Warten, vielmehr versuchen sie mir den Raum zu geben, den ich mir vorher nie genommen habe. Also spreche ich weiter.

»Und seitdem es passiert ist, suche ich danach. Nach dem Warum, meine ich. Weil ich es einfach nicht verstehe.«

»Wir können nicht in Menschen hineinsehen«, sagt Willa sanft. »Die meisten sind gut darin, ihre wahren Gefühle und Gedanken vor anderen zu verstecken, auch vor denen, die ihnen am nächsten sind.«

»Aber sie hätte doch mit mir reden können«, platzt es aus mir heraus. »Ich wäre doch für sie da gewesen, hätte sie mich nur gelassen.«

»Vielleicht wollte sie das aber nicht«, meint Ina leise.

»Aber ich bin … war ihr Bruder.«

»Manchmal ist es am schwersten, zu den Menschen zu gehen, die man am meisten liebt«, sagt Willa und lächelt sanft, auf diese Art, die mir zeigen soll, dass ich wütend sein darf. Aber ich will gar nicht wütend sein. Wieso sollte ich auf jemanden wütend sein, der sich selbst und sein Leben so unerträglich fand? Wie könnte ich wütend darauf sein, dass Danielle es getan hat? Die einzige Person, die meine Wut verdient hat, bin ich selbst.

»Ich will es nur verstehen«, sage ich und schnäuze mich, ehe ich die Gruppe ansehe. Die meisten von ihnen haben Menschen verloren, aber auf eine andere Art als ich.

»Würde das denn etwas ändern?«

Die Frage reißt mich aus dem Strudel meiner Gedanken. »Was?«

»Würde es etwas für dich verändern?«, fragt Willa noch einmal.

»Möglich, keine Ahnung«, gestehe ich. »Vielleicht würde es dafür sorgen, dass ich nicht mehr wütend bin.«

»Warum bist du wütend?«

Niemand hier kann es verstehen. Sie alle haben Menschen aus nachvollziehbaren Gründen verloren. Es war nicht ihre Entscheidung, es waren Krankheiten, Unfälle. Dinge, die nichts damit zu tun haben, dass man es hätte verhindern können. Sie tragen keine Schuld an ihrem Verlust, sie …

»Weil sie mich allein gelassen hat, weil sie nicht zu mir gekommen ist. Weil sie diese Entscheidung getroffen hat, ohne daran zu denken, was aus mir wird, aus unserer Mutter«, stolpern die Worte aus meinem Mund, noch ehe ich es verhindern kann. Bis eben war mir nicht mal klar, dass ich diese Gedanken habe, so tief in mir vergraben.

»Und aus deinem Vater?«, will Herbert wissen.

Ich schüttle den Kopf. »Für ihn ist es anders.«

»Was meinst du damit?«

»Er trauert nicht um sie, er versucht nur, jede Erinnerung an diese Schande auszulöschen, als habe Danielle es nicht mehr verdient, Teil unserer Familie zu sein«, sage ich mit heiserer Stimme und knülle das tränennasse Taschentuch zusammen.

»Hat er das gesagt?«, hakt Willa nach.

»Nein, zumindest nicht so.«

»Ich glaube, es würde dir helfen, es zu verstehen«, stimmt Ina zu und lehnt sich in ihrem Stuhl zurück. »Immerhin habe ich eine Antwort, etwas, an das ich mich festklammern kann. Aber wenn ein Mensch, den man liebt, einfach von einem Tag auf den anderen … weg ist, dann steht man mit all diesen Gedanken allein da.«

»Hat sie dir denn nichts hinterlassen? Keinen Brief?«, fragt Herbert nach.

»Nein, aber …« Ich schlucke. »Ich habe ihr Tagebuch gefunden.«

Alle richten sich auf. »Und?«

Perplex lasse ich den Blick durch die Runde schweifen und schüttle den Kopf. »Ich habe es nicht gelesen«, entgegne ich schnell, ohne zu wissen, was ich davon halten soll, dass sich in ihren Gesichtern nun so etwas Ähnliches wie Enttäuschung spiegelt.

»Warum nicht?«

»Weil es sich nicht richtig anfühlt«, stoße ich aus.

»Ist es das, oder hast du Angst vor dem, was du erfahren könntest?«, will Willa wissen.

»Beides, schätze ich.«

»Wenn dich das Warum so quält, solltest du es lesen«, meint Herbert, als sei es glasklar, was ich tun muss, um aus dem Loch, in dem ich mich befinde, herauszukommen.

»Aber sie hat es nicht für mich geschrieben, sondern für sich selbst«, halte ich dagegen.

»Ja, aber sie hat es geschrieben – also wusste sie, dass es vielleicht jemand findet und liest«, meint Ina nachdenklich.

»Und selbst wenn nicht«, grunzt Herbert. »Sie ist tot. Ihr Leid ist vorbei, aber deins nicht. Denkst du nicht, sie hätte gewollt, dass du nicht leiden musst?«

Darauf habe ich keine Antwort.

Denn manchmal glaube ich, dass selbst die Welt mich bestrafen will, ohne dass ich weiß, wofür.

Kapitel 44

3 Monate zuvor

ADA

»Schau mal, was ich hier habe, Paps!«, rufe ich aus, als ich das Krankenzimmer betrete. »Okay, ich war zu spät dran für die Special Edition – aber immerhin haben wir jetzt ein neues Buch, das wir lesen können.«

Ich halte den neuesten Fitzek hoch, als sei er ein Allheilmittel, aber mein Vater reagiert kaum. Stattdessen sehen mich der Pfleger Jordan und meine Mutter an. Nur ist es nicht ihr Ausdruck, der meinen Blick gefangen hält, sondern der meines Vaters. Sein Gesicht ist blass und von Schläuchen umgeben, die ihn mit all den Maschinen verbinden, von denen ich nicht weiß, was sie zu bedeuten haben. Nur eines weiß ich.

Etwas ist anders.

Anders als sonst.

Schlimmer.

Meine Mutter sitzt am Bett, hält seine Hand, und ihr Blick lässt all meine Hoffnung verlöschen. Die Geräusche der Monitore und das Summen der medizinischen Geräte erfüllen den Raum.

»Paps?« Meine Stimme klingt nicht nach mir, nicht nach der erwachsenen Frau, die ich bin, sondern nach dem kleinen Kind, das früher auf seinem Rücken geritten ist.

»Die neuen Schmerzmittel sind ziemlich heftig«, erklärt Jordan mir mit einem halben Lächeln, das mich wohl beruhigen soll, aber so ziemlich das Gegenteil bewirkt.

»Und was heißt das? Wacht er nicht mehr auf?«

Ein Beben geht durch meinen Körper.

»Er ist in einer Art Dämmerzustand«, stimmt Jordan mir mehr oder weniger zu.

»Es ist besser so«, erklärt meine Mutter.

Doch ich höre nur, dass sie aufgegeben hat.

Sie hat meinen Vater aufgegeben.

Sie hat unsere Familie aufgegeben.

Einfach so.

»Ich brauch einen Kaffee«, höre ich ihre Stimme, aber ich kann nicht darauf reagieren, kann sie nicht mal ansehen. Kann nichts anderes tun, als auf die fahle Haut zu blicken. Auf die geschlossenen Lider. »Ada?«

Schluckend nicke ich. »Okay.«

Dann geht sie, nimmt Jordan mit, und wir sind allein.

»Soll ich dir trotzdem etwas vorlesen?«

Keine Antwort, natürlich nicht.

»Du kannst mich noch hören, oder?«, frage ich und lehne mich an das Bett. »Du weißt, dass ich noch hier bin, oder?«

Keine Antwort.

Nur mein verzweifeltes Herz, das mit jedem Summen der Maschine etwas mehr in sich zusammenfällt. Kraftlos lasse ich mich auf das Bett sinken. Meine Hand tastet nach seiner, hält sie fest, wie es eben noch meine Mutter getan hat. Nein, anders. Ich halte seine Hand, als hätte ich Angst davor, jemand würde sie mir entreißen. »Du darfst noch nicht gehen, Papa«, hauche ich zitternd. »Bitte, wir müssen doch noch das Buch lesen und …«

Plötzlich durchzuckt ein Alarm den Raum, und der Herzmonitor zeigt einen plötzlichen Abfall an. Ich verstehe nicht, was hier gerade passiert. Kann nicht glauben, was ich sehe. Die Tür wird aufgerissen, und ich umfasse die Hand meines Vaters noch fester. Panik erfasst mich, als ich die Ärzte herbeieilen sehe.

Ihre Gesichter sind seltsam verschwommen. Alles ist verschwommen.

Meine ganze Welt dreht sich nur noch um das schreckliche

Piepen. Jemand ruft etwas. Eine junge Ärztin sagt etwas. Aber ich kann sie nicht verstehen. Das Piepen ist zu laut.

»Helfen Sie ihm«, wimmere ich. »Bitte helfen Sie ihm.«

Die Ärztin nickt.

Mehr Rufe.

Mehr Menschen.

Jemand zieht mich vom Bett weg, reißt meine Hand von Papas los. »Helfen Sie ihm …«

Sie eilen herbei und beginnen sofort mit der Wiederbelebung meines Vaters. Mein Herz rast vor Angst, während ich hilflos danebenstehe.

Die Zeit scheint stillzustehen, während ich bete und hoffe, dass er diesen Kampf gewinnen wird. Nur noch dieses eine Mal. Nur noch dieses eine Buch, bitte.

Wir müssen nur noch dieses Buch zusammen lesen.

Nur noch einmal.

Jeder Moment fühlt sich wie eine Ewigkeit an, als ich zwischen Hoffnung und Verzweiflung hin- und hergerissen bin. Und dann höre ich die Stimme meiner Mutter.

»Hören Sie auf.«

Alles im Raum wird ruhig.

»Nein«, rufe ich aus. »Nein, Ma. Bitte, sie müssen ihm helfen. Sie müssen ihn retten.«

Meine Mutter sieht mich an. Eine einzelne Träne rinnt über ihre Wange, als sie den Kopf schüttelt. »Das ist nicht das, was er wollte, Ada …«

Und das ist der Augenblick, in dem ich begreife, dass niemand ihm mehr helfen wird. Ich sacke in die Knie, kann spüren, wie meine Mutter mich auffängt, mich an sich drückt und sachte hin und her wiegt. »Ist schon okay, es ist alles okay.«

Aber nichts ist okay.

Und nichts würde je wieder okay werden, wenn mein Papa nicht wieder aufwacht.

DIEZ

Ich lege *Nebelschimmer* auf dem kleinen Nachttisch ab und schnappe mir stattdessen eine der kleinen bunten Flaschen. Obwohl ich gerade bei der Hälfte des Buchs stecke, kann ich verstehen, was Ada meinte. Es hilft, sich für eine gewisse Zeit mit anderen Dingen zu beschäftigen, mit Problemen, die nicht die eigenen sind und das eigene Leben weniger schwer machen.

Mir geht langsam der Nagellack aus.

Oder besser gesagt, die Vorräte von Danielle. Ihre Lieblingsfarbe lässt sich kaum noch auf die porösen Nägel auftragen, und egal, wie viel Mühe ich mir gebe, es sieht unordentlich aus. Schließlich gebe ich es auf, stelle die Flasche zur Seite und sage: »Entschuldige, offenbar muss ich den Farbton noch mal besorgen. Meinst du, du schaffst es zwei Tage mit nur einer lackierten Hand?«

Danielle schweigt, wie sie es immer tut.

»Das fasse ich einfach mal als Ja auf.«

Noch einmal betrachte ich ihre Hand mit den schlecht lackierten Nägeln. »Nein, ich werde auf jeden Fall kein Nagelstudio eröffnen …«

Meine Schwester zeigt keine Reaktion. Früher hätte sie mich ausgelacht, mir gesagt, dass ich jetzt vielleicht wertschätze, wie schwierig dieser Job ist, und die Kunst dahinter mehr zu schätzen weiß. Und ich vermisse es, dass sie mir keine Widerworte mehr geben kann.

Und ich hätte sie um Rat fragen können. Hätte ihr von Ada erzählt. Die beiden hätten sich gemocht, da bin ich sicher. Und Danielle hätte mich zur Seite genommen und mir gesagt, dass ich es auf keinen Fall versauen soll mit dieser Frau. Nur wird sie nichts dergleichen mehr tun.

Die Vibration meines Smartphones lenkt mich ab. Der Name auf dem Display sorgt dafür, dass ich die dunklen Gedanken wieder von mir wegschieben kann. Mit einem Lächeln greife ich nach meinem Telefon. »Oh, hey, ich habe gerade an dich gedacht.«

Am anderen Ende der Leitung höre ich, wie Ada tief einatmet. »Wo bist du?«

»Im Krankenhaus«, sage ich und betrachte Danielle.

»Kannst du mich abholen?« Adas Stimme zittert.

Eine düstere Vorahnung lässt mein Herz verkrampfen. »Ist alles okay?«

»Nein.«

Mein Herz setzt einen Schlag aus. Ich richte mich auf meinem Stuhl auf. »Ada, was ist los?«

»Mein Papa, er …«, sagt sie, und ich kann hören, wie sie schluckt. »… er ist tot.«

Kapitel 45

Jetzt

ADA

»Du bist dünn geworden«, sagt meine Mutter und betrachtet mich mit diesem kritischen Blick, den nur Eltern an sich haben.

»Hatten wir nicht darüber gesprochen, dass wir Körper nicht mehr ungefragt kommentieren?«, gebe ich zurück und reiche ihr die Schüssel, die ich gerade abgewaschen habe. Das ganze Abendessen lang habe ich mich davor gedrückt, zu viel zu sagen, aus Angst, dass meine Gedanken ihre nur wieder schwerer machen würden.

Meine Mutter nickt. »Entschuldige, was ich damit sagen wollte: Ist alles okay?«

Sie stellt die abgetrocknete Schüssel ins Regal, während ich das Wasser ablasse. »Wie man es nimmt.«

»Ich bin deine Mutter, du könntest ruhig etwas ausführlicher werden.«

Einen Moment zögere ich, dann habe ich das Gefühl, dass Miniversionen von Willa und Martha auf meinen Schultern sitzen und mir sagen, dass ich endlich anfangen muss, über alles zu sprechen, statt es wortwörtlich in meinen Launen zu ertränken. Also ziehe ich einen der Stühle vom Esstisch und setze mich darauf. »Heute Nacht habe ich von Paps geträumt«, gebe ich zu.

Meine Mutter versteht fast sofort. Sie setzt sich zu mir. »Und was hat er gesagt?«

Ich schiebe meine Hände unter die Oberschenkel. »Nicht viel.«

»Hat er nicht mal nach mir gefragt?«

Fast hätte ich gelacht. »Maaa …«, mache ich und schüttle den

Kopf. Weil ich irgendwie froh bin, dass sie es wieder schafft, schlechte Scherze zu machen. Weil ich dankbar bin, dass sie wieder mehr zu sich selbst wird, auch wenn ich es noch nicht geschafft habe.

Sie hebt die Hände. »Entschuldige.« Dann macht sie eine ausladende Geste, die mir bedeuten soll weiterzusprechen.

Ich räuspere mich unbehaglich. »Er hat mir erzählt, dass er es gern früher gewusst hätte.«

Es braucht einen Augenblick, bis meine Mutter die Tragweite dieses Satzes verstanden hat. »Dass er das Huntington-Gen hat?«

Ich nicke.

»Das hat er oft gesagt«, gibt sie zu. »Dass er alles anders gemacht hätte, wenn er es gewusst hätte. Und gleich darauf hat er gesagt, dass er froh ist, es nicht gewusst zu haben.«

Verdutzt sehe ich sie an. »Wieso das?«

Meine Mutter schiebt mir eine der pastellfarbenen Strähnen hinters Ohr. »Weil wir dadurch dich bekommen haben.«

»Na klasse«, stöhne ich, aber meine Mutter lacht nur.

»Dein Vater hat dich sehr geliebt.«

»Ich weiß.«

»Aber das ist nicht der Grund, warum du es mir erzählst, oder?«, will sie wissen. Nicht drängend, nur als wüsste sie bereits, in welche Richtung dieses Gespräch laufen wird. Als wüsste sie, dass ich einen kleinen Schubs brauche, damit ich wirklich über das rede, was mir den Schlaf raubt.

»Nein, ich …« Ich schlucke. »Aber ich will nicht, dass du dir Sorgen machst.«

Kopfschüttelnd steht sie auf und geht zum Kühlschrank, um mir eine Limo vor die Nase zu stellen, ehe sie sich selbst eine eingießt. »Das gehört zur Elternschaft dazu, egal, ob du etwas sagst oder nicht, ich werde mir immer Sorgen machen. Aber das ist nichts Schlechtes, sondern nur ein Grund, warum ich jeden Tag an dich denke.«

Ich rolle mit den Augen. »Na, wie beruhigend.«

»Sag schon, was ist los?«

Noch einmal atme ich tief ein und drücke mich ein letztes Mal davor. Nicht mal mit Willa und Martha habe ich bislang darüber gesprochen. Vielleicht weil ich schon weiß, was sie mir raten würden. Oder weil ich eigentlich längst weiß, was ich tun sollte, nur noch nicht bereit bin, es von jemand anderem zu hören.

»Es sind meine Hände«, gebe ich zu. »Ich … sie zittern.«

Die Schultern meiner Mutter verkrampfen sich augenblicklich.

»Hast du genug gegessen?«

Ich nicke.

»Zu viel Zucker?«

Ich schüttle den Kopf.

»Kaffee?«

Wieder ein Kopfschütteln.

»Verstehe«, erwidert meine Mutter leise. »Hast du noch andere Symptome?«

»Ich hab ein paar Mal was fallen lassen in letzter Zeit.«

»Das muss noch nichts bedeuten«, antwortet sie aufbauend, aber ich kenne sie zu gut, um die Lüge nicht zwischen den Zeilen zu hören. »Du warst viel unterwegs und hast wenig geschlafen. Es gibt tausend Gründe, warum du diese Symptome haben kannst.«

»Ja«, gebe ich zu. »Oder diesen einen.«

Sie sieht an mir vorbei. Zu dem Bild, das neben dem Küchenfenster hängt. Es zeigt uns drei am Main. Mein Vater und ich halten Zuckerwatte in den Händen, während meine Ma die Arme um uns geschlungen hat. Ich erinnere mich an diesen Tag. An die Bauchschmerzen von der Zuckerwatte, und wie mein Paps die ganze Nacht mit mir wach blieb und mir Geschichten erzählte, die meine Mutter mich nicht lesen ließ.

»Du weißt, ich glaube an Zeichen …«, meint sie langsam und nippt an ihrer Limo.

»Ma, bitte. Willst du mir jetzt sagen, dass Paps gewollt hätte, dass ich den Test mache?«

Sie legt den Kopf schief. »Würde es dich überzeugen?«

»Keine Ahnung.«

Nachdenklich nickt sie. »Ich glaube, er hätte gewollt, dass du alles tust, was du kannst, um dieser verfickten Krankheit in den Arsch zu treten.«

Verdutzt lege ich meine Stirn in Falten. »Hast du gerade verfickt gesagt?«

»Ich bin sicher, seine Ausdrucksweise wäre ähnlich.«

Jetzt bin ich es, die auflachen muss. »Stimmt.«

»Soll ich einen Termin vereinbaren?«

Ich schüttle den Kopf. »Nein, ist schon okay. Wahrscheinlich hast du recht, es ist nichts.«

»Okay.«

Aber ich weiß, dass es nicht okay ist.

Ich weiß, was ich tun sollte, nur noch nicht, woher ich die Kraft nehmen soll, es auch wirklich zu tun.

DIEZ

… ich habe diesen einen Gedanken nie wirklich zugelassen. Vielleicht weil ich Angst davor hatte. Und irgendwie ist es ja auch verständlich, Angst zu haben.

Aber ich kann das alles nicht noch länger ertragen. Egal, was ich tue, nichts wird besser. Alles wird nur schlimmer und schlimmer. Und am Ende lande ich immer wieder am gleichen Punkt. Ich kann das alles nicht mehr. Und ich will es auch nicht weiter versuchen.

Ich dachte, das Studium sei schuld, der Druck, vielleicht auch meine Familie. Aber langsam erkenne ich, dass ich das Problem bin.

Da ist kein Monster, sondern nur ich selbst. Und aus mir selbst komme ich nicht heraus.

Was macht man, wenn man nicht mehr leben will?

Danielle

»Mrs King, nein!«, rufe ich aus, doch da ist es schon zu spät. Offenbar habe ich etwas getan, das ihr nicht gefällt – oder sie findet, mein Tisch ist einfach der bessere Kratzbaum. Leider haben ihre Krallen nicht nur das Holz getroffen.

Ich hebe Danielles Tagebuch hoch und betrachte den Riss, der sich durch einige der Seiten zieht.

Offenbar muss ich mich daran gewöhnen, meine Sachen nicht einfach so herumliegen zu lassen, denn meine neue Mitbewohnerin hat einen Sport daraus gemacht, immer mal wieder ihre Grenzen zu testen. Und damit auch meine.

Mit einem bösen Blick funkle ich die große rote Katze an. Kann man mit einem Tier schimpfen? Ich zumindest nicht, wenn sie mich anschaut, als wüsste sie nicht, was sie falsch gemacht hat. Stöhnend lege ich das Tagebuch wieder zur Seite und erschrecke mich im selben Moment, als meine flauschige Mitbewohnerin auf den Tisch springt. Das Tagebuch landet auf dem Boden.

Ich starre es an.

Dass die Katze gerade darüber nachdenkt, die Fernbedienung ebenfalls auf den Teppich zu verbannen, bemerke ich nur aus den Augenwinkeln. Denn die Worte sind es, von denen ich mich nicht lösen kann. Worte, die sich so tief in mich einbrennen, dass es sich anfühlt, als würde ich jeden Atemzug in einer Hölle vollführen, die einzig für mich geschaffen wurde.

… was macht man, wenn man nicht mehr leben will?

Ich will nach dem Buch greifen, es zuschlagen.

Aber ich kann nicht.

Ich kann nur auf die Worte starren, die vielleicht der Grund dafür sind, dass sie nicht mehr hier ist.

Kapitel 46

Jetzt

ADA

Es ist das eine, zu wissen, dass man einen Fehler begangen hat. Aber etwas ganz anderes, zu versuchen, ihn wiedergutzumachen.

Wie schafft es Willa nur immer wieder, mich zu diesen Dingen zu überreden?

Meine Muskeln verkrampfen sich, als ich das Gemeindezentrum betrete. Den Weg zum Raum finde ich ohne Probleme, aber da habe ich ihn auch noch nicht gesehen.

Jetzt schon.

Diez unterhält sich mit einer Frau. Ina ist ihr Name, glaube ich. So ganz sicher bin ich mir nicht mehr, mein Namensgedächtnis ist so löchrig wie mein Herz. Er sieht auf, als ich zum Stuhlkreis gehe.

Alles in ihm spannt sich an.

Und am liebsten hätte ich einen lockeren Spruch gebracht. So was wie: »Das tut mir mehr weh als dir!« oder: »Glaub mir, als Bösewicht in der Geschichte ist's auch nicht besser.«

Aber ich sage nichts davon, sondern setze mich auf den einzigen freien Stuhl, der noch da ist. Neben Willa.

Das passt so gut, dass ich mich frage, ob das ihr Plan war.

Sie nickt mir zu und klatscht in die Hände als Zeichen dafür, dass es nun losgeht und alle mit den Gesprächen aufhören sollen. In der plötzlichen Stille bemerke ich die Blicke noch mehr.

»Schön, dass ihr alle da seid«, beginnt Willa. »Wie ich sehe, sind heute nur bekannte Gesichter unter uns!«

Ja, denke ich, viel zu bekannte Gesichter.

Und Herzen.

»Besonders freue ich mich darüber, dass Ada heute wieder bei uns ist«, sagt sie, und ich presse die Lippen zusammen. So viel zu meiner Bitte, nicht zu viel Aufmerksamkeit auf mich zu lenken.

»Hey«, grüße ich und hebe eine Hand, was mir im gleichen Moment völlig albern erscheint, sodass ich sie gleich wieder runternehme. »Ehe wir anfangen, würd ich mich gern für meinen etwas dramatischen Abgang beim letzten Mal entschuldigen«, murmle ich und versuche, dabei niemanden anzusehen, außer Willa. »Ich hab ein paar Dinge gesagt, die nicht gerade … na ja … nett waren.«

»Schon okay, Kindchen«, meint eine ältere Lady.

Erleichtert blicke ich sie an. »Danke.«

»Als ich das erste Mal ausgeartet bin, habe ich Willa mit Flyern beworfen«, erzählt Herbert und zuckt lässig mit den Schultern.

»Tatsächlich?« Verdutzt blicke ich zwischen ihm und meiner Freundin hin und her.

»Ich dachte, sie lässt mich nie wieder in die Gruppe.«

»Trauer versetzt uns in einen Ausnahmezustand«, meint Willa mit einem milden Lächeln. Aber ich werde sie definitiv nach der Flyer-Geschichte fragen, wenn wir zu Hause sind. »Und manchmal bringt sie uns dazu, Dinge zu tun, die uns danach leidtun. Aber wichtig ist, dass wir auch diese Seite von uns annehmen.«

»Und zu Kreuze kriechen«, kommt es wieder von der alten Dame, was dafür sorgt, dass alle lachen. Selbst ich. Irgendwie hatte ich mir das Ganze doch schwieriger vorgestellt, aber auf seltsame Art fühle ich mich zwischen all diesen Menschen fast schon verstanden.

»Ja, ich denke, ich sollte zu Kreuze kriechen«, gebe ich zu. Mein Blick flattert zu Diez, doch er blickt nur auf seine Hände, scheint mich nicht zu sehen oder nicht sehen zu wollen. Das Verständnis und das Wissen, das ich bei den anderen finde, ist bei ihm nicht vorhanden.

»Was hast du denn getan?«, will Ina mit einer Spur Neugier in der Stimme wissen.

Ich habe ihn verletzt.

Ich bin auf seinem Herzen herumgetrampelt.

Ich habe so getan, als wüsste ich nicht, was ich ihm antue.

»So ungefähr alles, wovor Trauerbegleiter warnen«, murmle ich, sehe Diez noch immer an, hoffe, dass er erkennen kann, wie leid es mir tut. Doch er tut nichts.

Herbert schnaubt. »Leute weggestoßen?«

»Party, Sex und Drogen?«, wirft die alte Lady ein.

Von einer Frau mir gegenüber kommt: »Mit dem Ex geschlafen?«

»Zu viel Onlineshopping?«, bietet noch jemand an.

Ich wackle mit dem Kopf. »Irgendwie alles davon und jede Menge Zeit, die ich online verbracht habe statt in der Realität«, gebe ich ertappt zu.

»Wenn wir uns verschließen, sorgt das auch oft dafür, dass uns die Gefühle von anderen Menschen weniger offensichtlich erscheinen«, meint Willa. »Und dann übertreten wir Grenzen, darum …«

»Gefühle sind zum Fühlen da«, hallt es im Chor aus der Gruppe.

»Offenbar sage ich diesen Satz zu oft«, murmelt Willa etwas leiser und lehnt sich auf ihrem Stuhl zurück.

»Auf jeden Fall habe ich ziemlichen Mist gebaut – und jetzt komm ich da nicht mehr raus«, fahre ich fort und versuche, in Diez' Gesicht etwas zu lesen. Doch er schweigt, sieht stur auf seine Hände, als würde keines meiner Worte bis zu ihm durchdringen. Als würden sie von ihm abprallen.

»Wir kommen da alle wieder raus«, sagt Ina. »Nur nicht immer so, wie es uns gefällt.«

»Na, das ist ja sehr beruhigend.«

»Entwicklung braucht Zeit.«

»Und Bereitschaft«, kommt es plötzlich von Diez. »Es braucht den Willen, auch wirklich etwas zu verändern.«

Ich schlucke.

Es fühlt sich an, als hätte er mir eine seelische Ohrfeige verpasst. Und auch wenn niemand anders es gesehen hat, fühle ich mich auf seltsame Art gedemütigt. »Ich weiß, genau darum bin ich ja hier«, sage ich langsam.

»Nur ist es mit einem Mal nicht getan«, fährt er erbarmungslos fort. »Einmal ändert gar nichts. Eine Entschuldigung ändert gar nichts.«

Kalt betrachtet er mich.

In seinen dunklen Augen schimmert das Licht der Lampen über uns, doch ansonsten ist nur eine tiefe Dunkelheit zu spüren. Als würde all die Wärme, die ich sonst in ihnen gesehen habe, hinter einer dicken Mauer verborgen sein.

»Aber um sich zu ändern, muss man auch die Möglichkeit dazu bekommen«, kommentiert die alte Lady. »Und wir alle brauchen diese Möglichkeit, unser ganzes Leben lang. Immer wieder. Daran erkennt man auch, wer wirklich zu einem steht. In guten wie in schlechten Zeiten.«

Dankbar blicke ich sie an, und sie nickt kurz, als wüsste sie genau, dass all die Worte gerade viel weiter reichen als in diese Gruppe. Dass es um viel mehr Verletzungen geht, als den meisten klar ist.

»Aber man muss auch nicht all seine eigenen Grenzen aufgeben«, sagt Willa mit ihrer Sozialarbeiterinnen-Stimme. »Die eigenen Grenzen zu wahren ist genauso wichtig, wie Raum für Fehler zu lassen.«

»Sicher«, sagt die alte Dame. »Mein Henri hat immer gesagt: Liebe testet Grenzen, manchmal verschieben sie sich dadurch – aber am Ende hilft sie einem dabei, zu wachsen. Miteinander oder ohne einander.«

Mein angeknackstes Herz scheint sich wieder ein Stückchen zusammenzusetzen. »Ihr Henri war ein kluger Mann«, murmle ich und suche Diez' Blick, dieses Mal weicht er mir nicht aus.

»Nicht besonders, um ehrlich zu sein. Aber er war ein guter.«

Willa ist die Erste, die anfängt zu lachen, und wir anderen stimmen ein.

DIEZ

Dieser Tag wird immer schlimmer.

Mal ganz davon abgesehen, dass mich die Mietpreise in Frankfurt an den Rand des Ruins treiben werden und Mrs King eine Magenverstimmung hat, war ich nicht darauf vorbereitet, dass Ada hier ist und auch noch so etwas Ähnliches wie Reue zeigt. Sie öffnet sich.

Ausgerechnet jetzt.

Meine Hände verkrampfen sich, bis mir auffällt, dass Herbert mich erwartungsvoll ansieht. Schnell lasse ich den Blickkontakt abreißen, aber es ist schon zu spät.

Na klasse, jetzt sehen mich alle an.

»Wie war deine Woche, Diez?«, fragt Willa, obwohl sie weiß, dass ich keine Lust habe, vor Ada mein Innerstes nach außen zu kehren. Nicht wenn ich genau weiß, dass sie kein Problem hat, darauf rumzutrampeln, wenn es ihr gerade in den Kram passt.

»Ganz gut.«

»Möchtest du uns mehr darüber erzählen?«

»Hast du das Tagebuch gelesen?«, platzt es aus Ina heraus. Offenbar hat sie schon die ganze Sitzung lang auf diesen Moment gewartet.

»Nein«, antworte ich schnell. »Und um ehrlich zu sein, ist mir gerade nicht so sehr danach, darüber zu reden.«

»Das akzeptieren wir«, stimmt Willa zu.

Ich kann sehen, wie Ada sich verkrampft, und am liebsten würde ich es ihr sagen. Ihr sagen, dass sie recht hat. Dass die Schuldgefühle, die kleine Sorgenfalten um ihre Augen zeichnen, nicht ohne Grund da sind. Sie hat es verdient, sich mies zu fühlen. Aber gleichzeitig würde ich sie am liebsten in den Arm nehmen. Ihr ins Ohr flüstern, dass alles gut wird, dass ich ihr verzeihe. Alles in mir verknotet sich.

Ich warte darauf, dass Willa die Gruppe endlich schließt. Dass ich endlich aus diesem Raum rauskann. Endlich weg, weg von Ada und all dem, wofür sie steht. All dem, wonach ich mich sehne.

Endlich verabschiedet sich Willa.

Ich schnappe mir meine Jacke, laufe nach draußen, ohne mich umzusehen, ohne mich zu verabschieden. »Diez!«

Abrupt komme ich auf dem Parkplatz zum Stehen. »Lass gut sein, Ada«, brumme ich mit geschlossenen Augen und zusammengepressten Fäusten.

»Diez, warte«, höre ich wieder.

Grimmig drehe ich mich zu ihr um. »Was?«

Ada sieht zu mir hoch. Ihre blauen Augen sind noch genauso schön wie in meiner Erinnerung. Der Duft ihres schweren Vanilleparfums kitzelt noch immer auf die gleiche Art in meiner Nase.

Sie räuspert sich unbehaglich. »Ich meinte es ernst«, erklärt sie händeringend.

»Was genau?«

Mit gestrafften Schultern sieht sie mich an. »Es tut mir leid.«

Ich sehe ihr in die Augen, sehe, dass sie es ernst meint. Fühle, wie schwer es ihr gefallen ist, diese Worte zu sagen. Wir sind beide furchtbar schlechte Lügner. Und gleichzeitig können wir nichts anderes als lügen und leugnen. »Ist okay. Mir tut es auch leid«, gebe ich leise zu.

»Wirklich?«

Ihr weiter in die Augen zu sehen würde alles nur noch schlimmer machen. »Ich hätte mich noch mal melden können, um dir zu sagen, dass es aus ist zwischen uns«, meine ich so ruhig, wie es mein hämmerndes Herz zulässt. »Aber ich schätze, ich hatte Angst.«

Ada kommt näher. Zu nahe. »Wovor?«

Ich presse die Lippen aufeinander, versuche zu ignorieren, wie Hitze durch meinen Körper schießt. »Dass ich meine Grenze wieder übertrete.«

Sie streckt eine Hand nach mir aus. »Diez, ich …«

Schnell weiche ich zurück. »Lass es bitte einfach gut sein, okay?«

Ada nickt. Sie schlingt die Arme um ihren Körper, als würde sie versuchen, die Berührung, die ich ihr verwehrt habe, sich selbst zu geben. Dann legt sie den Kopf schief. »Du solltest es lesen.«

»Was?«

»Das Tagebuch.«

Die Hitze in mir gefriert wieder. »Ich habe nicht nach deiner Meinung gefragt.«

»Stimmt, aber ich finde trotzdem, du solltest es tun«, meint sie und geht, während ich ihr nachsehe, wie ich es schon viel zu oft getan habe.

Kapitel 47

2 Monate zuvor

ADA

Alles in mir ist taub. Ich spüre absolut nichts mehr. Nicht den Wind auf meiner Haut, nicht den Schlag meines eigenen Herzens.

Und ganz besonders nicht den Schmerz.

Aber ich weiß, dass ich etwas fühlen sollte. Ich weiß, es ist nicht richtig. Aber da ist absolut nichts mehr in mir drin, nicht einmal mehr Dunkelheit. Und meine Mutter liegt nur da und weint, während ich nicht weiß, wie ich all das hier überstehen soll.

Immer wieder habe ich ihr über den Rücken gestrichen.

Mechanisch. Gefühllos.

Als sei ich gar nicht wirklich hier.

Als würde jemand anders meinen Körper führen.

Ich habe gewartet, bis sie irgendwie einschlafen konnte, dann habe ich sie zugedeckt und in den Taschen des alten Mantels meines Vaters nach seinen Zigaretten gekramt. Meine Ma hat es gehasst, wenn er geraucht hat. Und ich auch. Aber jetzt, jetzt will ich nichts mehr als mich ihm nahe fühlen. Und wenn ich dafür stinke wie ein Aschenbecher, soll es mir recht sein.

Noch ehe ich die Treppen hinunter- und aus dem Haus gelaufen bin, habe ich mir die Zigarette zwischen die Lippen gesteckt und zünde sie an.

Der Rauch füllt meine Lunge, bringt mich zum Husten. Zum Würgen. Der eklige Geschmack legt sich pelzig auf meine Zunge. Aber ich ziehe noch mal. Spüre den Schwindel. Spüre irgendwas.

Mein Vater ist tot.

Und ich habe nicht einmal Tränen übrig, um ihn zu betrauern. Das ist nicht richtig, nichts hiervon ist richtig. Alles sollte anders sein. Mein ganzes Leben sollte ein anderes sein.

Es ist einfach nicht fair.

Und ich ertrage den Gedanken nicht, was jetzt kommen wird. Die Beerdigung, die Zeit danach, das Leben ohne einen der wichtigsten Menschen meines Lebens.

Und meine Ma. O Gott, meine arme Mama.

Für sie ist es noch viel schwerer als für mich. Ich kann weg, kann flüchten, zu meinen Freundinnen, zu Menschen, die mich auch lieben, aber sie? Sie hat nur noch mich.

Und das ist nicht gerade der Hauptgewinn.

Während ich warte, denke ich darüber nach, ob ich jemanden anrufen sollte. Ob es jemanden gibt, der verstehen kann, dass da nur diese große, farblose Leere in mir ist.

Zurück in die WG kann ich nicht, nicht jetzt. Aber hierbleiben kann ich auch nicht. Ich kann nicht hier draußen stehen und die Zigaretten meines Vaters rauchen, während ich von Hustenkrämpfen geschüttelt werde.

Ich muss irgendetwas tun. Etwas, das mich daran erinnert, dass er gestorben ist und nicht ich. Und noch ehe ich wirklich sagen kann, warum, hole ich mein Handy hervor und wähle die Nummer von Diez.

DIEZ

Ich weiß nicht, was ich erwartet habe.

Vielleicht, dass Ada zum ersten Mal aussieht wie ein Häufchen Elend. Vielleicht habe ich Tränen erwartet oder dass sie am ganzen Körper zittert. Und ganz vielleicht hab ich mir gewünscht, dass es einen Moment gibt, in dem ich sie einfach nur im Arm halten und sie hin und her wiegen kann, in dem ich es einfach einmal sein darf, der für sie da ist, und nicht umgekehrt. Doch als ich um die Ecke biege und sie auf dem dunklen Parkplatz stehen sehe, winkt sie mir lächelnd zu.

Sie schnipst eine Zigarette weg, als habe sie nie etwas anderes getan. Ich gebe mir Mühe, mir meine Verwirrung nicht anmerken zu lassen, als sie ins Auto steigt.

Was fragt man einen Menschen, der gerade einen Elternteil verloren hat?

Ich räuspere mich und fahre mir durch die Haare, weil ich nicht weiß, was ich ansonsten tun soll. Das Schweigen ist ebenso bedrückend wie das kleine falsche Lächeln auf ihren rosa Lippen.

»Wo soll es hingehen?«, frage ich also und hoffe, dass diese Frage wenigstens einen Hauch Sensibilität beinhaltet.

Ada sieht mich an. »Wohin willst du denn?«

Falls sie mich völlig aus der Fassung bringen will, schafft sie es. Viel zu lange sehe ich sie mit halb offenem Mund an, dann lehne ich mich auf meinem Sitz etwas zurück. »Sollte es nicht darum gehen, wohin du willst?«

»Nein.«

»Möchtest du etwas essen?«

»Nein.«

Ada blickt aus dem Fenster, raus in die Nacht.

Die Schneeflocken fallen vereinzelt vom schwarzen Himmel, hinter dem sich nicht ein einziger Stern zu verstecken scheint.

Nur was sagt man, wenn jemandem das Unaussprechliche passiert ist? Wie geht man damit um, nichts tun zu können, als dazusitzen und den Schmerz mit auszuhalten?

»Okay, dann vielleicht einfach etwas durch die Gegend fahren?«

»Nein.«

Ich weiß, dass sie nicht viel sagt, weil Worte eine Schleuse öffnen könnten. Dennoch fühlt es sich seltsam an, sie so zu sehen.

»Ada, du musst mir sagen, was du tun willst, denn ansonsten sitze ich hier noch 'ne ganze Weile rum und stelle dir Fragen, auf die du immer wieder mit Nein antwortest«, versuche ich es fordernder.

Sie sieht mich an. »Ich denke …«, sagt sie leise, anscheinend einen Moment darüber nachdenkend, ob sie die Worte wirklich aussprechen kann. »Ich denke, ich würde gern tanzen.«

»Was?«

»Ja, ich glaube, ich würde gern einfach die Musik aufdrehen und mit dir tanzen«, sagt sie noch einmal. Als habe der Himmel auf dieses Zeichen gewartet, werden die Flocken immer mehr.

»Jetzt?«

»Meinst du, es gibt einen besseren Zeitpunkt?«

»Na ja, vielleicht?«

Schluckend sieht sie wieder aus dem Fenster. »Mein Vater ist tot, Diez. Es ist endlich vorbei, nicht nur für ihn, sondern auch für uns.«

Irgendwo zwischen all diesen Worten beginne ich zu verstehen, und doch verstehe ich gar nichts, aber ich weiß, dass ich alles tun würde, um Ada zu helfen. Ihr einen kleinen Moment zu geben, der ihr hilft, all das hier durchzustehen. Also nicke ich. »Wenn du tanzen willst, dann werden wir tanzen«, sage ich und starte den Motor.

»Und wohin fährst du uns dann jetzt?«

»Dahin, wo wir tanzen können, ohne gestört zu werden natürlich. Oder möchtest du den ganzen Block wecken?«

»Nein, darauf kann ich verzichten.«

»Na also, ich bringe uns dorthin, wo wir tanzen können.«

Sie rutscht etwas tiefer in den Beifahrersitz, scheinbar zufrieden mit meiner Antwort.

Der Schnee macht die Fahrt ungemütlich, verschluckt das Licht der Straßenlaternen und der Autos vor uns. Alles wirkt, als läge ein Schleier über der Welt. Aber ich kenne den Weg im Schlaf. Während wir auf die Autobahn einbiegen, werfe ich Ada einen Blick zu, doch sie ist vollkommen ruhig. Kein Zittern, keine Angst, nur das seltsame Lächeln in ihrem Gesicht.

Als ich den Wagen wieder von der Straße herunterlenke, hebt sie den Kopf. Auf einem Rastplatz an der Autobahn in Frankfurt am Main parke ich den Wagen.

Der Ort wirkt einsam und verlassen. Der Schnee schmilzt, sobald er auf den Boden trifft. Als würde er es nicht aushalten, ausgerechnet an diesem Ort und zu dieser Zeit zu fallen.

»Und was sagst du?«

Ada grinst. »Es ist perfekt.«

Ohne dass ich sie davon abhalten kann, steigt sie aus.

Ada breitet die Arme aus, schließt die Augen und hebt den Kopf. Die Flocken verfangen sich in ihren Haaren, werden zu Tropfen auf ihrer Haut. Für einen Moment sitze ich nur da, sehe sie an, als sei sie direkt einem Märchen entsprungen. Einem Märchen, das ebenso grausam ist wie die Realität, aus der wir nicht entkommen können.

Ich drehe das Autoradio auf, und die Musik dringt durch die Stille der Nacht. Taylor Swift singt von ihrem gebrochenen Herzen, als habe sie diesen Song nur für Ada geschrieben.

Dann steige ich ebenfalls aus.

Fast hätte ich geflucht.

Die Flocken verwandeln sich. Erst nur vereinzelt, dann ist aus dem Schnee ein Schneeregen geworden. Die eisigen Tropfen klatschen auf meine Haut, prallen von meiner Lederjacke ab und verursachen Bäche, die über mein Gesicht rinnen. Aber all das ist jetzt nicht wichtig.

Im Scheinwerferlicht trete ich zu Ada.

Der Himmel weint Tränen aus Eis, damit wir es nicht tun müssen.

Ada und ich schauen uns lächelnd an. Dann mache ich eine Verbeugung. »Darf ich bitten?«

Sie lacht auf, greift nach meiner Hand. Ich ziehe sie zu mir, will ihre Wärme spüren, als müsste ich mich versichern, dass sie noch da ist.

Wir lassen uns vom Rhythmus mitreißen und beginnen zu tanzen. Ich wirbele sie umher. Schlamm spritzt gegen ihre Strumpfhose, ihr Rock flattert bei jeder Drehung, mit der sie wieder in meinen Armen landet.

Unsere Körper bewegen sich im Einklang mit der Naturgewalt

um uns herum, als ob wir Teil eines größeren Ganzen wären. Nein, als wäre Ada die Naturgewalt, die mich mit sich gerissen hat. Und ich will nichts davon missen. Keine Berührung, keinen Tropfen, der auf unsere Haut fällt.

Es gibt nur uns. Nur den Himmel. Nur unsere Körper.

Ada legt die Arme um meinen Hals, während meine Hände ihre Hüften umfassen.

»Ada …«, murmle ich, aber sie zieht mich nur näher an sich. Ihre Lippen finden meine. Sie küsst mich, als würde nur das sie am Leben erhalten. Küsst, als sei es die Luft, die sie atmet.

Plötzlich lässt Ada von mir ab.

Mit geschwollenen Lippen sieht sie mich an, wartend. Mein Herz hämmert so laut in meinem Brustkorb, dass ich die Musik kaum noch hören kann.

Ich spüre nichts mehr. Nicht die Kälte, nicht den Regen. Denn mein Körper schreit nach nichts anderem mehr als nach ihr. Alles in mir verkrampft sich. Ich will sie nicht ausnutzen, will nicht zu weit gehen.

Doch Ada ist mir wie immer einen Schritt voraus.

Sie schlüpft aus ihren Schuhen. Stellt sich in den Schlamm und streift die Strumpfhose ab.

Mir stockt der Atem.

Niemand ist hier.

Niemand, der uns sehen kann.

Niemand, der uns davon abhalten kann.

Und jeder Rest meiner Vernunft gefriert wie Schnee, als Ada mich wieder an sich zieht. Ihre Küsse werden heftiger. Drängender.

Ich drücke sie auf die Motorhaube. Schiebe meine Hände unter ihren Rock, fühle den seidigen nassen Stoff ihres Strings und keuche. Ada schlingt die Beine um meinen Körper, zieht mich noch näher. Ich kann nicht mehr denken. Mit zittrigen Fingern ziehe ich das Portemonnaie aus meiner Hosentasche, fingere an der silbernen Verpackung herum, bis Ada sie mir lachend aus der Hand nimmt.

Ich knie mich vor sie, ziehe ihr den Slip aus. Aber Ada will nicht mehr warten. Sie richtet sich auf, zieht mir das Kondom über und sieht mich mit einem hungrigen Blick an.

»Darf ich bitten?«, raunt sie, während der Bass des nächsten Lieds die Motorhaube vibrieren lässt.

Noch einmal muss sie mich nicht bitten.

Ich beuge mich über sie. Das Stöhnen an meinem Ohr treibt mich an den Rand, als ich mich in ihrer Wärme versenke.

Für einen Moment verharren wir.

Sehen uns an, als würden wir uns zum ersten Mal sehen.

Einander zum ersten Mal erkennen.

Als wären wir zum ersten Mal ein Wir.

Dann gibt Ada den Rhythmus vor. Dirigiert meine Lenden, zieht mich immer wieder näher. Ich presse mich gegen sie, setze tausend Küsse auf ihre nasse Haut.

Sie schiebt ihre Hände unter mein Shirt, krallt ihre Nägel in meine Haut, bis ich immer schneller werde. Das Metall unter uns knarzt, lässt jede unserer Bewegungen hallen.

Ihre Hüfte drückt sich gegen meine. Ich kann spüren, wie ihre Muskeln unkontrolliert zu zucken beginnen, wie sich ihr Körper unter jeder neuen Welle der Erregung anspannt. Bis ich es nicht mehr aushalte, nicht mehr aushalten kann.

»Diez …«, stöhnt sie meinen Namen, macht mich noch rasender. Noch hemmungsloser.

Ich versenke meinen Kopf in der Kuhle ihres Halses, als ich über ihr zusammensacke.

»Ich liebe dich«, hauche ich, benebelt von ihrem Geruch. »Ich liebe dich, wie ich den Regen liebe.«

Kapitel 48

Jetzt

DIEZ

Allein zu sein ist nicht das Gleiche wie Einsamkeit. Einsamkeit ist größer, mächtiger und erwischt einen überall auf der Welt, egal, welche Menschen um einen herum sind oder wie viel Liebe sie einem zu geben versuchen.

Einsamkeit ist selten allein.

Aber wenn man allein ist, kann man sie schlechter ignorieren. Ich sitze in meinem Wohnzimmer, umgeben von einer bedrückenden Stille. Das Tagebuch meiner Schwester liegt vor mir auf dem Tisch. Es kommt mir fast vor, als würde es mich beobachten. Als würde es darauf warten, dass ich endlich danach greife und zwischen all den Worten nach der Erklärung suche, die mich nicht schlafen lässt.

Mrs King miaut leise, als sie sich an meinen Beinen entlangdrückt, um mir zu signalisieren, dass sie auf den Balkon möchte. Ich stehe auf und tue ihr den Gefallen.

Meine Jura-Bücher habe ich durch Bücher über Katzen ausgetauscht und bereite mich seelisch und moralisch darauf vor, dass ich ihr bald einen Spielgefährten besorgen muss. Das hätte Danielle sicher gefallen. Nicht nur ein rotes Ungetüm, das einem nachts auf dem Gesicht herumtrampelt, sondern gleich zwei von der Sorte.

Fast hätte ich gelächelt, aber nur fast. Denn das Tagebuch scheint mich noch immer anzustarren. Mit zittrigen Händen öffne ich es. Ihre Handschrift ist so vertraut, fast als ob sie neben mir sitzen würde und mir ihre Gedanken persönlich mitteilen wollte. Jedes ihrer Worte hallt in meinem Kopf nach.

... heute war kein guter Tag.
Aber seien wir mal ehrlich, der letzte ist ziemlich lange her. Der Streit heute war anders. Ich liebe Papa, aber ich hasse es, was er mit Mamá macht. Wie er dafür sorgt, dass sie immer ruhiger wird, obwohl ich weiß, dass sie eigentlich schreien will. Oder rede ich mir das nur ein, weil sie mich auch nicht schreien hört?

Fast schon aus Reflex schlage ich das Tagebuch wieder zu.

Ich spüre eine Mischung aus Trauer, Wut und dem Aufflammen von Hoffnung in mir aufsteigen. Eine Erklärung war das, was ich wollte. Aber jetzt, da ich vielleicht eine bekomme, weiß ich nicht, ob ich sie ertragen kann.

Jeder Satz wird zu einem möglichen Hinweis, der Licht in das Dunkel ihrer Entscheidung bringen könnte. Aber ich weiß nicht, ob ich dieses Licht ertragen kann. Und schon gar nicht, ob ich es allein ertragen kann.

Trotzdem schlage ich das Tagebuch wieder auf und setze mich auf das Sofa. Es heißt, man solle nach nichts fragen, dessen Antwort man nicht ertragen kann. Aber niemand sagt einem, wie schwer es ist, in Ungewissheit zu leben.

... ich lächle jeden Tag.
Jeden Tag gebe ich mein Bestes. Nicht nur für mich, sondern für meine gesamte Familie. Für meine Freunde. Ich gebe alles, was ich habe - aber nie reicht es aus. Nie ist es genug.
Nicht im Studium. Nicht in meiner Familie. Nicht mir selbst.
Aber noch bin ich zu feige, um all das zu beenden.

Die Worte fließen über die Seiten und erzählen von ihren innersten Ängsten, Zweifeln und Kämpfen. Ich versuche, zwischen den Zeilen zu lesen, nach verborgenen Botschaften zu suchen. Jedes Wort wird zu einem Puzzlestück, das mir helfen könnte, die Gründe für ihren Entschluss zu verstehen.

Und mir wird immer klarer, wie wenig ich sie gekannt habe.

Nur gibt es keinen klaren Hinweis, der sich abzeichnet, nicht die eine Sache, die ich dafür verantwortlich machen kann. Ihre Gedanken sind wie ein Labyrinth aus Emotionen und Erinnerungen – verwirrend und schwer zu entwirren.

Ich spüre ihre Verzweiflung in jedem Satz, kann sie kaum ertragen.

... ich will nicht sterben, aber ich will nie wieder aufwachen müssen. Nie wieder zurück in dieses Leben, das nur ein Gefängnis ist, in dem ich jeden Tag lächeln muss.

Ich muss es wissen. Aber ich habe Angst davor, was es mit mir macht. Trauer, Verwirrung und Wut wechseln sich ab. Doch während ich ihr Tagebuch durchblättere, spüre ich auch eine Verbindung zu ihr. Ich fühle ihre Präsenz und Trauer, die in jedem Wort mitschwingt.

»Ich kann das nicht.«

Dieses Mal lege ich das Buch endgültig zur Seite, denn die ersten Tränen haben das Papier bereits wellig gemacht und die Tinte verwischt. Allein werde ich das hier nicht durchstehen können.

Also rufe ich die einzige Person an, von der ich glaube, dass sie es verstehen würde.

ADA

Ich vermisse ihn so sehr, dass es physisch wehtut. Die Einsamkeit umhüllt mich wie ein eisiger Mantel, und ich frage mich, ob ich jemals wieder glücklich sein werde. Der Liebeskummer hat mich fest im Griff, und ich fühle mich verloren in einem Meer aus Einsamkeit und zerbrochenen Träumen.

Das Vibrieren meines Telefons ignoriere ich.

Bis ich bemerke, dass es nicht aufhört.

Perplex taste ich danach, dann sehe ich seinen Namen.

Diez.

»Hallo?«, frage ich verwirrt, weil ich fast denke, dass sich jemand mit mir einen üblen Scherz erlaubt.

»Hey«, höre ich seine belegte Stimme, und die Alarmglocken in meinem Kopf beginnen sofort zu schrillen. »Tut mir leid, ich hätte nicht anrufen sollen.«

»Was ist los?«, frage ich schnell und springe von meinem Bett auf.

»Ich …«

Seine Stimme bricht. Und bricht mir damit noch einmal das Herz.

»Diez?«

»Schon gut, es war eine schlechte Idee, dich anzurufen.«

»Wir lieben doch schlechte Ideen«, gebe ich in der Hoffnung zurück, dass ein Scherz irgendwie hilft. Irgendwas besser macht. Ihn irgendwie von dem ablenkt, weswegen er weint.

»Ich habe auf dich gehört …«, raunt er in den Hörer.

»Das Tagebuch«, sage ich und fasse mir an die Stirn. »Ich komme zu dir.«

»Nein, es ist …« Er macht eine Pause. »Ich wusste nicht, dass sie so gelitten hat. Ich hab sie jede Woche gesehen und mit ihr gesprochen. Und nichts davon mitbekommen.«

Ich schlucke. »Weil sie es nicht wollte. Du konntest es nicht wissen.«

»Doch, ich hätte es wissen sollen«, höre ich ihn sagen. »Aber ich hab nicht richtig hingesehen. Jedes Mal, wenn sie ein Treffen abgesagt hat oder wenn sie lieber in ihrem Zimmer saß und gelesen hat. Ich hab nichts gesehen, Ada. Nicht wirklich.«

»Es war nicht deine Schuld, Diez«, versuche ich es noch einmal und umfasse meine Bettdecke fester, weil ich das Gefühl habe, nicht nur ihm, sondern auch mir selbst Halt geben zu müssen.

Ein undeutliches Rauschen sagt mir, dass Diez sich über die Nase wischt. »Sie hätte mich gebraucht, und ich war nicht für sie da.«

»Du konntest nicht da sein, wenn sie nichts gesagt hat«, setze ich nach. »Sie wusste, dass du für sie da bist, wenn sie sich dir anvertraut. Aber sie wollte es nicht.«

»Du hast sie nicht gekannt …«

Schluckend stehe ich auf. »Nein, aber ich kenne dich, Diez …«

Vor meinem geistigen Auge kann ich sehen, wie er mit dem Kopf schüttelt. »Ich hätte nicht anrufen sollen.«

»Du musst da nicht allein durch, ich kann …«

»Nein.«

Das Wort ist so klar, so kalt. Ich sacke in mich zusammen. »Bist du …«

»Ja, das war ein Fehler …«, höre ich ihn sagen. Und dann legt er auf. Lässt mich allein, wie ich ihn allein gelassen habe, und der Schmerz überrollt mich erneut.

Kapitel 49

ADA

»Warum habe ich das Gefühl, dass was im Busch ist?«, fragt Martha und pustet sich eine dunkle Strähne aus dem Gesicht.

»Vielleicht, weil Ada uns sonst nie auf einen sündhaft teuren Kaffee einlädt«, schlägt Willa scherzend vor.

»Ihr seid echt gemein, kann ich nicht einfach mal nett sein?«, gebe ich zurück und setze mich auf eine der cremefarbenen Polsterbänke, während ich an meinem Kaffee nippe. Der süße Sirup explodiert auf meiner Zunge und nimmt mir für einen Moment das Gefühl der Schwere.

»So meinten wir das nicht«, sagt Willa lächelnd.

»Nur ein bisschen vielleicht«, fügt Martha hinzu und setzt sich mir gegenüber. »Also spuck's aus, was möchtest du uns sagen?«

»Ist das denn so offensichtlich?«

»Du bist ungefähr so vorhersehbar wie die Plot-Twists von Fitzek, aber deine Mimik ist ziemlich gut lesbar«, kommentiert Willa und bringt mich so dazu, amüsiert den Kopf zu schütteln.

»Ich denke darüber nach, mich testen zu lassen«, lasse ich die Bombe einfach platzen und nippe noch einmal an meinem Kaffee. Dieses Mal reicht die Süße allerdings nicht aus, um mir einen Teil der Last von meinen Schultern zu nehmen.

Willa und Martha sehen sich kurz an. Dann räuspert sich Erstere. »Wie lange denkst du schon darüber nach?«

Ich fummle an dem kleinen Pappbecher herum, damit ich keiner von ihnen in die Augen sehen muss. In Gedanken habe ich dieses Gespräch schon so oft geführt. Und jedes Mal haben sie versucht, mich zu überreden, den Test zu machen. Sie haben betont, dass ein frühzeitiger Test mir die Möglichkeit geben würde, mich besser vorzubereiten und eventuell Behandlungsmöglichkeiten zu finden. Sie haben gesagt, dass es wichtig ist, die Gewissheit zu haben und sich nicht im Ungewissen zu quälen.

Aber jetzt sagen sie nichts dergleichen.

Sie sehen mich an und warten darauf, dass ich den ersten Schritt mache.

»Ich glaube, ich habe Symptome.«

Da sind sie.

Die fünf Wörter, vor denen ich solche Angst hatte.

Willas Sozialarbeiterinnen-Gesichtsausdruck verrutscht etwas. Ihr Mund klappt auf, und sie sieht mich an, ohne in der Lage zu sein, etwas zu antworten. Martha hingegen wechselt direkt in den Medizinerinnen-Modus. Sie legt die Stirn in Falten und fragt betont ruhig: »Was für Symptome?«

»Meine Hände zittern und zucken immer wieder, manchmal lasse ich Dinge fallen, oder ich knicke plötzlich um«, erkläre ich leise.

Willa sieht fragend zu Martha, die offenbar besser mit den Informationen zurechtkommt.

»Seit wann?«, hakt sie nach.

»Ein paar Wochen, vielleicht zwei Monate.«

»Zwei Monate?«, platzt es aus Willa heraus.

»Ich hab es auf die Partys geschoben und so«, wehre ich schnell ab, als sei das keine große Sache. Dabei ist uns allen klar, dass es eine große Sache ist. Weil meine Angst nicht nur groß ist, sie ist gigantisch.

»Die Symptome sind nicht sehr spezifisch«, meint Martha ruhig. »Es könnte genauso gut sein, dass du nur einen Vitamin-B_{12}-Mangel hast oder es sich um Nachwirkungen der Drogen handelt oder …«

»Das auf dem Festival war eine Ausnahme«, sage ich schnell, weil ich das Gefühl habe, mich rechtfertigen zu müssen. »Ich nehme sonst nichts.«

»Außer Alkohol«, murmelt Willa nachdenklich. »Es könnte auch daher kommen, oder?«

Martha zuckt mit den Schultern. »Wie gesagt, es könnte vieles sein. Die ersten Symptome sind selten körperlich. Oft kommt es zu einer eingeschränkten Wahrnehmung von Emotionen, Konzentrationsschwierigkeiten oder auch einer niedrigen Verarbeitungsgeschwindigkeit.«

»Dir ist schon klar, dass du gerade mein Leben beschrieben hast?«, unterbreche ich Martha und kann ihr ansehen, dass sie den Biss des schlechten Gewissens fühlt und sich die Frage stellt, die auch in meinem Kopf immer wieder auftaucht.

Bin all das noch ich?

Oder ist die Krankheit bereits dabei, mich nach und nach zu zersetzen?

Martha räuspert sich. »Bei den meisten treten erst zwischen dreißig und fünfzig die ersten Symptome auf«, erklärt sie, als wüsste ich das nicht längst.

»Ich bin die dritte Generation, von der wir wissen«, halte ich dagegen. »Und mit jedem beschissenen Mal, dass dieses mutierte Gen sich noch einmal geteilt hat, wurde auch meine Lebenszeit geteilt.«

»Ich glaube, Martha versucht nur, rational zu sein«, wirft Willa ein und legt eine Hand auf meinen Arm.

»Hattest du ungewollte Bewegungen? Probleme beim Schlucken?«

Ich schüttle den Kopf und sehe Martha fest in die Augen.

»Das ist schon mal gut.«

»Fing es bei deinem Papa auch so an?«, fragt Willa etwas vorsichtiger und greift nach meiner Hand, aber ich kann eine Berührung gerade nicht ertragen.

»Nein, bei ihm fing es mit einem Zucken im Arm an, mit Wutausbrüchen und damit, dass er sich an einige Dinge nicht erinnern konnte«, gebe ich zu. »Und ich weiß, was ihr versucht. Ihr versucht mich zu beruhigen, und …«

»Nein«, unterbricht Martha mich. »Tut mir leid, aber das ganz sicher nicht. Denn auch wenn es nicht Huntington ist, könnte es etwas anderes sein. Oder auch nur Stress, aber um das herauszufinden, wäre es gut, das medizinisch abklären zu lassen.«

Aber ich zögere.

Wie soll ich ihnen erklären, dass ich Angst habe vor dem Ergebnis und den Konsequenzen, die es mit sich bringen könnte. Wie soll ich ihnen begreiflich machen, dass ich keine Ahnung habe, was schlimmer ist. Dieser Schwebezustand, in dem ich lebe, oder von der kalten Gewissheit erschlagen zu werden?

Die Vorstellung, dass ich vielleicht auch von dieser Krankheit betroffen sein könnte, ist beängstigend. Es ist schwer genug, den Verlust meines Vaters zu verkraften – ich möchte nicht auch noch mit der Gewissheit leben müssen, dass ich selbst daran erkranken werde. Ich möchte nicht bei jeder Erinnerung an ihn denken: Was, wenn ich genauso ende?

»Ich kann verstehen, dass du es nicht wissen willst«, sagt Willa plötzlich und zieht so meinen Blick auf sich. »Ich weiß nicht, ob ich es wollen würde. Das Wissen kann man nicht mehr zurücknehmen, und es ändert auch nicht viel …«

»Es würde alles ändern!«, hält Martha dagegen. »Es gibt Studien, Untersuchungen …«

»Es gibt ein Vielleicht«, spricht Willa aus, was ich denke. »Und dieses Vielleicht ist auch noch da, wenn die Krankheit sich zeigt. Wieso sollte man sich vorher schon die letzte Hoffnung nehmen?«

»Na, weil man nur handeln kann, wenn man es weiß!«, schnaubt Martha, als könnte sie nicht fassen, dass ausgerechnet Willa nicht ihrer Meinung ist. Sie verliert sich in einem kleinen Monolog, in dem sie betont, wie groß die Bedeutung von Prävention ist und wie wichtig es ist, frühzeitig Maßnahmen ergreifen zu können. Sie sagt mir, dass sie für mich da sein werden, egal, wie das Ergebnis ausfällt.

Und ich weiß, dass sie es genauso meint.

Aber das ändert nichts. Zumindest nicht für mich.

Denn wie soll ich entscheiden, ob ich immer wieder in Angst

lebe oder in Gewissheit und Angst? Egal, was ich tue, meine Chancen stehen 50:50. Und ich glaube, kein Matheunterricht der Welt kann einem vermitteln, wie schwer dies wiegt, wenn es um das eigene Leben geht. Die eigene Zukunft.

»Du solltest nichts tun, was du nicht tun willst«, ergänzt Willa sanft und sieht mich ernst an. »Es kann dir egal sein, was ich sage, oder Martha. Das hier geht nur dich etwas an, es ist dein Leben.«

Aber ich spüre eine innere Blockade. Ich möchte nicht mein ganzes Leben von dieser Krankheit bestimmen lassen. Ich möchte die Zeit, die mir bleibt, in vollen Zügen genießen und nicht ständig in Sorge leben.

Doch genauso wenig möchte ich bei jedem Zucken, jedem Husten, jedem Zittern darüber nachdenken, ob es nun die Krankheit ist, die sich langsam, aber sicher durch mein Gehirn frisst, bis von mir nichts mehr übrig bleibt. Wenn ich leben will, dann nicht im Schatten. Nicht ständig in Angst. Nicht mit all diesen Fragen.

»Ich denke, ich will den Test«, sage ich mehr zu mir als zu ihnen.

Martha entkommt ein unüberlegtes »Gott sei Dank«.

»Bist du sicher?«, fragt hingegen Willa.

Und irgendwie schaffe ich es zu nicken.

Weil ich tatsächlich denke, dass ich das will. In diesem Moment fühle ich mich erleichtert. Nicht weil ich bereits weiß, wie mein Leben laufen wird, sondern weil ich glaube, endlich eine Entscheidung getroffen zu haben. Nicht für Martha, meine Ma oder meinen Paps. Sondern für mich.

»Ich will so nicht weitermachen«, gestehe ich langsam, aber dieses Mal fester. »Es ist, wie du sagst. Es ist mein Leben, und ich will es nicht an eine Krankheit verschwenden, nicht mal, wenn ich sie habe.«

Willa lächelt. »Okay.«

»Sollen wir einen Termin für dich machen?«, will Martha sofort wissen und zückt ihr Handy, als würde sie um diese Uhrzeit noch jemanden erreichen.

»Nein, aber könnte mich jemand von euch hinfahren?«

Martha lässt ihre Schultern etwas sinken. »Ich bin in den nächsten Tagen zu eingespannt, aber ich kann dir mein Auto leihen.«

»Und ich kann fahren«, bietet Willa sofort an.

»Gut, denn um ehrlich zu sein, habe ich den Termin schon«, gestehe ich und wische mir eine ausgewaschene Strähne aus dem Gesicht. »Aber bis eben wusste ich nicht, ob ich wirklich hingehen soll.«

»Du musst das nicht allein tun«, sagt Willa.

»Wir sind für dich da.«

DIEZ

Erwachsen zu sein bedeutet vielleicht auch, langsam zu verstehen, dass die eigenen Eltern nicht die Version hinter der rosaroten Brille sind. Sie sind einfach Menschen mit den gleichen Ängsten und Sorgen und Unsicherheiten wie man selbst. Aber das Schöne daran, nun mit ihnen auf Augenhöhe zu sein, ist, dass man für sie da sein kann. In den Zeiten, in denen es am schwersten ist, erwachsen zu sein.

»Ich bin nervös«, murmelt meine Mamá neben mir, während sie immer wieder ihre Hände aneinanderreibt.

»Das musst du nicht«, versichere ich ihr, obwohl ich es selbst kaum noch aushalte, vor dem Büro von Aygül zu sitzen und zu warten. Keine Ahnung, warum sich die Zeit immer zu den genau falschen Augenblicken ausdehnt. »Es ist nur eine Beratung, keine Entscheidung.«

»Es fühlt sich an, als würde ich deinen Vater betrügen.«

»Du redest nur mit jemandem, der sich mit diesen Themen auskennt. Nicht mehr und nicht weniger«, halte ich dagegen, obwohl ich genau das Gleiche fühle. Immer dann, wenn man jemandem, den man liebt, eine solch deutliche Grenze zeigen muss, fühlt es sich an, als würde man etwas Falsches tun. Und das ist absurd, denn eine Grenze zu ziehen ist nichts Falsches.

Nur eine wissentlich zu übertreten ist es.

»Ich glaube, das war ein Fehler«, platzt es aus ihr heraus, und sie springt auf. Für eine schrecklich lange Sekunde glaube ich, dass sie einfach davonlaufen wird, doch dann setzt sie sich wieder hin. »Er hat mich nie geschlagen, er hat mir nie wehgetan. Weißt du?«

Ihr hilfloser Blick findet meinen. »Er hat *uns* nie geschlagen«, verbessere ich sie. »Aber er hat *uns* wehgetan. Es gibt nicht nur die eine Form von Gewalt, Mamá, und sich Hilfe zu holen ist weder ein Verrat noch ein Verbrechen.«

Sie nickt langsam, und obwohl alles an ihrer Haltung noch immer angespannt wirkt, zucken ihre Mundwinkel nach oben. »Ich hab dich ziemlich gut hinbekommen, finde ich.«

»Etwas Luft nach oben ist noch.«

Sie lacht auf. »Ich mein es ernst, Diez«, sagt sie langsam und greift nach meiner Hand, um sich daran festzuhalten. »Du bist zu einem besseren Mann geworden, als ich es zu hoffen gewagt habe. Und dass wir heute hier sitzen, beweist es.«

Ehe ich dazu komme, etwas darauf zu erwidern, geht die Tür des Büros auf, und Aygül lächelt uns beide an. »Dalia, Diez?«, sagt sie zur Begrüßung und nickt. »Kommt rein.«

Meine Mamá steht auf. Sie blickt nicht über ihre Schulter, sondern marschiert in das Büro. Und ich war in meinem ganzen Leben noch nie so stolz auf sie wie in diesem Moment. Und ich weiß, Danielle wäre es auch.

Kapitel 50

2 Monate zuvor

DIEZ

Sonne wärmt meine Haut.

Ich öffne blinzelnd die Augen und brauche einen Moment, um zu verstehen, dass Ada nicht mehr in meinen Armen liegt. Stöhnend richte ich mich auf und greife in meinen Nacken. Im Auto zu schlafen war nicht die beste Idee. Meine Klamotten sind noch immer klamm, und der Matsch ist verkrustet. Doch all dies ist gerade nicht wichtig.

Wichtig ist nur Ada.

Aus dem Wagen stolpernd muss ich feststellen, dass der Parkplatz nicht mehr so verlassen ist wie zuvor. Eine Familie ist gerade dabei, die Pause mit geschmierten Broten zu verbringen, während ihr Hund zum Feld läuft und offenbar nach einer Maus oder dergleichen wühlt.

Ich drehe mich einmal um mich selbst, dann entdecke ich sie.

Ihr Haar ist zerzaust und weht im leichten Wind, während sie den Qualm auspustet. »Ada?«

Ich mache ein paar Schritte auf sie zu. Nur um zu sehen, dass ihr Blick dunkler ist. Von dem seltsamen Lächeln des vergangenen Abends ist nichts mehr zu erkennen. Nur noch Schatten, die ihre weichen Züge härter erscheinen lassen.

Sie tritt die Kippe aus und schlingt die Arme um ihren Körper.

»Tut mir leid.«

Perplex lege ich die Stirn in Falten. »Alles ist in Ordnung, dir muss nichts leidtun«, entgegne ich und will sie in meine Arme ziehen, doch sie weicht mir aus. Wieder einmal sind wir an diesem Punkt angekommen.

»Doch … doch, mir muss alles leidtun«, sagt sie leise, aber nicht weniger düster. Die Sonne scheint mich zu verhöhnen, während ich beginne, mir die Dunkelheit zurückzuwünschen, als könnte es Ada und mich nur im Sturm geben – aber niemals am Morgen danach.

Ich schiebe die Hände in die Hosentaschen. »Hey, was ist los?«

»Was ist los?«, fragt sie schluchzend und sieht mich mit großen blauen Augen an. »Mein Dad ist gestern gestorben, und ich habe mich von dir auf der Motorhaube ficken lassen.«

Die Heftigkeit ihrer Worte lässt mich zurücktaumeln. »Ada, das ist …«

»Ekelhaft? Selbstsüchtig? Widerlich?«, spuckt sie mir die Worte ins Gesicht.

»Du wolltest nur nicht allein sein«, versuche ich irgendwas zu sagen, sie irgendwie davon zu überzeugen, dass die Nacht, die wir zusammen hatten, nicht nur das war. Doch Adas kalter Blick erklärt mehr als ihre Worte. Sie schüttelt den Kopf. »Ja, und dafür habe ich meine Ma allein gelassen.«

Mir wird klar, dass ich nichts tun kann.

Dass es nichts gibt, was ich sagen kann, um sie von ihrer Trauer zu befreien, und dass ich vielleicht, nur vielleicht, auch schuld daran bin. Ich habe es geschehen lassen. Ich wollte sie so sehr, dass ich nicht darüber nachgedacht habe, was danach passiert. Ich habe sie ausgenutzt.

Auch wenn ich es nicht wollte, habe ich es getan.

»Und ich habe die Regel verletzt.«

»Welche Regel?«

Ihre Augen finden meine, bohren sich in mein Innerstes, als würde sie hoffen, dass ich nur durch ihren Blick all das sehe, was sie fühlt, aber nicht schafft, in Worte zu fassen. »Du darfst dich nicht verlieben, Diez.«

»Und warum nicht?«

Sie schüttelt den Kopf. »Weil ich dir nicht das Herz brechen will.«

Ich mache einen Schritt auf sie zu, nur um zu sehen, wie sie vor mir zurückweicht. Und für einen Moment will ich es einfach dabei belassen. Aber ich kann es nicht.

»Doch, brich es mir.«

Adas Mund geht auf, doch ich lasse nicht zu, dass sie mich unterbricht.

»Brich mir mein Herz, Ada. Das ist meine Entscheidung. Alles, was ich will, ist, das zu fühlen, was ich mit dir fühle. Alles, was ich immer wollte, warst du. Oder nein, alles, was ich will, ist ein Wir.«

Sie schüttelt den Kopf. Die Tränen in ihren Augenwinkeln schimmern wie die Splitter von Diamanten. Hart und kalt und doch auf absurde Art so wunderschön. »Diez, es kann kein Wir geben, wenn ich nicht einmal sicher sein kann, ob ich in ein paar Jahren noch ich selbst bin …«

Schluckend nicke ich. Nicht, weil ich ihr zustimme. Nicht, weil ich glaube, dass eine Krankheit, die sie vielleicht oder vielleicht auch nicht hat, etwas Gutes zerstören sollte. Sondern weil ich ihre Angst verstehe.

Weil ich endlich checke, dass sie mich wegstößt, weil sie glaubt, mich zu beschützen. Mich und mein Herz beschützen zu müssen, weil ich selbst nicht sehe, was auf mich zukommt

»Du musst keine Angst davor haben, mir das Herz zu brechen. Nicht, wenn es bedeutet, dass wir zusammen sind und ich dich irgendwann verlieren werde. Du musst dir nur Sorgen machen, wenn du jetzt gehst und mir die Chance auf ein Wir nimmst.«

»Nein.«

Ein so einfaches Wort.

Und doch fühlt es sich an, als habe ein Orkan mich mit sich gerissen.

»Ich will jetzt zu meiner Mama.«

Mein Herz schlägt noch, doch es fühlt sich an, als sei dennoch etwas in mir gestorben. »Ich fahr dich zu ihr«, murmele ich resigniert und nicke zum Wagen, damit sie einsteigt.

Im Wagen blickt sie auf ihre zerrissene Strumpfhose, auf den Schlamm, der neue Muster in den transparenten Stoff gezeichnet hat.

»Mein Dad, er …«

Aber ihr bleiben die Worte in der Kehle stecken. »Es ist okay, du darfst weinen«, murmle ich, aber sie weicht mir aus.

»Lass mich, bitte.«

Ich verharre.

Erstarre.

»Mein Dad wäre so enttäuscht von mir …«, schluchzt sie. »Ich hab's versprochen, versprochen, meine Mama nicht allein zu lassen.«

»Ich fahr dich nach Hause«, meine ich mehr zu mir selbst und starte den Wagen. Mit verkrampften Muskeln lenke ich das Auto zurück auf die Autobahn.

Ada starrt aus dem Fenster, während eine stille Träne über ihr Gesicht rinnt. »Du … du fühlst so viel, und ich wünschte, ich könnte das auch.«

»Etwas fühlen?«

»Nein, ich fühle nur …« Aber dann wendet sie den Kopf wieder ab, fixiert etwas auf den Straßen, das meiner Sicht verborgen bleibt. Doch ich kann diesen Satz nicht einfach in der Luft hängen lassen. »Nur was?«

Sie winkt ab. »Vergiss es.«

»Ada.«

Aber sie antwortet mir nicht, schließt nur die Augen, als könnte sie mich so auch aus ihrem Leben aussperren. Als könnte sie die Erinnerungen an die letzte Nacht einfach so auslöschen.

Die Fahrt kommt mir vor wie ein Fiebertraum.

Mein Zeitgefühl geht völlig verloren, und erst als ich vor dem Wohnblock von Adas Mom parke, wird mir bewusst, was das hier wird. Ein Abschied.

Aber keiner wie die, die wir schon öfter hatten.

Dieses Mal ist es anders.

Geht irgendwie tiefer.

Sie schnappt sich ihre kleine Handtasche und sieht mich noch einmal an. »Danke, Diez. Für alles, ohne dich hätte ich das nicht geschafft. Tut mir leid, dass ich nicht das bin, was du verdienst.«

Dann steht sie auf, wirft die Tür hinter sich zu und lässt mich in der Gewissheit sitzen, dass es keinen Anfang für uns gibt. Nur unendlich viele Enden, die mir das Herz zerfetzen.

Kapitel 51

Jetzt

ADA

Manche Momente sind so endlos lang, als sei ein ganzes Leben darin gefangen.

Ich sitze im Wartezimmer des Arztes und warte darauf, aufgerufen zu werden. Willa hält meine Hand, aber ich kann fühlen, dass sie genauso nervös ist wie ich. Schon bei dem Gespräch mit dem Psychologen vorab hatte ich die gesamte Zeit das Gefühl, dass nun, da ich mich endlich entschieden habe, plötzlich alle versuchen, mir das Ganze auszureden.

Mein Herz schlägt schneller als gewöhnlich, und meine Hände sind kalt. Obwohl mir heiß ist, hat sich ein Schweißfilm in meinem Nacken gebildet.

Ich weiß, dass dieser Moment eine große Bedeutung für mich haben wird – es geht um meinen Körper, meine Gesundheit und möglicherweise um meine Zukunft. Einfach alles, was noch in meinem Leben passiert oder nicht passiert, beginnt genau hier. In diesem Zimmer voller abgegriffener Zeitschriften, unbequemer Stühle und mit dem Geruch nach Desinfektionsmittel.

Nein, nicht nur das. Es ist ein Geruch der Hoffnungslosigkeit.

Als mein Name endlich aufgerufen wird, stehe ich langsam auf und folge der Arzthelferin in das Behandlungszimmer. Willa bleibt hinter mir zurück, wartend. Aber mit diesem speziellen Blick in den Augen.

Sie hat genauso Angst davor wie ich.

Der Raum ist steril und kalt, was meine Nervosität nur verstärkt.

Es kommt mir vor, als habe jemand einen Filter in meine Realität geschoben. Ich bin da, ich antworte, ich interagiere. Aber nichts davon kommt mir echt vor. Der Arzt begrüßt mich freundlich und nimmt sich Zeit, um mir den Test zu erklären. Er tut so, als wüsste ich nichts darüber. Als sei es nicht genau die Krankheit, die mein ganzes Leben seit Jahren bestimmt. Aber nicht einmal wütend kann ich werden, alles wird durch diesen seltsamen Filter abgedämpft.

Während er die Details erläutert, spüre ich eine Mischung aus Angst und Hoffnung in mir aufsteigen. Vielleicht, nur vielleicht habe ich es nicht. Vielleicht sind meine Gene nicht krank, ohne die Veränderung, die meinen Körper von innen heraus zerstören wird. Vielleicht werde ich keine Zuckungen bekommen, keine Probleme beim Schlucken, vielleicht wird meine Persönlichkeit nicht von einer Krankheit zerfressen.

Aber gleichzeitig hoffe ich auch auf Gewissheit – egal, wie das Ergebnis ausfallen mag. Ich kann mir all diese Fragen nicht mehr stellen.

Ich kann nicht mehr.

Das alles hier. Ich weiß, warum ich so lange davor weggelaufen bin. Und um ehrlich zu sein, würde ich es am liebsten wieder tun. Nur wartet außerhalb dieser Praxis auch nichts anderes als weitere Angst. Also was habe ich zu verlieren?

Der Arzt sieht mich einfühlsam an und fragt mich, ob ich bereit bin, den Test durchzuführen. Fast hätte ich aufgelacht. Für jemanden, der jeden Tag mit Patientinnen wie mir zu tun hat, scheint er herzlich wenig über sie zu wissen.

Bereit?

Wie kann man bereit sein?

Was bedeutet es überhaupt, dieses Bereitsein?

Sind wir in unserem Leben jemals bereit?

Ich nicht. Mein Vater war es auch nicht.

Niemand von uns ist bereit, wenn das eigene Schicksal an die Tür klopft und sich vor uns ohne Erbarmen offenlegt.

Zweifel und Ängste kämpfen gegen den Wunsch nach Klarheit

und Gewissheit an. Ich atme tief ein und spüre, wie sich meine Entschlossenheit festigt.

Ich möchte die Wahrheit wissen, egal, wie schwer sie sein mag. Mit einem Nicken stimme ich dem Test zu. Für Worte reicht es nicht aus, dazu ist meine Kehle zu trocken.

Es fühlt sich an, als würde ich in eine Achterbahn eintreten, von der ich nicht weiß, ob sie Sicherungsbügel hat. Von der ich nicht weiß, ob der nächste Looping nicht vielleicht mein letzter wird. Ich sage etwas, aber ich höre mich selbst kaum. Dazu sind meine inneren Schreie zu laut.

Der Arzt nickt und beginnt mit der Blutabnahme. »Fertig«, sagt er wenig später und sieht mich an. Nicht einmal den Einstich habe ich gespürt, als sei der Filter auch über meinen Körper gelegt worden. »In zwei Wochen haben wir die Ergebnisse.«

»Danke.«

»Versuchen Sie, nicht zu viel darüber nachzudenken«, meint er und lächelt, als würde mir dieser Satz auch nur den Hauch von Hilfe bieten. »Meine Oma sagte immer, über ungelegte Eier sollte man sich nicht aufregen.«

»Ich bin sicher, Ihre Oma wäre anderer Meinung gewesen, wenn die Eier tickende Gen-Zeitbomben sind«, murmle ich, aber entweder hört er mich nicht, oder er ignoriert es. Beides soll mir recht sein.

Das leichte Brennen an der Einstichstelle begleitet mich, als ich wieder zu Willa ins Wartezimmer komme. Sie legt einen Arm um mich, als wüsste sie genau, dass ich das jetzt brauche. Manchmal frage ich mich, ob Menschen, die so viel Mist erlebt haben, automatisch zu Heldinnen werden. Weil sie überlebt haben, ohne ihre Menschlichkeit zu verlieren.

Und dann erinnere ich mich wieder an all die Bösewichte aus den Geschichten, die zum Gegenteil wurden.

Bin ich eine von ihnen?

Und bin das ich, oder schon der Anfang einer Krankheit, die mich Stück für Stück zersetzt?

Willa hält mir die Tür des Wagens auf, und ich sacke noch etwas mehr in mich zusammen. Als sie einsteigt, verharrt sie einen Moment. »Wie war's?«

»Es war nur eine Blutabnahme.«

»Und wie geht's dir damit?«

Ich schüttle den Kopf. »Lass uns einfach nach Hause fahren und lesen, gerade brauche ich eine andere Realität als meine eigene. Und ganz ehrlich, nach dem psychologischen Test kann ich auch nicht mehr.«

Sie lächelt. Und wieder einmal bewundere ich, dass sie es schafft zu lächeln, wenn alles um sie herum brennt. »Okay.«

Willa steckt den Schlüssel ins Schloss.

Aber es passiert nichts.

Perplex versucht sie es noch einmal. Dann noch einmal.

Und noch mal.

»Er springt nicht an«, höre ich sie mit leichter Panik in der Stimme sagen.

»Ganz ruhig«, versuche ich, nicht auch direkt in Angst zu verfallen. »Versuch's noch einmal.«

Willa dreht den Schlüssel.

Nichts als Stille.

»Lass mich mal«, fordere ich sie auf, gehe um den Wagen herum und setze mich ans Lenkrad. Aber ich habe auch nicht mehr Glück.

Keine der Warnlampen blinkt. Das Auto ist vollkommen tot.

»O Gott, er ist kaputt.«

»Ist er nicht«, erwidere ich schnell.

»Aber er springt nicht an!«

»Das sehe ich.« Resigniert lasse ich den Kopf gegen die Kopfstütze fallen. »Fuck.« Willa und ich sehen uns an. »Martha bringt uns um.«

»Ich schwöre, ich habe das Licht nicht angelassen«, sagt sie schnell.

»Ja, aber jetzt stecken wir am anderen Ende von Frankfurt fest«, grummle ich, während ich krampfhaft überlege, was man in so einer Situation zu tun hat. »Und was machen wir jetzt?«

Willas Mundwinkel zucken etwas. »Ich ruf Diez an.«

Ich starre sie an. »Was? Warum ausgerechnet ihn?«

»Weil er sich mit Autos auskennt und ich leider nicht genug Geld bei mir habe, um einen Pannendienst zu bezahlen«, erklärt sie entschuldigend.

»Können wir nicht einfach …«

»Ada, komm schon. Er wird dir schon nicht an die Gurgel gehen«, beschwichtigt sie mich.

»Na ja, so sicher wäre ich mir da nicht.«

»Ich ruf ihn an.«

»Okay«, gebe ich nach und frage mich, was das Schicksal mir wohl damit sagen will, dass Diez immer dann in meinem Leben auftaucht, wenn sich der nächste Sturm ankündigt. »Fuck.«

DIEZ

Ich hätte einfach Nein sagen sollen.

Es wäre ganz einfach gewesen: »Nein, Willa. Tut mir leid, ich werde dir und Ada nicht aushelfen.«

So simpel.

Ich könnte mit meiner Katze auf meinem Sofa liegen und zum dritten Mal in Folge *Die Therapie* sehen, statt hier zu stehen und ihren Blick auf mir zu spüren.

»Danke, dass du gekommen bist«, sagt Willa neben mir und sieht mich entschuldigend an. Sie hat sich so dicht neben mir über die Motorhaube gebeugt, dass ich ihr Pfirsichshampoo riechen kann. Ich sehe sie von der Seite an und mache eine Geste, die ihr bedeuten soll, dass ich etwas Raum brauche.

»Schon okay, gebt mir ein paar Minuten«, antworte ich ernst. Die ersten Regentropfen prasseln vom Himmel.

Willa schaut mich Hilfe suchend an. Dann zu Ada. Dann wieder zu mir. »Ihr könnt in meinem Auto warten«, murmele ich und drücke ihr die Schlüssel in die Hand.

»Danke.«

Je weiter die beiden von mir weg sind, desto besser.

Ich muss mich konzentrieren. Und das kann ich nicht, wenn ich immer wieder Ada ansehe. Und das kann ich erst recht nicht, wenn ich mich frage, was zur Hölle sie hier wollten. Schlimmer noch, ich darf es mich nicht fragen.

Der Regen wird stärker.

Die Tropfen größer.

Mit der kleinen Taschenlampe im Mund leuchte ich in die Motorhaube, während ich herauszufinden versuche, warum die neue Batterie, die ich mitgebracht habe, nicht ausreicht, um den Wagen zu starten.

Plötzlich stoppen die Tropfen.

Irritiert sehe ich hoch und muss erkennen, dass Ada einen Schirm über mich hält. »Diez, ich …«

»Was ist das nur mit dir und dem verdammten Regen?«

»Diez …«

»Ada, ich bin nicht deinetwegen hier«, unterbreche ich sie etwas schärfer, als es meine Absicht war.

Sie schluckt. »Ich weiß, es ist nur …«

Ich kann sie nicht ansehen. Denn wenn ich das täte, würde ich wieder die gleichen Fehler machen. Ich würde ihr wieder vergeben, wieder anfangen zu hoffen, dass es doch noch eine Chance auf ein Wir gibt. Und noch einmal kann ich es nicht ertragen.

Und ich kenne Ada. Vielleicht besser, als sie sich selbst kennt. Darum sage ich: »Du solltest anfangen zu reden, wenn du nicht willst, dass dieser Sturm uns vorher beide weggefegt hat.«

Mürrisch knalle ich die Motorhaube zu.

Ada steht vor mir.

Zu nahe.

»Es tut mir leid«, wispert sie, während die Tropfen eine seltsame Melodie auf dem Regenschirm spielen.

»Was genau?«

Sie zuckt mit den Schultern. »Eben alles.«

»Du weißt wirklich nicht, wie man sich entschuldigt, oder?«, gebe ich zurück und will mich an ihr vorbeischieben, aber sie greift nach meinem Arm. Bringt mich so dazu, doch wieder in ihr Gesicht zu blicken.

»Ich hab mich wie ein Arschloch verhalten, mehrmals.«

»Zumindest in dem Punkt kann ich dir zustimmen.«

»Diez, es tut mir leid. Ich bin nicht gut in diesen Dingen, aber ich fange langsam an zu verstehen, was für ein Arschloch ich wirklich war. Und ich will nur, dass du weißt, dass ich nie die Absicht hatte, dich zu verletzen. Nicht so zumindest.«

»Weißt du, was das Schlimme ist? Ich glaube dir«, sage ich und sehe ihr so fest in die Augen, wie ich kann. »Ich glaube dir immer. Und dann passiert wieder etwas, und du rennst wieder davon. Es ist immer das Gleiche, seit Monaten schon: Immer wenn ich denke, dass du mich etwas näher an dich ranlässt, stößt du mich wieder weg.«

Ihre zittrigen Lippen öffnen sich leicht. »Weil ich Angst habe.«

Ich mache einen Schritt zurück. Trete in den Sturzbach des Himmels, statt im Schutz des Schirms weiter in ihrer Nähe zu sein. »Wir haben alle Angst, Ada. Aber das gibt uns nicht das Recht, Menschen so zu behandeln.«

Sie blickt an mir vorbei zu der wartenden Willa in meinem Wagen. »Ich weiß. Und ich wünschte, ich hätte eher erkannt, was ich jetzt sehe.«

»Und das wäre?«

»Dass man vor der Liebe nicht davonlaufen kann. Nicht mal dann, wenn jemand viel zu gut für einen ist.«

Mein Herz knackt, knarzt und scheint unter dem Druck langsam, aber sicher zu zersplittern. Trotzdem muss ich es sagen. Muss das hier tun, um weitermachen zu können. »Es ist zu spät, Ada.«

Sie nickt langsam. »Können wir trotzdem noch Freunde sein?«

Ich drehe ihr den Rücken zu. »Ich weiß es nicht, Ada. Ich weiß es wirklich nicht.«

Kapitel 52

1 Monat zuvor

Diez
Willst du Gesellschaft?

Ada
Nur, wenn du Schnaps hast.

Diez
Ich denke, das wäre keine gute Idee.

Ada
Seit wann sind wir für unsere guten Ideen bekannt?

Diez
So schlimm, ja?

Ada
Ich verstehe nicht, wieso man sich einen Sarg aussuchen muss, nur um dann damit verbrannt zu werden.

Diez
Irgendwo habe ich mal gelesen, dass es nur gefordert wird, damit genug Asche in den Urnen ist.

Ada
Bitte was?

Diez
Gefährliches Halbwissen von TikTok.

Ada
Die Idee kann nur von einem Mann kommen.
Wen interessiert es, wie viel Asche in der verdammten Urne ist? Wieso überhaupt dieser ganze Müll für einen Tag, den man nicht mal miterlebt?

Diez
Beerdigungen sind für die Lebenden.
Zum Abschiednehmen.

Ada
Und genau das ist mein Problem.

Kapitel 53

DIEZ

»Du hast mit ihr Schluss gemacht?« Mein bester Freund sieht mich mit offenem Mund an.

Ich schlucke schwer. »Na ja, streng genommen hatten wir ja nie eine Beziehung, zumindest nicht, wenn es nach ihr geht.«

»Alter …«

»Situationship.«

»Du warst wieder zu viel auf Tinder.«

»Ich war seit einem Jahr nicht mehr auf Tinder, weil ich mich in Ada verliebt habe, obwohl ich wusste, dass das eine schlechte Idee war«, gebe ich mürrisch zurück. »Ich hab sämtliche Red Flags ignoriert und weitergemacht, obwohl ich wusste, dass am Ende nur noch mehr Schmerz entsteht.«

Elias legt den Kopf schief, als würde er nicht so recht wissen, wie er mit diesen Informationen umgehen soll. »Dann ist es vorbei? So richtig?«

In meinem Kopf drehen sich alle Optionen, alle Gefühle in einer Spirale, von der ich nicht weiß, ob ihr Weg mich nach oben oder nach unten führt. Beides ist möglich, doch es ist nur ein Wort, das aus meinem Mund kommt, ehe ich den Mut verliere, es auszusprechen: »Ja.«

»Irgendwie glaube ich dir nicht«, meint er und schüttelt demonstrativ den Kopf.

»Weil du ein hoffnungsloser Romantiker bist.«

»Oder weil ich es höre, wenn du lügst. Sogar dann, wenn du dich selbst anlügst.«

»Wir sind nicht gut füreinander«, wehre ich ab. »Sie ist nicht bereit, sich jemandem zu öffnen, und ich bin ein Feigling, der erst mal lernen muss, Verantwortung für sein Leben zu übernehmen.«

»Beim Feigling stimme ich dir zu.«

Ich stöhne auf und greife mir an die Stirn. »Na vielen Dank auch.«

»Was ich nicht verstehe, ist das Timing«, meint Elias gewohnt behutsam. »Ich meine, du wolltest doch, dass sie einen Schritt auf dich zumacht. Und jetzt hat sie es getan, und du machst einen zurück.«

Leider kam mir dieser Gedanke auch schon. Zu oft. Denn alles in mir schreit danach, ihr zu schreiben. Sie zu sehen. Aber ich erinnere mich auch an all die Male, in denen sie mich von sich gestoßen hat. Und ich bin über den Punkt hinaus, an dem mir nur ein bisschen Hoffnung reicht. Ich will mehr. Shit, nach all dem Schmerz verdiene ich auch mehr. Besonders von den Menschen, die ich liebe. Also räuspere ich mich und fahre mir durch die Haare.

»Weil es tausend Mal andersherum war«, zische ich hinter zusammengebissenen Zähnen. »Weil sie tausend Mal das eine gesagt und das andere getan hat. Was für eine Basis kann eine Beziehung haben, wenn sie nicht weiß, was sie will. Wenn sie nicht weiß, ob sie mich will.«

»Nur dass es nicht am Wollen hängt, oder?«

»Stimmt, sondern daran, es zu können. Und Ada kann gerade niemanden lieben. Am wenigsten sich selbst.«

»Autsch«, sagt Elias. »Seit wann bist du denn so scheiße reflektiert?«

»Muss an deiner Freundin liegen, die nimmt mich in den Sitzungen immer ziemlich hart ran.«

»Das Kompliment richte ich ihr aus.«

Aber es fühlt sich noch immer nicht so an, als sei dieses Gespräch wirklich zu Ende. »Wieso habe ich das Gefühl, dass du noch etwas sagen willst?«

»Es ist eher eine Frage«, gibt Elias zu.

Dieses Mal unterdrücke ich ein Stöhnen und beschränke mich

darauf, auf meine Hände zu schauen. »Dann hau sie raus, damit ich mit meiner Katze auf dem Sofa sitzen und weinen kann.«

»Bereust du es?«

Mein Mund klappt auf. »Was?«

»Ada?«

Noch bevor ich wirklich darüber nachdenken kann, sage ich: »Nein.«

Elias grinst mich an. »Dann ist es auch noch nicht vorbei.«

Kapitel 54

1 Monat zuvor

DIEZ

»Hallo?«

Adas Stimme klingt schlaftrunken, verwirrt. Gar nicht so wie sonst.

Mein Mund öffnet sich, aber ich bringe keinen Ton heraus. Dafür kann ich hören, wie Ada sich in ihrem Bett bewegt.

»Hallo?«

Ich räuspere mich. »Tut mir leid, ich wusste nicht …« Die Worte verklingen in meinem Mund, werden zu einem Hauchen. Wie zu einem Geist.

»Diez?«

Blinzelnd starre ich an die weiße Wand vor mir, ohne sie zu sehen, obwohl sie direkt vor mir ist. »Ich wusste nicht, wen ich sonst anrufen soll.«

»Diez, was ist los?«, fragt sie. Lauter. Deutlicher.

Ich schüttle den Kopf, obwohl ich weiß, dass sie es nicht sehen kann. »Danielle, sie … es ist … Sie ist hirntot.«

Wieder Geisterworte.

Die Kälte greift nach mir, legt sich auf meine Stimmbänder mit einem Fluch, als wollte sie nicht, dass ich ausspreche, was ausgesprochen werden muss.

Im Hintergrund kann ich hören, wie Ada aufsteht, wie sie nach etwas kramt. »Wo bist du?«

Mein Kopf ruckt nach oben. »Im Krankenhaus.«

»Ich komme zu dir.«

Auf der weißen Wand vor mir scheinen sich Formen zu bilden.

Weiß auf Weiß, aber dennoch da. »Mein Dad, er weigert sich, und meine Mama …«

»Diez, ich komme sofort«, unterbricht sie mich. Ihre Stimme sorgt dafür, dass ich scharf nach Luft schnappe. »Hast du mich gehört? Ich komme zu dir. Jetzt gleich, du musst nur noch ein bisschen durchhalten, okay?«

Aber es ist nicht okay.

Nichts ist okay.

Nicht die weiße Wand, nicht die Angst in meinem Bauch.

»Ada, ich glaub, ich schaff das nicht«, kommt mir über die Lippen, ehe ich die Faust hebe und meine Zähne in die Haut schlage, um nicht in dem kalten Krankenhausflur mit den weißen Wänden zusammenzubrechen.

»Hör mir zu, du schaffst das.«

»Und was, wenn nicht?«

»Dann werde ich es für dich schaffen, okay?«, sagt sie sanft, und irgendwie bewirkt sie damit, dass die Tränen stoppen. Nicht für immer. Nur für den Moment. Damit ich noch durchhalte. Nur noch ein bisschen.

»Ich bin in einer halben Stunde bei dir. Okay?«

Mein Nicken scheint sie zu hören, oder zumindest fragt sie nicht noch einmal nach.

»Ada?«

»Ja?«

»Ich hab Angst.«

Ihr leises Fluchen wird zu einem hörbaren Lächeln. »Das ist okay, ich habe auch Angst.«

Aber ich weiß, dass sie lügt.

Niemals hat Ada vor etwas Angst. Sie steht immer wieder auf, selbst wenn das schlimmste Gewitter über ihr zusammenbricht und Tausende von Blitzen sie zu zerfetzen drohen. Sie würde immer noch lachen. Immer noch leuchten, als sei sie selbst die Sonne, und kein Sturm der Welt könnte ihr das Leuchten nehmen. Nur ich bin nicht so.

Ich bin nur einer von Millionen Tropfen, die auf den Boden klatschen, bis sie irgendwann verdunsten und auf das nächste Gewitter warten. »Was, wenn es falsch ist? Wenn sie doch aufwacht und wir sie umbringen?«, frage ich leise, als ich das Klimpern ihrer Schlüssel höre.

»Diez, sag so etwas nicht …«

Ihre Schritte hallen im Treppenhaus nach wie das Schuldgefühl in meiner Brust.

Ich will nicht weiterreden, aber die Worte platzen einfach aus mir heraus. »In den letzten Wochen war alles, was ich wollte, dass wir die Geräte abschalten, und jetzt …«

»Hey«, unterbricht Ada mich eindringlich. »Du tust das Richtige, und Danielle weiß das.«

Tut sie das?

Tue ich das?

Gibt es überhaupt eine richtige Entscheidung?

Und wenn, wer bin ich, dass ausgerechnet ich sie treffen sollte?

In meinem Kopf dreht sich alles, vermengt sich zu einer neuen Wolke, die mir jede Sicht raubt. Jemand legt mir eine Hand auf die Schulter. Ich glaube, es ist meine Mutter, aber ich drehe mich nicht um. Mein Blick ist noch immer auf die Wand vor mir gerichtet, als ich sage: »Ich muss Schluss machen.«

Ich kann hören, wie Ada aus dem Hausflur kommt, wie der Lärm der Straße ihre Stimme dämpft. »Bis gleich.«

Und als ich das Handy vom Ohr nehme, weiß ich, dass irgendetwas in mir gleich mit Danielle sterben wird.

ADA

Mein Atem rasselt, was mir wohl sagen sollte, dass ich die Finger von den Zigaretten meines Vaters lassen sollte. Ich schwitze am ganzen Körper, und meine Muskeln beschweren sich bereits, aber ich werde trotzdem nicht langsamer.

Meine Boots geben quietschende Geräusche von sich, während ich über den Flur laufe. Aber dann halte ich abrupt inne.

Diez sitzt vor Danielles Zimmer.

Er hat die Beine lang ausgestreckt, den Rücken gegen die Wand gelehnt und starrt geradeaus, als würde er etwas auf dem fleckigen Weiß erkennen, das niemand sonst sehen kann.

Vorsichtig nähere ich mich ihm, aber er blickt nicht einmal auf, als ich mich neben ihn setze. »Hey …«

Er dreht den Kopf zu mir. »Sie ist …«

»Ist gut, es ist alles gut«, hauche ich und greife nach seiner Hand, aber er ist völlig im Schock gefangen und scheint gar nicht zu begreifen, was los ist. Erst als ich seine Finger sachte drücke, begreift er, dass ich es bin.

»Du bist da«, murmelt er.

»Ich bin da«, verspreche ich und rücke näher.

»Danielle ist …«

Ich ziehe ihn zu mir, bette seinen Kopf an meine Schulter und halte ihn so fest ich kann. Seine Tränen tropfen auf meine Jacke, aber ich halte ihn nur noch fester.

Das Pflegepersonal sieht mich wissend an, doch niemand von ihnen scheucht uns von dem kalten Boden fort. Alle warten, damit Diez genug Zeit hat, die Scherben seines Seins wieder zusammenzufegen. Damit wir genug Zeit dafür haben.

Vorsichtig wiege ich uns vor und zurück. Halte ihn, während sich sein ganzer Körper verkrampft.

Jetzt verstehe ich, warum er die Wand so angestarrt hat. Wenn man nur lange genug hinsieht, scheint das Licht flackernde Formen zu zeichnen. Muster, die man nie ganz greifen kann, aber die dennoch eine Geschichte erzählen. Der Schatten des kleinen Servierwagens neben dem Zimmer zeichnet eine Grenze. Zwischen den Formen der Wand und der Realität, in der wir alle nur versuchen, irgendwie zu überleben.

Mein Zeitgefühl geht verloren.

Es könnten nur ein paar Minuten sein, aber vielleicht auch Stunden. Nur ein Augenblick oder eine ganze Ewigkeit. Aber dann geht die Tür zum Zimmer hinter uns wieder auf.

Das Erste, was ich sehe, sind die schwarzen Lackschuhe, in denen sich das künstliche Licht spiegelt.

»Hör auf zu heulen«, grunzt sein Vater. »Du hast doch bekommen, was du wolltest. Deine Schwester ist tot.«

Für den Bruchteil einer Sekunde bin ich fassungslos, und selbst Diez wird aus seinem Weinkrampf gerissen, während wir beide seinen Vater anstarren. Aber ich finde meine Stimme zuerst wieder. »Sind Sie immer so ein Arschloch?«

Ganz langsam löst sich Diez von mir, sieht nur zwischen mir und seinem Vater hin und her. Der sieht mich mit großen roten Augen an. »Bitte?«

Ich stehe auf. Wische mir die Tränen seines Sohns von der Lederjacke, während ich einen Schritt auf ihn zumache. »Sie haben mich schon verstanden«, schnaube ich. »Vielleicht sollten Sie sich mal fragen, wieso Ihre Tochter überhaupt hier gelandet ist, statt die Schuld auf den einzigen Menschen zu schieben, der für sie da war.«

Aus den Augenwinkeln sehe ich, wie Diez ebenfalls aufsteht, aber es ist zu spät.

»Das ist eine Frechheit«, speit sein Vater in meine Richtung.

»Nein, aber wissen Sie, was eine Frechheit wäre?«, zische ich, greife nach der Teekanne auf dem Servierwagen und drehe den Deckel auf. »Das hier.«

Der warme Tee läuft über seinen Kopf.

Der Geruch von Pfefferminz steigt mir in die Nase.

Ich weiß nicht, wer fassungsloser ist.

Diez hinter mir, sein Vater vor mir oder Jordan, der sich den Mund zuhält, als wüsste er nicht, ob er lachen, schreien oder etwas anderes tun sollte.

»Ada …«

Ich drehe mich zu Diez um und nicke. »Komm, wir gehen.«

Ohne mich noch einmal umzublicken, ziehe ich ihn mit mir.

Weg von diesem Mann.

Weg von dem Geruch des Todes und Pfefferminz.

Wir gehören hier nicht her.

Jetzt nicht mehr.

»Hast du das gerade wirklich gemacht?«, murmelt Diez völlig perplex, während wir in die kalte Nachtluft hinaustreten.

»Das war längst überfällig, wenn du mich fragst.«

Kapitel 55

Jetzt

DIEZ

... ich glaube, es ist besser zu gehen.
Denn manchmal sorgt erst der Abschied dafür, dass man sieht, was man hatte. Und seit ich den Entschluss getroffen habe, wird mein Lachen plötzlich wieder echter. Als könnte ich langsam wieder etwas in all dem Grau sehen.
Hoffnung, obwohl ich nichts anderes will, als endlich nicht mehr aufzuwachen.

Danielle

Die Nachmittagssonne taucht die Wohnung in warmes Licht, während ich den Karton vor mir mit gelbem Klebeband verschließe. Obwohl die Balkontür offen steht, ist mir heiß. Und ich bin mir nicht sicher, ob das an den warmen Temperaturen oder der aufsteigenden Panik liegt.

»Erinnere mich daran, danach nie wieder umzuziehen …«

Elias lacht auf. »Ich kann's versuchen.«

»Mehr hast du nicht anzubieten?«

»Möchtest du angelogen werden?«, fragt er zurück und grinst.

»Um ehrlich zu sein: ja.«

»Du wirst für immer in der kleinen Zweizimmerwohnung am anderen Ende der Stadt wohnen«, sagt er und macht eine Handbewegung, die wahrscheinlich an einen Zauberer erinnern soll, aber irgendwie nur cringe aussieht.

»In meiner Vorstellung klang es besser«, gebe ich zu und stöhne, ehe ich mich auf dem Sessel niederlasse. Mrs King springt mir miauend auf den Schoß, und Elias reicht mir eine Flasche Wasser.

»Versuch es zu genießen«, meint er. »Das ist ein Neuanfang. Und du liebst doch den neuen Job, oder nicht?«

Das tue ich tatsächlich.

Eigentlich hatte ich nur geplant, etwas zu jobben, aber inzwischen kann ich mir gar nicht mehr vorstellen, nicht in die Werkstatt zu fahren. Klar, ich bin noch kein Profi. Aber es hat etwas unfassbar Befriedigendes, wenn man Dinge reparieren kann. Es fühlt sich an, als sei ich nützlich. Ganz anders als der Druck im Studium. Wenn meine Hände beschäftigt sind, denke ich nicht mehr. Dann ist da nur noch eine Aufgabe, und wenn ich sie löse, sind alle glücklich.

»Ich liebe ungefähr alles daran, außer die Tatsache, dass ich mir damit die Miete kaum leisten kann.«

»Du hast eine Wohnung mit Fahrstuhl und Balkon«, erinnert mich Elias. »Damit bist du ungefähr da oben …« Er hält die Hand über seine Schultern.

»Schon klar, ich jammer wie ein privilegiertes Baby«, schnaube ich und trinke einen Schluck.

»Jammern ist schon in Ordnung«, meint er. »Ich bin ja hier, damit du es wieder realistisch einordnen kannst.«

»Was würde ich nur ohne dich tun?«

»Das frage ich mich auch immer.«

Irgendwie schafft er es, dass auch meine Mundwinkel etwas nach oben wandern. Trotzdem fühlt sich alles komisch an. Nicht falsch. Nur komisch. Meine Wohnung besteht nur noch aus Kisten. Und das erinnert mich schmerzlich daran, dass ich gerade erst Danielles Leben in Kartons gepackt und verstaut habe. Alles scheint immer wieder darauf hinauszulaufen.

Wir packen Leben ein und wieder aus, und das Ganze geht von vorn los. Bis es das irgendwann nicht mehr tut.

»Wann kommen deine Helfer?«, reißt Elias mich aus meinen Gedanken.

»Morgen früh, so gegen 8 Uhr«, antworte ich und werfe einen Blick auf die Uhr. Offenbar sind wir schon seit vier Stunden dabei, alles zu verstauen. Kein Wunder, dass mein Körper mich anschreit.

»Wenn du willst, kann ich abends vorbeikommen«, schlägt er vor und sieht mich aufmunternd an. »Dann können wir auf dein neues Leben anstoßen, wenn ich aus der Zeugenaussage komme.«

»Fuck«, entfährt es mir. »Die ist morgen?«

Elias lächelt schwach, und ich weiß, dass er mir niemals ein schlechtes Gewissen machen würde, weil ich den Prozess vergessen habe. Aber das ändert nichts daran, dass ich in der letzten Zeit dennoch zu sehr mit meinem eigenen Leben beschäftigt war. »Scheiße, Mann. Das tut mir leid.«

»Ist schon okay«, meint er gelassen. »Wir holen das einfach abends nach.«

»Das sollten wir besser bei dir machen«, weiche ich aus. »Es wird 'ne Weile dauern, bis ich genug Platz für deine Bonzenkarre gemacht habe«, sage ich feixend und deute auf seinen neuen Rollstuhl. Die schillernde blaue Farbe ist noch nahezu unversehrt.

»Was, dieses alte Ding?«, meint er und dreht sich einmal vor mir, was mich wiederum zum Grinsen bringt.

»Die Farbe gefällt mir.«

»Ich war nahe dran, ihn in Pink zu nehmen.«

»Und warum hast du es nicht?«

»Na, weil Blau besser zu meinen Augen passt.«

Ich lache.

Ein echtes Lachen.

Es bricht einfach so aus mir heraus und ebbt erst wieder ab, als ich mir den Bauch halte.

»Schön, wenn ich dich erheitern kann«, nuschelt Elias und schüttelt den Kopf.

Ich stehe wieder auf und stelle ihm den Karton auf den Schoß. »Wenn du willst, kannst du schon mal alles von meinem Schreibtisch räumen.«

»Wird gemacht, Boss.«

Ich hingegen werfe meine Klamotten in den Koffer, den ich noch nie benutzt habe, der aber ewig auf meinem Kleiderschrank stand. »Hast du es gelesen?«

Ich brauche einen Moment, um zu verstehen, was mein bester Freund meint. Er hält das Notizbuch in der Hand und sieht mich direkt an.

Schluckend nehme ich es an mich und schüttle den Kopf. »Nicht vollständig, aber ich habe angefangen.«

»Und?«

»Es fühlt sich falsch an, euch zu sagen, was meine tote Schwester in ihr Tagebuch geschrieben hat …«, murmle ich und drehe ihm wieder den Rücken zu, damit ich ihm nicht in die Augen sehen muss. Er kennt mich viel zu gut und würde sofort erkennen, was wirklich los ist.

»Na ja, aber hilft es dir?«

»Um ehrlich zu sein, sorgt es nur dafür, dass ich noch mehr Fragen habe«, murmle ich. »Es sind so viele Dinge, die ich nicht wusste. So vieles, über das sie nie gesprochen hat. Oder zumindest nicht mit mir.«

Elias atmet einmal tief ein. »Hilft es dir dabei zu verstehen?«

Ich lege das Tagebuch in den Koffer und decke es mit einem meiner alten Hoodies zu. »Gerade nicht, nein«, sage ich finster. »Es hilft mir eher dabei, dass ich noch weniger verstehe.«

Der bohrende Blick meines besten Freunds lässt meinen Nacken kribbeln. »Willst du es weiterlesen?«

Die Frage der Fragen.

»Ich weiß es nicht, irgendwie habe ich Angst davor.«

»Warum?«

Nun sehe ich ihn doch an und hoffe, dass er sehen kann, dass ich diesen Sturm gerade nicht ertragen würde. »Weil man Gewissheit nicht zurücknehmen kann.«

ADA

Warum vergeht Zeit immer quälend langsam, wenn man auf etwas wartet?

Jede Sekunde scheint eine Ewigkeit zu dauern, während die Minuten nur mühsam vorbeiziehen. Das Ticken der großen Uhr über der Tür ist nicht zu hören, und doch scheint es in meinem Kopf widerzuhallen. Die Selbsthilfegruppe ist beschäftigt, aber ich kann mich auf keines der Gespräche konzentrieren.

Nicht heute.

Es ist, als ob die Zeit sich gegen mich verschworen hätte und mich in ihrer langsamen Bewegung gefangen hielte. Jeder Blick auf die Uhr verstärkt das Gefühl der Langsamkeit, als ob sie sich absichtlich gegen mich richtete. Jetzt hat sich offenbar nicht nur die Welt, sondern auch noch die Zeit gegen mich verbündet. Das kann ja nur ein großartiger Tag werden.

Und dann plötzlich klatscht Willa in die Hände.

Meine Zeitschleife endet so abrupt, dass ich nicht schnell genug begreife, dass jetzt der Moment gekommen ist, auf den ich die ganze Zeit gewartet habe.

Ich stehe auf, stolpere gegen Ina. Aber meine Entschuldigung bleibt mir im Halse stecken. Diez ist bereits dabei, den Raum zu verlassen.

»Ada?«, höre ich Willa hinter mir, aber ich winke nur ab. Ich kann ihr später noch beim Aufräumen helfen. Jetzt gerade zählt nur er.

»Diez!«, rufe ich, aber er dreht sich nicht um. Ich schlittere über den glatten Boden, stolpere die Treppen vor dem Verein herunter und versuche es noch mal. »Diez!«

Endlich reagiert er.

Sein dunkler Blick trifft mich, während die Abendsonne Reflexe in seine dunklen Haare zeichnet.

»Was ist, Ada?«

Er klingt nicht wütend.

Und gerade bin ich nicht sicher, ob ich das noch schlimmer finde. Denn stattdessen klingt er einfach nur müde. Als hätten wir dieses Spiel einfach zu lange gespielt.

»Nichts, keine Bange, ich …«, setze ich an und merke, dass all die Worte, die ich mir zurechtgelegt habe, einfach nicht über meine Lippen kommen wollen, wenn er mich so ansieht. »Ich will dir keine Szene machen.«

Diez' Augenbrauen wandern näher zusammen. »Das habe ich auch nicht erwartet.«

Ich atme einmal tief ein.

Das läuft nicht so gut wie erhofft, aber auch nicht so schlecht wie in den Albträumen der letzten Tage.

Er wartet darauf, dass ich noch etwas sage.

Und weil ich das weiß, beginnen meine Hände wieder zu zittern. Nur weiß ich heute immerhin, woran es liegt. Ich schlucke meine Ängste hinunter und mache noch einen Schritt auf ihn zu. »Gut, also ich will nur sagen: Es würde mich freuen, wenn wir wieder Freunde werden könnten. Vielleicht nicht sofort, und ich verstehe es, wenn du Abstand brauchst. Aber vielleicht irgendwann.«

Schweigen.

Und wieder diese verdammte Zeit, die sich so zähflüssig zwischen uns ausbreitet, bis er endlich den Mund öffnet. »Damit habe ich nicht gerechnet.«

»Ich meinte meine Entschuldigung ernst, Diez«, sage ich schnell und bin unsicher, ob ich noch näher kommen soll. Ob ich das überhaupt darf. Alles an dieser Situation ist verwirrend und anstrengend, und ich hasse nichts mehr als die ganzen Unsicherheiten, die mich zu einer Version von mir machen, die ich noch nicht kenne.

Diez lässt den Kopf hängen, denkt nach, ehe er sich durch die Haare fährt und nickt. »Okay, ich würde mich freuen, wenn wir …«, murmelt er leise, »… Freunde bleiben könnten.«

Der Stein, der von meinem Herzen fällt, muss so laut sein, dass ganz Frankfurt ihn hören kann. Ich atme so heftig ein, dass ich mich an meinen Worten fast verschlucke. »Okay, cool.«

Okay, cool?

Dieses Verliebtsein macht es mir wirklich nicht einfach, mein Bad-Girl-Image aufrechtzuerhalten.

Wie ein Dussel stehe ich vor ihm, habe keine Ahnung, was zum Teufel ich mit meinen Händen machen soll, und grinse gleichzeitig, als hätte er mich zum Abschlussball eingeladen. Aber er sagt nichts weiter.

Und da ich keine Ahnung habe, was ich sagen soll, mache ich einen Schritt zurück und will gerade gehen, als ich endlich wieder seine Stimme höre: »Ada?«

Viel zu schnell drehe ich mich wieder um, bleibe vor ihm stehen und muss doch wieder zurückweichen, weil ich weiß, dass ich ihm zu nahe bin. »Diez?«

Seine Mundwinkel zucken kurz nach oben. »Danke.«

»Wofür?«

Er sieht zu mir herunter, und in seinen Augen kann ich die Wärme sehen, die ich so schmerzlich vermisse. »Die Entschuldigung.«

»Ich weiß, ich war ein Arschloch. Aber ich versuche, mich zu bessern«, murmle ich und spüre, wie mir warm wird. Ich will nach ihm greifen, seinem Gesicht, seinen Haaren. Ich will ihn an mich ziehen und küssen. Aber ich bleibe einfach stehen, weil ich weiß, dass nach allem, was zwischen uns passiert ist, mehr Raum bleiben muss.

»Das ist ein Anfang«, sagt er leise, als würden ihm all diese Gedanken auch gerade kommen.

»Diez, kann ich dich was fragen?«

»Sicher?«

»Wie geht's dir? Und ich meine, wie geht's dir wirklich?«, will ich wissen. Denn auch wenn ich immer nur an mich denke, denke ich eben manchmal auch an ihn. Und in der letzten Zeit hat es mir gefehlt, über all das mit ihm zu sprechen.

Er hat mir gefehlt.

Diez zuckt lässig mit den Schultern, aber ich kenne die Schwere, die seinen Kopf nach unten drückt. »Irgendwie halte ich mich über Wasser.«

»Okay, ich weiß, ich habe nicht das Recht, das zu sagen, aber wenn du Hilfe brauchst, dann … wäre ich gern da. Als Freundin.«

Das letzte Wort auszusprechen fühlt sich an, als würde ich mich selbst auf ein Abstellgleis stellen. Aber besser, ich stehe dort, als nicht einmal in der Nähe eines Bahnhofs.

Von meinen wirren Gedanken bekommt Diez zum Glück nichts mit. Er sagt nur: »Danke.«

Ich hingegen nicke. »Klar«, kommt es aus meinem Mund, während ich rückwärts in Richtung Eingang zurücklaufe. »Ich geh mal wieder rein, sonst meckert Willa noch mit mir.«

Diez winkt zum Abschied.

Und ich frage mich, ob sich alle Menschen, die verliebt sind, so völlig unfähig fühlen wie ich mich.

Teil 3

Denn wenn der Regen nicht fällt und die Sonne nicht scheint,
sind wir immer noch zu zweit.

Elias

Kapitel 56

Jetzt

DIEZ

... ich weiß nicht, was ich tun soll.
Alles erscheint mir so sinnlos. Und gleichzeitig fühle ich mich schlecht, weil ich mich schlecht fühle, obwohl ich so viel mehr in meinem Leben habe als die meisten anderen.
Ich will nicht sterben.
Aber ich ertrage es nicht, immer wieder in diesem Leben aufzuwachen.

»Fuck.«

Ich lege das Tagebuch zur Seite, nur um es gleich darauf wieder in die Hände zu nehmen.

... heute habe ich es gesehen.
Mamá hat ihre Koffer gepackt. Hat geweint. Aber sie ist nicht gegangen. Ich weiß nicht, warum sie es nicht getan hat, aber sie ist geblieben. Wieder einmal. So, wie ich in diesem Leben bleibe, obwohl alles in mir schreit, dass ich es nicht mehr ertrage.

»Fuck.«

Mrs King miaut, als würde es sie nerven, dass ich nur noch dieses eine Wort sagen kann. Aber mir fällt nichts anderes ein, um das Chaos in meinem Inneren zu beschreiben. Jedes von Danielles

Worten reißt mir die Brust auf. Jeder neue Tag in ihrem Leben frisst sich durch meine Erinnerungen wie Säure und hinterlässt nur noch mehr Schmerz.

Und trotzdem kann ich nicht aufhören.

Manchmal denke ich darüber nach, wie einfach es wäre.
Nur ein Schritt über die rote Ampel.
Nur ein Fallenlassen, wenn der Zug zu sehen ist.
So einfach. Aber ich tue es nie, denke nur darüber nach. In der letzten Zeit immer wieder. In der letzten Zeit ist das, was mich am Leben hält, der Gedanke, dass es irgendwann zu Ende geht.

Die Wut packt mich so plötzlich, dass ich erst merke, dass ich das Tagebuch gegen mein Regal geworfen habe, als die kleine Deko-Vase scheppernd zu Boden fällt.

Mrs King springt aufgebracht auf einen der Stapel von noch immer gefüllten Kartons.

Ich balle die Hände zu Fäusten, während ich die Augen verschließe, als könnte ich so die Worte meiner Schwester ungesehen machen.

Erst als ich die Augen wieder öffne, wird mir klar, dass ich weine.

»Was mach ich denn jetzt?«, frage ich in den Raum hinein.

Nichts hier ist ein Zuhause.

Nur Dutzende von Kisten, in denen mein Leben steckt.

Ein Tagebuch voller Geheimnisse.

Und eine Katze, die mich ansieht, als würde sie mir sagen wollen: »Bekomm dich in den Griff, Brudi.«

Aber wie?

Wie soll ich es irgendwie schaffen, mich zusammenzuhalten, wenn der einzige Mensch, mit dem ich das geschafft habe, nicht mehr erreichbar ist? Nicht mehr erreichbar sein sollte.

Wütend auf mich selbst hebe ich das Tagebuch wieder auf. Mrs King sieht mich noch immer mit diesem Blick an. Selbst als ich zurück auf das Sofa gehe, beobachtet sie mich, als würde sie gern wissen, was ich als Nächstes tue.

Das Tagebuch scheint eine Tonne zu wiegen.

Wie schwer können die letzten Gedanken eines Lebens sein, das so beendet wurde?

Ich schaffe das nicht.

Zumindest nicht allein.

Ohne dass ich selbst verstehe, was ich da tue, greife ich nach meinem Smartphone. »Es sind so viele wirre Gedanken und so viel …« Ich atme einmal tief ein. »Schmerz.«

Am anderen Ende der Leitung raschelt es.

»Wir vergessen manchmal, dass diese Welt nicht nur aus Zuckerguss und Pastellfarben besteht …«, murmelt Ada leise. »Aber manchmal verstecken sich Menschen auch. Niemand kann hinter die Fassade von jemandem blicken, Diez. Mach dir keine Vorwürfe, weil du es nicht konntest.«

Sie versteht sofort, worüber ich rede.

Als sei dieses Band zwischen uns noch immer da.

Als wüsste sie all das, was ich nicht aussprechen kann.

»Und warum fühl ich mich so verdammt schuldig?«

»Weil wir alle dazu neigen, uns selbst die Schuld für die Dinge zu geben, die wir nicht ändern können …«

»Das ist nicht sehr hilfreich.«

Ada lacht kurz auf. »Nein, ist es nicht. Aber zumindest ehrlich. Was hat sie geschrieben?«

»Hauptsächlich darüber, dass ihr die Kraft fehlt. Als hätte die Welt ihr jede Energie abgesaugt, bis von meiner kleinen Schwester nichts mehr übrig geblieben ist.«

»Nicht die Welt«, sagt Ada ernst. »Die Depression.«

»Kommt das eine nicht mit dem anderen?«, frage ich zurück.

»Manchmal, aber wir unterschätzen oft, was für eine heimtückische Krankheit die Depression ist. Und weil sie unsichtbar ist, geben wir lieber der Welt die Schuld. Damit wir das, worauf wir wütend sind, auch sehen können.«

»Offenbar schon«, kommt es über meine Lippen.

Sie schweigt einen Moment. Fast so, als würde sie den Mut brauchen, die nächste Frage auch wirklich zu stellen. »Soll ich vorbeikommen?«

»Nein, das wäre wohl keine gute Idee«, murmle ich. »Tut mir leid, es ist spät, und ich … ich hätte wirklich nicht anrufen sollen.«

»Du kannst mich immer anrufen, Diez.«

»Gute Nacht, Ada.«

Dann lege ich auf, damit ich nicht in Versuchung gerate, sie zu bitten, doch zu kommen. Damit ich nicht in Versuchung komme, mir zu wünschen, dass es ihre Schulter ist, an der ich mich ausweine.

Kapitel 57

Jetzt

ADA

»Hallo, Bookies, seid ihr bereit für die Thriller-Highlights des Herbstprogramms?«

Das Ringlicht antwortet mir nicht, aber das habe ich auch nicht erwartet.

»Für mich der ganz klare Favorit: der neue Fitzek!«

Hinter mir bellt es, und ich drehe mich gespielt genervt um, ohne mein breites Lächeln zu verlieren. »Nein, Herr Fitzek, dieses Mal geht es nicht um dich, sondern um *Das Kalendermädchen*. Das Cover verspricht schon mal einiges, oder was meinst du?«

Der kleine Dackel bellt noch einmal.

»Außerdem können wir uns …« Ich breche ab, ordne mich noch einmal neu, richte mich auf und atme einmal tief durch, um meinen Satz noch einmal zu beginnen, aber ehe ich so weit bin, stupst mich die nasse Nase an.

»Ich bin gleich fertig«, verspreche ich und setze den Dackel auf meinem Bett ab, bevor ich mich wieder vor das Licht stelle.

»Außerdem können wir uns auf Neues von Michael Tsokos, Romy Hausmann und Kerstin Ruhkieck freuen«, fahre ich unbeirrt fort und zeige mit meinen Fingern nach oben, als würden die Cover wie magisch einfach über meinem Kopf schweben. »Der neue Hausmann könnte definitiv ein Jahreshighlight werden.«

Ich mache eine kurze Pause, positioniere mich neu und mache dann eine ausladende Geste. »Und jetzt seid ihr dran, auf welche Thriller freut ihr euch am meisten?«

Für einige Sekunden halte ich mein Lächeln noch, dann lasse ich die Schultern genauso hängen wie meine Mundwinkel. »Danke, dass du gewartet hast«, murmle ich an den kleinen Dackel gewandt, bevor ich mich neben ihm niederlasse. Sein seidiges Fell lenkt mich davon ab, dass ich die ganzen Bücher wieder in das Regal im Wohnzimmer räumen müsste.

Niemand sagt einem, wie anstrengend es ist, jeden Tag vier neue Videos hochzuladen. Allerdings weiß ich mit meiner Zeit gerade auch nicht viel anderes anzufangen, also will ich mich nicht beschweren.

Mit Herrn Fitzek im Arm trete ich aus meinem Zimmer. Martha hockt über ihrem Laptop und macht sich Notizen, von Willa sehe ich allerdings nichts. »Ich hab Hunger, soll ich uns was kochen?«, frage ich und öffne den Kühlschrank.

Der Dackel reckt seine Nase, und ich kann ihn gerade noch davon abhalten, etwas anzulecken, ehe ich die Tür wieder schließe.

»Ich hab eine Verabredung«, meint Martha, ohne von ihrem Bildschirm aufzublicken.

»Oh?«, mache ich ernsthaft überrascht und setze mich neben sie.

»Kein Oh«, sagt sie schnell. »Es ist nichts Besonderes.«

»Wenn jemand es schafft, dich aus dieser Küche zu bekommen, muss es etwas Besonderes sein.«

Martha sieht mich an.

Und spätestens jetzt weiß ich, dass mein Oh absolut berechtigt war. »Wir gehen nur was essen, das ist nichts Besonderes.«

»Weißt du, wenn Menschen etwas immer wieder wiederholen, bedeutet das meistens, dass man ins Schwarze getroffen hat.«

»So ist das aber nicht.«

»Okay, und mit wem triffst du dich?«

»Nur mit Jordan«, meint sie, deutlich leiser.

»Oh.«

»Hör auf mit deinem Oh.«

»Würde ich, aber die Informationen, die du mir gibst, sind ziemlich widersprüchlich«, argumentiere ich grinsend und liebe es zu sehen, wie ihre Wangen sich mit einem Hauch von Rosa färben.

»Ich wollte dir gar keine Informationen geben.«

»Das heißt, du willst nicht über dein Date reden?«, frage ich zur Sicherheit noch einmal nach.

»Es ist kein Date, es ist ein Essen unter Freunden.«

»Und zu welchem Anlass?«

Martha schürzt die Lippen.

»Oh.«

»Jetzt hör schon auf damit!«

Ehe ich noch etwas sagen kann, hören wir, wie Willa durch die Wohnungstür kommt. Sie streckt neugierig den Kopf in die Küche. »Womit sollst du aufhören?«

»Martha hat ein Date.«

»Ein Essen«, verbessert Martha sofort.

»Mit wem?«

»Jordan«, verkünden wir wie aus einem Mund, und ich muss noch breiter grinsen, als ich sehe, dass der Hauch von Rosa inzwischen richtig leuchtet.

»Das klingt gut«, sagt Willa mit einem breiten Lächeln. »Wurde ja auch Zeit, dass du mal wieder rauskommst.«

»Ich komme sehr oft raus«, behauptet Martha. »Ich mache jeden Tag einen blöden Spaziergang für meine blöde Mental Health, es ist also alles bestens.«

Willa und ich sehen uns an. »Wo geht ihr hin?«, fragt sie etwas versöhnlicher.

»Keine Ahnung, er holt mich ab.«

»Er holt dich ab?«, hake ich nach.

»Ich kann schlecht selbst fahren, wenn mein Wagen noch in der Werkstatt ist«, gibt sie etwas grimmig zurück. »Diez will ihn am Freitag endlich vorbeibringen.«

»Diez?«, entkommt es mir etwas zu schnell, und Marthas Miene wird wieder etwas weicher.

»Shit, tut mir leid. Ich wollte nicht …«

»Schon okay«, sage ich. »Wir versuchen, irgendwie wieder auf die Freundschaftsebene zu kommen, und es ist ziemlich nett, dass er den Wagen vorbeibringt.«

Sachte legt Willa mir eine Hand auf die Schulter. »Dann sind es heute Abend nur wir beide?«

»Und Herr Fitzek«, ergänze ich, weil ich das Gefühl habe, der Hund würde es uns persönlich vorwerfen, wenn wir ihn nicht mitbenennen.

»Klingt, als würde ich heute endlich zu meinem Kitschfilm kommen«, sagt Willa mit einem fiesen Funkeln in den Augen.

»Ich wusste, dieser Deal würde sich eines Tages rächen«, stöhne ich auf.

»Denkt dran, dass ich das Netflix-Abo gekündigt habe«, sagt Martha leichthin.

»Du hast was?«

»Bis sie keine dritte Staffel *Shadow and Bone* machen, ist dieser Streamingdienst für mich gestorben«, meint sie so ernst, dass niemand von uns es wagt, ihr zu widersprechen. Das Ende des Grishaverse war für uns alle hart, aber Martha hat es am schlimmsten getroffen. Sie wird die Krähen nie erleben können.

»Das respektieren wir«, meint Willa sanft. »Auch die Entscheidung, diesen Bruch erst nach der *One Piece*-Staffel zu vollziehen.«

Martha sieht sie kurz mürrisch an. »Darüber macht man keine Scherze.«

Kapitel 58

Jetzt

Ada
Ich hoffe, inzwischen geht es dir besser.

Diez
So gut, wie es eben gehen kann. Und dir?

Ada
Keine Ahnung, alles ist irgendwie schräg aktuell.

Diez
Was meinst du damit?

Ada
Na, eben alles.

Diez
Sehr präzise ausgedrückt. Du solltest unbedingt etwas mit Worten machen.

Ada
Ich hab den Test gemacht.

Diez
Warte …

Diez
Den Test?

Ada
Genau den.

Diez
Und das sagst du mir erst jetzt?

Ada
Ich hatte nicht unbedingt das Gefühl, dass du es hören willst.

Diez
Wenn wir wieder Freunde werden, will ich solche Dinge aber wissen.

Diez
Wie geht es dir damit?

Ada
Schräg.
Manchmal wache ich auf und glaube, dass ich das Ergebnis habe. Dass ich negativ bin und alles nur ein schlimmer Albtraum war. Aber dann fällt es mir wieder ein. Und irgendwie beginnt alles wieder von vorne.

Diez
Wann bekommst du das Ergebnis?

Diez
Ada?

Ada
Keine Ahnung. Wird noch etwas dauern, schätze ich.

Diez
Du weißt, dass du mit mir reden kannst, oder?

Ada
Nein, kann ich nicht.

Diez
Was?

Ada
Ich würde gern mit dir darüber reden, aber ich weiß auch, dass ich mir dann mehr wünsche, als nur mit dir zu reden. Und du hast deine Grenzen klar gesetzt. Ich will sie nicht übertreten, und ich will nicht, dass du sie übertreten musst, nur weil ich in einer Situation bin, in der du deinen Mutterkomplex ausleben kannst.

Diez
Du meinst meinen Retterkomplex?

Ada
Musst du jetzt einen auf Klugscheißer machen?
Du weißt, was ich meine, Diez.

Diez
Auch in Freundschaften kann man füreinander da sein.

Ada
Ich weiß.
Aber ich vermisse dich zu sehr, um mir selbst zu vertrauen.

Kapitel 59

Jetzt

ADA

Wir treffen jeden Tag Entscheidungen.

In jedem Moment unseres Lebens, selbst dann, wenn wir es einfach nur geschehen lassen, haben wir uns genau dafür entschieden. Und manchmal sitzt man da, inmitten der Konsequenz all dieser kleinen und großen Entscheidungen, und fühlt sich so fucking hilflos, obwohl man nichts anderes tun will, als sich endlich für das Leben selbst zu entscheiden.

Ich sitze nervös zu Hause und warte auf den ersehnten Anruf der Arztpraxis, während ich meine Hände vor Aufregung ineinander verschränke. Die Minuten fühlen sich wie Stunden an.

Endlich durchdringt das Klingeln des Telefons die Stille, und ich zucke zusammen. Mit zittrigen Fingern greife ich nach dem Hörer und halte ihn fest ans Ohr. Die Stimme der Arzthelferin dringt durch die Leitung, und ich spüre, wie sich ein Kloß in meinem Hals bildet.

»Können Sie gegen 16 Uhr vorbeikommen?«

Kein gutes Zeichen.

Kurz vor Sprechstundenende.

Wenn niemand mehr da ist.

Weil sie schon wissen, dass ich …

»Frau Thomas?«

»Entschuldigung«, nuschle ich und schließe die Augen. »Ich kann um 16 Uhr da sein.« Meine Stimme klingt brüchig und unsicher, als ob sie meine inneren Ängste widerspiegelte.

Nachdem ich das Telefonat beendet habe, lasse ich mich auf meinen Stuhl sinken und atme tief ein. Mein Verstand ist voller Gedanken und Sorgen – nein, schlimmer. Voller böser Vorahnungen, die mich völlig lethargisch zurücklassen.

Mein Leben läuft auf Autopilot.

»Waren sie das?«

Willa sieht mich mit diesem Blick an, der mir sagt, dass nicht nur ich Angst habe. Mehr als ein Nicken bringe ich nicht zustande.

»Ja.«

»Bald hast du Gewissheit.«

Wieder nicke ich.

Ich kann mich nicht daran erinnern, was ich überhaupt getan habe, bis ich vor der Praxis stehe. Die Wartezimmerstühle sind besetzt mit anderen Patienten, aber ich fühle mich isoliert in meiner eigenen Welt der Ungewissheit.

Als mein Name aufgerufen wird, stehe ich langsam auf und folge der Arzthelferin in das Behandlungszimmer. Der Weg dorthin scheint endlos zu sein, während meine Gedanken wild umherfliegen. Ich versuche, mich zu beruhigen, und bereite mich innerlich auf das vor, was auch immer der Arzt mir sagen wird.

Ich weiß, dass mein Leben sich für immer verändern könnte – egal, ob die Ergebnisse positiv oder negativ sind. Egal, ob ich leben oder sterben werde.

DIEZ

Diez
Hast du Lust, heute Abend was zu essen?

Ich starre die Nachricht an, als wüsste ich nicht, ob ich sie zurückrufen soll. Noch hat Ada sie nicht gelesen. Und das bedeutet, noch kann ich einen Rückzieher machen.

Noch kann ich mich verstecken.

Allerdings bin ich nicht sicher, ob ich das will.

Und da ich gleich ohnehin in der Selbsthilfegruppe sitzen und versuchen werde, sie nicht anzustarren, dachte ich mir, es sei keine meiner schlechtesten Ideen. Nur bin ich mir da jetzt nicht mehr so sicher.

Sie war anders beim letzten Mal.

Wieder verschlossener, aber nicht so wie vorher.

Ich steige aus dem Wagen und versuche, irgendwie nicht so auszusehen, als hätte ich Angst davor, dass mein Herz gleich wieder gebrochen wird.

»Hey, Diez«, grüßt Willa mich, als ich in den Raum komme. »Du bist früh dran heute.«

»Ja, um ehrlich zu sein, hatte ich gehofft …«

Ihre grünen Augen blicken in meine, und ich verliere den Mut, die Worte auszusprechen.

»Du hattest gehofft?«, hilft Willa mir weiter.

»Ist Ada schon da?«

»Bisher nicht.«

»Komisch, ich dachte, sie wollte beim Aufbauen helfen.«

»Ja, aber offenbar hat sie das vergessen«, meint Willa und lächelt, aber inzwischen kenne ich sie gut genug, um zu wissen, dass ihr Lächeln nicht unbedingt etwas bedeutet.

»Klingt gar nicht nach ihr.«

»Möchtest du diese Aussage noch einmal überdenken?«, will Willa scherzend wissen.

Aber ich weiß, dass da auch ein Funken Wahrheit drinsteckt.

Kapitel 60

Jetzt

ADA

So ist es also, Gewissheit zu haben.

Ein seltsames Kribbeln durchzieht meinen Körper, und ich kann nicht anders, als mich zu fragen, was mit mir los ist.

Panik steigt in mir auf. Chorea Huntington. Immer wieder dieses verdammte Chorea Huntington.

Die Erinnerung an meinen Paps ist schmerzhaft, und jetzt fühle ich mich selbst von dieser Krankheit bedroht. Fuck, ich hab das Gefühl, dass jemand mit einer Waffe hinter mir steht und jeden meiner Schritte verfolgt. Immer bereit, abzudrücken. Immer bereit, mir ein Stückchen mehr von meinem Leben zu stehlen.

Ich fühle mich hilflos und alleingelassen mit der Diagnose. Wie soll ich damit umgehen? Wie soll ich mein Leben weiterführen, wenn mein eigener Körper gegen mich arbeitet? Die Zukunft erscheint düster. Wie ein Sturm, der am Himmel aufzieht und keinen einzigen Sonnenstrahl durchlässt. Nicht mal für eine Minute.

Ich kann nicht hier sitzen und nichts tun.

Ich kann nicht einfach abwarten und hoffen, dass sich die Wolken plötzlich verziehen.

Ich kann nicht kämpfen, so, wie mein Vater es getan hat.

Denn ich habe gesehen, was es mit uns macht.

Mit der ganzen Familie.

Mit allen Menschen um uns herum.

Nein, das ist nicht der Weg, den ich gehen will.

Und ich kann es auch gar nicht.

Also was zur Hölle soll ich tun? Und was kann ich überhaupt tun? Es ist genau das passiert, was ich befürchtet habe. Die größte Angst ist nicht nur wahr geworden, sondern hat sich einen Sonderplatz in der ersten Reihe meines Lebens gesichert. Ich kann nicht wegsehen. Nicht weglaufen, denn der Feind sitzt mitten in meinen Genen.

Diese verdammte Hilflosigkeit.

Aber ich kann nicht einfach nichts tun und warten. Nicht noch länger und verdammt noch mal nicht auf diese Arschloch-Krankheit.

Die Decke bricht nicht über mir zusammen, sondern die gesamte Welt. Und es ist mir scheißegal, ob ich gerade melodramatisch werde.

Ich stehe auf, hinterlasse einen Zettel für Martha und Willa, dann drehe ich mich noch einmal um und verlasse die Wohnung.

Das, was ich jetzt brauche, ist ein Ort, an dem ich mit der Welt allein und wütend sein darf, ohne jemanden zu verletzen.

DIEZ

»Es ist das eine, dass sie zu spät kommt«, meint Willa neben mir. »Aber gar nicht aufzutauchen, wenn sie es versprochen hat?«

Ich kann die Sorge in ihrer Stimme überdeutlich hören.

Und das entfacht meine eigene noch mehr.

Die Nachricht in unserem Chat ist noch immer ungelesen. Noch immer ohne Antwort.

»Auf TikTok hat sie auch nichts hochgeladen«, höre ich Willa neben mir.

»Das muss nichts bedeuten.«

Aber irgendwie tut es das doch.

Ich parke vor dem Wohnblock der Girls-WG und folge Willa das Treppenhaus hinauf.

»Weißt du, wo sie ist?«, ruft sie in die WG hinein, noch ehe Martha überhaupt verstanden hat, dass wir zurück sind.

»Wo wer ist?«

»Ada«, antworte ich, und als mir ihr Name über die Lippen kommt, fühle ich mich noch schlechter.

Verdutzt steht sie von ihrem Platz auf. »Nein, wieso sollte ich?«

»Sie ist weg«, ruft Willa aus, als sie aus Adas Zimmer kommt.

»Was meinst du damit, sie ist weg?«

»Dass sie nicht hier ist … hörst du mir überhaupt zu, Diez?«

»Jetzt warte doch mal. Ich bin sicher, sie ist nur feiern oder bei einer Freundin«, versucht Martha, uns zu beruhigen.

»Diez …«, höre ich plötzlich Willas Stimme aus dem Wohnzimmer. In der Hand hält sie einen Zettel. »Sie hat heute ihre Ergebnisse bekommen.«

»Was?«

»Der Test, ob sie Huntington hat.«

»Fuck.«

»Und jetzt hat sie einen Zettel dagelassen, dass wir sie nicht suchen sollen«, sagt Willa und hebt den kleinen weißen Zettel hoch, als sei es der Beweis, den unser Bauchgefühl gebraucht hat.

»Habt ihr sie angerufen?«, fragt Martha nun deutlich alarmierter.

»Nein, ich habe 'ne Brieftaube geschickt – was meinst du wohl?«, faucht Willa.

»Okay, sieh mich an und atme einmal tief ein und aus«, weist Martha Willa an. »Ihr wird nichts passiert sein. Okay?«

»Und wenn doch?«

Hilflos sieht Willa mich an, während ich den Zettel betrachte. Adas geschwungene Handschrift sieht aus, als habe jeder Buchstabe für sie eine ganz eigene Bedeutung.

»Sie wollte allein sein«, murmle ich, während meine Augen noch über die Worte fliegen.

»Aber sie sollte nicht damit allein sein«, hält Willa dagegen. »Was, wenn sie etwas tut, was sie …«

»Das wird sie nicht«, unterbricht Martha sie etwas schärfer. »Sie braucht gerade nur etwas Zeit.«

Ich nicke langsam. Nicht wegen des WG-Gesprächs, sondern weil ich plötzlich daran denken muss, was ich in so einem Moment brauchen würde. »Ich denke, ich weiß, wo sie ist«, murmle ich.

Kapitel 61

Jetzt

ADA

Von hier oben erstreckt sich die Stadt in all ihrer Pracht. Die funkelnden Lichter der Wolkenkratzer und Straßen erzeugen ein atemberaubendes Panorama.

Überall ist Licht.

Überall ist Schatten.

Das Leben schlängelt sich unter mir durch die beleuchtete Skyline wie der Fluss durch diese Stadt. Es ist so wunderschön, dass mein Herz schmerzt.

Noch ist die Nacht dunkel, aber ich weiß, dass es nicht mehr lange dauern kann, bis die Sonne aufgeht. Bis sie jeden der Schatten vertreibt.

In der Ferne erkenne ich den beleuchteten Messeturm und den majestätischen Dom. Die pulsierende Atmosphäre der Stadt ist förmlich zu spüren, während ich den Anblick genieße und mich von der Schönheit Frankfurts in den Bann ziehen lasse.

Das hier ist es.

Das ist der perfekte Ort. Der perfekte Moment.

»Ich wünschte, du wärst hier, Papa«, murmle ich. »Du würdest mir einen schlechten Rat geben, ich würde das Gegenteil tun und dann irgendwie damit klarkommen.«

Mit geschlossenen Augen lasse ich zu, dass die kleine Träne über mein Gesicht läuft. Der leichte Nachtwind lässt mein Haar wehen. Aber ich warte auf die Sonne, warte auf ihre Wärme, die meiner kalten Haut wieder Leben einhaucht.

»Ich werde das irgendwie schaffen, oder?«

Der Himmel antwortet mir nicht.

»Ada!«

Fast hätte ich gelacht.

Ausgerechnet jetzt höre ich seine Stimme in meinem Kopf, wie in einem Traum. Doch die traurige Wahrheit ist, dass die Prinzessin sich nicht mal selbst retten kann. Und es kommt auch kein Prinz oder sexy Bösewicht, um mit ihr alle Feinde in Schutt und Asche zu legen. Denn am Ende sind da immer nur Regen und Sonne. Hoffnung und Angst. Nicht mehr und nicht weniger. Und wir sind mit unserem Leben allein. Aber nicht einsam.

»Ada!«

Ich reiße die Augen auf und drehe mich um.

Da steht er.

Einfach so.

Diez blickt mich an, mit einer Mischung aus Erleichterung und Sorge. Ich trete vom Geländer zurück. »Was machst du hier?«, bringe ich hervor, weil ich wirklich nicht verstehe, wie er hier hochgekommen ist.

Diez schluckt. Dann schiebt er die Hände in die Hosentasche. »Wir haben dich gesucht.«

»Aber ich habe doch extra gesagt, niemand soll mich suchen.«

»Ja, aber du müsstest uns alle genug kennen, um zu wissen, dass wir dich dann erst recht suchen, bevor …« Sein Blick gleitet an mir vorbei.

»Bevor ich mit meinem neuen Leben klarkomme?«, helfe ich aus.

»Ada, was …«

Er macht einen Schritt auf mich zu, bleibt dann aber doch stehen, als wüsste er nicht, wie er mit mir umgehen soll. Leider kann ich ihm dabei auch nicht helfen.

»Was hat der Arzt gesagt?«

Die Frage schwebt in der Luft, wird durch den Wind zwischen uns hin und her gewiegt. Ich drehe mich wieder zu der nächtlichen Stadt um, betrachte den Horizont, der langsam heller wird. Das

Nachtschwarz wird zu einem helleren Blau. Langsam, aber stetig. Weil es die Sonne nicht kümmert, in welchen Fluten wir ertrinken. Sie geht immer auf. Egal, was kommt.

Ich kann spüren, wie Diez sich neben mich stellt, wie er meinem Blick folgt. Das Blau wird durchbrochen. Langsam erhebt sich die Sonne über den Horizont und taucht die Stadt in ein warmes, goldenes Licht. Die ersten Strahlen kitzeln sanft mein Gesicht und lassen die Wolkenkratzer in einem magischen Glanz erstrahlen. Der Himmel färbt sich in zarten Rosa- und Orangetönen, während sich die Schatten der Gebäude langsam verkürzen.

»Was hat der Arzt gesagt?«, wiederholt Diez noch mal und sieht mich von der Seite an.

Ich schlucke.

Schlucke die Angst herunter und zwinge mich dazu, ihn anzusehen. »Positiv.«

Das Keuchen, das aus seinem Mund kommt, erinnert mich an das Geräusch, das meine Mutter gemacht hat, als mein Paps es uns gesagt hat. Es verursacht mir eine Gänsehaut, die prickelt, als würden tausend Ameisen über meinen Körper laufen.

»Ich habe Huntington.«

Ein so einfacher Satz.

Drei so kleine Wörter.

»Es tut mir so leid, Ada.«

»Muss es nicht«, wehre ich ab. »Irgendwie wusste ich es. Ich weiß, es klingt albern, aber ich wusste es. Und darum habe ich alles getan, um es zu vergessen. Bis es nicht mehr geklappt hat, und jetzt …«

»Es gibt Behandlungen«, beginnt Diez. »Es gibt Studien, Versuchsreihen und …«

»Ich weiß«, unterbreche ich ihn. »Du musst es mir nicht sagen, Diez. Ich weiß das alles. Ich habe die letzten zehn Jahre alles gelesen, was es zu dieser Krankheit gibt. Ich kenne alle YouTube-Videos, alle Dokus. Es gibt nichts, was ich nicht darüber weiß.«

»Tut mir leid.«

»Mir tut es leid«, sage ich langsam. »Ich habe es gespürt, und deswegen wollte ich mich nicht in dich verlieben.«

Das Geständnis zieht ihn näher zu mir. Er berührt mich nicht, aber ich kann sehen, wie seine Augen glänzen. »Was hast du da gerade gesagt?«

Noch einmal atme ich tief durch. »Ich kann nicht mit dir zusammen sein«, meine ich und lächle, während ich nach seinem Gesicht greife. »Weil ich es dir nicht antun kann. Ich kann dir nicht antun, mir dabei zuzusehen, wie diese Krankheit mich auffrisst.«

»Ada, ich …«

»Sag es nicht«, bitte ich. »Bitte nicht.«

Er greift nach meiner Hand. »Du bist ein Arschloch.«

Blinzelnd sehe ich ihn an, dann entkommt ein seltsames Lachen meiner Kehle. »Was?«

»Das ist nicht deine Entscheidung«, erwidert er fest und fixiert meinen Blick. »Ich wusste es, als ich dich kennengelernt habe. Ich wusste genau, worauf ich mich einlasse. Aber das spielt keine Rolle.«

»Es spielt eine verdammt große Rolle«, widerspreche ich ihm.

»Okay, du hast recht: Es spielt eine Rolle«, gibt er zu. »Aber es ändert nichts. Ich liebe dich, Ada. Ist das unklug? Vielleicht. Weiß ich, wie hart es werden könnte? Nein. Aber es ist mir egal. Weil nichts auf dieser Welt etwas daran ändern wird, dass ich dich hier und jetzt liebe.«

»Diez …«

»Ich bin für dich da, wenn du es willst«, fährt er fort. »Aber lass die Krankheit nicht jetzt schon gewinnen, indem du mich von dir wegstößt.«

»Diez …«

»Du musst nichts sagen, nicht jetzt zumindest«, meint er lächelnd. »Aber ich würde dich gern küssen, wenn ich darf.«

Kapitel 62

Jetzt

ADA

Ich sehe ihn an, und die Welt hört für einen kleinen Moment auf, sich zu drehen. Alles hört auf, sich zu drehen. Es gibt nur noch ihn und mich und dieses Band zwischen uns, das sich um unsere Körper wickelt und enger aneinanderrücken lässt.

Irgendwie haben wir es vom Dach heruntergeschafft, in das Auto und weit weg. Weg von den Menschen, den Orten, den Blicken. Zu unserem Platz, mitten im Nirgendwo.

Mein Herz schlägt immer schneller, während seines mir näher kommt. Ich spüre seine Finger auf meinen nackten Schultern, wie sie langsam über meine Haut gleiten, als hätte er Angst, etwas zu tun, das er nicht darf.

Ich blicke zu ihm hoch, versinke in seinen Augen und wünschte mir, dass wir diesen Augenblick festhalten könnten. Dass wir es jetzt verstanden haben.

Ich recke mich ihm entgegen, hoffe, dass er diese stille Aufforderung versteht und mich endlich küsst. Endlich auch die letzte Hürde überwindet, damit wir wirklich zu einem Wir werden können.

Doch nichts davon tut er. Er zieht mich noch näher an sich, wiegt sich mit mir zu einer Musik, von der ich nicht weiß, woher sie kommt. Er hält meine Hand, hält mich, hält mich zusammen. Sorgt dafür, dass ich nicht auseinanderbrechen kann, obwohl ich es doch längst bin. Zerbrochen.

Aber mir reicht das nicht.

Ich will mehr, ich brauche mehr, ich brauche ihn. Also halte ich inne, strecke mich ihm entgegen, damit ich seine Lippen erreichen kann.

Diez sieht mich an. Er hält mich nicht davon ab, scheint darauf zu warten, ob ich es wirklich will, und um ihm eine Antwort darauf zu geben, drücke ich meine Lippen auf seine. Nur ganz leicht, aber es reicht aus, damit er versteht, was ich gerade brauche.

Für einen Wimpernschlag pausieren unsere Herzen, nur um gleich darauf einen Orkan auszulösen.

Er presst mich gegen sich, und ich bin nur allzu bereit, endlich meine Hände um seinen Hals zu schlingen. Der sanfte Kuss wird ungestümer. Unsere Zungen spielen nicht, sie liefern sich einen Kampf. Fechten gegeneinander.

Ich ziehe mich an ihm hoch, lasse zu, dass er meinen Hintern packt. Fast wären wir nach hinten gestolpert, doch irgendwie schafft er es, die Balance zu halten. Er dreht sich um, setzt mich auf der Motorhaube ab, und das alles, ohne auch nur einmal die Lippen von meinen zu lösen, als wäre er genauso süchtig danach wie ich.

Aber auch das reicht noch nicht.

Vielleicht wird es nie reichen.

Ich zerre an seinem Shirt, kratze über seine Haut und kann ein leises Stöhnen nicht unterdrücken, als seine Hand unter mein Kleid gleitet. Sein Atem geht schneller, genau wie meiner. Ich drücke ihm meine Hüften entgegen. Ein stilles Signal, dass er jedes Recht hat, unter meinen Slip zu gleiten.

»Fuck, Ada …«

Mühevoll reiße ich mich von ihm los. »Du hast recht, falscher Ort, falsche Zeit …«

»Lass uns nach Hause gehen.«

Ich nehme seine Hand und küsse seine Fingerknöchel, während ich ihn ansehe.

Was ich wollte, war Härte. Vielleicht sogar Schmerz.

Doch alles, was Diez mir gibt, ist Liebe.

Kapitel 63

Jetzt

DIEZ

Ich weiß nicht, ob ich schon bereit bin.«

»Soll ich einfach anfangen?«, fragt Ada und zieht die Kuscheldecke noch weiter über ihren Körper. Mrs King hat es sich auf ihrem Schoß bequem gemacht und schnurrt, während Ada das Tagebuch in der Hand hält.

Die letzte Seite.

Das Letzte, was meine Schwester geschrieben hat, ehe sie den Entschluss fasste zu sterben.

Ich nicke langsam und schließe die Augen. »Ja.«

Ada räuspert sich.

»… heute ist mein letzter Tag.

Der letzte Tag, an dem ich in dieses Tagebuch schreibe. Der letzte Tag, an dem ich den Menschen, die ich liebe, in die Augen sehen werde. Ich wünschte, sie könnten etwas tun. Ich wünschte, sie könnten es verstehen. Manchmal frage ich mich, ob alles anders geworden wäre, wenn ich den Mut gehabt hätte, es jemandem zu sagen. Aber was hätte das geändert? Niemand kann die Monster in meinem Inneren bekämpfen. Schon gar nicht die Menschen, die selbst den ganzen Tag kämpfen müssen.

Und sie kämpfen alle. Jeden Tag. Nur mir fehlt die Kraft.

Ich hoffe, dass Diez sich um Mrs King kümmert.

Es heißt doch, dass Katzen zwischen den Welten wandern können. Vielleicht kann sie mir sagen, wie es ihm geht. Vielleicht kann sie sagen, was ich nicht konnte. Und vielleicht, nur ganz vielleicht, kann sie ihm dabei helfen, mir zu verzeihen.

Ich liebe dich, Diez.

Bitte verzeih mir. Und bitte hilf Mama dabei, es auch zu tun.«

Über mir bricht die Welt zusammen.

Ich kann nichts anderes tun, als dazusitzen und ins Leere zu starren. Es fühlt sich fast wieder so an wie der Moment im Krankenhaus. Der Moment, als die Geräte ausgeschaltet wurden und meine Schwester aufhörte zu atmen.

Nur schlimmer.

»Ist alles okay?« Adas Stimme bringt mich wieder ins Jetzt, aber es hilft mir nicht aus dem dichten Nebel, der sich in meinem Kopf ausgebreitet hat.

»Ja, nein. Keine Ahnung.«

Ada schweigt. Sie rührt sich nicht, wartet nur darauf, dass ich noch etwas sage.

»Sie wollte, dass ich es lese, oder?«

So etwas Ähnliches wie ein Lächeln zeichnet sich auf Adas Lippen ab. Sie legt das Tagebuch zur Seite und nickt. »Ich glaube schon.«

»Ich vermisse sie so entsetzlich.«

»Ich weiß«, raunt sie und zieht mich zu sich auf das Sofa. Ich rolle mich zusammen, lasse die Tränen einfach zu, während sie mir durch das Haar streicht. »Diez?«

»Hm …«

Mrs King rollt sich neben mir zusammen. Sie schiebt das Tagebuch einfach zur Seite, als wollte sie mir sagen, dass nun alles vorbei ist. Dass ich nun alles weiß, was meiner Schwester zugestoßen ist. Und dass ich ihr nun verzeihen kann. Und das tue ich.

Kapitel 64

Jetzt

ADA

Jetzt kommt schon, er fängt gleich an«, ruft Willa und winkt uns über den Parkplatz zu, während ich gerade von Diez' schwarzem Motorrad steige.

»Sorry, die Therapie hat heute länger gedauert!«

Ich werfe Diez einen entschuldigenden Blick zu. Immerhin ist es meine Schuld, dass wir uns verspätet haben. Auch wenn ich sicher bin, dass er auch seinen Spaß hatte. Manchmal brauche ich nach den Therapien noch mehr Nähe. Denn alles, was die Sitzungen aus mir herausspülen, sorgt dafür, dass die losen Teile meiner Seele noch mehr wackeln. Und dann will ich in eine Welt flüchten, in der es keine Rolle spielt, wie viel von mir kaputt ist. In der jemand an mich glaubt, wenn ich es gerade nicht kann. Und manchmal ist Diez dieser Mensch.

»Morgen dürfen wir uns nicht so verspäten, sonst verpassen wir den Flug«, murmelt er lächelnd und greift nach meiner Hand.

»Morgen habe ich eine ganz andere Motivation, pünktlich zu sein«, erwidere ich. »Immerhin muss ich die Wette gewinnen.«

»Welche Wette?«

»Die, dass deine Oma mich für einen schlechten Einfluss halten wird.«

Diez lacht, sagt aber nichts weiter. Dabei bin ich ziemlich sicher, dass es ihn nervös macht, dass ich seine Familie kennenlerne. Also mich macht es nervös. Denn immerhin zeigt es, dass zwischen uns einiges ernster wird. Dass wir über das Stadium von Spaß und Verdrängung hinaus sind. Es beginnt eine neue Ära.

»Setzt euch, es gibt Waldmeisterschorle für alle«, begrüßt uns

Martha, als wir uns an den Tisch im *Words* niederlassen. Der Andrang ist heute ziemlich groß. Jeder Tisch ist besetzt, und selbst an den Stehtischen haben sich große Trauben gebildet, die immer wieder zur Bühne blicken.

»Genau das, was ich jetzt brauche«, murmelt Diez neben mir, was mich nur noch mehr zum Grinsen bringt. Ich lehne mich gegen ihn und frage mich, warum das Leben nicht immer so einfach sein kann. Warum es manchmal so schwer ist, auch das Gute zu erkennen und sich selbst ein Stück von diesem Glück zu gönnen. Vielleicht schaffe ich es irgendwann wirklich.

»Ladys and Gentlemen und alle dazwischen und außerhalb«, beginnt die Moderatorin. »Als Nächstes begrüßen wir unseren heimlichen Star … Elias!«

»Guten Abend«, sagt er in die Menge. »Diesen Text habe ich geschrieben in einer Phase meines Lebens, die nicht so rosig war. Sondern eher von Gewittern geprägt.«

Er räuspert sich, und auch die letzten Gespräche erlöschen.

»Und wenn der Regen erst fällt, wird die Trauer zu unserer Welt. Die Tropfen auf den Fensterscheiben erzählen von all denen, die nicht mehr sprechen können. Deren Stimme längst untergegangen ist in all dem Hoffen und Glauben und Wünschen.«

Unter dem Tisch drücke ich Diez' Hand etwas fester.

»Und irgendwo zwischen all den Wolken, all dem, was die Sonne verschluckt und auf all das Gute spuckt – finde ich den Sonnenstrahl. Nur ist die Sonne nicht stark genug, sondern verflucht von den Stürmen und den Sorgen und dem Zu-viel-darüber-Nachdenken, was ist mit morgen?«

Diez spürt, wie ich mich verkrampfe. Er zieht mich näher an sich, während wir weiter Elias' Worten lauschen.

»Hinter jedem Blitz, der in mich einschlägt, steckt mein Herz, das mich verrät. Hinter jedem neuen Morgen verbirgt sich noch weniger Licht. Noch weniger Wir, nur das dumpfe Donnern in der Ferne, das uns sagt, was wir nicht sagen können, weil wir zu viel fühlen, zu viel denken.«

Diez haucht mir einen Kuss auf den Kopf. Umfasst mich fester. Fest genug, dass ich die Träne zulassen kann, die über meine Wange läuft.

»*Wir sind zu zweit zu viel.*

Aber allein zu allein.

Zu zweit zu laut.

Aber allein zu still.

Und das Gewitter ist zu laut in unseren Köpfen.

Aber was, wenn der Sturm sich legt?

Denn wenn der Regen nicht fällt und die Sonne nicht scheint, sind wir immer noch zu zweit.«

Ich drehe mich zu Diez um und küsse ihn.

Unser Leben ist nicht perfekt.

Wir sind keine Abziehbilder der Geschichten, die wir so lieben. Wir sind nur drei Frauen, die ihr Leben leben, solange es geht. Und egal, welche Stürme und Gewitter versuchen uns zu trennen – wir werden es zusammen überstehen. Weil es eine Sache gibt, die in jedes Leben findet. Selbst in jene, die von der Schwere der Nächte fast erdrückt werden: Liebe.

Und ich bin dankbar für all die Liebe in meinem Leben.

An jedem Tag.

Ab jetzt.

Nachwort

VON TANJA

Wahrscheinlich bist du überrascht, dass hier ein anderer Name steht. Das bin ich auch, denn eigentlich habe ich mit dem Schreiben nichts am Hut.

Mein Name ist Tanja.

Ich habe die Huntington-Krankheit.

Der Name ist nicht mein echter, denn ich möchte nicht, dass jeder weiß, dass ich krank bin.

Ich habe Ju bei den Recherchen für diesen Roman geholfen. Und darum gibt es noch ein paar Dinge, die ich gern sagen würde.

Chorea Huntington ist eine Krankheit.

Mit vielen Gesichtern.

Die Geschichte von Ada ist nicht exakt meine, aber sie hat viele Parallelen. Aber das heißt nicht, dass jede Geschichte, jedes Leben mit dieser Krankheit so verläuft. Betroffene sind keine geschlossene Gruppe, sondern individuell.

Jeder geht anders damit um.

Ich habe, genau wie Ada, nicht den besten Weg gewählt. Es hat gedauert, bis ich es verarbeiten konnte. Aber ich bin auch kein Maßstab, an dem man Betroffene messen soll. Ich bin nur eine von vielen.

Aber weil wir viele sind, können wir einander helfen.

Bei der DHH (Deutsche Huntington-Hilfe) finden sowohl Betroffene als auch Familienangehörige Hilfe. In Selbsthilfegruppen online, aber auch mit viel Fachwissen und Expertise.

Alle wichtigen Informationen findet ihr auf:
www.dhh-ev.de

Aber nicht alle Krankheiten sind so deutlich wie meine. Solltest du Hilfe brauchen, wende dich jederzeit an einen Arzt oder eine Ärztin. Für alle, die mental leiden, gibt es außerdem die Telefonseelsorge oder das Hilfstelefon.

Hier findest du Hilfe:

Telefon-Seelsorge: 0800 1110111

Info-Telefon Depression: 0800 3344533

Jedes Leben ist kostbar.

Und ich hoffe, ihr erkennt es bei euch, wie ich es bei mir erkannt habe.

Danksagung

Ich danke dir.

Dass du bis hierher gelesen hast.

Und ich danke allen, die mich bei der Entstehung dieser emotionalen Geschichte begleitet haben.

Ohne euch wäre dieses Buch nie fertig geworden.

Mein besonderer Dank gilt Julia Niederstrasser, die auch dieses Projekt mit einem Sensitivity Reading begleitet hat.

Und dir, Tanja.

Denn ohne dich wäre die Geschichte nie entstanden.

Ein besonderes Danke gilt dem Bikerboy meines Herzens: Cysgrides.

Danke für deine Unterstützung und die vielen Videos, bei denen du in die Rolle von Diez geschlüpft bist. Falls ihr Lust auf hotten Biker-Content habt, folgt Cysgrides gern auf Instagram und TikTok. Es lohnt sich.

(Und sorry an Sabine und Catherine, die mein Chaos immer richten müssen.)

Liste sensibler Inhalte / Content Notes

- Toxische Beziehung
- Destruktives Verhalten (körperlich und psychisch)
- Suizid
- Chronische Erkrankungen
- Toxischer Umgang mit der Diagnose Chorea Huntington
- Tod und Verlust
- Depression
- Psychische Gewalt in Familien
- Einnahme von Alkohol und Drogen (im Zuge von destruktivem Verhalten)
- PTBS

Manchmal muss alles in Scherben liegen,
damit du neu beginnen kannst

JUSTINE PUST

WITH YOU I DREAM

ROMAN

Hals über Kopf verlässt die Studentin Mia New York, um einer toxischen Beziehung zu entkommen. Bei ihrer Adoptivschwester in der Kleinstadt Belmont Bay in Idaho, umgeben von glitzernden Seen und den Rocky Mountains, will sie zur Ruhe kommen. Stattdessen beschert ihr der mürrische, aber irritierend gutaussehende Conner bald ziemliches Herzklopfen. Doch je näher Mia Conner kommt, desto größer werden ihre Zweifel: Ist sie wirklich schon wieder bereit, sich jemandem zu öffnen? Und was verheimlicht ihr Conner, das ihn immer wieder in die endlosen Wälder Idahos zieht?

Der dramatische, berührende und hoffnungsvolle Auftakt zu Justine Pusts Belmont-Bay-Reihe.

»Ein Ort, so warm, so herzlich, dass jede Sorge in den Hintergrund rückt, ein Love-Interest mit Herzklopfgarantie und eine Tiefe, die mir Gänsehaut verschafft hat …«
Ayla Dade, Spiegel-Bestsellerautorin

KNAUR